CHRISTOBEL KENT

Die Tränen der Signora

Buch

An einem nassen Novembertag in Florenz wird Sandro Cellini – Privatdetektiv, Expolizist und treusorgender Ehemann – von einer gepflegten alten Dame auf der Straße angesprochen. Sie bittet ihn, den von der Polizei als Selbstmord deklarierten Tod ihres Mannes zu untersuchen. Nur aus Sympathie für die Witwe, deren einziger Grund für ihren schrecklichen Verdacht darin besteht, dass ihr Mann niemals ohne sie aus der Welt gegangen wäre, nimmt Cellini diesen ziemlich sinnlosen Fall an. Schließlich scheint es keinen Zweifel daran geben zu können, dass der Architekt Claudio Gentileschi, ein Überlebender des Holocausts, der seit Jahren an Depressionen litt, den Tod in den tristen Fluten des Arno gesucht hat. Cellini sieht daher seine eigentliche Aufgabe darin, der Witwe durch seine Recherchen etwas Trost und Bestätigung in ihrer Zeit der Trauer zu geben.

Die schlimmsten Regenfälle seit den zerstörerischen Fluten von 1966 prasseln auf Florenz nieder, doch eisern spürt Cellini Schritt für Schritt den letzten Stunden im Leben des Architekten nach und gerät mitten in einen anderen Fall. Eine junge Engländerin ist verschwunden, die zum Kunststudium nach Florenz kam, sich dort aber begeistert der bekanntermaßen vor allem trink- und partylustigen internationalen Studentenszene anschloss.

Sandro Cellinis Instinkt sagt ihm, dass der Tod des Architekten und das Verschwinden des Mädchens miteinander in Verbindung stehen. Und plötzlich ist Sandro Cellinis Fall von größter Dringlichkeit, denn jetzt muss er befürchten, dass das Leben der jungen Frau in höchster Gefahr ist …

Autorin

Christobel Kent lebt mit ihrem Mann und ihren fünf Kindern in der Nähe von Cambridge und schreibt derzeit ihren nächsten Roman um den nachdenklichen Ermittler Sandro Cellini.

Christobel Kent

Die Tränen der Signora

Roman

Aus dem Englischen
von Christine Heinzius

blanvalet

Die Originalausgabe erschien 2009 unter dem Titel
»A Time of Mourning« bei Atlantic Books,
an imprint of Grove Atlantic Ltd, London.

FSC
Mix
Produktgruppe aus vorbildlich
bewirtschafteten Wäldern und
anderen kontrollierten Herkünften

Zert.-Nr. SGS-COC-001940
www.fsc.org
© 1996 Forest Stewardship Council

Verlagsgruppe Random House FSC-DEU-0100
Das FSC-zertifizierte Papier *Holmen Book Cream* für dieses Buch
liefert Holmen Paper, Hallstavik, Schweden.

1. Auflage
Deutsche Erstausgabe Juni 2010 bei Blanvalet,
einem Unternehmen der Verlagsgruppe Random House GmbH, München

Redaktion: Regine Kirtschig
Umschlaggestaltung: © HildenDesign unter Verwendung von Motiven
von gloomytree / iStockphoto und izoom / Shutterstock
MD · Herstellung: Sabine Müller
Satz: omnisatz GmbH, Berlin
Druck und Einband: GGP Media GmbH, Pößneck
Printed in Germany
ISBN: 978-3-442-37446-5

www.blanvalet.de

Für Donald

Anmerkung der Autorin

Ich habe versucht, in *A Time of Mourning* alles authentisch nach dem Stadtplan von Florenz zu gestalten. Als ich das Kaffeehaus in den Boboli-Gärten das erste Mal besucht habe, war es für Gäste geöffnet, und man konnte mit Blick auf die Stadt auf der Terrasse sitzen, aber inzwischen wird es seit sechs Jahren restauriert, deshalb ist das Café momentan nicht geöffnet.

Kapitel 1

Es dauerte vier Tage, bis es an der Tür klopfte. Vier lange, ruhige Tage im matten Licht eines außergewöhnlich milden Novembers und viel Zeit für Sandro, um zu entscheiden, ob ihm die zwei Zimmer, die Luisa als Büro für ihn gefunden hatte, gefielen, auch um sich darüber klar zu werden, was er hier überhaupt tat.

Es wäre Sandro nie in den Sinn gekommen, dass er mit seinem ersten Auftrag gleich ins kalte Wasser springen musste. Er hatte gedacht, dass er sich langsam hineinfinden würde, aber so funktioniert das Leben nicht. Es war eine Lektion, die er eigentlich schon vor langer Zeit hätte lernen müssen, das Leben warnt nicht vor.

Die Zimmer, die Luisa gefunden hatte, waren eckig, hell und einfach, sie lagen im zweiten Stock in einer friedlichen Seitenstraße der Piazza Tasso in San Frediano. Die Straße hieß Via del Leone, und an der Ecke befand sich ein kleiner, verglaster Altar für die Madonna mit mindestens vier brennenden Kerzen, das Zeichen einer gottesfürchtigen Nachbarschaft oder einer abergläubischen, je nachdem, wie man es betrachtete. Sandro Cellini stand irgendwie zwischen beiden Ansichten, als Katholik geboren – natürlich –, aber durch dreißig Jahre Polizeitraining zu einem Rationalisten geworden. Er war durch seine Arbeit zu sehr zum Zweifler geworden, um öfter als ein paar Mal jährlich, an Ostern und zu Taufen, in die Messe zu gehen, aber der Altar gefiel ihm trotzdem. Und wo Gott war, da waren alte Damen. Als er noch bei der Polizei gewesen war, eine Formulierung, die ihn immer noch erschrak, hatte Sandro die Erfahrung gemacht, dass fromme, ältere Damen immer bereitwillig und detailliert Auskunft gaben und Kerzen für göttliche Hilfe anzündeten.

Die Gebäude in der Via del Leone waren bescheiden, nicht höher als drei Stockwerke, und als Folge davon war die Straße sonniger und ruhiger als sein Heimatviertel, wenn hier das erste der morgendlichen *motorini* auf dem Weg ins Zentrum hindurchfuhr, quälte es das Ohr nicht ganz so sehr. Nördlich des Flusses in Santa Croce geboren und aufgewachsen, auf lauten, engen Straßen, die nie ein Sonnenstrahl traf, fragte Sandro sich, ob er sich jemals an diese Ruhe gewöhnen könnte.

Es war Florenz, ganz eindeutig, aber es war nicht die Stadt, in der er achtundfünfzig Jahre lang jeden Morgen aufgewacht war, in der nur ein Streifen blauen Himmels sichtbar war und die Straßen schon um sieben Uhr früh vor Lärm dröhnten. Eine kakofonische Oper, bestehend aus Mülltonnen, die geleert wurden und dabei aneinanderschlugen, dem Quietschen der bremsenden Busse, dem Rumpeln der Taxis, der ersten Touristengruppen des Morgens, die an der Ecke anhielten, um auf Spanisch, Deutsch oder Japanisch laut darüber informiert zu werden, wo Dante geboren worden ist und wo Galileo begraben liegt.

Als er hinunterschaute, sah Sandro, dass die Straße zwar ruhig war, aber nicht verlassen. Er beobachtete eine alte Frau, die ihren kleinen, einen Mantel tragenden Hund an den Rinnstein führte, damit er an das Vorderrad eines Wagens kacken konnte. Er überlegte, dass er schon bald wüsste, wem dieses Auto gehörte und ob die Hinterlassenschaft des Hundes ihm etwas ausmachte oder nicht. Die Frau trug einen mitgenommenen Strauß Chrysanthemen, sie war zweifellos auf dem Weg zum Friedhof. Auf der anderen Seite sah er ein hübsches Mädchen, vielleicht eine Studentin, mit langen Haaren, langen Beinen in dunklen Jeans und einer idiotisch großen, gepolsterten und mit Quasten versehenen Handtasche. Sie rannte, offensichtlich in Eile, fast genau gegenüber machte sie einen Bogen um die alte Dame mit ihren Blumen und ihrem Hund, und als wüsste sie, dass er dort oben war, legte das Mädchen den Kopf in den Nacken und sah zu Sandro hinauf. Ihr Blick glitt über ihn, und er zog sich beschämt zurück. Er war doch nicht hier, um Passanten zu beobachten, oder?

Sandro ging wieder an seinen Schreibtisch. Er war genau wie die Wohnung für ihn gefunden worden, wie jedes andere Möbelstück auch, vom grauen Aktenschrank bis zum alten, aber respektablen Computer, alles von Luisa. In der Stille überlegte er sich, dass wenigstens das Fehlen der Touristengruppen ein Glück war. Dass ihm das Geräusch der Vespas und der Busbremsen tatsächlich gefiel, war vielleicht seine eigene Perversion, hingegen hatte er nie gelernt, die Touristenführer zu lieben. Luisa hatte ihn darauf hingewiesen, dass er besser lernen sollte, die Touristen zu lieben, da sie sich als sein Lebensunterhalt herausstellen könnten, genau, wie sie ihrer waren.

»Ich werde morgen anfangen«, hatte er verkündet, als sie am vorigen Abend aus dem Laden nach Hause gekommen war. Das war nicht gut angekommen.

»An *ognissanti?*«, fragte Luisa leicht betroffen. »Wirklich?« Sie stand in der Küche, hatte den Mantel noch an und roch nach Holzrauch von der Straße.

Ognissanti war Allerheiligen, der erste November, gefolgt von Allerseelen am Tag danach. Zwei Tage, an denen alle Blätter auf einmal fallen und Blumen auf die Gräber von lieben Verwandten gelegt werden. Traditionell war Ognissanti ein Tag des ruhigen Insichgehens und des Gedenkens der Sterblichkeit.

»Warum nicht?«, verteidigte Sandro sich. »Heute Nachmittag kam der Anruf, dass das Telefon freigeschaltet ist. Ich habe genug davon, herumzuhängen.«

Aber er wusste, warum nicht. Religion, Gewohnheit, Verpflichtung gegenüber den Toten, außerdem wäre es irgendwie ungünstig, mitten in der Woche anzufangen. Obwohl Luisa nicht religiöser war als er, so spürte sie die familiäre Verpflichtung stärker, da ihre Mutter erst kürzlich gestorben war. Sie musste früh aufstehen, um Blumen aufs Grab ihrer Mutter draußen in Scandicci zu legen, bevor sie dann in die Stadt fuhr.

»Du wirst doch selbst auch arbeiten«, sagte Sandro.

Wie bei vielen anderen religiösen Festtagen wurde der Status als offizieller Feiertag immer weiter ausgehöhlt, vor allem in den großen Städten mit ihren reichen, gottlosen Besuchern; Luisas Chef, Frollini, hatte diesem Trend schon vor Jahren nachgegeben. Im November lief das Geschäft gut, das Lager war brechend voll, und in den Schaufenstern lagen Schaffelle, Samt und Abendkleider. Luisa gefiel es nicht, aber das war das neue Italien.

»Es kommt mir so vor, als bringe es Unglück«, sagte sie unsicher.

»Ich will es nicht länger herausschieben«, sagte Sandro entschlossen, und sie wusste, dass zumindest das stimmte.

Murrend war sie sogar noch früher als üblich aufgestanden, um für ihn zu kochen.

»Dein erster Tag, du wirst was Warmes zu essen brauchen«, sagte sie, als er verschlafen die Küche betrat, um mit ihr zu schimpfen. Die perfekten Lilien, die sie am Abend vorher für ihre Mutter gekauft hatte, standen im Spülbecken.

Sie hatte ihm *baccalà* gekocht, Stockfisch mit Tomaten, und als Sandro sechs Stunden später an seinem neuen Schreibtisch die Folie vom Teller nahm, war er immer noch warm, aber es war ja auch gerade erst Mittag. Er war drei Stunden bei der Arbeit gewesen und hatte nichts getan, außer ein Mädchen durchs Fenster zu beobachten und im Computer eine Datei für seine Buchhaltung zu öffnen und sie dann wieder zu schließen. Ausgaben bisher: fünftausend Euro, mehr oder weniger. Einnahmen: null.

Sandro verschlang den üppigen, salzigen Eintopf in fünf großen Schlucken, da er plötzlich zu verhungern schien. Er kleckerte ein bisschen Sauce auf seinen Schreibtisch, und obwohl er sie sofort fluchend wegwischte, blieb ein kleiner, orangefarbener Fleck zurück. Ein toller Start, dachte er. Was werden die Klienten denken, wenn überhaupt je welche auftauchen sollten? Er hatte Lust, etwas an die Wand zu werfen, was war er für ein Tölpel! An diesem Abend sagte er zu Luisa, dass er es vielleicht mal mit der örtlichen Kaffeebar fürs Mittagessen versuchen werde, sie sah ihn aufmerksam an.

»Schmeckt dir mein Essen nicht mehr?« Er schüttelte den Kopf. »Doch, natürlich«, sagte er. »Es ist nur … na ja. Ich muss die Nachbarschaft kennenlernen.« Sie nickte und beschloss, nicht beleidigt zu sein. Er sagte ihr nicht, dass er sich durch den Baccalàzwischenfall wie ein kleiner Junge am ersten Schultag fühlte, auf einem schmalen Grat kurz vor der Verzweiflung.

»Wie war es auf dem Friedhof?«, fragte er.

Sie war blass, ihm wurde bewusst, dass sie schon seit sechs auf den Beinen war, und er verfluchte sich, weil er sie so hart arbeiten ließ. Er hätte doch einfach sagen können, *ich fange morgen an*, oder nicht?

»Gut«, sagte sie. »Es war gut.« Sie lächelte, er erkannte, dass es sie trotz ihrer Blässe und Müdigkeit glücklich gemacht hatte. Für Luisa löste der Besuch auf dem Friedhof immer etwas aus, sie sprach immer noch mit ihrer Mutter, sie hat einmal am Grab gestanden und zwanzig Minuten lang die Lilien arrangiert. Es war ein weiteres Beispiel ihrer geheimnisvollen Überlegenheit, dass Luisa keine Angst vor der Trauer hatte.

Sandro war neunzehn gewesen und beendete gerade seinen Wehrdienst, als seine Mutter starb, sie hatte Krebs gehabt, aber Sandro hat nie erfahren, welchen. Er kam zur Beerdigung in Uniform nach Hause, unfähig zu weinen. Seinen Vater begrub er ein Jahr später, seine Eltern waren hart arbeitende Landmenschen gewesen, die keine Zeit für Gefühlsausbrüche hatten, und auch wenn sein Vater gerade erst sechzig war, war der Verlust einfach zu viel für ihn gewesen. Sandro war durch ihre abrupte Abwesenheit überwältigt und konnte nur noch schweigen.

Es war plötzlich zu spät, um sie noch irgendetwas zu fragen. Sechs Monate danach hatte er Luisa getroffen und ihr einen Heiratsantrag gemacht. Damals war es ihm als einzige Möglichkeit zu überleben erschienen; innerhalb von fünf Jahren wurde ihm bewusst, dass er sich nur noch dann an das Gesicht seines Vaters erinnern konnte, wenn er dessen Foto aus der Schublade nahm und es genau betrachtete. Sie steckten irgendwo in seinem Kopf, die beiden, Hand in Hand als Paar in altmodischen Kleidern, aber er wollte nicht an sie denken, er verfügte nicht über Luisas Fähigkeit, die Trauer an die Hand zu nehmen und zur Freundin zu machen.

»Ich habe sehr viel Glück«, sagte er zu ihrem Rücken, als sie irgendetwas am Herd rührte. »Sehr viel Glück.«

Etwas, worüber Sandro nachdachte, als er am zweiten Tag, an Allerseelen, dasaß, es war etwas bedeckter als an Tag eins, das Novemberlicht etwas dünner und blasser, war die Veränderung seiner Beziehung zu Luisa. Dreißig Jahre Ehe – oder waren es einunddreißig? –, und plötzlich übernahm Luisa die Führung. Solange er bei der Polizei gewesen war, waren sie auf unterschiedlichen Gleisen unterwegs gewesen, zwei Lokomotiven mit Scheuklappen, jede, ohne auf das Ziel der anderen zu achten. Voller Schmerz dachte er an die große Polizeiwache draußen an der Porta al Prato auf der geschäftigen *viale*. Am nordöstlichen Zugang zur Stadt steht die Wache, die warmen, betriebsamen Flure, die langen Fenster mit den Läden, die Kameradschaft. Fehlgeleitete Nostalgie, sagte er sich, wo war die Kameradschaft denn jetzt?

Das war unfair, ganz offensichtlich. Er sah seine alten Kollegen immer noch ab und zu in der Stadt, sie nickten sich zu und wechselten ein paar Worte auf der Straße, er dachte, sie würden es bestimmt einen Kaffee lang mit ihm aushalten, sollte er sich jemals wieder in der Kaffeebar wiederfinden, die sie immer besucht hatten. Aber worüber sollten sie reden? »Tut mir leid, mein Freund?« Das düstere alte Caffé Tramvai, früher, noch vor Sandros Geburt, fuhr die Straßenbahn an der Porta al Prato vorbei, mit seinen Resopaltischen und dem Sechzigerjahre-Dekor und den besten *trippa alle fiorentina* der Stadt. Wenn er unvorsichtig war, dachte er ab und zu an die Mittagspausen: Sie trafen sich alle um halb eins und aßen das Ragout im Stehen aus kleinen Schüsseln, dampfend, voller Knoblauch, Tomaten und zarten Fleischstückchen. Aber dieser freundliche Kaffee würde wohl nie getrunken werden, oder? Sandro mied den Ort seit seinem Abschied an einem kalten, dunklen Januartag vor fast zwei Jahren wie die Pest.

Sandro war kein Polizist mehr. Zumindest, dachte er finster, war er nicht entlassen worden, weder unehrenhaft noch sonst wie, zumindest hatte man ihm die Frühpensionierung ermöglicht. Es bedeutete mehr als nur, dass er sein Gesicht gewahrt hatte, es bedeutete, dass er arbeiten konnte, denn die Chancen für einen unehrenhaft entlassenen Polizisten waren sehr gering. Sollten seine Kollegen Verständnis für sein Vergehen gehabt haben, so wusste Sandro es nicht, er suchte nicht danach, er wollte keine Vergebung. Das Vergehen, vertrauliche Informationen an den Vater eines entführten Kindes weitergegeben zu haben.

Das Kind war zu einem schlechten Zeitpunkt verschwunden, wenn man an Astrologie glaubte, an eine zerstörerische Planetenkonstellation, dann war es von Anfang an unausweichlich, dass sich daraus eine weitere Tragödie entwickeln würde. Es war vor langer Zeit, Luisa jenseits der vierzig, und die Möglichkeit, niemals eigene Kinder zu bekommen, wurde zu einer eiskalten Gewissheit für beide. Das Mädchen, neun Jahre alt, war aus einem vollen Swimmingpool verschwunden, ihre Leiche wurde Wochen später im Schilf einer Flussbiegung in den Apenninen gefunden.

Niemand wurde verhaftet, obwohl sie durchaus einen Verdächtigen hatten, und Sandro hatte Kontakt zum Vater des Kindes gehalten. Warum? Manchmal sagten Leute zu ihm, dass es offensichtlich war, warum, es war ein menschlicher Impuls, aus Mitgefühl, aber Sandro hatte bei der disziplinarischen Anhörung keine Entschuldigung vorgebracht, er hatte geschwiegen, als man ihn danach gefragt hatte. Er hatte bloß zugegeben, dass er den trauernden, nun kinderlosen Vater weiter informiert hatte, ihm schließlich den Namen und den Aufenthaltsort des Hauptverdächtigen im Falle des Mordes an seiner Tochter sowie jede weitere Information gegeben hatte. Und als der Verdächtige, der nie angeklagt worden war, ermordet wurde, wurde der ganze Fall wieder aufgewickelt. Sandro war sofort klar gewesen, dass er für den Tod des Pädophilen verantwortlich war, egal, wer ihm tatsächlich das Messer an die Kehle gehalten hatte.

Der tote Mann war schuldig gewesen, das wussten sie jetzt, aber sein Verhalten war trotzdem falsch gewesen. Ein kleines Vergehen gegen das Gesetz, und alles bricht mit erschreckender Geschwindigkeit auseinander. Der Mörder wurde ermordet, und eines seiner Opfer endete mit Blut an den eigenen Händen. Und wenn man einen Mann, der einem vertraut, den Partner seit über einem Jahrzehnt, anlügt, kann man sich nicht sicher sein, dass er einem je wieder vertrauen wird.

Auf diese Weise verlor Sandro den Boden unter den Füßen. Aber dreißig Jahre Polizeidienst hinterlassen ihre Spuren, es war zu spät für ihn, irgendetwas anderes zu werden.

Pietro war natürlich immer noch ein Freund, eine Partnerschaft von über dreizehn Jahren war einer Ehe sehr ähnlich. Pietro kam immer noch jeden zweiten Donnerstag gewissenhaft zur Wohnung, um Sandro auf einen Drink mitzuschleppen, um über Fußball und den Todessturz der Fiorentina durch die Ligen zu reden und um über den neuen *commissario* zu jammern, der aus Turin hierher versetzt worden war, nichts, was zu intim war. Sie sprachen nicht über Sandros Schande, und auch wenn Sandro die Wärme von Pietros Mitgefühl empfand, so scheute er sich doch, ihm zu danken, das war nicht die Art von Beziehung, die er wollte.

Dreizehn Jahre im selben Einsatzwagen, da lernt man den Geruch der Socken des anderen Mannes kennen, sein Aftershave, was er zum Frühstück isst. Wie er seinen Kaffee trinkt. *Caffè alto* für Pietro, schnell hinuntergekippt und sofort noch einen, um den Tag mit einem Kick zu beginnen, nach dreizehn Jahren gibt es Fragen, die man nicht mehr stellen muss. Wenn Sandro heute manchmal allein seinen Kaffee trank, musste er die Augen schließen, um sich nicht die alten Zeiten wieder zurückzuwünschen.

Vielleicht hatte Luisa schon immer geführt. Sandro saß mit

geschlossenen Augen im dünnen Sonnenlicht und fühlte sich merkwürdig beruhigt, als er über diese Möglichkeit nachdachte. Die langen Jahre des stillen gemeinsamen Unglücks, während deren jeder sein eigenes Päckchen getragen hatte – das Fehlen von Kindern, die hässliche Alltagsarbeit der Polizei, das Verschwinden von Erwartungen – Luisa hatte die ganze Zeit über die Führung. Sie wartete auf den Augenblick, in dem ihre überragenden Fähigkeiten gebraucht würden.

Während dieser vier Tage in der Via del Leone kam er zu dem Schluss, dass Luisa ganz genau wusste, was sie tat. Er war mit ihr zur Besichtigung gegangen, aber er hatte das Potential der Wohnung nicht erkannt, ehrlich gesagt hatte es ihn sogar enttäuscht. Luisa hatte auf den üblichen geheimnisvollen Wegen herausgefunden, dass sie bald verkauft werden würde, eine Wohnung im zweiten Stock, zwei Zimmer und eine winzige Küche, bewohnt von einem erschöpft aussehenden, älteren Ehepaar und der behinderten Tochter, die in eine »passendere« Wohnung ziehen würden. Das hätte ihm eigentlich auffallen müssen, Sozialwohnungen waren nicht leicht zu bekommen, und die *Comune* griff nicht so schnell ein. Die behinderte Tochter war mittleren Alters, hatte von Geburt an einen Hirnschaden und war querschnittsgelähmt, sie war in der winzigen Küche in einem Rollstuhl geparkt. Die Wohnung hatte kein Badezimmer, eine Tatsache, die Sandro erst bewusst wurde, als sie gingen.

»Mein Gott«, sagte er unten auf der Straße und dachte an all die Jahre, während deren die Eltern ihr hilfloses Kind die Treppe hinauf- und heruntergetragen hatten, bis sie zu einer Frau mittleren Alters geworden war. Luisa hatte seine Hand gedrückt. »Es ist ein trauriger Ort«, sagte sie. »Ich glaube, deswegen konnten sie keinen Nachmieter finden.«

Deswegen und vielleicht auch wegen des Hofs des Bauunternehmens unter dem Fenster, der im Moment voller orangefarbener Plastikrohre lag. Aber man konnte einen Teil der Rückseite von Santa Maria dell'Carmine sehen, wenn man sich darauf konzentrierte, auf die Fresken darin, die Sandro nicht mehr gesehen hatte, seit er ein kleiner Junge gewesen war, Adam und Eva, Eva mit ihrer Hand am Mund. Diese Dinge gingen ihm während der untätigen Stunden durch den Kopf. Er fragte sich, wo sie heute waren, dieses Ehepaar und ihre alternde Tochter, und ob sie die Aussicht vermissten. Unsinn, hätte Luisa barsch gesagt. Modernes Badezimmer, ebenerdiger Zugang, Aufzug und Geländer und andere Annehmlichkeiten, nachdem man vierzig Jahre das erwachsene Kind zwei Etagen die Treppen hochgehievt hatte? Unsinn. Es eignete sich gut als Büro, und den Alten ginge es dort, wo sie jetzt waren, sicher besser.

Am zweiten Tag, kurz vor dem Mittagessen, schaute Sandro wieder auf die Straße, er sah die Frau mit ihrem Hund, und ihm wurde bewusst, dass er nach dem Mädchen Ausschau hielt. War das eine alte Polizeigewohnheit, um das Viertel kennenzulernen, oder lag es daran, dass sie hübsch war? Er drehte sich um, wollte im Zweifel lieber vorsichtig sein. Sie *war* hübsch.

Wieder in Sicherheit im hinteren Teil des Hauses, hatte Sandro seine Ausgabe von *La Nazione* auf dem Schreibtisch ausgebreitet und war sie durchgegangen, als wäre es seine Arbeit, jede Geschichte in der Zeitung zu lesen. Er las zunächst die großen Artikel, die nationalen Neuigkeiten. Der Müll in Neapel, Dioxin, das aus Giftmüll in die Nahrungskette gelangte. Ein neues Buch über die Camorra und einen Artikel über kalabrische Gangster, die in der Toskana Eigentum kauften. Sein Magen fühlte sich sauer und voll an, mein Land, dachte er und starrte auf die Seite, es gab eine Zeit, da wäre dies seine Arbeit gewesen. Draußen an der Porta al Prato hätte er sein Pistolenhalfter umgeschnallt, sich die spitze Mütze aufgesetzt und wäre mit Pietro durch die Tür gegangen, sie hätten bitter über ihre schlechte Aufklärungsrate gelacht, über all die Scheiße, die immer noch auf sie wartete – aber so wie jetzt hatte er sich damals nie gefühlt.

Er arbeitete sich weiter vor bis zu den lokalen Ereignissen: Illegale, die auf der Baustelle zur Erweiterung der Uffizien arbeiteten, ein Überfall auf der *viale*, in den ein Kind verwickelt war. Ein Arzt, der im Trasimeno See ertrunken war und einem satanischen Kult angehörte. Sandro arbeitete sich bis zum Ende durch, bevor er die Zeitung kraftlos zuschlug.

Am Nachmittag ging Sandro auf die Straße, damit er Luisa etwas zu erzählen hatte, wenn er nach Hause kam. Das Essen in der nächstgelegenen Kaffeebar war schlecht, ein altes Brötchen mit trockenem Schinken, und der Fußboden war schmutzig. Es war auch kalt geworden, nach einem schnellen Spaziergang zur Piazza Tasso und zurück, an der Ecke waren heute Nachmittag sieben Kerzen für die Jungfrau Maria angezündet worden, hatte Sandro beschlossen, eines Tages auf die Gläubigen zu warten, seine zukünftigen Informanten, er beeilte sich, in die Wohnung zurückzukommen, wo die uralten Heizungen laut knackten, um mit der Kälte Schritt zu halten.

Als Sandro die zugigen Treppen hinaufstieg, versuchte er sich den Ort im Juli vorzustellen, denn San Frediano, das für Straßenkehrer und bescheidene Handwerker gebaut worden war, hatte den Ruf, eine sonnengebleichte Wüste zu sein, ohne hohe Steinfassaden und tiefe Dachvorsprünge, die die Einwohner vor der Sonnenhitze schützten. Brauchten die Menschen im Juli Privatdetektive?

Als Sandro wieder einmal klar wurde, dass er das nun war, ein Privatdetektiv, musste er gegen den Impuls ankämpfen, die Hände vors Gesicht zu legen und zu stöhnen.

Kapitel 2

Entlang der Autobahn zum Flughafen standen Plakatwände, die für die Agenturen warben. Das Bild eines jungen Mannes mit einem spitzen Hut, mit Schulterhalfter oder einem Wappen im Stil von Pinkerton. Diskret und gewissenhaft, jegliche Art von Ermittlungen werden übernommen. Finanziell, persönlich, beruflich. Überwachungsexperten. Sie hatten darüber gelacht, als Sandro noch im Dienst war, auch wenn das Lachen unsicher gewesen war. Ein paar der Privatdetektive waren selbst halbe Kriminelle und dazu auch noch clever, manche waren fast Schwindler, andere faul, wieder andere dumm. Aber es gab auch andere – die *laureati*, mit ihren Abschlüssen in IT und Control Engineering: Modern, computergeschult, hart arbeitend waren sie der Grund für das unsichere Lachen, eine Art von Neid bei denen, die in der knirschenden, alten Maschinerie der Polizei feststeckten.

Wo war unter all denen Platz für jemanden wie Sandro, einen Deppen, wenn es um Computer ging, alte Schule, ein Ein-Mann-Orchester? Es war ein Haifischbecken, eine Schlangengrube. Es war natürlich Luisas Idee gewesen.

»Du bist fantastisch in deinem Job«, hatte sie gesagt, während er schwieg. »Du hast Grundlagenwissen über Computer.« Stimmte schon, er gehörte vielleicht zur alten Schule, aber selbst die Polizia Statale war computerisiert. »Du sprichst ein bisschen Englisch.« Sandro grunzte als Antwort. Sein

Englisch war während der letzten zwanzig Jahre kaum perfektioniert worden, indem er Anzeigen von Touristen über gestohlene Geldbeutel aufgenommen hatte und sich dabei mit einem Dutzend unterschiedlicher Akzente herumgeschlagen hatte: Louisiana, Liverpool, London. »Dabei könnte ich dir übrigens auch helfen«, sagte Luisa nachdenklich.

Sandro hatte sich bemüht und fragte sanft: »Glaubst du wirklich, dass es einen, wie nennst du es, einen Markt dafür gibt? Für eine Ein-Mann-Firma?«

Luisa legte den Kopf schief und sagte bestimmt: »Ja, das glaube ich.« Er wartete. »Hör mal«, sagte sie ernst. »Die alten Damen.« Die nun wieder. »Die … ich weiß nicht, die Omas, die Einzelpersonen, ich spreche nicht von großen Firmen, *caro*, obwohl ich annehme, dass die Geld haben und ich nicht ganz verstehe, warum …« Aber als sie seinen Gesichtsausdruck sah, wie er sich vorstellte, seine Dienste irgendwo in einem Sitzungssaal anzupreisen, wechselte sie stirnrunzelnd das Thema. »Echte Menschen, kleine Leute, die innerhalb des Systems nicht vorankommen.« Widerwillig hatte Sandro dazu genickt. Es gab solche Leute.

Sie lehnte sich ermutigt vor. »Und die Ausländer. Vielleicht nicht die Touristen, die sind nur ein paar Tage hier, maximal eine Woche. Aber diejenigen, die hier wohnen, die, die gern hier wohnen würden? Die Auswanderer?«

»Wozu brauchen die einen Privatdetektiv?«, fragte Sandro. »Sei doch nicht dumm.« Fast sofort bereute er seine Bemerkung. Luisa war auf den Beinen, sie lief um den runden Küchentisch, ihre kleinen Absätze klickten auf dem *pavimento*. Sie war gerade von der Arbeit nach Hause gekommen, trug immer noch das, was er als ihre Uniform ansah. Hatte sie den ganzen Tag im Geschäft darüber nachgedacht? Sie hatte kaum ihren Mantel ausgezogen, so Feuer und Flamme war sie.

»Du hast keine Ahnung, Sandro«, sagte sie. »Überhaupt keine Ahnung.« Sie war, ohne darüber nachzudenken, lauter geworden. Sandro sah zum Fenster, das in der Septemberhitze offen stand, was sie sogar noch mehr zu ärgern schien. »Nur als Beispiel«, sagte sie und hob einen Finger, um seine Aufmerksamkeit zu erregen. »Eine Kundin kam in den Laden, eine sehr nette, alte Dame, Engländerin, die schon seit Jahren hier wohnt. Mindestens seit fünfzehn Jahren. Ihr Vermieter sagt ihr alles Mögliche nach, weil er sie aus der Wohnung ekeln will. Er wirft ihr vor, die Zimmer unterzuvermieten, er verstellt die Heizung, damit sie friert. Er weigert sich, Renovierungen durchführen zu lassen. Sie ist hilflos.« Verschämt kaute Sandro auf seiner Lippe. Natürlich passierten diese Dinge. Aber was konnte ein Privatdetektiv da tun?

»Unmengen von Scheidungsfällen und Untreue«, fuhr Luisa eilig fort, da sie wusste, dass Sandro das nicht gefallen würde. »Ein Paar, dem ein Haus im Chianti inklusive sechs Hektar Grund verkauft worden ist, und dann mussten sie feststellen, dass das Land dem Verkäufer gar nicht gehörte und es zu spät war, ihre Anzahlung zurückzufordern. Zweihunderttausend Euro.« Das war die Anzahlung? Sandro machte angesichts der Summe große Augen.

»Siehst du?«, sagte sie und nahm seine Hände. »Sie heiraten, sie kaufen Eigentum, sie gründen ein Geschäft, genau wie wir. Sie brauchen mehr Hilfe als wir, sie kennen das System nicht. Du könntest Anzeigen in den Gratiszeitungen schalten, den kleinen Zeitschriften für Ausländer. Und für Einheimische, in *La Pulce*, so was in der Richtung. Wenn du nicht willst, musst du dich nicht einmal Privatdetektiv nennen.«

Sandro betrachtete ihre beiden Hände auf dem Tisch, Luisas blasse und vom Waschen saubere, kurze Nägel, dazu ihr schlichter, goldener Ehering. Er hätte ihr einen Verlobungsring kaufen sollen, oder nicht? Aber sie hatten nie das Geld dafür gehabt. Er dachte über das, was sie gesagt hatte, nach. Eine Nische, darüber sprach sie, und er musste zugeben, dass er nichts gegen das Wort hatte. Außerdem, was sollte er sonst machen, Luisa war zu nett, um das laut auszusprechen.

Er holte tief Luft, und ohne zu wissen, ob es stimmte, sagte Sandro: »Dagegen habe ich nichts. Es beschreibt ja, worum es geht, oder nicht? Es macht mir nichts aus, ein Privatdetektiv zu sein.«

Am dritten Tag tauchte Giulietta Sarto auf. Unkraut vergeht nicht, dachte er mit einer Art Zuneigung. »Oi«, rief sie in die Gegensprechanlage. »Ich bin's nur.«

Sie sah in letzter Zeit besser aus, wobei Giulietta auch kaum schlechter hätte aussehen können als vor zwei Jahren, ausgemergelt nach Jahren auf der Straße, hatte sie damals ihren Peiniger erstochen und damit ihre Rolle in der Geschichte gespielt, die damit endete, dass Sandro seinen Job verlor. Sie war natürlich in Untersuchungshaft gekommen und hatte die Mühlen durchlaufen, aber sie hatten sie aufgrund von psychischer Belastung herausbekommen. Dann war Luisas Interesse geweckt worden. Giulietta hatte etwas zugenommen und wohnte in einer Sozialwohnung, nicht weit entfernt, wie Sandro sich dunkel erinnerte. San Frediano, dachte er düster, als er ihre schnellen Schritte auf der Treppe hörte, Sozialwohnungen und alte Damen. Das wird für einen Verlobungsring für Luisa wohl kaum reichen.

»Hi Giulietta«, sagte er vorsichtig. »Was liegt an?« So wie sie da im Eingang stand, sah sie eigentlich überhaupt nicht schlecht aus. Sie trug einen dunklen Anzug, billig, aber er passte ihr. Ihre Haare waren durch die Mangelernährung dünn, aber braun anstatt einer Mischung aus Rot, Rost und grünlichem Blond. Die Handgelenke waren immer noch so dünn wie Hühnerknochen, aber im Gesicht war sie voller.

»Sie meinen, wie ich Sie aufgespürt habe?«, sagte sie derb, aber gutgelaunt. Sie nahm ein Päckchen Zigaretten hervor, drehte es in ihrer Hand und steckte es wieder weg. »Raten Sie mal.«

Er nickte. Luisa. »Sie findet, man sollte mich im Auge behalten, nicht wahr?«

Er sah, wie Giulietta das Zimmer vom Eingang aus mit gespitzten Lippen betrachtete, ohne zu antworten. »Ein bisschen ruhig«, kommentierte sie und zuckte dann hilflos mit den Schultern.

Sie sah ihn an. »Sie brauchen wohl noch keine Empfangsdame, oder?« Sie musste das Erschrecken in seinem Blick gesehen haben, denn sie lachte ihr raues Raucherlachen. »Keine Sorge, *Commissario* …« Als er zusammenzuckte, sah sie ihn entschuldigend an und begann noch einmal. »Keine Sorge, Signore Cellini, ich bewerbe mich nicht. Ich brauche nämlich keinen Job.« Sie schaute, ob er überrascht war, anscheinend nicht, also fuhr sie stolz fort: »Ich arbeite im Frauenzentrum. An der Piazza Tasso.«

Ein bisschen zu nah an Zuhause, dachte Sandro schuldbewusst. Er war sich nicht sicher, ob er sich zusätzlich zu allem anderen auch noch Sorgen um Giulietta Sarto machen wollte. »Setz dich«, sagte er und zog einen der Plastikstühle heraus.

»Zwei Vormittage pro Woche und den ganzen Samstag. Als Anfang«, sagte sie schnell, als ob sie wüsste, was er dachte. »Als ich Luisa beim Bäcker getroffen habe, hat sie mir erzählt, dass Sie ein kleines Büro haben. Sie meinte, ich sollte mal vorbeischauen.«

Sandro entspannte sich. Was tat er sonst auch schon?

»Danke«, sagte er und lächelte zum ersten Mal. »Vielleicht könntest du mir ja sogar im Frauenzentrum ein paar Aufträge beschaffen.«

Sie lachten beide zögernd darüber. Das Zentrum bot Hilfe in Notfällen an, Beratung für geschlagene Ehefrauen, einen Notruf für vergewaltigte Frauen. Fast ein Zuhause für Frauen wie Giulietta, die Klientinnen hatten keinen *centesimo* übrig.

»Es wird schon laufen«, sagte sie vorsichtig. Dann, etwas nachdenklicher: »Ganz im Ernst. Ich werde es publik machen. Sollte irgendjemand, also keiner der Schuldner, ich sehe, dass Sie das nicht brauchen, aber wenn jemand Ordentliches, Ernsthaftes, Hilfe braucht, dann werde ich Sie empfehlen.« Sandro war der Beamte gewesen, der sie vor zwei Jahren verhaftet hatte. Sie schien über den Wandel ihrer Beziehung, den dieses Angebot beinhaltete, selbst etwas verwirrt.

Sandro seufzte, die Ironie wog bei ihm etwas schwerer als bei ihr. »Danke«, sagte er noch einmal. Dann schwiegen sie, während sie an ihrem Handy fummelte und er sich fragte, ob er sie auf einen Kaffee einladen sollte. Aber noch bevor er etwas sagen konnte, stopfte sie das Telefon in ihre Tasche und sprang auf.

»O Gott«, sagte sie, gleichzeitig panisch und entschuldigend. »Es ist zehn Uhr. Ich darf nicht zu spät kommen, es ist erst mein dritter Tag!« Und weg war sie, so abrupt, wie sie aufgetaucht war.

Sechs Stunden und vier Kaffee später, die Schreibtischschubladen nun voller Bürokram, *La Pulce* hatte er ein Dutzend Mal auf- und zugefaltet, damit er unangenehm berührt auf die Anzeige starren konnte, die er letzte Woche geschaltet hatte: »Expolizist bietet dreißig Jahre Ermittlungserfahrung und diskreten, gewissenhaften Service. Kein Auftrag zu klein.« Sandro wünschte, er hätte sie gebeten, zum Mittagessen zurückzukommen. Er war neidisch, weil sie zwei Vormittage pro Woche gebraucht wurde.

Abends erzählte Luisa über ihren Tag im Geschäft. Eine *marchesa* war beim Ladendiebstahl erwischt worden. Sie war mindestens siebzig, wohnte in einem riesigen, eiskalten Prunkbau aus dem 19. Jahrhundert auf dem Hügel in Richtung Fiesole und hatte den Uffizien einen Uccello gespendet. Dennoch war sie offensichtlich pleite. Aber sie weigerte sich, es zuzugeben. Sie war durch den Laden geschwebt, war zu allen freundlich gewesen und hatte dann eine Handtasche unter ihren alten Pelzmantel gesteckt. Der Alarm war losgegangen, als sie gehen wollte.

»Hörst du mir zu?«, fragte Luisa. »Ich dachte, das würde dich interessieren.«

»Entschuldige«, sagte Sandro. Er hatte sich gefragt, wie lange er dort in der Via del Leone sitzen sollte, bevor er aufgab. »Ladendiebstahl?« Er fragte sich, ob sie jetzt vorschlagen wollte, dass er sich einen Job als Ladendetektiv oder privater Wachmann suchen sollte, wie sie in Fantasieuniformen vor Geldautomaten oder den Juweliergeschäften auf der Ponte Vecchio standen. Er müsste sich dann verstecken, wenn eine echte Uniform auftauchen würde.

Sie sah ihn an. »Du gibst doch nicht etwa schon auf, oder?« Es war keine Frage.

Es sollte sich herausstellen, dass Sandro seine erste Klientin fast verpasst hätte. Er hatte seine Geschäftsstunden auf dem Schild an der Tür sowie in den Kleinanzeigen als von acht Uhr dreißig bis zwölf und von zwei bis sieben angegeben. Am vierten Tag stand er am Freitag um acht Uhr dreißig auf der Türschwelle, den Schlüssel im Schlüsselloch und dachte, ach vergiss es doch. Wer tauchte schon um halb neun auf? In den Krimis niemand, in den *gialli* von Rex Stout und Raymond

Chandler tauchten sie immer um die Whiskyzeit herum auf, wunderschöne, eiskalte Frauen mit langen Beinen. Er hätte nach dreißig Jahren eigentlich wissen müssen, dass Probleme die Leute früh aus dem Bett treiben. Die Leute liegen stundenlang wach und warten darauf, dass der Tag beginnt. Und Privatdetektive tranken selbst in den *gialli* schon um zehn Uhr früh Whisky.

Aber da Sandro bereits faul wurde, hatte er den Schlüssel wieder in seine Tasche gesteckt und sich auf der Türschwelle umgedreht, aus Angst vor all den Stunden, die er totschlagen müsste. Er ging in Richtung des Platzes, wo er gestern auf dem Weg nach Hause eine Kaffeebar entdeckt hatte, die netter aussah als die schmuddelige an der Ecke der Via Santa Monaca. Es war ein großes, helles Lokal mit einer Marmortheke, frequentiert von den Marktleuten, er konnte es von seiner Position aus fast schon sehen, voll von wirklichem Leben. Man konnte dort stehen und kleinen Kindern auf der Rutsche zusehen, die Mütter trugen Taschen voller Gemüse. Er hatte genug von diesem Blick auf wenige Zentimeter von Santa Maria dell'Carmine und achtzig Quadratmeter orangefarbener Plastikrohre. Er hatte genug von der Stille und Einsamkeit, er ging in die Kaffeebar.

Aber irgendetwas ließ ihn sich umdrehen. Ein entschuldigender Huster, ein leiser Seufzer zehn Meter hinter ihm, an seiner eigenen Haustür. Er drehte sich ohne nachzudenken um, und da stand sie mit einer Ausgabe des *La Pulce* von gestern in ihrer Hand.

Kapitel 3

Iris March vergrub sich unter ihrer Bettdecke und lauschte. Sie hörte das Rauschen des morgendlichen Verkehrs auf der Straße, jenseits der meterdicken Mauer, aber die große, dunkle Wohnung war so still wie ein Grab und genauso kalt.

Iris wollte eine Tasse Tee trinken. Ihre Nase war kalt, ihre Füße waren kalt, die Wohnung war kälter als jeder Ort, an dem sie in ihrem Leben jemals gewesen war, und es war ein langer Weg über den Steinboden ohne Teppich bis in die Küche. Es war kälter als die Schule in England, wo die Fenster klapperten und die Heizkörper nie mehr als lauwarm waren und man sich hoffnungslos an sie presste, unter der Uniform eine scheckige Haut bekam und nie wirklich warm wurde. Die Wohnung war auch kälter als ihr Zuhause, das schreckliche, schimmelige Glashaus, das auf dem einzigen kalten, feuchten, nach Norden ausgerichteten Baugrundstück des Ventoux von einem experimentellen Architekten errichtet worden war. Ma hatte eine Affäre mit ihm gehabt, als sie mit neunzehn, genauso alt war Iris jetzt, nach Südfrankreich gegangen war, um zu malen, na ja, um sich herumzutreiben.

Einen Asi, so hatten sie sie in der Schule genannt, in ihrer unaufdringlichen Uniform aus zweiter Hand. Hättest du mich nicht dorthin geschickt, sagte sie immer zu ihrer Ma, hätten wir das Haus reparieren oder eine ordentliche Zentralheizung einbauen können. Iris erinnerte sich an Schneefälle, die Olivenbäume töteten, und an Jäger, die am Neujahrstag bei starkem Frost mit Gewehren auf den Hügeln unter ihnen schossen. Dann, als sie merkte, dass sie Heimweh bekam, zwang sie sich, sich an den tagelangen Regen zu erinnern, das Wasser, das sich unter den gerissenen Betonboden des schrecklichen Hauses drückte. Er war heute ziemlich berühmt, dieser Architekt, aber Mas Haus war eines seiner Projekte, das nie für Zeitschriften fotografiert worden war. Er hatte üppiges, weißes Haar und ein rotes, verlebtes Gesicht, und einmal hat er sich an Iris herangemacht. Sie drehte sich bei dieser Erinnerung angewidert um und zog die zu dünne Decke über ihren Kopf.

Heranmachen, das war einer von Mas Ausdrücken, den sie immer fröhlich, zärtlich gesagt hat. »Ach, Schatz, David Bailey? Zwanzig Jahre älter als ich und hat sich schon an mich herangemacht, bevor er überhaupt meinen Namen kannte.« Es wäre ziemlich sinnlos gewesen, den Architekten zu verpfeifen, obwohl er sogar ungefähr fünfundvierzig Jahre älter war als Iris.

Ronnies Mutter hatte die Wohnung gefunden. Ronnie war eine Abkürzung von Veronica. Iris zu heißen, war ja schon schlimm genug, aber sie konnte sich absolut nicht vorstellen, wie jemand einen Namen wie Veronica für ein 1988 geborenes Mädchen aussuchen konnte. Iris fand, dass Ronnie angesichts dieser Umstände in Ordnung war. Ronnies Mutter hatte einen Rennstall außerhalb von Newmarket und einen neuen Freund und wollte, dass Ronnie verschwand, die nach der Schule und vor was auch immer als Nächstes anstand, zu Hause herumlungerte.

»Schlampe«, hatte Ronnie gesagt, als sie ihre Koffer auspackten. »Warum muss es das dämliche, langweilige Florenz sein?«

Ronnie warf mit Seidenunterwäsche um sich und donnerte

teure Stiefel auf den Boden. *Und warum*, hatte Iris gedacht, als sie auf ihr eigenes Lieblingskleid aus dunkelroter Viskose mit Rüschen, das plötzlich billig aussah, schaute, *musste ich mit dir kommen, Ronnie?*

Sie waren standardmäßige Schulfreundinnen gewesen und hatten einander danach E-Mails geschrieben, Iris pflichtbewusst, sogar wehmütig, nachdem sie nach Frankreich zurückgekehrt war, um ihr internationales Baccalaureat zu machen, da Ma das Schulgeld ausgegangen war. Ronnies E-Mails waren locker, angeberisch und herablassend gewesen. Iris hatte den Eindruck, dass Ronnies Mutter Serena wollte, dass sie schrieb. Serena hatte eine Schwäche für kreative Menschen, und da Iris aus einer kreativen Familie stammte, wollte sie aus irgendeinem verdrehten, snobistischen Grund, dass Ronnie Kontakt zu ihr hielt. Wenn du wüsstest, hätte Iris ihr oft gerne gesagt. Das Künstlerleben. Ma illustrierte Kinderbücher für ein Taschengeld, verkaufte gelegentlich Aquarelle vom Mont Ventoux in einer schäbigen Galerie in Aix.

Aber als es dann so weit war, wollte Ronnie *nicht*, dass Iris mit ihr nach Florenz kam, nicht richtig, es war gar nicht ihre Idee gewesen. Es war natürlich alles Serenas Idee, und Ronnie bemühte sich gar nicht erst, das zu verbergen. Iris sollte die Vernünftige sein, die Ronnie aus Schwierigkeiten heraushielt, und die Kreative, die sie ermuntern sollte, Kurse zu besuchen. Doch vor allem war Iris' Mutter so pleite, dass das Angebot eines Aktzeichenkurses sowie freier Kost und Logis in Florenz für drei Monate sofort akzeptiert wurde.

»Muss ich, Ma?«, hatte Iris sauer gefragt, doch als ihr klar wurde, wie schamlos das klang, bettelte sie, »ich kenne sie ja kaum noch.«

»Aber ihr seid in Florenz, Süße«, hatte Ma mit einem träumerischen, in die Ferne schweifenden Blick gesagt. Iris interpretierte diesen Blick so, dass auch in Florenz sich Leute an sie herangemacht hatten, und seufzte.

Ma hatte sich dann wieder auf Iris konzentriert. »Du hast Talent«, hatte sie mit einer Entschlossenheit gesagt, die Iris nervte. Ma war kein bisschen entschlossen, zumindest hatte Iris das immer gedacht.

»Ma«, hatte Iris gemurmelt und auf ihre Füße geschaut. »Bitte nicht.« Denn Ma musste das ja sagen, oder nicht? Ihr einziges Kind musste einfach Talent haben, zu irgendwas. Es war keine leichte Sache. Sie seufzte.

»Liebling«, hatte Ma gesagt, und Iris hatte die Sorge in ihrer Stimme gehört. »Du musst dich für etwas entscheiden. Du kannst nicht dein ganzes Leben lang hierbleiben und im Café arbeiten.« Warum nicht?, hatte Iris stur gedacht und weiter auf den Boden gesehen. Du hast das getan. Sie hörte, wie ihre Ma sich räusperte. »Dann ist da immer noch London.«

Geschockt hatte Iris aufgesehen. Mit London, das wusste sie, meinte Ma Iris' Vater, sie meinte, dass sie Himmel und Hölle in Bewegung setzen würde, um Iris auf die Camberwell oder Chelsea oder Goldsmith's oder sonst irgendeine Kunstschule in London zu bringen, und sie würde dann bei ihrem Vater und dessen neuer Familie in Dulwich leben. Mit dem Baby, dem Vierjährigen, den zehnjährigen Zwillingen, der zweiten Frau, die sie noch nie getroffen hatte, und ihrem Vater. Ihrem Vater, den sie kaum kannte und der sich absolut gar nicht für sein erstes, erwachsenes Kind interessierte. Früher nicht und jetzt auch nicht.

»Ma«, sagte sie erschrocken, und da sah Ma weg. Es war ernst. Werde erwachsen, sagte Iris sich heftig. Was macht es schon, wenn wir uns nicht verstehen? Florenz ist vielleicht stickig und düster, aber Italien ist Italien, stimmt's? Michelangelo, Leonardo da Vinci, Kaffee und Sonnenschein. Auch im

November. Und drei Monate echtes Aktzeichnen. Das wird schon klappen.

Es stellte sich als einsam heraus. Resigniert setzte sich Iris im Dunkeln im Bett auf, schnüffelte die kalte Luft. Das hohe, nach Norden gerichtete Zimmer war voll von Silhouetten von Dingen im Halbdunkel, sie wachte immer noch jeden Morgen auf und fragte sich, wo zum Teufel sie sich befand. An einer Wand stand ein riesiger Schrank, auf dem oben so etwas wie ein Adler geschnitzt war, und große, staubige Vorhänge hingen in schweren Falten über dem mit Fensterläden verschlossenen Fenster. Sie zog die Bettdecke zurück. Selbst im November war es draußen wärmer als hier drinnen. Sie ging barfuß über die glatten, eisigen Fliesen und stieß sich den Zeh an irgendeinem großen Möbelstück, einer Eichenkommode oder einem unbequemen Sessel. »Au. Mist, Mist, Mist.« Sie setzte sich auf den kratzigen, gepolsterten Sessel und rieb ihren Zeh.

Die Wohnung um sie herum war noch ganz ruhig, nur das Ticken der uralten Heizung, die gerade anlief oder ausging, was wusste Iris schon, war zu hören. Sie schien jedenfalls nie warm zu werden. Iris stand auf, öffnete die Fensterläden und sah hinaus.

Jetzt, da sie die Stadt ein bisschen besser kannte, dachte Iris manchmal, dass sie überall sonst lieber gewohnt hätte als ausgerechnet an der Piazza d'Azeglio. Ein großer, düsterer Platz aus dem neunzehnten Jahrhundert, nördlich des Stadtzentrums, er war zu erwachsen, zu groß, zu hässlich, zu weit von der Kunstschule auf der anderen Seite des Flusses entfernt. Die massiven Gebäude am langweiligen Platz gehörten entweder Banken oder wie dieses alten Familien, die sich den Unterhalt nicht mehr leisten konnten und kleine mit hässlichen, antiken Familienmöbeln vollgestopfte Wohnungen an Ausländer wie Ronnie und Iris vermieteten. Iris dachte an Ronnies Mum, sie hatten sie sehr wohl durchschaut, wahrscheinlich hatte sie sich das hier erst gar nicht angesehen, bevor sie die Kaution bezahlt hatte.

Der Blick nach hinten hinaus war merkwürdig, es war nicht Florenz, wie sie es sich vorgestellt hatte. Der kleine Garten mit ein paar Statuen und viel schwarzem Efeu und die Synagoge, von der sie nichts gewusst hatte, als sie eingezogen waren. Es sah aus wie in South Kensington, eine grüne Kupferkuppel und verwitterte, beige Steine, viktorianisch. Iris wurde sanfter, an einem Morgen wie diesem, mit gedämpftem Sonnenlicht, das sich durch den Dunst kämpfte, war der Blick hübsch. Die Dächer, ein paar weit entfernte Hügel, die im Süden gerade noch sichtbar waren. Iris öffnete spontan das Fenster, lehnte sich auf der kalten Fensterbank hinaus. Draußen war es wärmer. Es roch nach Rauch, und die Luft war mild.

Iris zog die Ärmel ihres T-Shirts nach unten und nahm an, dass man im Sommer für die Kühle und die Dunkelheit drinnen froh sein musste und über das Bad, das aus Steinen gemacht war und daher das Wasser sofort lauwarm abkühlen ließ, aber im Sommer wären sie nicht mehr hier, oder? Zum ersten Mal fand Iris das schade. Vielleicht fürchtete sie sich auch nur vor dem, was sie tun musste, wenn diese Gnadenfrist verstrichen war. Irgendwo begann eine Kirchenglocke zu schlagen, und sie schloss das Fenster. Zeit, loszulegen.

Bevor sie ging, schaute Iris in Ronnies Zimmer, vor allem aus Pflichtgefühl. Es war größer als ihres, aber das war eigentlich nicht Ronnies Schuld. Iris hatte sich das kleinere ausgesucht, sie hatte sich widerwillig in die Rolle der bezahlten Begleiterin gefügt. Als Vorbereitung hatte sie vorher Edith Wharton gelesen, Mas Idee, und sah einige ziemlich befriedigende Ähnlichkeiten zwischen sich und den verarmten Romanheldinnen. Sie sollte entweder unterhaltsam oder nützlich sein. Iris war nicht sicher, ob sie bei einem davon erfolgreich war.

Ronnie schien es nicht einmal aufgefallen zu sein. »Okay«, hatte sie achtlos gesagt. »Wie du willst.« Und wenn Iris jetzt so darüber nachdachte, so war es ihr wahrscheinlich tatsächlich egal. Ronnie wusste wohl von Anfang an, wie die Dinge laufen würden, dass sie nur eine von drei Nächten überhaupt hier verbringen würde und dass sie dann um zwei Uhr morgens herkam, singend und völlig berauscht vom Tanzen, Trinken und Flirten. Vielleicht lag es daran, dass Ronnie nie Geldprobleme gehabt hatte, aber wenn sie eines nicht war, dann kleinlich.

Das Zimmer war dunkel, muffig und leer, überall lagen Kleider. Die Fensterläden waren fast geschlossen, aber nicht ganz. Ronnie tat nichts richtig. Das Bett war nicht gemacht, der Laptop war an, der Inhalt einer Schachtel Tampax auf den Nachttisch gerollt, und zwei Unterhosen lagen auf dem Boden. Iris ging zu dem kleinen Tisch mit Intarsien, er war wackelig, wie alles in der Wohnung, und eher dekorativ als nützlich. Sie starrte auf den Bildschirm, Ronnies MySpace-Seite. Ein Foto von ihr auf dem Kopf war im Mittelpunkt, ihre dunkelbraunen Haare mit den blonden Strähnen hingen über ihr Gesicht, daneben standen Fotos von einem Dutzend Freunden, ihr MySpace-Name war Da-doo-ron-ron.

Mit schlechtem Gewissen scrollte Iris nach unten, um die Nachrichten zu lesen, die Leute ihr geschrieben hatten. Es gab viel ironisch Beleidigendes von Leuten von Zuhause. *Hab dich gestern Abend gesehen, wie bist du so, Grüße und Küsse, Loserrr. Florenz ist suuuuper*, hatte Ronnie am Montagabend gepostet und eine Zeichnung von Leonardo eingefügt, sie hat ihren Tonfall geändert, dachte Iris. Vor zwei Wochen hätte sie noch ein fettes Gähnen imitiert, wenn man Leonardo erwähnte.

Obwohl sie wusste, dass sie es nicht tun sollte, verkleinerte Iris die Seite, klickte zur Mailbox und surfte in Ronnies Nachrichten hin und her. Da war ein Mann, sie würde darauf wetten, Ronnie würde niemals verschwinden, um einfach nur mit Freunden der furchtbaren Serena abzuhängen, selbst wenn diese ein Schloss besaßen.

Aber wenn da ein Mann war, dann schickte er ihr keine E-Mails. Iris las ein paar coole, oberflächliche Nachrichten an ihre Mum, etwas an Antonella Scarpa von der Schule wegen der Kurse, die Rechnung über Zubehör, ein Dank an den Kursleiter für eine zusätzliche Stunde. So formell, so untypisch für Ronnie: *Es war sehr nett von Ihnen, ich bin sehr dankbar.* Vielleicht wurde sie erwachsen. Nichts über irgendeinen Mann, nichts über diesen Ausflug nach Chianti, sie hatte angenommen, sie würde auf MySpace damit angeben.

Iris gehörte nicht zu MySpace, all das Lästern und Mobbing und diese höhnischen Bemerkungen machten sie nervös, als wäre sie wieder in der Schule, aber Ronnie liebte es. Ronnie war in ihrem ganzen Leben noch nie Ziel von Spott gewesen, sie hatte nichts zu befürchten.

Iris hatte nicht einmal einen eigenen Computer. Alle sagten, das sei sehr merkwürdig, als wäre sie eine Amish oder so. Was schade war, denn sie kannte sich damit aus. Aber Ma mochte Computer nicht, in der Schule hatte es welche gegeben, und als Iris zurückkam, um das IB zu machen, hatte sie ihr einen alten, großen Laptop gekauft, gebraucht bei Emmaus, auf der anderen Seite von Marseille, mehr war nicht drin. Sie hatte das Geld nicht, und Computer lenkten sowieso vom eigentlichen Leben ab. »Man kommt nicht jeden Tag nach Florenz«, hatte Ma wehmütig gesagt, als Iris sie nach einem Laptop gefragt hatte, um Kontakt zu halten. »Willst du die Zeit dort vor einem Computer verbringen?«

Iris beugte sich vor und hob eine kleine Karnevalsmaske vom Teppich auf, eine freche, kleine Augenmaske aus Satin, keine alte, warzige Gummihexe für Ronnie. Halloween schien schon so lange her zu sein. Iris erinnerte sich an die Wohnung voller Leute, als wäre es eine Filmszene. Sie hatte eine rote Federmaske getragen und ihr Rüschenkleid. Sie erinnerte sich an ein Paar, das auf dem harten Sofa aufeinanderlag, und an die alte Dame, die Vermieterin, die mit einem Besenstiel unten an die Decke klopfte, damit sie ruhig wären. Ein betrunkener Amerikaner hatte Ronnie laut gefragt, wer denn das dicke Mädchen sei. »Wer ist die fette Tussi?«, er hatte Iris gemeint.

Die riesige, nietenbesetzte Haustür schlug hinter Iris zu, und sie ging durch das Eisentor auf die Straße. Manchmal fühlte es sich wie ein großes 220 Jahre altes Gefängnis an, die Schlüssel, die sie benötigte, nur um hinauszukommen, füllten praktisch ihre Tasche aus, von ihren Zeichenblöcken, Stiften und ihrer Schürze ganz zu schweigen. Draußen war der Platz kalt, grau und still, die großen, kahlen Bäume standen reglos im Dunst.

Nachdem sie eine Woche lang vergeblich versucht hatten, die Buslinien zu begreifen, hatten sie sich aufs Gehen verlegt. Iris ging gern zu Fuß, Ronnie nicht, sie motzte den ganzen Weg über, wenn sie überhaupt mitkam und sich nicht weigerte, unter ihrer Bettdecke hervorzukommen, oder erst im Morgengrauen nach Hause kam und zu Bett ging, gerade wenn Iris aufstand. Trotzdem zog Iris es vor, wenn Ronnie dabei war, weil sie ein bisschen redeten, weil Ronnie netter war, weil sie so gedämpft netter war und weil Iris, wenn sie allein zur Schule ging, die erste halbe Stunde mit Entschuldigungen für Ronnie verbrachte.

Sie hätte Bescheid sagen können, dachte Iris. Mir ungefähr sagen können, wann sie zurückkommt.

Der Dunst war über dem Fluss stärker, eher wie Nebel. Iris' Weg zur Scuola Massi, die im Oltrarno auf der Südseite des Flusses lag, führte sie über die simpelste und modernste Brücke. Die Ponte alle Grazie war vielleicht hässlich, aber von der hatte man an einem klaren Tag den besten Blick auf die Ponte Vecchio auf einer Seite und die Berge auf der anderen, von denen Iris nach einem Blick in ihren Reiseführer annahm, dass der höchste der Casentino sein musste. Ronnie würde über die Menschenmasse auf der Ponte Vecchio spotten: *Touristen*, die genau wie Iris über dem blauen Reiseführer hingen. Als wären sie beide irgendetwas anderes.

Heute war die Ponte Vecchio kaum zu sehen, und in der anderen Richtung drängten dicke, niedrige Wolken in die Stadt. Am Fuß der Brücke standen einige Plakatwände, die die *Comune* hatte aufstellen lassen, mit vergrößerten Fotos der Flut vor vierzig Jahren, die die Keller gefüllt und Autos in die Gärten gespült hatte. Iris las die Überschrift auf einem Foto von einem höhlenartigen Lagerhaus, in dem Dokumente zum Trocknen auf aufgebockten Tischen ausgebreitet waren und eine ernste Person mit weißen Handschuhen sie durchging: *Kunstliebhaber aus der ganzen Welt kamen, um uns zu helfen, unsere Stadt wieder aufzubauen.*

Alles, was Iris klar sehen konnte, war der Fluss unter ihr, der durch all den Regen der letzten Nacht gelb geworden war, und die Stützpfeiler der Brücke, die voller Äste und Schmutz hingen, die von den Hügeln heruntergespült worden waren. Trauriger Kram, Lumpen und Einkaufswagen, die aus Florenz eine Stadt wie jede andere machten, ein kompletter Baum, der aus irgendeinem Flussufer auf dem Land herausgerissen worden war. Das schmutzige Wasser wirbelte und sprudelte, und Iris sah reglos zu.

Bevor Iris die Wohnung verlassen hatte, hatte sie lange,

zumindest für ihre Verhältnisse, in den Badezimmerspiegel geschaut. Wie in allen anderen Zimmern war die Beleuchtung dort schlecht, die Decken zu hoch, das elektrische Licht falsch im Gewölbe angebracht, aber als sie sich im Spiegel betrachtete, war Iris das egal. Sie hatte sich in dem Moment gewünscht, ihre Ma wäre da und würde aufmunternd ihre Hand auf ihren Rücken legen und sagen, du bist gut gebaut. Du bist hübsch.

Nicht hübsch, das hatte sie beschlossen, als sie sich wie zum ersten Mal ansah. Aber auch nicht dick. Sie hatte geschluckt und bei der Beleidigung geblinzelt. Sie hasst ihn, wer immer er war, und einen Augenblick lang, als sie am Band der Lampe zog, um ihren Anblick zu löschen, hatte sie gedacht, dass sie ihn umbringen könnte, hätte sie eine Waffe, einen Grabstichel, ein Küchenmesser oder einen Hammer gehabt.

Auf der Ponte alle Grazie spürte Iris die Kälte des Geländers unter ihren Handschuhen. Sie wuchtete ihre Tasche höher auf die Schulter und ging in Richtung des anderen Ufers und eines weiteren Tages in der Kunstschule. Sie kam als Erste.

Kapitel 4

Als er auf der Straße an ihr vorbeiging, hätte Sandro sie für eine Nonne halten können, wäre sie ihm überhaupt aufgefallen. Sie trug keinen Schleier, aber das Haarband erinnerte ihn an einen. Das Haar selbst war ziemlich weiß und streng geschnitten, der Pony knapp über den blassblauen Augen und dann weiter bis fast an die Ohren. Wie ein Schulmädchen oder zumindest, wie Sandro überlegte, nicht wie ein Schulmädchen von heute mit Kaugummi, langen Haaren und Jeans, sondern eines aus seiner eigenen Kindheit, und noch dazu eines, bei dem Eitelkeit streng geahndet wurde.

Wie sie da auf seiner Türschwelle stand und auf ihn wartete, forderte sie eine nähere Betrachtung. Ihre Kleider hatten auch etwas Nonnenartiges, alles in Grau, Schwarz und Weiß, der Rock bis kurz unters Knie, die flachen, geschnürten, schwarzen Schuhe. Aber wie der strenge Haarschnitt stand ihr das Ensemble irgendwie, es war ihr nicht wie eine Nonnentracht auferlegt worden. Er schätzte sie auf ungefähr siebzig Jahre.

Sie standen ein paar Schritte entfernt auf dem Bürgersteig, und er sah, wie sie die Zeitung fester umklammerte. Ihre Blicke trafen sich, dann drehten sich beide um, um auf das neue Kupferschild zu schauen: *Cellini Sandro, Investigazioni*. Der Anblick seines eigenen Namens ließ Sandro endlich auf sie zugehen, als käme er zu spät zu einer Verabredung, von der er nichts gewusst hatte.

»Signore Cellini«, sagte die weißhaarige Frau ziemlich formell. Sie sah ihn mit einer Offenheit an, auf die er nicht vorbereitet war, vielleicht waren es auch ihre blauen Augen, klar und blass und leuchtend, die ihn überraschten.

»Ja«, sagte Sandro. »Bitte.« Er machte eine Handbewegung zur Tür und bat sie aus einem ritterlichen Instinkt heraus, vor ihm die Treppe hinaufzusteigen, um dann zu merken, dass er sich an ihr vorbeidrücken musste, um die Tür zu öffnen. Toller Anfang, dachte er düster.

Zu seiner Erleichterung hatte er das Büro am Abend vorher sauber hinterlassen, er hatte sogar das Sandwichpapier aus seinem Papierkorb entfernt. Wie zur Ablenkung dachte er plötzlich darüber nach, ob er eine Putzfrau einstellen sollte oder ob er Giulietta darum bitten könnte, ohne dass sie beleidigt wäre. Konzentriere dich, ermahnte er sich selbst.

Er zog seinen Mantel aus, wollte ihr aus ihrem helfen, aber sie lehnte ab, setzte sich hin, den Mantel noch bis unters Kinn zugeknöpft. Sandro wurde bewusst, dass seine erste Klientin ihn an die Schule erinnerte, er fühlte sich wie bei einer Lehrerin. Sandro war von Nonnen erzogen worden, und mehrere, wenn nicht gar alle, hatten genau die Ausstrahlung dieser Frau, deren Namen er noch nicht einmal kannte. Eine Ausstrahlung, die ruhige Autorität mit Gelassenheit und sparsamen Gesten verband. Ihm wurde klar, dass er sehr nervös war und gleich zu stammeln beginnen würde. Mach dich nicht lächerlich, sagte er sich selbst, das ist deine erste Klientin. Hier geht es nicht um dich, es geht um sie. Die Frau saß bereits, und Sandro ging hinter seinen Schreibtisch.

Sie blieb sehr ruhig vor ihm, die Füße nebeneinander und ihre Handtasche und die Zeitung auf ihrem Schoß, wartete sie.

»Nun«, sagte Sandro, »Signora …?« Mit dieser unschuldigen und unausweichlichen Frage verschwand ihre Gelassenheit. Er hätte es nicht definieren können, aber er erkannte es, wenn er es sah. Und er hatte es schon früher gesehen, in den Jahren, in denen er Zeugen und Verdächtige befragt hatte, die Unschuldigen und Schuldigen, der Augenblick, in dem die Selbstsicherheit der Person einen Riss erhält und die Verhandlungen beginnen können.

Sie öffnete ihren Mund ein bisschen, dann schloss sie ihn wieder. Sie sah ihn sehr genau an, ohne zu blinzeln, und er wusste, dass sie sich bemühte, eine sehr starke Gefühlsregung in den Griff zu kriegen.

Er sah, wie sich ihr blasser Hals bewegte, als sie schluckte. »Mein Name ist Gentileschi«, sagte sie. »Lucia Gentileschi. Der Name meines Ehemanns. Aber ich bin nicht ... Mein Ehemann ist nicht ...« Sie hielt inne, und Sandro wartete. »Mein Mann ist tot.«

»Das tut mir leid«, sagte Sandro knapp, und sie schaute ihn an, als hätte sie keine Ahnung, was er meinte. »Mein Beileid.« Er sah, dass ihre Hände sehr fest gefaltet auf dem Schoß lagen. »Ist es ... war es ...«

Lucia Gentileschi setzte sich in dem billigen Stuhl sehr gerade auf und atmete kurz ein. Trotz ihres Namens und des unverkennbar florentinischen Akzents hatte sie etwas Fremdes. »Entschuldigen Sie«, sagte sie. »Es ist schwierig zu sagen, was ich sagen möchte.«

»Lassen Sie sich Zeit«, sagte Sandro, und als er eine Karaffe und zwei Gläser auf dem Schreibtisch sah, er erinnerte sich gar nicht, sie dorthin gestellt zu haben, schenkte er ein Glas Wasser ein und hielt es Signora Gentileschi hin. Er lächelte schief. »Wir haben keine Eile.« Signora Gentileschi nickte ernst, und ihre Schultern entspannten sich ein wenig. Sie öffnete ihre Hände und nahm das Glas.

»Claudio starb vor knapp drei Tagen«, sagte sie so leise, dass er sich anstrengen musste, um sie zu hören, sie sah in das Wasserglas, ohne zu trinken. »Mein Ehemann, neunundvierzig Jahre lang. Ich bin jetzt eine Witwe.« Sie sagte es mit stummem Erstaunen.

»Es tut mir sehr leid«, sagte Sandro noch einmal.

Fast fünfzig Jahre, dachte er. Sie muss jung geheiratet haben. Und als er seine Augen zusammenkniff, um sie genau zu betrachten, spürte Sandro, wie eine professionelle Distanz zu ihm zurückkehrte wie ein alter Freund, der ihm nach zwei Jahren auf die Schulter klopfte. Ihm wurde bewusst, dass er noch nicht sicher sein konnte, welche Gefühle sie zu beherrschen versuchte. Der Tod verursacht sehr viel mehr Reaktionen als Trauer, manche Ehefrauen würden nach neunundvierzig Jahren nicht über den Tod ihres Ehemannes trauern. Er musste sich daran erinnern, dass Signora Gentileschi ihn als Klientin besuchte, nicht als Verdächtige, er musste ihre Motive nicht hinterfragen. Trotzdem fühlte er sich noch nicht bereit, sie geradeheraus zu fragen, warum sie hier war.

»War Ihr Ehemann krank?«, fragte er vorsichtig. »War er … viel älter als Sie?«

Lucia Gentileschi runzelte leicht die Stirn, und er sah, dass sie eine intelligente Frau war, die nach einer passenden Antwort suchte. Sie stellte das Glas wieder auf dem Schreibtisch ab und legte ihre Hände in den Schoß.

»Ja«, sagte sie schlicht, und während er wartete, fuhr sie fort. »Ich denke, ja auf beide Fragen. Er wurde krank, war noch im Anfangsstadium. Er war acht Jahre älter als ich. Er war einundachtzig.«

»Im Anfangsstadium?« Sandro fühlte sich unwohl, er hatte nicht das Gefühl, als stelle er die Fragen, die er eigentlich stellen wollte. Aber er sah, dass diese Frau es hasste, ihre Angelegenheiten mit anderen zu besprechen, und er es langsam angehen musste.

»Nun.« Ihr feines, intelligentes Gesicht schien ein bisschen in sich zusammenzusinken, und die Hände in ihrem Schoß fielen etwas auseinander. »Er wurde vergesslich.« Sie sah leicht von Sandro weg zum Fenster. »Er vergaß lächerliche Dinge. Ich habe ihm zu seinem letzten Geburtstag im Juni ein Buch gekauft. Eine Studie über modernistische Wiener Architekten. Er hat fast sofort vergessen, dass es ihm gehörte. Er hob es drei Mal auf, als hätte er es noch nie vorher gesehen. *Wo zum Teufel kommt das denn her?*, hatte er gefragt. *Gehört das mir?*«

Sie sah Sandro immer noch nicht an, als sie an ihm vorbei durchs Fenster schaute, sah er, dass ihre Augenlider zitterten, sie tat ihm wirklich sehr leid. Es machte einem Angst, dieses Alzheimer. Sie hatten alle Angst davor.

»War er Architekt?«, fragte er, um das Thema irgendwie zu umgehen. Da sah sie ihn an, sie lächelte, und er sah, wie schön sie gewesen sein musste. Eine junge Frau mit einem Kinderhaarschnitt und den wunderschön geschwungenen Augenbrauen.

»Das war er«, sagte sie mit leiser Freude. »Ein wunderbarer Architekt. Nicht berühmt«, fügte sie schnell hinzu. »Bescheiden. Aber sehr klug.«

Dann bewölkte sich ihr Gesicht so schnell und heftig, dass er befürchtete, sie würde gleich weinen. Sandro fühlte sich völlig hilflos.

»Signora Gentileschi«, sagte er rasch, er wünschte, er könnte die Tränen verhindern, wünschte, Luisa wäre bei ihm oder er hätte eine Schachtel Kleenex, irgendetwas, aber in Ermangelung all dessen reichte er nutzlos eine Hand über den Tisch. »Es tut mir so leid.« Sie bekam sich wieder unter Kontrolle, und er wusste jetzt wenigstens, um welches Gefühl es sich handelte, er erkannte Trauer, wenn er sie sah.

»Signora Gentileschi«, sagte Sandro, »sagen Sie mir, wie ich Ihnen helfen kann.« Und dann, weil er wusste, dass er das zuerst besprechen musste. »Wie starb Ihr Ehemann?«

Ihr Kopf legte sich etwas schief, und ihre blauen Augen sahen ihn so blass und leuchtend wie der Mond an.

»Sie haben gesagt, er habe sich umgebracht«, sagte sie.

Der Nebel lichtete sich gegen Mittag, gerade als sie im Studio Massi die Mittagspause einlegten, aber als Iris ihre Schürze auszog und ihre Stifte und Radiergummis wegräumte, hatte sie immer noch das Gefühl, als hinge etwas Schweres in der Luft, über ihr.

Es war nicht fair. Ronnie verschwand, um mit ein paar Freunden ihrer Mutter in einem Schloss auf dem Land zu feiern, und Iris musste sich Entschuldigungen für sie ausdenken.

»Erzähl es ihnen selbst«, hatte sie aufgeregt gesagt. Ronnie hatte mit einem Kater, aber trotzdem hübsch im Bett gesessen. Ronnie hatte alle Register gezogen, es sei eine einmalige Chance. »Und überhaupt«, hatte sie geschickt geendet, »es ist ja nur Antonella. Du kommst mit Antonella klar.«

Diese Woche hatte sie bisher nur Antonella Scarpa unterrichtet, die reizbare Studioleiterin. Iris hatte eine Strategie entwickelt, um mit ihr umzugehen, sie brachte es einfach schnell hinter sich. Wenn Antonella schrie, dann ließ sie den Kopf hängen und nickte zustimmend, um Kritik an ihr oder Ronnie zu akzeptieren. Aber zu ihrem Entsetzen hing an diesem Morgen ein anderer Mantel an der Tür, ein schwerer, schwarzer Wollmantel neben Antonellas pelzbesetzter Jacke, und als Iris um die Ecke in den großen Saal trat, stand der Kursleiter da. Paolo Massi, der auf Geschäftsreise gewesen war und dem sie Ronnies Fehlen noch nicht hatte erklären müssen. Sie hatte angenommen, er würde die ganze Woche fortbleiben, ihr rutschte das Herz in die Hose.

Massi war genau die Art von Florentiner, wie Iris ihn nach den Gemälden erwartet hatte: Eine lange, gerade Nase, groß und schmal, immer mit gerunzelter Stirn, sie wettete, dass er Ronnies Mum gefallen hatte, als sie sie für den Kurs angemeldet hatte. Serena (Ronnie rief ihre Mutter oft höhnisch beim Vornamen) war zu einem Kurzurlaub mit ihrem neuen Freund hier gewesen, und es musste ihr als perfekte Chance erschienen sein, Ronnie für eine Weile zu beschäftigen, während sie eine Strategie für die Zukunft entwickelte.

Ronnies Schulabschluss war enttäuschend gewesen. Und sie waren von der Kunstschule beeindruckt gewesen, sie hatte eine lange Geschichte, war ein altes Familienunternehmen mit unzähligen Empfehlungen sowie mit einer Druckerpresse, die während des Krieges in Betrieb war, um die Partisanen zu unterstützen. Wenn es in Italien auch nur annähernd so gewesen war wie in Frankreich, wie Ma immer sagte, wenn alle, die behaupteten, für die Résistance gearbeitet zu haben, es wirklich getan hätten, dann wäre der Krieg allerdings sehr viel früher zu Ende gewesen.

Als Massi und Antonella beide aufsahen, fragte Iris sich zunächst, ob das eine bewusste Strategie war. *Wir müssen über Ronnie reden*.

Aber sie sagten nichts, Antonella lächelte ein wenig, sie wirkte hochmütig mit ihren zarten Knochen, einer langen Nase und androgynen Gesichtszügen. Sie hatte scharfe, schwarze Augen und sehr kurze, schwarze Haare, ein Bürstenhaarschnitt mit etwas Grau. Ob sie wohl etwas miteinander hatten, fragte sich Iris, aber sie vermutete eher nicht, denn er war verheiratet.

»Unsere beste Schülerin«, sagte Massi. »Guten Morgen, Iris.« Er sprach es italienisch aus, sodass es mehr wie eine Blume klang. *Iris*. Sie wusste nicht, ob er sarkastisch war oder nicht, und murmelte etwas wie eine Entschuldigung.

Er lächelte ein bisschen steif. »Es ist in Ordnung, Iris. Ich meine es ernst.« Er gestikulierte wild in der Luft herum. »Immer die Erste. Immer bereit zur Arbeit.«

»Es tut mir leid wegen Ronnie, meine ich«, sagte Iris und fühlte sich dämlich, dann bereute sie, überhaupt etwas gesagt zu haben. Er fuhr mit einer Hand über seine Stirn und die drahtigen, grau melierten Haare. Er seufzte.

»Veronica?« Er sprach obenhin, aber sie merkte, dass er es persönlich nahm. »Ich bin von Veronica enttäuscht.«

Iris biss sich verschämt auf die Lippe.

Erst letzte Woche hatte Ronnie ihn um eine Extrastunde gebeten, um einen guten Eindruck zu machen, das war ihre Spezialität, bis sie es vermasselte. Sie vermasselte es immer, aber dieses Mal hatte sie sich selbst übertroffen, er war erst darauf hereingefallen. Hatte ihr ein paar seiner eigenen Bücher zum Lesen angeboten, hatte ihr Zutritt zum Vasarikorridor verschafft, dem berühmten Verbindungsgang vom Palazzo Pitti zu den Uffizien, den nur Eingeweihte zu sehen bekamen. Und jetzt musste Iris es ausbaden.

Sie sah auf ihre Füße, während er sprach.

»Soll ich fragen, wo sie heute steckt?«, fragte er steif.

»Ich weiß nicht, wo sie ist«, sagte sie, und Paolo Massi nickte, betrachtete sie. »Diese Schüler«, sagte er. »Aber du bist anders, was, Iris?« Er nickte in Richtung der Haken, wo ihre Schürze hing. »An die Arbeit, okay? Ich glaube, diejenige, mit der ich sprechen sollte, ist vielleicht Veronicas Mutter.«

Verdammte Kacke, dachte Iris, als sie sich umdrehte, um mit der Arbeit zu beginnen. Doch als Massi vom Tisch nicht mehr aufsah, dachte sie, *er blufft*. Aber Ronnies Mutter wäre es wahrscheinlich sowieso egal, es war ihr wahrscheinlich gleich, ob Ronnie zeichnen lernte oder sich mit englischen Aristokraten in einem Schloss im Chianti herumtrieb.

Um die Mittagszeit war es so mild geworden, dass Antonella Scarpa die Glastüren zum Hof öffnete und Iris dorthin ging, um ihr Sandwich zu essen. Heute waren sowieso nur ein halbes Dutzend Schüler aufgetaucht, warum also fühlte sie sich schuldig? Sie fragte sich noch einmal, was passieren würde, wenn Massi Ronnies Mutter tatsächlich anrief. Vielleicht machte Serena sie dann verantwortlich, weil sie Ronnie nicht vom schiefen Weg abgehalten hatte.

Mitten im großen Atelier mit den hohen Wänden stand jetzt ein langer Tisch, an dem sie sitzen und essen oder zeichnen konnten. Sechs oder sieben Leute saßen außer ihr noch da. Selbst heute, da sie sich über Ronnies schlechtes Benehmen sorgen musste, mochte Iris Freitage. Von Anfang an tauchten an Freitagen bestimmte Schüler nicht auf, denn sie begannen schon Donnerstagabend zu feiern. Heute war ihr vierter Freitag oder doch schon der fünfte? An Freitagen war der Geräuschpegel niedriger und der soziale Druck geringer. Es wurde nicht gefragt, *wo warst du gestern Abend, hast du soundso gesehen?* Ronnie konnte damit natürlich umgehen, Miss Charme, Ronnie interessierte sich auch für die Partys und den ganzen Klatsch.

Aber Iris wollte ein ruhiges Leben, und an Freitagen gab es das. Sie betrachtete die Mitschüler am Tisch. Sie mochte jeden, der heute hier war, sie mochte Hiroko, mochte Gaby, sogar die merkwürdige Traude aus Nürnberg war okay. Wer fehlte, waren Sophia aus Gloucestershire und Jackson von irgendeinem College in Vermont. Iris wusste nicht, wo Vermont genau lag, aber er sah nicht gerade arm aus, selbst Iris schielte ab und zu heimlich auf Jacksons iPhone, fasziniert vom winzigen, leuchtenden Bildschirm und von Jackson, der die Bilder darauf mit einer Fingerspitze bewegte wie ein Zauberer. Jackson hatte über sie gelacht, aber nicht unfreundlich.

Sophia verschlief oft, und zeichnen konnte sie so hoffnungslos schlecht, dass sie Iris leidtat, es sprach für sie, dass sie überhaupt weitermachte. Jackson wirkte oft abwesend, schläfrig und achtlos. Er war hier fehl am Platz, im Atelier schlug er nur die Zeit tot, während er auf den Abend wartete, wenn er mit anderen Amerikanern ins Zoe ging, eine Kaffeebar gleich um die Ecke der Schule, wo ihre Abende immer begannen. Ein Ort voll nobler, reicher Florentiner. Die jungen Männer trugen Blazer und glatt gebügelte Hemden und die Frauen hohe Absätze und lange, blonde Haare. Dann gingen sie weiter, in die In-Kneipen, die anderen Kaffeebars und Clubs, und Ronnie ging oft mit ihnen. Manchmal fragten sie Iris, ob sie auch mitkomme, aber sie hatte kein Geld dafür, und sie wollte sich nicht einladen lassen. Wäre sie mitgegangen, wenn sie Geld gehabt hätte? Vielleicht.

Jackson hatte gestern nach Ronnie gefragt, vielleicht auch vorgestern. An dem Tag, an dem es zu regnen begonnen hatte, sie hatten ihre Sandwiches am Tisch gegessen und den Regentropfen auf dem Glasdach zugehört. Er hatte nicht überrascht gewirkt, als Iris ihm zugeflüstert hatte, dass sie sich eine Auszeit genommen habe. »Ich hoffe, sie hat einen Ort gefunden, wo es warm ist«, hatte er gesagt und eine Kopfbewegung in Richtung des Regens gemacht. Iris hatte das Gesicht verzogen, weil sie daran dachte, wie wütend Ronnie wäre, weil sie im Schloss im Chianti nicht in den Swimmingpool könnte.

Antonella hatte sich darüber auch nicht groß aufgeregt. Iris überlegte, ob das immer wieder passierte, dass die Eltern für den Kurs bezahlten und die Schüler nach ein oder zwei

Wochen einfach ihre eigenen Vorstellungen verwirklichten. Nett für die Lehrer, vielleicht gab es deswegen anscheinend an jeder Ecke in Florenz eine Kunstschule, sie kam jeden Morgen auf ihrem Weg an mindestens fünf Schildern aus Metall vorbei. Am Schluss blieb eine Handvoll engagierter Schüler übrig und ein nettes, ruhiges Atelier.

Iris gähnte, sie hatte letzte Nacht in der riesigen, kalten Wohnung mit den schweren Vorhängen und Fensterläden und dem vielen Platz wie ein Stein geschlafen, aber sie fühlte sich trotzdem müder als sonst. Sie schloss die Augen, als sie sie wieder aufschlug, sah sie auf eine Zeichnung, die sie mit einem mulmigen Gefühl als ihre eigene erkannte. Iris nahm an, dass Antonella sie an die Wand geheftet hatte. Es war eine Skizze, die sie von Ronnie gemacht hatte, sie lag auf dem Rücken, die Hände hinter dem Kopf, ein Knie angezogen und das andere Bein locker darübergeschlagen, ein Buch lag auf ihren Oberschenkeln. Sie hatte es Ende letzter Woche zur Benotung eingereicht.

Iris wurde rot und war froh, dass Ronnie selbst nicht hier war, um Bemerkungen darüber zu machen, um irgendetwas Cooles und Sarkastisches zu sagen, ihre Stimme würde dann im Atelier schweben. Der Raum hatte eine überraschende Akustik, Geräusche drangen um Ecken und in Alkoven, die höheren Töne trugen weit unter der hohen, gewölbten Decke. Iris wandte sich von der Zeichnung ab, sie wünschte, Antonella hätte sie nicht aufgehängt.

Das Modell war heute ausnahmsweise ein Mann, sie dachte, dass Sophia und Ronnie vielleicht sogar sauer wären, ihn verpasst zu haben. Er war auch noch jung, Mitte zwanzig vielleicht, aber das war schwer einzuschätzen, weil er sehr dünn war. Iris hatte sich gefragt, ob er irgendeine Krankheit hatte, weil er so unnatürlich eckig wirkte, nur Haut und Knochen, und obwohl er schwarzes italienisches Haar hatte, war seine Haut so weiß, wie sie es noch nie gesehen hatte, sein Kinn schimmerte bläulich von den Bartstoppeln. Er hatte nichts gesagt, aber das taten die Modelle oft nicht. Er hatte sehr gut stillgehalten, auf einem Holzstuhl sitzend, die Knie auseinandergespreizt, die Ellbogen darauf gestützt.

Sie hatten nicht jeden Tag ein Aktmodell. Sie verbrachten viel Zeit damit, nach beweglichen Figuren und Fotos zu zeichnen, was Iris zunächst wie ein Betrug vorgekommen war, aber als sie eine Weile damit gearbeitet hatte, merkte sie, dass es half. Sie mochte es aber lieber, nach dem lebenden Modell zu zeichnen. Nach der ersten Woche in Florenz hatte sie begonnen, sich bekleidete Leute in der dunklen Straße oder in Kaffeebars anzusehen und sich vorzustellen, sie im Atelier nackt zu malen, und überlegt, wie ihr Fleisch wohl auf ihren Knochen saß. Sie fand es interessant, nicht aus irgendeinem perversen Grund, sondern weil es sie alle irgendwie gleichmachte. Das Zeichnen war ein guter Vorwand, um andere Leute ohne Gewissensbisse schamlos zu beobachten.

Als Iris in die kleine Küche des Ateliers ging, um ihren Teller zu spülen, überlegte sie, wie es wohl wäre, Paolo Massi zu zeichnen, und just in dem Augenblick kam er herein. Sie wurde rot und wandte sich leicht ab, damit ihm ihre heißen Wangen nicht auffielen, ausgiebig trocknete sie ihren Teller ab, dann stellte sie ihn weg. Er sagte nichts, vielleicht hatte er sie gar nicht bemerkt, sondern schraubte den Aluminiumespressokocher zusammen, und sie ging schnell hinaus.

Iris setzte sich an den Tisch, suchte in ihrer Tasche nach ihrem Skizzenbuch, und die Röte in ihrem Gesicht verschwand. Vielleicht lag es daran, dass er weg gewesen war, dass ihr Paolo Massi plötzlich überhaupt auffiel, dass sie über ihn nachdachte. Schließlich war er die ersten drei Wochen die ganze

Zeit hier gewesen, und sie hatte ihn kaum bemerkt. Er hatte im großen Atelier die Einführungsvorlesung gehalten, während der Ronnie und Jackson ganz hinten unverschämt über irgendetwas gekichert hatten. Er hatte sie durch die Uffizien geführt und ihnen Zeichnungen in einem Raum gezeigt, der der Öffentlichkeit sonst verschlossen war. Vor allem von Michelangelo. Iris wäre gern noch einmal hingegangen und hätte sie in Ruhe angeschaut. Massi hatte distanziert gewirkt, und sie erinnerte sich, dass sie überlegt hatte, wie langweilig es für ihn sein musste, alle drei Monate einer anderen Gruppe immer wieder dasselbe zu erzählen.

»Hey«, sagte Hiroko mit ihrer sanften Stimme plötzlich neben ihr und ließ Iris zusammenzucken. »Geht's dir gut?«

Iris drehte sich überrascht um, sie musste ins Leere gestarrt haben. Hiroko war eine ruhige, in sich ruhende Person, bescheiden hätte Iris sie genannt, aber vielleicht war sie auch typisch japanisch. Sie sprach nie laut oder drängte sich vor, wie all die anderen.

»Ja«, sagte Iris seufzend. Sie lächelte halb erstaunt, halb dankbar über dieses Interesse. »Mir geht's gut.«

Hiroko nickte. »Du bist heute Morgen zerstreut.«

»Nur ein bisschen«, sagte Iris. Sie glaubte, dass Hiroko auf der anderen Seite der Stadt hinter dem Bahnhof in einem tristen, lauten Stadtteil voller stalinistischer Betonhotels wohnte, obwohl Hiroko sich nie darüber beklagte oder auch nur davon sprach. Alles, was sie über Hiroko wusste, stammte aus einem Gespräch, das sie mit angehört hatte. Iris hatte neben Traude gesessen, als diese Hiroko gefragt hatte, woher sie kam. Sie hatte sich schweigend darüber gewundert, dass Hirokos Vater ein buddhistischer Mönch in Südjapan war, der außerhalb einer Stadt wohnte, von der Iris noch nie gehört hatte. Sie stellte sich Hiroko als kleines, ernstes Mädchen mit einem strengen, schwarzen Pony vor, das allein unter Kirschbäumen saß. Und sie fragte sich, wie es wohl war, einen Mönch als Vater zu haben.

Hiroko sah sie an. »Sie war seit Montag nicht mehr hier. Ist sie nach Hause gefahren?«, fragte sie in ihrem weichen, entschuldigenden Tonfall, und einen Augenblick lang fragte sich Iris, worüber sie redete.

»Nach Hause?« Dann wurde ihr klar, dass Hiroko Ronnie meinte. »O nein«, sagte sie rasch, denn wenn Ronnie nach Hause führe, dann müsste sie das auch. »Sie ist nicht zurückgefahren. Nach England meinst du?« Sie schüttelte den Kopf über die bloße Vorstellung. »Nein. Sie ist … unterwegs. Irgendwo.« Und sie lachte.

Hiroko sah sie verwundert an. »Du weißt nicht, wo sie ist?« Vielleicht klang es für eine Japanerin schlimm, vielleicht verließen sie wie die Italiener ihre Familie erst mit Ende zwanzig und waren nicht daran gewöhnt, dass Teenager allein durch die Welt fuhren. Während sie sprach, bemerkte Iris, dass Paolo Massi mit einem kleinen Metalltablett voller Kaffeezubehör hinter ihr stand. Er stellte es ab. Es herrschte einen Moment Schweigen.

»Oh«, sagte Iris, »es geht um einen Typen. Na ja, du kennst Ronnie ja.« Sie zögerte, sah Hiroko gequält an und schaute bedeutungsschwer in Richtung des Kursleiters, der sich am Tischende hingesetzt hatte und die Stirn runzelte. Hiroko sah immer noch verwirrt aus, aber sie zuckte mit den Schultern.

»Okay«, sagte sie und betrachtete Iris neugierig. »Aber fühlst du dich nicht einsam? So allein in der Wohnung?«

»Ich wohne nicht allein«, sagte Iris schnell, als sie den Blick des Kursleiters auf sich spürte, er wartete offensichtlich auf eine Erklärung.

Antonella kam aus der Küche und begann, die kleinen Kaffeetassen wieder einzusammeln. Iris sprang auf, um ihr zu helfen.

»Zurück an die Arbeit«, sagte Massi.

Sie machten gerade eine Kohlestudie einer kleinen etruskischen Statue, die Antonella an die Glastüre gestellt hatte, als es klingelte. Es war nur die Türklingel, aber heute klang sie für Iris lächerlich laut, ein rauer, kratzender Ton wie die Sirenen, die die Bauern in Frankreich von den Feldern riefen. In dem friedlichen Raum hallte sie nach und ließ sie alle in ihrer Bewegung innehalten: Hiroko, Traude, Sophia, die atemlos aufgetaucht war, als sie gerade ihre Staffeleien nach der morgendlichen Sitzung einpackten, alle schauten sich um, bevor sie sich setzten, selbst Antonella, die in ihrer Arbeitsschürze hinter der zarten, wunderschönen Statue stand. Massi kam aus dem Büro, das auf einem *soppalco* lag, einer Art von Galerie über dem Zeichensaal, und sah nach unten.

Antonella zuckte mit den Schultern, sie schien ihre Schürze ausziehen und an die Tür gehen zu wollen, aber Massi machte eine ungeduldige Geste und kam die Treppe herunter.

»Komm mit«, sagte Antonella mit leicht gerunzelter Stirn zu Massi und drehte ihrem kleinen Publikum barsch den Rücken zu. »Hat nichts mit euch zu tun. *A lavoro.*«

Aber niemand nahm den Kohlestift auch nur in die Hand, sie lauschten alle. Am Ende des breiten Flurs, der zur Haustüre führte, waren leise und ernste Männerstimmen zu hören. Massi sprach laut. Dann kamen Schritte und die Stimmen näher, als sie Antonellas Gesichtsausdruck sahen, wie sie den Flur entlangging, drehten sie sich alle um und starrten neugierig. Zwei Carabinieri in dunkelblauen Uniformen mit erschreckend echten, matt schwarzen Waffen, die schwer an ihren Hüften hingen, folgten dem Kursleiter ins Atelier und die Treppe hinauf ins Büro. Einer von ihnen hielt einen großen

Plastikumschlag, der undurchsichtig war und etwas Sperriges zu enthalten schien.

Die drei Männer ignorierten ihr neugieriges Publikum, das wie auf Kommando die Köpfe nach ihnen drehte. Sophia schnappte leise nach Luft, als ihr Blick auf das Schulterhalfter eines Polizisten fiel. Sie wollte gerade etwas flüstern, hielt aber inne, als Antonella die Hand hob.

Iris sah, dass Antonella angespannt war. »Also wirklich«, sagte sie zu der kleinen Gruppe, die mit offenen Mündern dastand, und bemühte sich um ihre übliche Autorität. Doch Iris sah, dass sie erschüttert war. »Bitte.«

Man hörte noch leise Geräusche, aber die Tür zum *soppalco* blieb fest verschlossen, und schließlich nahmen sie zögernd die Kohle in die Hand. Als die Polizisten wieder aus dem Büro traten, war knapp eine Stunde vergangen, und Iris hatte ihre Skizze der Statue fast beendet, aber sie war nicht gut, das konnte sie selbst sehen. Das Geräusch der Tür ließ sie alle sofort den Blick von der Staffelei nach oben reißen, als hätten sie darauf gewartet, sogar Hiroko.

Langsam trat der Leiter auf die Galerie. Iris sah, wie Antonella ihm von unten einen stirnrunzelnden Blick zuwarf, dann knüllte sie ihre Schürze in einer Faust zusammen, sagte dieses Mal nichts zu ihnen, stieg die Treppe hinauf und verschwand im Büro.

Erst als Antonella wieder herauskam und Iris mit einem merkwürdigen Gesichtsausdruck betrachtete, bekam sie Panik. *Ma*, war ihr erster Gedanke, weil sie sich immer zuerst Sorgen um zuhause machte. Was würde sie ohne Ma tun? Sie schaute die anderen an, Sophia stand mit offenem Mund da, aber Traudes Gesicht war nur höflich interessiert und Hirokos geduldig erwartungsvoll. Beruhige dich, sagte sie sich.

Antonella war allein auf der Galerie, hinter ihr konnte Iris im Büro die drei Männer stehen sehen, zwei in ihren dunkelblauen Uniformen, der Kursleiter einen halben Kopf größer. Antonellas Blick schweifte durch den Raum, und sie räusperte sich. Sie blinzelte, ihr Blick fiel auf die Zeichnung an der Wand, das Mädchen, das mit dem Buch auf dem Rücken lag. Gerade als Iris sich fragte, welche Verbindung es zwischen der Ankunft der Polizisten in der Schule und ihrer Zeichnung von Ronnie geben könnte, drehte sich Antonella um und sah sie direkt an.

Iris stand wie betäubt auf, sie spürte, wie alle sie beobachteten.

»Iris«, sagte Antonella. »Würdest du bitte ins Büro kommen.«

Kapitel 5

Noch lange, nachdem Lucia Gentileschi gegangen war, saß Sandro an seinem Schreibtisch und dachte über das Gedächtnis, und wie es sein müsste, es zu verlieren, nach. Widerwillig gab er vor sich selbst zu, dass er den Verlauf der Krankheit nur zu gut kannte, ob man es nun Alzheimer nannte oder irgendwie sonst, und nach dem, was Lucia Gentileschi ihm erzählt hatte, war es im Falle ihres toten Mannes etwas anderes. Diese Phänomene hatte es immer schon gegeben, im Bus gab es unausweichlich eine alte Dame, die alle zwei Minuten fragte: *Steigen Sie hier aus? Ist das der Bahnhof?* Jeder kannte jemanden, der es hatte. Luisas Mutter hatte es sicher gehabt, aber da die Arme an so vielem litt, musste sie es nicht lange ertragen.

»Es liegt daran, dass die Leute älter werden«, hatte Lucia Gentileschi ihm mit trauriger Gewissheit gesagt. »Wir sind eine alternde Gesellschaft.«

Die neuesten Erinnerungen verschwinden zuerst, man vergisst, dass man eine Pfanne auf den Herd gestellt hat oder warum man zum Kühlschrank gegangen ist, die Namen der letzten Bekanntschaften. Dann verwechselt man die eigenen Kinder mit seinen Geschwistern, dann mit den eigenen Eltern, danach erkennt man sie gar nicht mehr. Sandro wurde bewusst, dass er Lucia nicht nach Kindern gefragt hatte. In welcher Phase war Claudio gewesen? Der frühesten, hatte seine Witwe gesagt, noch kaum zu merken, wenn man ihn nicht in- und auswendig kannte wie sie, wenn man nicht seinen präzisen Verstand und seine pingelige Aufmerksamkeit für Details kannte.

»Er hörte auf zu lesen«, sagte sie, hielt dann wieder inne und faltete ihre blassen Hände in ihrem Schoß. Und obwohl sich Sandro nie für mehr als die Zeitungslektüre interessiert hatte, konnte er sich in dem Augenblick vorstellen, wie die beiden gemeinsam lasen, gelehrt, still. Und dann hörte einer von ihnen auf zu lesen. Was tat er stattdessen? Starrte ins Leere? Panisch, schweigend?

»Ich habe dann kleine Notizen gefunden, die er überall hingeklebt hatte«, sagte sie und schnappte leicht nach Luft. »Zwei- oder dreimal, darauf stand *Zähne*. Solche Dinge. Um sich daran zu erinnern, sich die Zähne zu putzen.« Er sah, wie sie ihre Lippen zusammenpresste.

Es heißt, dass das früheste Stadium am schlimmsten sein konnte, wenn noch genügend Bewusstsein da war, dass der Kranke die Bedeutung seiner Gedächtnisschwäche begreifen konnte. Er hatte diesen entsetzten Blick in den Augen von Luisas Mutter für ein paar kurze Wochen gesehen, bevor andere Hirnareale ebenfalls aussetzten und sie gnädig vom Bewusstsein für ihren Verlust befreiten.

Er rief Pietro schweren Herzens an, er hatte nicht erwartet, dass er das so hassen würde, das Erbitten von Gefallen. Pietro war unterwegs, sorgfältig hinterließ Sandro, dass er mit ihm über den Tod von Claudio Gentileschi reden wollte, er nannte das Datum, das Alter, die Adresse, alles, von dem er wusste, dass es die Angelegenheit beschleunigen würde. Der diensthabende Beamte, dessen Namen er gar nicht erst erfragte, notierte sich alles, seine Stimme klang distanziert und desinteressiert, als wäre Gentileschi vor hundert Jahren gestorben.

Sandro legte auf, in Gedanken ging er das ganze hoffnungslose Geschäft noch einmal durch. Was tat ein Mann, wenn er sein Lebensende auf sich zurasen sieht?

Als er im dämmrigen Licht steif aufstand und nach seinem Mantel griff, fürchtete sich Sandro vor seinem nächsten Treffen mit Lucia Gentileschi, obwohl er sie mehr mochte als vielleicht jeden Menschen, den er in den letzten Jahren getroffen hatte.

Ma war nichts geschehen, Iris musste, obwohl sie das begriffen hatte, gegen das Bedürfnis ankämpfen, ihre Mutter anzurufen, um ihr zu sagen, dass sie sie liebte, obwohl sie ein trotziges, kritisches und undankbares Einzelkind war.

Doch das konnte und durfte sie nicht. »Denk gar nicht erst daran anzurufen«, hatte Ma gesagt und mit ihrer von Terpentin rauen Hand Iris' Hand gedrückt. »Zu teuer, zu viel Ablenkung.«

Der Blick, den Antonella auf sie geworfen hat, als sie an ihr vorbei auf die Galerie gestiegen war, hatte Iris noch mehr verwirrt. Dann war Antonella zur Seite getreten und die Metalltreppe nach unten zu der kleinen Gruppe ihrer Schüler gegangen.

Als Iris im Büro stand, hatte sie es auf dem Schreibtisch liegen gesehen, auf der Plastiktüte, die der Polizist mitgebracht hatte, und die Gedanken an Ma waren weg.

»Iris«, sagte Paolo Massi abrupt, »es tut mir leid, bitte setz dich.« Sie sah von einem Gesicht zum nächsten und zögerte, ihren Blick auf den Tisch fixiert. Massi zog ihr einen Stuhl heraus, dann einen für sich selbst, woraufhin sie sich widerwillig setzte. Die Polizisten nahmen umständlich ihre glänzenden, spitzen Mützen ab und setzten sich ebenfalls, als würde ihnen etwas verspätet klar, dass man Iris vielleicht schonen sollte.

»Woher haben Sie das?«, fragte sie mit staubtrockenem Hals. »Das gehört Ronnie.«

Es sah eindeutig wie Ronnies Tasche aus. Iris war dabei gewesen, als sie sie vor drei Wochen von einem der nigerianischen Straßenhändler gekauft hatte. Sie erinnerte sich an das Gespräch, das sie darüber geführt hatten, dass man Touristen Strafgebühren auferlegte, wenn sie gefälschte Ware auf der Straße kauften, und wie sie die Via Por Santa Maria nach Polizisten abgesucht hatten, bevor Ronnie die zwanzig Euro bezahlte. Eine Sekunde lang dachte sie, die Polizei wäre jetzt hier, um die Strafe zu kassieren.

Aber nur eine Sekunde lang, dann fragte sie sich, warum sie die Strafe nicht bei Ronnie selbst kassieren wollten. Denn wohin die Tasche ging, ging auch Ronnie, den Arm fest um sie geschlungen, um Vespadiebe abzuhalten. Sie liebte diese Tasche.

Iris zog ihren Stuhl näher an den Tisch. Die Tasche war groß, dunkelbraun, voller Schnallen und Klammern und mit einem großen Messingvorhängeschloss, auf dem der Name des Designers stand. Sie erinnerte sich, dass sie mit Ronnie zusammen die Nähte untersucht und festgestellt hatte, dass es kein echtes Leder war. Ronnie war die Tasche gestohlen worden, war es das? Sie streckte ihre Hand aus, um sie zu berühren, aber der Polizist, der am nächsten saß, ein kräftiger Mann mit glänzenden, schwarzen Haaren, räusperte sich, eine Warnung, die sie innehalten ließ. Iris roch sein Aftershave und spürte eine Art von Spannung, als würde ihr übel.

»Ist das Veronicas Tasche?«, fragte Paolo Massi.

»Ich glaube schon«, sagte sie vorsichtig. Die Tasche war leer, woher wussten sie, wem sie gehörte oder wohin sie sie bringen mussten? Als hätte sie die Frage laut gestellt, nahm der andere Polizist eine kleinere, transparente Plastiktüte aus einem Nylonkoffer zu seinen Füßen, und da wusste sie es. Ronnies schmuddelige Schminktasche und ihr Geldbeutel – immer noch vollgestopft mit alten Quittungen, dachte Iris verwundert, würde ein Taschendieb all das nicht einfach ausräumen? – ihre Schlüssel an einem Designerschlüsselanhänger, den ihr irgendein Exfreund geschenkt hatte. Kein Telefon.

»Ich verstehe nicht«, sagte Iris. »Ronnie hat doch nicht …« Dann hielt sie inne, sie spürte Massis Blick. Sie konnte ihnen doch nicht erzählen, dass Ronnie seit Tagen nicht mehr in der Stadt war, oder doch? Dass sie keine Lust hatte, diese Woche zu arbeiten und dass Iris seit vier Tagen für sie gelogen hatte.

Aber wie war Ronnie aufs Land gekommen? Iris wünschte sich, sie könne sich an den Namen der Stadt oder der Leute, bei denen sie war, oder an sonst etwas erinnern, aber ihr Gedächtnis war völlig leer. Wie war Ronnie dorthin gekommen und hatte ihr Zugticket gekauft – ohne ihre Tasche? Es ergab keinen Sinn. »Wo haben Sie die Tasche gefunden?«

Während sie auf die Plastiktüte starrte, bemerkte Iris einen staubigen Geruch, irgendwo unter dem Aftershave des Polizisten, ein Geruch, der gleichzeitig bekannt und unpassend schien. Er gehörte nicht hier hinein, in das hell erleuchtete Büro. Welcher Geruch war es? Der von trockener Erde unter Bäumen, von Humus und Piniennadeln und Blätterkompost. Wider besseres Wissen lehnte Iris sich vor, um alles näher zu betrachten, und sah, dass die Tasche abgewetzt und dreckig war und innen voll von feinem grauen Staub. Als hätte man sie aus einem Hasenbau gezogen, als hätte ein Terrier mit pudergrauen Wimpern sie aus der Erde gezerrt. Als wäre sie vergraben gewesen.

Iris spürte, wie etwas Riesiges und Namenloses in ihr aufstieg. »Ich verstehe nicht«, sagte sie. »Wenn sie ihre Tasche verloren hätte, wäre sie zurückgekommen, sie wäre ... Was ist mit ihr passiert? Was ist mit Ronnie passiert?« Sie kämpfte um ihre Fassung. »Wo ist sie?«

Beide Polizisten begannen, vielleicht wegen des panischen Klangs ihrer Stimme, sofort auf Italienisch miteinander zu sprechen, doch obwohl sie Fortschritte in der Sprache gemacht hatte, verstand Iris nichts. Sie sah von einem zum anderen, dann stand Paolo Massi auf und hob eine Hand gegenüber den Polizisten. Er übernahm die Kontrolle. Er wandte sich Iris zu, und dankbar spürte sie, dass sie wieder Luft holen konnte.

»Iris«, sagte er, und sie merkte, dass er sich bemühte, locker zu klingen. »Ich bin mir sicher, dass es Veronica gut geht. Sie müssen nur wissen, wann du sie das letzte Mal gesehen hast. Wann hast du, äh, Ronnie gesehen?«

Bei diesen Worten rauschte es merkwürdig in Iris' Ohren, ihr Blickfeld engte sich so weit ein, bis sie nur noch die Tasche, das Messingschloss und den Designernamen sehen konnte, er stand nicht genau in der Mitte, ein Zeichen für eine Fälschung, hatten sie damals beide gemeint. Es wurde immer enger, bis sie nur noch den grauen Schmutz in Ronnies Tasche sehen konnte.

»Ich, äh, Entschuldigung«, stotterte sie, aber Paolo hatte sich umgedreht, um den Carabinieri etwas zu sagen, sie konzentrierte sich auf den Klang seiner Stimme, und die Welt kehrte langsam wieder zurück. Dumm, dachte sie, worum ging es hier? Sie begriff, dass er fragte, ob er im Moment für sie übersetzen solle und wie lange es wohl dauern würde, einen offiziellen Dolmetscher zu holen, dann stimmten sie ihm zu. Wenn sie langsam sprachen, wollte sie sagen, könne sie ihnen folgen, sie war nicht völlig dumm. Aber dann fügte sie sich. Sie musste schließlich sicher sein, was gesagt wurde, oder nicht? Das hier war wichtig. Es wurde genickt und mit der Schulter gezuckt, dann wandte sich Massi wieder Iris zu.

»Entschuldigung«, sagte sie. »Was haben Sie gefragt?«

»Ich habe gefragt, wann du Ronnie das letzte Mal gesehen hast«, sagte er, »oder wann du das letzte Mal mit ihr gesprochen hast.«

Iris fühlte sich gleichzeitig kalt und verschwitzt.

»Ich habe sie am Morgen nach Halloween das letzte Mal gesehen«, sagte sie langsam. »Wir hatten an Halloween ein Fest in unserer Wohnung organisiert.«

Eine absolut schreckliche, dämliche Fete, wollte sie am liebsten sagen, weil sie an den amerikanischen Jungen dachte und weil niemand Nettes gekommen war.

»Also am Montag«, sagte Massi. »Und du hast sie am Dienstagmorgen das letzte Mal gesehen.«

Iris nickte, starrte ihn an und dachte nach. »Sie lag im Bett«, sagte sie. »Ich bin hierhergekommen. In die Schule. An dem Morgen besuchten wir die Töpferei.«

»Du hast Antonella erzählt, dass es ihr nicht gut ginge«, sagte Massi ausdruckslos.

Die Lüge war ihr peinlich, und Iris zuckte unbeholfen mit den Schultern. »Sie hatte einen Kater«, sagte sie. »Sie sah wirklich nicht gerade gut aus.« Eigentlich war es ihr gut gegangen. Sie hatte im Bett gesessen und aufgeregt ausgesehen.

Massi drehte sich um und gab die Informationen knapp an den großen Carabiniere weiter, der nickte. »Sie waren am Dienstag hier?«, hörte sie den Polizisten Massi fragen. »In der Schule?«

Massi sah ihn neugierig an. »Ich habe eine Ausstellung aufgehängt«, sagte er. »In unserer Galerie, und das die ganze Woche.«

Viele Leute waren an dem Tag nicht da gewesen, dachte

Iris sich rechtfertigend. An dem Tag stand nur der Besuch einer Töpferei in Fiesole auf dem Programm, das war praktisch freiwillig. Antonella hatte sie dort allein gelassen und war zur Schule zurückgefahren.

Der Polizist nickte. »Sie wussten also nicht, dass Miss Hutton den Kurs nicht besuchte?«

»Antonella hat es vielleicht erwähnt«, sagte Massi stirnrunzelnd. »Veronica wäre nicht die erste Schülerin, die schwänzt, natürlich bemühen wir uns sehr.« Er klang, als würde er sich verteidigen.

»Aber Sie selbst waren nicht hier. Sie haben nicht unterrichtet.«

»Nein«, sagte Massi und klang wütend.

Iris beobachtete die Männer mit einem unguten Gefühl. Früher oder später würde sie es sagen müssen. Sie holte tief Luft.

»Ich wusste, dass sie diese Woche nicht kommen würde«, sagte sie und sah verschämt auf ihren Schoß. »Na ja, eigentlich dachte ich, es wären nur zwei Tage, aber Sie kennen …« Sie wollte gerade *Sie kennen Ronnie ja* sagen, aber aus irgendeinem Grund ließ dieser Satz Panik in ihr aufkommen. »Sie hat gesagt, sie würde zu ein paar Freunden ihrer Mutter fahren.« Plötzlich fiel ihr der Name des Ortes und auch der Freunde wieder ein. »Zu den Hertfords«, sagte sie fast triumphierend, bis sie sich zurücknahm, »in Greve.«

Massi sah sie, wie Iris fand, leicht misstrauisch an. »Na dann«, sagte er mit gespielter Jovialität, »da haben wir die Antwort.« Glaubte er ihr nicht?

»Anscheinend ist sie in Chianti«, sagte er und drehte sich zu den Polizisten um. Sie schienen sich zu entspannen und klangen fast ungeduldig, als sie ihm etwas antworteten. Massi wandte sich zum Übersetzen wieder Iris zu.

»Hast du mit ihr gesprochen, seit sie dorthin gefahren ist? Hat sie ihre Tasche nicht erwähnt?«

»Ich, äh, ich, na ja, nein«, sagte Iris langsam und spürte, wie die Panik bei dieser Frage wieder hochkam.

»Das heißt, ich habe sie ein paar Mal angerufen, aber es hieß immer, der Teilnehmer ist nicht zu erreichen oder so etwas. Ich habe angenommen, sie ist in einem Funkloch.«

Sie fragten sie nach Ronnies Nummer und ihrem Netzwerkanbieter, da wurde Iris klar, dass ihr Telefon nicht in der Tasche gewesen war. Was komisch war, denn da tat sie es normalerweise hinein. Vielleicht hatte sie es in der Hosentasche, oder vielleicht hatte derjenige, der ihr die Tasche geklaut hat, es nur auf das Telefon abgesehen. Iris wurde angesichts der Möglichkeiten ganz schwindelig. Warum das Handy klauen, aber nicht das Geld? Es fiel Iris ein, dass auch die Wohnungsschlüssel in der Tasche gefehlt hatten.

Also hatte Ronnie ihr Telefon und ihre Schlüssel. Das klang beruhigend.

»Wir könnten noch mal versuchen, sie zu erreichen«, sagte sie, nahm ihr Handy heraus und wählte, bevor sie jemand aufhalten konnte. Bitte, flehte sie in ihrem Kopf, während sie wartete, sprich einfach, Ronnie, geh einfach ran. Bitte lass mich noch einmal deine Stimme hören. Erst später realisierte sie, dass sie in dem Moment, bevor sie die hölzerne, italienische Ansage hörte, gewusst hatte, dass etwas nicht in Ordnung war.

»Würde irgendeine Ehefrau das glauben?«, fragte Luisa mit überkreuzten Armen. »Dass ihr Ehemann Selbstmord begangen hat?«

»Setz dich«, sagte Sandro ungeduldig und zog ihr einen Stuhl hervor. Zwischen ihnen auf dem Küchentisch stand eine Schüssel mit Pappardelle mit Kaninchensauce, seine Lieblingssauce, die Pasta glänzte durch den Fleischsaft. Die Küche war warm, die Lampe hing niedrig über dem Tisch, der wie immer gedeckt war: Tischdecke, saubere Gläser, Wasserkaraffe, Servietten. Es hatte ihn fröhlich gestimmt, als er ihn gesehen hatte, aber durch Luisas Reaktion konnte die gesamte Stimmung kippen. »Es wird kalt«, sagte er sanft.

Sandro hatte sich den ganzen Nachhauseweg über hierauf gefreut. Wie auf Bestellung hatte der Regen kurz aufgehört, und er war im Mondlicht zufrieden heimgegangen. Über die große Leere der Piazza del Carmine mit ihrem glänzenden Kopfsteinpflaster war er spaziert, und als er bei den großen, dunklen Palazzi der Via Santo Spirito ankam und das silbrige Licht auf ihre majestätische Länge scheinen sah, das Florenz, wie er es kannte, war er wieder ganz bei sich. Auf halbem Weg hing ein Fotoplakat an einer Fassade, Sandro betrachtete es und sah, dass es ein Bild der großen Flut von 1966 war. November 1966: Das Foto zeigte einen Müllhaufen vor einem Geschäft und ein Auto, das von einer Schlammwelle umgeworfen worden war. Sandro war damals achtzehn gewesen und hatte seinen Wehrdienst geleistet, Luisa hatte er noch nicht getroffen.

Er ging weiter und konnte es jetzt noch vor sich sehen, das Wasser, das vor vier Jahrzehnten langsam und unaufhaltsam gestiegen war bis zum Piano Nobile und die antiken Keller durchgespült hatte. Er erinnerte sich an den Schlamm und den Dreck, den es hinterlassen hatte, und die Monate harter Arbeit, das Schleppen, Schleusen und Wiederaufbauen, die Laster voller ruinierter Alltagsgegenstände, die überall parkten und die Männer, die auf der Straße weinten. Kurz wunderte sich Sandro, dass die Stadt überlebt hatte. Dass er überlebt hatte, der achtzehnjährige Sandro voller Frustration, Wut und Unentschlossenheit, er hatte sich eine Arbeit gesucht, er hatte Luisa getroffen und war ihr treu geblieben. Wie das Saubermachen der Stadt hatte es sich als fortgesetzte, harte Arbeit herausgestellt.

In der Küche seufzte Luisa und setzte sich. Schweigend servierte sie und begann zu reden, als Sandro die Gabel zum Mund führte. Er hörte ihr zu und kaute dabei nachdenklich.

»Egal wie schlimm die Krankheit war, wie kann man an Selbstmord glauben? Dass derjenige, mit dem man die ganze Zeit zusammengelebt hat, die Liebe deines Lebens, dich einfach so verlassen würde? Dich im Stich lassen?«

Erschrocken nickte Sandro, er bemühte sich zu verstehen, woher dieser Ausbruch kam. Er legte seine Gabel sorgfältig beiseite. »Iss«, sagte er. »Es ist so gut. Und du siehst müde aus.«

Es stimmte. Luisa war blass, ihre Augenlider dunkel und schwer. Sie machte ein frustriertes Geräusch, fing aber an zu essen. Es war die beste Strategie gegen Luisa Empörung, damit zu drohen, Essen verderben zu lassen. Sie sah ihn an, während sie aß, aber er konnte sehen, dass sie ruhiger wurde. Dann verstand er, es schien ihm schon so lange her, aber offensichtlich war es für Luisa noch aktuell.

»Ach das«, sagte er ungeduldig. »Ich weiß. Ich würde mich nie umbringen, das weißt du.« Sie kniff die Augen gefährlich zusammen. Vorsichtig goß Sandro ihr ein halbes Glas des sehr guten Brunello ein, den Pietro ihnen gegeben hatte. Er hatte Beziehungen im Val D'Orcia, ein Neffe fuhr für einen der Winzer, der seinen Führerschein verloren hatte. Luisa atmete aus, nippte am Wein, wurde weicher.

»Das sagst du jetzt, Sandro. Ich glaube, du hast vieles vergessen.«

Vielleicht stimmte das, vielleicht hatte er es vergessen. Er war auf jeden Fall in einem Ausnahmezustand gewesen, als vor zwei Jahren die Leiche des Kindsmörders gefunden wurde, als in Porta al Prato Fragen gestellt wurden und Sandro beschlossen hatte, auf seiner einsamen Mission wie John Wayne loszuziehen. Er wusste, dass er aus der Polizei ausgeschlossen werden würde, sobald sie herausfanden, was er getan hatte. Sobald sie ihn erwischten. Hatte er vorgehabt, sich umzubringen? Er würde lügen, wollte er behaupten, dass er es nicht in Gedanken durchgespielt hatte, aber das war nicht dasselbe. Es brauchte einen Plan, man musste daran denken, wer die Leiche findet, wie man es ohne allzu viel Unordnung hinbekam. Und ohne zu viel Schmerzen.

Als wüsste sie, woran er dachte, sagte Luisa: »Wie hättest du es getan?« Ihre Stimme klang rau, sie war immer noch wütend auf ihn, weil er sie diesen vierundzwanzig Stunden voller Sorgen ausgesetzt hatte, nur weil ihm dieser Gedanke durch den Kopf gegangen war. »Ich hätte es nicht getan«, sagte er ruhig. »Ich hätte es nie getan.«

Sie sagte nichts. Er zuckte verlegen mit den Schultern. »Keine Tabletten«, sagte er unsicher. »Etwas sehr Schnelles. Unmittelbares.« Sie wusste, dass sie beide an seine Pistole, die Dienstwaffe, dachten. »Aber hier geht es nicht um mich, Luisa. Ich würde es nie tun.« Ihre Hand lag auf dem Tisch, und für einen Moment legte er seine darauf.

Was er nicht hinzufügte, war, dass er die Tabletten nicht genommen hätte, aber dass er auch niemals seine Taschen mit Steinen gefüllt hätte, um dann in den schlammigen Arno unterhalb der Baracken und Müllhaufen des Lungarno Santa Rosa zu gehen. In den Dreck mit all dem Flussgetier, das über einem schwimmt. Er hätte niemals getan, was Claudio Gentileschi getan hat.

Pietro hatte ihn schließlich zurückgerufen.

»Der Typ war ernsthaft depressiv«, hatte er gesagt. »Es tut mir leid, Sandro, wir haben mit dem Arzt gesprochen. Er hat sein ganzes Leben dagegen angekämpft, er war wohl einfach des Kämpfens müde.« Sandro hörte, wie er laut seufzte. »Du weißt schon, die Lager. Er war im Lager, so was in der Art, na ja. Ich glaube, das lässt man nie hinter sich.«

Sandro wusste, dass Pietro an diesen Schriftsteller dachte, der im Lager gewesen war, darüber geschrieben und sich dann vierzig Jahre später in Turin die Treppe hinuntergestürzt hatte. Aber Pietros Vergleich gefiel ihm nicht, keine zwei Menschen sind gleich, nicht mal, wenn sie dieselben Schrecken durchlebt haben. Er sagte nichts.

Pietro fuhr ernst fort: »Vielleicht ist irgendetwas passiert, irgendeine Kleinigkeit, der Tropfen, der das Faß zum Überlaufen bringt, wer weiß? Komm schon, Sandro, du weiß das so gut wie ich. Es geschieht ständig. Selbstmord.«

Dann herrschte einen Augenblick Stille. »Der erste Auftrag, was?«, fragte Pietro und wollte ihn aufmuntern. »Nette Sache, Sandro, du bist jedenfalls wieder zurück im Sattel.«

Sie hatten das Gespräch mit ihrer üblichen Verabredung beendet. Sandro wusste, dass Pietro ihn davon zu überzeugen versuchte, dass er eine Zukunft hatte, aber dummerweise hatte das genau den gegenteiligen Effekt: Je netter Pietro war, umso mehr erinnerte er sich daran, dass sein Alleingang seinen Freund die Arbeit hätte kosten können. Einen ganzen Tag lang, nachdem Sandro mit einer geladenen Dienstwaffe verschwunden war, hatte Pietro ihn gedeckt. Er hatte für ihn gelogen und könnte dafür immer noch zur Verantwortung gezogen werden, sollte irgendein Kollege ihm Böses wollen.

»Ich sage ja nicht, dass Menschen keinen Selbstmord begehen«, sagte Luisa, die jetzt aufstand, um den Tisch abzuräumen. »Ich sage nur, dass diejenigen, die sie hinterlassen, es nicht glauben wollen. Ich sage, dass es nur natürlich ist, es zu leugnen.«

Sandro nickte, aber er war sich nicht sicher, ob Luisa dasselbe sagen würde, hätte sie Lucia Gentileschi getroffen. Sie könnten äußerlich nicht unterschiedlicher sein, dachte er, als er Luisa an der Spüle beobachtete. Ihre Haare waren so schwarz und glänzend wie damals, als er sie zum ersten Mal getroffen hatte, ihre Schultern rund, ihre Hüften kurvig und stark. Dennoch war Claudio Gentileschis Witwe eine Frau vom selben Schlag wie Luisa.

»Sie haben *gesagt*, dass er sich umgebracht hat?«, hatte er sie so sanft wie möglich gefragt, als sie mit geradem Rücken dasaß, in dem Zimmer mit dem blassen Novemberlicht. Sie schien sich ständig gegen etwas zu wappnen. »Glauben Sie ihnen nicht?«

Es dauerte eine Weile, bis sie ihm antwortete. »Ich weiß nicht«, sagte sie schließlich. »Ich meine, nein, ich glaube ihnen nicht, natürlich glaube ich ihnen nicht, das ist meine erste Reaktion. Ich kannte ihn, wissen Sie …« Ihre Stimme versagte, dann erholte sie sich. »Und sie kannten Claudio nicht.« Sie nickte. »Aber ich verstehe, dass ich unter den gegebenen Umständen vielleicht nicht klar denke.« Sandro sah ihre Augen, die auf irgendeinen Punkt hinter dem Fenster fixiert waren, ganz konzentriert. »Ich muss Gewissheit haben, verstehen Sie«, fuhr sie fort. »Ich muss überzeugt sein. Denn ich kann nicht – ich kann nicht …« Sie seufzte und atmete laut ein. »Ich kann einfach nicht ertragen, mir vorzustellen, dass er Schmerzen hatte. Oder dass er Angst hatte.«

»Nein«, sagte Sandro und spürte, wie sich ihm der Hals zuzog. »Natürlich nicht.« Er wusste immer noch nicht, was sie von ihm wollte. Lucia Gentileschi drehte ihren Kopf ein bisschen, um endlich vom Fenster auf Sandro zu schauen. Er wollte wegsehen, tat es aber nicht.

Sie fuhr entschlossen fort. »Die Polizei wird mir das natürlich nicht sagen, es gehört nicht zu ihrer Aufgabe, das herauszufinden. Ich denke, sie sind keine Ärzte oder Priester. Vielleicht glauben sie auch, dass es nicht gut für mich wäre, die Wahrheit zu kennen.«

Gegen seinen Willen nickte Sandro langsam. Er wusste nur zu gut, wie viel den Angehörigen nicht erzählt wurde. Ihm wurde schwer ums Herz bei dem Gedanken, dass er eine Chance bekam, Wiedergutmachung zu leisten, es dieses Mal richtig zu machen, das Problem war, dass er keine Ahnung hatte, ob er es schaffte. Was, wenn die Wahrheit unerträglich war? Aber Lucia Gentileschi, er konnte sich nicht vorstellen, sie jemals beim Vornamen zu nennen oder zu duzen, sah ihn immer noch an, und jetzt erkannte er, wenn irgendjemand die Wahrheit verkraften könnte, dann sie.

»Wissen Sie«, sagte sie, »er war einen ganzen Tag lang verschwunden. Elf Stunden ohne Spur. Ich habe ihn zum letzten Mal um acht Uhr gesehen, als er die Wohnung verließ, um eine Zeitung zu kaufen. Es heißt, er wäre gegen sieben Uhr abends gestorben.« Sie hielt inne, ihre Augenlider zitterten. »Sie haben seine Leiche am nächsten Morgen gefunden.« Sie nippte am Wasser, das sie immer noch brav in der Hand hielt. Alles, woran Sandro denken konnte, war die Nacht, die sie ohne ihren Ehemann verbringen musste, die erste einsame Nacht seit fünfzig Jahren. Wie lang sie ihr vorgekommen sein musste.

Und jetzt, da er in seiner eigenen, warmen Küche saß und alles noch einmal durchging, begriff er, was Luisa meinte; die Nacht, in der er nicht nach Hause gekommen war und diese Stunden, während deren sie nicht gewusst hatte, ob er lebendig oder tot war, konnte sie nicht so leicht vergessen. Er stand auf, ging zur Spüle und umarmte sie von hinten, zog sie warm und fest an seine Brust, und eine Sekunde lang spürte er, wie sie sich an ihn lehnte.

»Und, was wirst du tun?« Luisa klang abgelenkt, als hätten seine Arme um ihre Schultern sie an etwas völlig anderes erinnert. Er legte seine Wange auf ihre Haare und atmete ihren Geruch ein.

»Ich werde sie morgen treffen«, sagte er. »In ihrer Wohnung.« Er seufzte und dachte an all die Dinge, die Claudio Gentileschis Frau ihm erzählt hatte, und an die Dinge, die er sich daraus erschlossen hatte. Dass er ein stolzer Mann gewesen war, ein Intellektueller, ein Künstler. Ein liebender Mann, der sich jedoch nicht gut ausdrücken konnte. Ein Mann, der dunkle Stimmungen hatte, sie aber gut unter Kontrolle hielt. Ein Mann, der wusste, dass er seine Fähigkeiten verlor. Und dann waren da diese fehlenden Stunden, Gentileschis letzte Stunden auf Erden, die Leere, die seine Frau nicht ignorieren konnte. »Ich brauche mehr Informationen«, sagte er jetzt. »Ich muss natürlich etwas über den Ehemann erfahren. Und ich muss etwas über sie erfahren.«

Als er an Lucia Gentileschi dachte und daran, was sie über ihren Ehemann wusste und was nicht, bemerkte er plötzlich Luisas Hand auf seiner, wie kühl sie trotz der warmen Küche war und dass sie ihn nicht losließ, was er eigentlich erwartet hätte.

»Luisa?«, fragte er.

»Liebling«, sagte sie, ohne sich zu ihm umzudrehen, und er wusste, dass sie ihm jetzt etwas sagen würde, was er nicht hören wollte. »Ich bin heute beim Arzt gewesen.«

Kapitel 6

Als Iris am nächsten Morgen aufwachte, war ihr das Zimmer, in dem sie sich befand, völlig fremd. Noch ein dunkler, fremder Ort, aber das hier war definitiv nicht die Piazza d'Azeglio. Das Bett war niedrig und hart, das dünne Licht war diffuser als in ihrem eigenen Zimmer, der Geruch war anders, ein würziger, unbekannter Geruch. Und es war warm.

Dann erinnerte sie sich.

Hirokos Wohnung lag, wie sich herausstellte, doch nicht in einer der vielen Straßen hinter dem Bahnhof voller langweiliger Wohnblöcke, sondern tief in einer engen Gasse hinter dem großen viktorianischen, geschlossenen Markt. Es war ein recht langer Fußweg von der Schule gewesen, und als sie ankamen, war es bereits dunkel.

Paolo – sie schienen sich inzwischen zu duzen, die Stunde mit den Polizisten, das Gespräch darüber, wo die Tasche gefunden worden war, die Panik, die sie empfunden und die er bemerkt hatte, hatten ihre Beziehung irgendwie verändert – hatte angeboten, sie zu ihrer Wohnung an der Piazza d'Azeglio zu begleiten, damit sie ein paar Sachen holen konnte. »Ich weiß nicht, Zahnbürste, Schlafanzug?«, hatte er gesagt, er war offensichtlich nervös und hatte ihr leidgetan. Diese Sache konnte für die Schule nicht gut sein, und sie fragte sich, was er Ronnies Mum sagen würde. Sie selbst fühlte sich wie betäubt, unfähig zu denken.

Sie hatten sehr schnell eine Telefonnummer für das Haus der Hertfords in Greve gefunden, der größere Carabiniere, von dem Iris annahm, dass er der ranghöhere war, hatte dafür nur wenige Minuten an seinem Handy gebraucht. Automatisch hatte Iris sich gefragt, ob alle Fremden sich bei der Polizei melden mussten, aber andererseits genügte wohl ein Blick ins Telefonbuch, da gäbe es wahrscheinlich nur eine Familie Hertford in Chianti.

Sie war erleichtert, als sie das Gesicht des Polizisten sah, als er die Nummer genannt bekam, endlich ein Durchbruch. Die Carabinieri hatten beide sehr dunkle Haut, ein stoppeliges Kinn, schwarze Augen und einen schweren, süditalienischen Akzent. Der größere schrieb die Nummer auf ein Blatt Papier, das Massi ihm hinschob und blinzelte. »*Artfoord*«, sagte er triumphierend. »*Ecco.*«

Sie existierten also zumindest, diese Freunde von Ronnies Mutter Serena in ihrem Schloss. Iris fragte sich, ob es ein echtes Schloss war oder ob es auch aus Glas und verrottendem Holz von einem experimentierenden Architekten erbaut worden war. Wahrscheinlich war es ein echtes, so wie sie Serena und ihr georgianisches Farmhaus kannte, das von Eiben und kilometerlangen Reitwegen umgeben war, wieder drehte sich Iris der Magen um, als sie an Serena dachte und daran, was sie wohl sagen würde.

Sie sahen sie an, dann Massi, dann schauten alle drei sie an.

»Soll ich anrufen?«, fragte sie so nervös, dass sie fast hysterisch war. »Sie wollen, dass ich sie anrufe?« Wenigstens tat sie dann etwas. Massi schob das Telefon über den Tisch zu ihr, und der Carabiniere reichte ihr die Nummer.

Endlich klingelte es, dieser lange, italienische Ton, der für sie so gar nicht nach einem Telefonklingeln klang. Es klingelte lange, Iris wollte schon auflegen und spürte, wie ihr Tränen der Frustration in die Augen stiegen, als abgehoben wurde und jemand »*Pronto?*« rief. Sie war enttäuscht, es war italienisch, und noch dazu eine Italienerin mit starkem Akzent und schlechter Laune.

Aber Iris hatte noch nicht aufgegeben. »*Potrei parlare con i signori Hertford per piacere?*«, brachte sie mit etwas Mühe heraus.

»*Eh?*« Die Stimme klang hohl, und es hallte etwas, Iris hielt den Hörer fest und stellte sich eine fürstliche Halle vor. Falls das eine Haushälterin war, dann war sie nicht sehr freundlich.

»*I signori Hertford?*«

Massi gestikulierte, um das Telefon zu bekommen, aber sie redete weiter. »*È la casa degli signori Hertford?*«

Vielleicht hörte die Haushälterin, oder wer immer sie war, die Verzweiflung in ihrer Stimme, jedenfalls wurde sie freundlicher. »*Sì*«, sagte sie. »*Ma gli signori non ci sono. Sono in Inghilterra da un mese.*« Da gab Iris auf und reichte das Telefon stumpf an den langnasigen Carabiniere weiter.

Sie waren nicht da. Die Hertfords existierten zwar, sie hatten ein Haus in Greve und waren daher wahrscheinlich tatsächlich Serenas Freunde. Aber sie hatten Ronnie diese Woche nicht zu sich eingeladen, nicht einmal für einen Tag, weil sie seit einem Monat in England waren.

Der Polizist sprach noch weitere fünf Minuten mit der Haushälterin und legte dann auf. Das Haus sei für den Winter geschlossen, sagte er. Niemand war dort gewesen, keine Teenager, keine Partys, nicht einmal unerlaubte. Keine Ronnie.

Es herrschte Stille, dann sprachen Massi und die Carabinieri darüber, wie sie weiter vorgehen sollten. Massi schien ernst zu sein, aber er zeigte keinerlei Panik, wofür Iris dankbar war. Ronnie, dachte sie, wo bist du?

Iris hörte den Männern zu, aber sie sprachen schnell, und

sie fand die Akzente schwierig. »Was denken sie, ist geschehen?«, fragte sie schnell bei der ersten Gelegenheit.

»Sie sind sich nicht sicher«, sagte der Schulleiter vorsichtig.

»Das weiß ich«, sagte Iris. »Aber was denken sie?«

»Iris«, sagte Massi, und sie hatte den Eindruck, er wollte sie schonen. »Ich glaube, wir müssen erst mit Ronnies Mutter sprechen. Vielleicht, na ja, es ist möglich, dass Ronnie sie angerufen hat. Und dann vielleicht andere Freunde.«

»Ja«, sagte Iris und bemühte sich, ruhig zu bleiben, vernünftig zu bleiben. »Natürlich.« Aber die Panik, die in ihr aufgestiegen war, als sie den feinen Staub in Ronnies Tasche gesehen hatte, war immer noch da und ging nicht weg. Sie zwang sich weiterzusprechen.

»Aber machen Sie sich … Sie sind besorgt, oder nicht?«

Widerwillig sah Massi ihr in die Augen. »Ja«, sagte er. »Sie ist seit vier Tagen verschwunden. Sollte Veronicas Mutter auch nichts gehört haben … nun. Ich denke, sie müssen es ernst nehmen.«

Sie war dankbar, dass Paolo ihr praktisch verbot, allein in ihre Wohnung zurückzukehren. »Wenn nötig, kannst du hier schlafen«, sagte er, und sie merkte, dass er sich auch Sorgen machte. Um sie genauso wie um Ronnie. »Im Büro gibt es ein Klappbett.« Aber Hiroko hatte sich an diesem Punkt ins Gespräch eingeschaltet.

»Ich habe in meiner Wohnung ein Gästebett«, sagte sie auf ihre höfliche, ruhige Weise. »Das ist kein Problem.«

Sie waren im Dunkeln den Arno entlanggegangen, in den großen, fantastischen Wohnungen hoch oben über dem Fluss wurden die Lichter angeschaltet. Dann waren sie Richtung Norden abgebogen in das Gewühl der engen Straßen und kalten, dunklen Fassaden und dort auf den Bahnhof zugegangen. Hiroko ging mit kleinen, entschlossenen Schritten voran, ab und an sah sie sich ängstlich zu Iris und deren blassem, verschlossenem Gesicht um. Je weiter sie ging, um so kälter wurde es Iris, und sie fragte sich, ob das wohl eine Art von Schockreaktion sein könnte. Florenz war ihr bisher noch nie wie ein unheimlicher Ort erschienen, aber jetzt hatte sie Angst, jedes verschlossene Fenster, jede schwere Türe, jede übervolle Mülltonne sah für sie im spärlichen Licht der Straßenlaternen bedrohlich aus.

Iris starrte in der unbekannten Wohnung im Dunkeln an die Decke. Es war dumm von Ronnie gewesen, mit diesem Kaffeebarbesitzer wegzugehen. Wie hieß er noch? Josef. Ronnie hatte ihn kaum gekannt. Aber als sie zurückgekommen war und alles mit Iris in der eiskalten Küche bei einer Tasse Tee besprochen hatte, musste Iris zugeben, dass sie eifersüchtig gewesen war. Weil sie nicht wusste, ob sie sich jemals so etwas trauen würde.

Die fremde Wohnung war leise, aber nicht komplett still. Während sie ruhig dalag und nicht wollte, dass dieser Tag begann, hörte Iris kleine, kontrollierte Küchengeräusche, Dinge, die sehr vorsichtig weggeräumt oder hingestellt wurden. Sie war am Abend vorher sofort ins Bett gegangen, sie hatte sich entschuldigt, sie konnte die Augen nicht mehr aufhalten. Hiroko hatte den Futon in ihrem Wohnzimmer ausgerollt, ihr das winzige Badezimmer gezeigt und war verschwunden. Von sprachloser Dankbarkeit überwältigt war Iris tief und gnädig eingeschlafen.

Jetzt jedoch spürte sie, wie ihr Herzschlag schneller wurde, die Ängste kämpften darum, gehört zu werden. Das erste Problem war, all die Fakten zu ordnen. Iris war immer gut darin gewesen bei Hausaufgaben und Prüfungen, das Wichtige vom Unwichtigen zu trennen, aber jetzt fühlte sich ihr Kopf an, als sei er voller Watte, ihre Augen waren vom Weinen geschwollen. Was hatte die Polizei noch gesagt? Sie hatten gefragt, welche anderen Schüler im Kurs Ronnie gekannt hatten. Traude und Hiroko hatten mit Ronnie kaum gesprochen, seit sie angekommen war, Sophia hatte zwanzig Minuten lang nervös mit den Polizisten in ihrem British Council Englisch gesprochen.

»Was hast du gesagt?«, hatte Iris sie gefragt.

»Na ja, ich habe ihnen erzählt, dass sie gerne ausging, weißt du, sie hatte Hunderte von Freunden, aber ich habe sie nie mit irgendeinem besonderen Freund gesehen.« Sophia schob ihre Unterlippe wie ein Baby vor. »Vielleicht hätte ich ihnen von Jackson erzählen sollen? Aber sie waren ja nicht … du weißt schon.« Sie riss ihre Augen auf. »Oder denkst du doch? Jackson?«

»Nein«, sagte Iris stirnrunzelnd. »Das glaube ich nicht.« Sie zögerte, wollte gar nicht wissen, warum sie so gegen diese Idee war. »Jackson war gestern hier. Aber es muss jemanden gegeben haben. Sie würde nicht allein für mehrere Tage verschwinden.«

»Glaubst du nicht?«, fragte Sophia. »Aber bei der Party war kein spezieller Freund, wenn sie einen Freund hat, dann sollte man doch annehmen, dass sie ihn zur Party einlädt. Also ich würde das tun.« Sie sah nachdenklich aus.

Sophia wohnte bei einer italienischen Familie; selbst Iris fand die Fürsorge von Sophias Mutter übertrieben, die Abmachung von festen Zeiten zum Nachhausekommen, die Haarreifen und pastellfarbenen Pullover, die Essenspakete, die ihre italienische Familie ihr in die Schule mitgab. Jetzt, überlegte sie mit einem kleinen bisschen Neid, wirkte das alles nur vernünftig.

»Sie kann doch wohl nicht entführt worden sein«, hatte

Sophia gesagt, als wäre ihr das gerade erst eingefallen. »Oder glaubst du das etwa? Ich meine, das wäre einfach … es wäre … nein! Glaubst du nicht, dass sie in einem eleganten Hotel mit wem auch immer sitzt, dass er ihr eine neue Tasche und ein neues Handy gekauft hat und sie morgen oder so auftauchen und fragen wird, was all die Aufregung soll?« Dann hatte sie ein hysterisches Geräusch gemacht, irgendetwas zwischen einem Kichern und einem Aufschrei.

Eine Sekunde lang glaubte Iris daran. Warum auch nicht? Sie stellte sich diesen Freund vor, mit unbegrenzt viel Geld für Hochzeitssuites und neue Handtaschen. Warum hatte Ronnie dann aber nicht angerufen? Vielleicht hätte sie das auch nicht getan, nur um ihnen zu erzählen, dass sie ihre Tasche verloren hatte.

»Vielleicht«, hatte sie gesagt.

Sophia war bei der Halloweenparty gewesen. Aber sie war nicht lange geblieben, der Vater ihrer italienischen Gastfamilie hatte sie um zehn Uhr an der Tür abgeholt. Sie hatte sich bei der Party komisch verhalten, sie starrte mit großen Augen hinterher, als Ronnie einen Jungen mit sich zog. Iris wusste, dass Sophia Ronnie heimlich bewunderte. »Sie ist so gut in allem«, hatte Sophia gesagt und Ronnie beobachtet, wie sie Rauch seitlich aus dem Mund strömen ließ. »Findest du nicht, dass sie von uns allen am besten zeichnet? Ich bin mir sicher, dass mehr von ihr in die Ausstellung am Kursende kommen wird als von sonst einem von uns.« Iris hatte sie angestarrt und sich gefragt, wie man so blind sein konnte, selbst wenn Ronnie einen verspäteten Ehrgeiz beim Zeichnen entwickelt hätte. Vielleicht lag es daran, dass Sophia selbst so hoffnungslos schlecht war.

Als sie im Dämmerlicht dalag, errötete sie beim bloßen Gedanken an dieses Gespräch. Was für eine Ziege ich doch bin, dachte sie. Es bedeutet eigentlich nichts, dass Antonella meine Zeichnung an die Wand gehängt hat. Warum halte ich mich für so toll? Vielleicht war Ronnie doch gut.

Sie hörte Geräusche aus einem anderen Winkel der Wohnung, und Iris' Gehirn raste. Sie musste diese Liste machen. Der Name des Kaffeebarbesitzers. Sie musste mit Jackson sprechen. Mit Sophia. Mit der Polizei. Müsste sie mit dem amerikanischen Junge reden, der sie fett genannt hatte? Sie musste mit Ronnies Mum sprechen, bevor die zum Flugplatz fuhr und in das Flugzeug stieg, das sie hierherbringen würde. Hysterisch, wütend, panisch. Unfähig, mit irgendetwas anzufangen, schlug Iris das Federbett auf und ging in die Küche.

Als sie das helle Zimmer betrat, merkte Iris, dass sie etwas von Hiroko trug, ein langes, graues Nachthemd. Es war warm, die Wohnung war warm. Der Tisch war mit kleinen, weißen Tassen gedeckt, einem Brett mit Scheiben eines festen, braunen Brotes, einer japanischen Teekanne. Es sah so perfekt einladend und geordnet aus, dass Iris plötzlich weinen wollte. Sie setzte sich.

»Hast du gut geschlafen?«, fragte Hiroko und tauchte mit nassen Haaren im Türrahmen auf. Sie lud Iris mit einer Geste zum Essen ein, ihre Haare hatte sie unter einem weißen Handtuchturban versteckt, dann setzte sie sich. »Das Bett ist hart«, sagte sie entschuldigend.

»Nein«, sagte Iris. »Ich habe wunderbar geschlafen.« Ihr wurde klar, dass das sogar stimmte, sie hatte wie ein Stein geschlafen. Keine Träume, einfach nur ein tiefer, segensreicher, dunkler Schlaf, als würde man in eine absolut stille Höhle kriechen. Vielleicht lag es daran, dass die Wohnung im Erdgeschoss nach hinten lag. Sie erinnerte sich daran, dass Hiroko ihr beim Ankommen durch ein langes Fenster einen kleinen Innenhofgarten gezeigt hatte.

Eine Weile aßen sie schweigend. Das Brot war relativ hart und schmeckte nach bitteren Körnern, die Iris nicht identifizieren konnte, und der Tee war gelb, in ihm schwammen kleine Blümchen.

»Ist das japanischer Tee?«, fragte sie. Zu Hause trank Iris ihren milchigen, indischen Tee eimerweise, aber sie war überrascht, dass ihr dieser hier schmeckte, er war leicht und duftend und irgendwie reinigend.

»Chinesisch«, sagte Hiroko lächelnd. »Tut mir leid. Ich finde hier keinen japanischen Tee.«

Iris nippte noch einmal daran, und mit dem unbekannten Geschmack im warmen, ruhigen, hellen Zimmer spürte sie, wie sich in ihrem Kopf etwas veränderte, ein Druck ließ nach, gerade genug.

»Was hat die Polizei gestern gesagt?«, fragte Hiroko. »Was können sie tun, um sie zu finden?«

Iris stellte ihre Ellbogen auf den Tisch, legte beide Hände um die Tasse und sagte: »Sie wollten die Krankenhäuser und Notaufnahmen dieser Woche überprüfen.« Sie sprach normal, aber sie fühlte sich nicht normal. Es war unwirklich. »Sie haben nicht angerufen, oder? Um Bescheid zu sagen, dass sie sie gefunden haben?«

Hiroko legte ihren Kopf etwas schief. »Niemand hat angerufen«, sagte sie.

Iris nickte, sie spürte, wie die Anspannung zurückkehrte.

»Dann werden sie versuchen, das Handy aufzuspüren. Wenn der Akku nicht völlig leer ist, kann man das machen, sagen sie. Man kann auch herausfinden, wo es war, bevor es leer war.« Hatte Ronnie das Ladegerät eigentlich mitgenommen? Sie wollte schließlich ein paar Tage wegbleiben, oder nicht? Sonst hätte sie sich ja diesen Ausflug aufs Land nicht ausgedacht.

Sie verdrängte die Schlussfolgerungen. Denk nicht darüber

nach, sagte sie sich, denk nicht daran, ob Ronnie das Handy immer noch hat, es aber weder benutzen noch aufladen kann. Der Dieb, falls es einen Dieb gab, hat das Telefon gestohlen, das Telefon wird uns nicht zu Ronnie führen. »Außerdem können sie ihr Bankkonto überprüfen, um zu sehen, ob sie Geld abgehoben hat.«

»Vor der Tasche … Bevor sie die Tasche verloren hat?«

Natürlich, dachte Iris, und starrte Hirokos glattes, kluges Gesicht an, sah, wie sie darüber nachdachte. Die Karten waren noch alle in der Tasche, daher würden sie sie auch nicht zu Ronnie führen. »Aber es könnte ihnen einen Hinweis geben«, sagte sie, »über ihre Bewegungen.«

Hiroko nickte.

»Und dann sind da die Überwachungskameras«, fuhr Iris fort. »In der Straße.«

Hiroko nickte wieder, ein bisschen traurig. »In Florenz gibt es nicht so viele«, sagte sie. Dann fragte sie vorsichtig, als befürchte sie, dass die Antwort ein Problem sein könnte: »Und wo haben sie die Tasche gefunden?«

Erst jetzt dachte Iris richtig über den Fundort nach. Zuerst war sie nur erleichtert gewesen, als sie es gehört hatte, weil sie seither nicht mehr an Hasenlöcher und Beerdigungen denken musste.

»Sie haben sie in Boboli gefunden«, sagte sie. »In den Boboli-Gärten.«

Bei ihrem einzigen Besuch in dem großen Park, der einen Hügel hinter dem Palazzo Pitti bedeckte, hatte sie einen Sonntagsspaziergang mit Ronnie gemacht. Als die Sonne herausgekommen war und Ronnies Kater gleichzeitig nachgelassen hatte, hatte Iris gesehen, dass dieser weiche, grauweiße Staub überall war. Die staubigen Kieswege hinterließen ihn auf den Schuhen, am Mantelsaum, am Rock, an der Hose. Er war in Ronnies Tasche gedrungen wie Sand in eine Strandtasche nach einem Tag am Meer.

»Was denkst du, Iris?«, fragte Hiroko ruhig.

Bevor sie es ganz tief in die Tasche voller Möglichkeiten und außer Sichtweite stopfen konnte, sagte Iris: »Ich glaube, ihr ist etwas Schlimmes passiert.«

Luisa hatte ihn schließlich zum Aufstehen gezwungen. Vierzig Ehejahre lang war er immer derjenige gewesen, der ihr morgens ein Glas Wasser brachte, da sie immer durstig war, außerdem war es das Geheimnis einer schönen Haut.

Sandro lag unter der Decke, unfähig dem Tag ins Gesicht zu sehen.

Um acht setzte sie sich heftig zu seinen Füßen hin.

»Ich muss in einer halben Stunde los«, sagte sie. »Wir dekorieren heute die Schaufenster neu.«

Er blieb, wo er war, regungslos, das Gesicht im Kissen vergraben.

»Darum habe ich mir Sorgen gemacht«, sagte sie. »Nicht um den Knoten. Nicht um die Biopsie. Nicht um den Arzt. Ich habe mir Sorgen um dich gemacht.«

Er kämpfte sich hoch, sein Magen verkrampfte sich zu einem Eisenball, es erschien ihm, als habe er nach einem Leben, in dem er eine Waffe getragen hatte und Zuhälter, Frauenschläger und drogenabhängige Straßendiebe verhaftet hatte, noch nie wirklich vor irgendetwas Angst gehabt, bis jetzt. Luisa sah ihn an.

»Er ist sehr klein«, sagte sie. »Ich habe keine Angst.«

Sandro wollte so vieles sagen und stellte fest, dass er nichts davon über die Lippen brachte. Ich liebe dich, wäre ein Anfang. Ich kann nicht ohne dich leben, obwohl das unter den gegebenen Umständen wohl das Falsche wäre.

»Okay«, sagte er. »Ich mache mich lieber auch mal auf den Weg.« Es war Samstag, aber es war sinnlos, nur allein hier herumzusitzen. »Hast du Zeit fürs Mittagessen? Wir könnten zu Cammillo gehen?«

»Tut mir leid, *caro*«, sagte sie, und es klang, als meinte sie es wirklich, »der Laden ist heute sicher sehr voll.«

An der Tür umarmte er sie, drückte sein Gesicht an ihres, seine Augen fest zugekniffen.

»Es wird alles gut«, sagte er. »Wir gehen zusammen dahin.« Sie lehnte sich zurück und sah ihn verwirrt an. »Zum Arzt«, sagte er. »Wir werden zusammen zum Arzt gehen.«

Lucia Gentileschis Wohnung lag viel näher an ihrem Haus als Sandros Büro, die Via dei Pilastri war fünf Minuten Fußweg von Santa Croce entfernt. Ihre Stimme in der Gegensprechanlage klang klar und fest, und sie drückte ihm entschlossen auf.

Es war ein hübsches Gebäude, vielleicht vierhundert Jahre alt, der Flur und die Treppe sahen gepflegt aus, die Dekoration an der Gewölbedecke war rosa und grau gestrichen, alles war restauriert, und ein Geruch von Wachs und Reinigungsmittel hing in der Luft. Lucia Gentileschi öffnete ihm die Wohnungstür, noch bevor er klingeln konnte, und Sandro wurde abrupt in ein helles und großes Wohnzimmer geführt, das abgesehen von einer großen Kerze, die auf einem Tisch brannte, fast völlig ohne Dekoration war.

Lucia Gentileschi, die seinen Mantel im Arm hielt, sah, wie er auf die Kerze schaute, die im hellen Raum flackerte. »Wir zünden für die Toten eine Kerze an«, sagte sie, »während der Trauerzeit.« Sie hängte seinen Mantel auf.

Eine Sekunde lang begriff er gar nichts. Dann dämmerte es ihm, die leichte Fremdheit, die er in Lucia Gentileschis Art bemerkt hatte, ein riesiger achtarmiger Kerzenleuchter im Fenster des staubigen, kleinen Ladens, an dem er auf der Straße gerade vorbeigegangen war. Und direkt um die Ecke in der Via Farini die große Synagoge mit ihrer grünen Kuppel, dazu noch Ruths koscheres Café. Sandro lebte seit fast sechzig Jahren in Florenz und hatte immer gewusst, dass das hier das jüdische Viertel war, wenn man es noch so nennen konnte.

»Ja«, war alles, was er sagte. »Natürlich.«

Lucia Gentileschi stand immer noch und betrachtete ihn, klein und leidenschaftlich. Sie sollten meine Frau treffen, dachte er.

»Wussten Sie es nicht?«, fragte sie mit einem angedeuteten Lächeln. Sandro zuckte entschuldigend mit den Schultern.

»Gut«, sagte sie. »Ich meine, das war einer der Gründe, warum die Polizei mich wütend gemacht hat. Dass sie es für entscheidend hielten. Weil Claudio zwei Jahre in einem Konzentrationslager war, dachten sie, dass er deswegen eher Selbstmord begehen würde.« Ihre Augen funkelten.

»Zwei Jahre?«, fragte er. »Wie alt war er da?«

»Von siebzehn bis neunzehn«, sagte sie, und Sandro ließ seinen Kopf sinken, um seine Scham zu verbergen.

»Wir waren nicht religiös«, sagte Lucia. Sie sah auf die Kerze. »Zumindest dachte ich, dass wir es nicht waren. Es gibt Dinge, die sich als tröstend herausstellen, selbst wenn man sein Leben damit verbracht hat, rationale Gründe dagegen zu finden.«

»Hätte es Ihrem Ehemann missfallen?«, fragte Sandro und nickte in Richtung der Kerze.

Sie dachte einen Augenblick lang nach. »Ja«, sagte sie und lächelte wieder dieses Lächeln, das sie schon vorher schön gemacht hatte. »Aber er mochte keine Gefühlsäußerungen, man sollte nicht …« Sie zögerte. »Man sollte ihm zum Beispiel nicht sagen, dass man ihn liebt. Selbst, wenn man es tat.«

Sie deutete auf das lange, niedrige Sofa, das mit dunklem Leinen bezogen war, und vorsichtig setzte Sandro sich hin. Es fühlte sich seltsam an, jemanden ohne die Unterstützung durch die Uniform zu befragen. Er nahm sein Notizbuch hervor.

»Haben Sie den Obduktionsbericht?«, fragte er. Sie griff zum niedrigen Tisch, auf dem die Kerze brannte, und er sah, dass sie ihn schon für ihn in einem hellbraunen Ordner herausgelegt hatte. Sandro schlug ihn auf und überflog den Bericht. Das gelbe Wasser des Arno war in Claudio Gentileschis Lungen gefunden worden, ein Neurologe hatte später bestätigt, dass einige Läsionen im Gehirn eine Demenz im Anfangsstadium bestätigten. Es gab Blutergüsse, die um den Todeszeitpunkt herum entstanden sein mussten, aber sie deuteten nicht zwingend auf Gewalteinwirkung. Er hatte noch gelebt, als er im Wasser landete.

Dem Bericht lagen Fotos bei, was ungewöhnlich war. Er nahm sie heraus und sah zu Lucia Gentileschi. Er merkte, dass er sich die Bilder nicht ansehen wollte, vielleicht hatten ihn die zwei Jahre, die er nicht mehr bei der Polizei war, doch stärker verändert, als er dachte.

»Ich habe um Kopien gebeten«, sagte sie. »Sie waren schockiert, glaube ich. Aber ich bestand darauf. Ich wusste, dass ich sie brauchen würde, sollte ich … na ja. Sollte ich zu Ihnen gehen. Ich musste sie bezahlen.«

»Ja«, sagte Sandro und seufzte. Er sah noch mal oben auf den Obduktionsbericht, wo der Name des ermittelnden Beamten stand. Gianluca Scappatoio, kein schlechter Kerl, aber auch kein Hirnchirurg. Ich werde mit Pietro reden, dachte Sandro.

Er sah sich dann schnell die Bilder an. Er hatte schon früher Ertrunkene gesehen, er erwartete Blässe, geschwollenes Gewebe. Er sah, dass Gentileschi nicht lange im Wasser gewesen war, denn er sah immer noch menschlich aus. Man konnte sich ihn lebend vorstellen. Ein schwerer, gutaussehender Mann mit kurzgeschnittenem weißen Haar und einer starken römischen Nase. Es gab Fotos von den Blutergüssen an einem Arm und von Abschürfungen an den Handinnenflächen. Er legte sie zur Seite.

Es gab Fotos von seinem Tascheninhalt, ein Geldbeutel, ein Taschentuch, Hausschlüssel. Ein weiteres Foto zeigte weißen Kies.

»Den hat man in seinen Schuhen gefunden«, sagte Lucia. »Ist das nicht verrückt? Kleine Steine. Ich will gar nicht wissen, welche Wasserpflanzen man an seiner Hose gefunden hat.«

»Nein«, stimmte Sandro zu. »Sie müssen aber genau sein. Manchmal bedeuten diese Dinge etwas.« Er hielt einen Moment inne. »Kein Handy?«

»Hätte er ein Handy gehabt, hätte ich ihn anrufen können«, sagte sie mit einem leeren Blick. »Er mochte keine Mobiltelefone.«

»Nicht?«, fragte er. »Erzählen Sie mir. Erzählen Sie von Ihrem Ehemann.«

Das Gespräch ging über zwei Stunden, vielleicht länger, und am Ende fühlte sich Sandro ziemlich erledigt. Sein Notizbuch hatte er bis zur Hälfte vollgeschrieben. Er kannte den Alltag, den Weg, den er auf seinem Morgenspaziergang nahm, wusste, dass er täglich im Bellariva schwamm, im Winter wie im Sommer. Er hatte als Architekt in Mailand und Verona gearbeitet, bevor er wieder zurückgekommen war und sich mit seinem eigenen kleinen Büro in Florenz niedergelassen hatte.

»Regierungsarbeit«, sagte Lucia. »Ein bisschen Restaurieren, ein paar Gebäude für die *Comune*. Nichts Großartiges.«

»Hat er es gern getan?«

»Schlussendlich war es ihm egal«, sagte sie. »Er wollte immer etwas Wunderbares und Neues bauen, aber dann wurde er zu alt. Er wurde müde.« Die Falten in ihrem Gesicht wurden ausgeprägter, sodass sie selbst alt und traurig aussah.

»Sind das seine Gemälde?«, fragte Sandro und zeigte auf die großen Leinwände an der Wand, um irgendetwas zu sagen. Es waren abstrakte Gemälde, für Sandro geheimnisvoll. Große, rechteckige, ineinanderfließende Flecken meist dunkler Farben, ein dunkles Lila wie eine Wunde, raues, kreidiges Weiß, das Graugrün von Kirchensteinen.

»Ja«, sagte Lucia. »Er war ein wunderbarer Maler. Aber er hat vor … na ja vielleicht vor zehn Jahren aufgehört, stattdessen fing er an zu schwimmen.«

Sandro überlegte, ob das die Taten eines Mannes waren, der Schritte unternahm, um sein Leben im Griff zu haben, eines Mannes, der seine Erwartungen anpasste. Eines Mannes, der Respekt verdiente.

»Am letzten Morgen«, sagte er sanft, und sie nickte pflichtbewusst. »War alles normal? War etwas, irgendetwas, anders als sonst?«

»Nein«, sagte sie. »Nichts. Absolut nichts.«

Sollte etwas geschehen sein, das seinen Geisteszustand verändert hat, dachte Sandro, dann ist das passiert, nachdem er das Haus verlassen hatte.

»Haben Sie ein anderes Foto?«, fragte er leise. »Ich denke, ich werde eines brauchen.«

Sie stand auf, ging zu einem langen, modernen Schreibtisch in der Ecke des Zimmers. Der Tisch hatte ein Rolltop, und er beobachtete, wie sie sich auf den Stuhl setzte, einen Schlüssel zückte und ihn öffnete. Er konnte an der Haltung ihrer Schultern erkennen, dass er sie erschöpft hatte. Im Schreibtisch konnte Sandro einen ordentlichen Stapel Aktenordner erkennen und eine Schatulle, wie Geschäfte sie für Kleingeld benutzten. Sie nahm einen kleinen Umschlag aus einer Ecke und holte ein Foto in Passgröße heraus, sie betrachtete es eine winzige Sekunde lang, bevor sie es Sandro reichte.

»Es tut mir leid«, sagte sie. »Da sind so viele Dinge, ich wusste nicht, wie viel zu erledigen wäre. Sein Schreibtisch. Seine Papiere. Das Bankkonto, ich muss alles in Ordnung bringen. Und die Leute kommen, um ihr Beileid auszusprechen, Leute, die man kaum kennt …«

»Ja«, sagte Sandro und verdrängte den Gedanken an die praktischen Fragen, wie ein Gleichgewicht wiederherzustellen wäre, wenn einem das halbe Leben genommen wurde. »Ich sollte Sie jetzt in Ruhe lassen.«

»Haben Sie Kinder?«, fragte er an der Tür. Es war eine unverschämte Frage, weswegen er sie bis zum Schluss zurückgehalten hatte. Warum sollte es einen Unterschied machen, ob ein Mann Selbstmord begeht oder nicht? Er selbst hatte keine Kinder. Aber er wollte es wissen.

»Nein«, sagte Lucia Gentileschi, aber ihr Gesicht war klar und heiter, als sie es sagte, von Trauer oder Enttäuschung ganz ungetrübt. »Wir konnten keine bekommen. Es war nie wichtig, wir haben immer gesagt, es hört mit uns auf.«

Sandro dachte an Luisa, deren Gesicht eine andere Geschichte erzählt hätte, hätte man ihr dieselbe Frage gestellt.

»Darf ich fragen, Signora«, er wusste, dass er es fragen musste, »warum Sie so sicher sind, dass Ihr Mann sich nicht umgebracht hat?«

Es war, als schauten ihre blassen Augen direkt durch ihn hindurch zu etwas weit Entferntem.

»Weil er mich mitgenommen hätte«, sagte sie. »Er hätte mich nie zurückgelassen.«

Draußen auf dem Bürgersteig stand Sandro im Nieselregen, er war plötzlich unfähig, sich zu bewegen, weil ihre Worte noch wie ein Puls in seinen Ohren klangen. Hatte er überhaupt an Luisa gedacht, als er seinen eigenen, verzweifelten Versuch gemacht hatte, dem Chaos zu entkommen, das er angerichtet hatte? Was hatte ihn dann gerettet? Jahre des Trainings, Kameradschaft, Pflicht, eine gewisse Hartnäckigkeit, mangelnde Fantasie? Alles und nichts: Die Wahrheit war, dass er Angst hatte, sich an diese Nacht zu erinnern. Die genaue Art der Verzweiflung war gefährlich, und den Moment, an dem nichts und niemand zwischen ihm und dem letzten Schritt stand, wollte Sandro sich nicht ins Gedächtnis rufen. Aber wenn er Lucia Gentileschi helfen wollte, dann würde er es tun müssen.

Wir haben alle Angst davor, allein zu sein.

Es war eine Liebeserklärung, und Sandro musste beweisen, dass sie galt. Er hatte das helle Licht in ihrem Blick gespürt, als sie es gesagt hatte: »Er hätte mich nie zurückgelassen.«

Kapitel 7

Erst das Telefonklingeln in Hirokos Wohnung erinnerte Iris daran, dass sie heute natürlich keine Schule hatten, weil es Samstag war.

»Soll ich dich begleiten?«, fragte Hiroko besorgt, als sie ihr sagte, dass sie sich auf den Weg machte.

Iris antwortete ihr, dass sie schon klarkäme. Es war ein düsteres, altes Haus, das stimmte schon, und sie war dankbar gewesen, dass sie gestern Abend nicht im Dunkeln dorthin gehen musste, aber sie wollte noch ein bisschen an der Piazza d'Azeglio allein sein, bevor Paolo Massi mit den Carabinieri kam. Sie hatte das Bedürfnis, durch die Wohnung zu gehen und Dinge anzusehen, die sie wahrscheinlich nicht verstehen würden.

Es hatte in der Nacht geregnet, und die Luft war frisch. Die Straßen glänzten vor Pfützen und waren überraschend leer, Iris nahm an, das lag daran, dass es Samstag und noch früh war. Sie fühlte sich von der langen Dusche, die sie bei Hiroko genommen hatte, warm und sauber und ging nun an dem roten und grauen schmiedeeisernen Zaun des großen, überdachten Marktes vorbei, wo Laster ausgeladen wurden. Sie sah eine Kiste voller Tierhälften, die drinnen eine Rampe hinaufgerollt wurde, und einen Mann, der hinter den Kästen voller Artischocken in seinen Armen verschwand. Das Leben ging weiter, es sah immer noch wie ein ordentliches Universum aus, nicht eines, in dem Menschen einfach verschwanden.

Es war nicht so, dass es ihr etwas ausmachte, allein zu sein. Sie war daran gewöhnt, wenigstens einen Teil des Wochenendes allein zu verbringen. Ronnie war oft nicht mehr als ein Hügel unter der Bettdecke, wenn sie nach einer langen Nacht schlief, oder sie war irgendwo eingeladen, zu Lunchpartys, zum Bowling oder Schlittschuhlaufen. Sie war sogar einen Sonntag mit einer Gruppe italienischer Jungs, die sie im Zoe getroffen hatte, zum Skilaufen gefahren. Sie hatten sie in einem schicken SUV abgeholt und sie irgendwo in die Berge mit schneebedeckten Gipfeln im Westen gebracht, abends hatten sie sie wieder abgeliefert. Da waren so viele Leute, Ronnie hatte so viele Leute gekannt. Waren sie alle … verdächtig? Iris überlegte etwas verdreht, dass es für die Polizei sehr viel leichter gewesen wäre, wenn sie und nicht Ronnie verschwunden wäre.

War es unnatürlich, wie sie sich fühlte, fragte sich Iris? Es war, als hätte ihr Gehirn irgendwo in Hirokos dunkler, ruhiger Wohnung eine Möglichkeit gefunden, sich aufzuteilen, den Schrecken über das, was Ronnie eventuell passiert war, von dem Rätsel darüber zu trennen. Sie ging es immer und immer wieder durch, bis ihr Kopf wehtat.

Iris ging weiter, eine Straße voller Marktstände entlang. Jetzt kamen auch die Touristen und verstopften die Straße, sodass sie zwischen zwei Ständen auf den Bürgersteig ging, einem schattigen, vergessenen Ort, wo Ladenbesitzer noch ungestört von Kunden auf der Türschwelle miteinander redeten.

Etwas war Ronnie passiert, sie wusste es in dem Moment, in dem sie es zu Hiroko gesagt hatte. Sie war verletzt, sie hatte ihr Gedächtnis verloren, sie lag irgendwo am Straßenrand in einem Graben, nachdem sie ausgeraubt oder von einem Auto angefahren worden war. Oder natürlich noch Schlimmeres, es könnte schlimmer sein. Iris dachte an den Gesichtsausdruck des kräftigen Polizisten, sie kannte die Statistik nicht, aber er wahrscheinlich schon, und sein Gesichtsausdruck hatte alles gesagt.

Was hatte die Geschichte, die Hertfords besuchen zu wollen, verbergen sollen? Das war das Erste. Und wie war ihre Tasche in den Boboli-Gärten gelandet? Iris dachte an den Park, den sie nur einmal besucht hatte, aber an den sie sich deutlich erinnerte, die engen, staubigen Wege zwischen hohen Hecken, die vernachlässigten Flecken von überwuchertem Wald, die die Sonne selten erreichte.

Ein Mann, dachte sie, es musste ein Mann sein. Irgendwo in den Tiefen ihrer Zeichentasche klingelte Iris' Handy. Da sie gerade neben einer breiten Steinbank an der Ecke der Via Cavour stand, stellte sie die Tasche darauf ab und durchsuchte sie fluchend. Das muss Serena sein, dachte sie, Ronnies Mum. Aber sie war es nicht.

»Iris?« Die Stimme klang panisch, sie erkannte sie nicht sofort, die Nummer war laut ihrem Handy unbekannt. »Ich bin es.«

Jackson? »Stimmt es?«, fragte er. »Das mit Ronnie?«

»Sie wird vermisst«, sagte Iris geradeheraus. »Woher weißt du das?« Die Bank war feucht und kalt unter ihr, und auf dem schmalen Bürgersteig versuchte eine Familie aus Sri Lanka, sich mit karierten Einkaufstaschen zwischen ihr und den geparkten *motorini* vorbeizuquetschen. Sie legte ihre Tasche wieder über die Schulter und ging mit dem Telefon am Ohr weiter.

»Jemand in einer Kaffeebar hat es mir erzählt«, sagte er ausweichend. »Heute Morgen. Hör mal, hast du Zeit für einen Kaffee?« Iris seufzte hörbar, dann dachte sie, sei nicht fies. Es ist nicht seine Schuld. Sie musste mit ihm reden.

»Klar«, sagte sie. »Bloß, na ja, etwas später. Gib mir eine

Stunde.« Sie zögerte. »Jackson, hast du irgendeine Idee? Wo sie sein könnte? Denn wenn du …«

»Ich weiß es nicht«, sagte Jackson, aber einen Moment lang klang er besorgt.

»Okay«, sagte Iris. »Komm in die Wohnung. Du warst doch schon dort, oder?«

»Ja«, sagte er, dann ergänzte er schnell: »Ich habe sie mal nach Hause gebracht, also ja.«

»Die Polizei wird auch dorthin kommen«, sagte Iris. »Also vielleicht eher in anderthalb Stunden?«

»Polizei?«, sagte Jackson. »Jesus. Okay.«

Es gab eine Pause. »Sie werden wahrscheinlich mit dir sprechen wollen«, sagte Iris, »Weißt du das?«

»Ja-ha«, sagte Jackson unsicher. »Was denken sie? Haben sie, na ja, eine Theorie?«

»Eigentlich nicht«, sagte Iris. »Ich nehme an, dass es vielleicht … Entwicklungen gegeben hat. Ich werde es ja hören, nicht wahr?« «Hör mal«, sagte Jackson. »Ist es okay, wenn wir uns woanders treffen? Ich will eigentlich nicht, ich meine, ich würde gerne zuerst mit dir sprechen, bevor ich mit denen spreche.« Es entstand eine Pause. »Die Polizei macht mir irgendwie Panik.«

Iris seufzte, sie machte ihm keinen Vorwurf. Sie machten ihr auch irgendwie Panik. Sie wirkten so fremd, so dumm und gefährlich in ihren Uniformen, mit ihren Waffen. »Klar«, sagte sie. »In Ordnung.« Sie dachte einen Augenblick nach, dann fiel ihr etwas ein.

»Wir könnten uns in den Boboli-Gärten treffen«, sagte sie. Wo man ihre Tasche gefunden hatte, aber das sagte sie Jackson nicht. »Zwei Uhr in Boboli. Am Annalena-Tor zum Park.« Dem Seiteneingang, irgendwie konnte sie sich dem großen, weiten Vorplatz vor dem Palazzo Pitti nicht stellen. Es herrschte Stille.

»Okay«, sagte er. »Die Boboli-Gärten.« Er fragte nicht warum.

Die Via Cavour war eine breite, viel befahrene Straße, Busse quietschten und donnerten vorbei, Mopeds jaulten, die schweren Fassaden der Palazzi waren schwarz von den Abgasen. Iris ging wie in Trance weiter und dachte an Jackson. Er war erschüttert. Irgendwie sprach das für ihn. Sie hatte ihn bisher immer nur cool, arrogant, unbeeindruckt erlebt, selbst als Antonella Scarpa ihm die Leviten las, weil er faul war, selbst als Paolo Massi mit ihm in diesem ruhigen, gefährlichen Tonfall sprach, nachdem er zum Mittagessen getrunken hatte, selbst nachdem er drei Stunden lang mit Ronnie Wodka und Rotwein in der Stadt getrunken hatte, damals war er um Mitternacht an ihr Handy gegangen, als Iris anrief, um zu erfahren, wo Ronnie war.

Danach hatte sie ihre Lektion gelernt, Ronnie niemals zu fragen, wo sie war oder wann sie zurückkommt.

»Himmel«, hatte sie gezischt, als sie eine Stunde später zur Tür hereinstolperte und Iris weckte. Sie setzte sich auf ihr Bett: »Himmel, war das peinlich. Wer bin ich, deine Tochter?« Dann hatte sie gelacht.

Sie ging weiter durch die schmale Via degli Alfani, nach links auf die große, ruhige, schöne Piazza Annunziata, über die leeren Steinfliesen, direkt in die Via della Colonna, wo eine Gruppe großer, lauter Schüler zwischen den Fahrrädern rauchte und angenervt darauf wartete, wieder zum Unterricht in die Scuola Superiore zurückzukehren. Iris ging nachdenklich an ihnen vorbei. Es konnte nicht einfach irgendein Typ sein, sie hatte sich vorher noch nie eine Ausrede ausgedacht.

Ist sie tot? Iris blieb stehen, als dieser Gedanke in ihrem Gehirn auftauchte, und eine Schülerin in einem lila Kaschmirpulli blies ihr Rauch ins Gesicht, ohne auch nur hinzusehen.

Nein, dachte Iris und ging weiter, sie starrte das rauchende Mädchen düster an, doch die ignorierte sie. Geh davon aus, dass sie nicht tot ist. Geh davon aus, dass das alles einen Sinn hat. Es fing an zu regnen.

Bald würde Serena anrufen, bald müsste Iris mit ihr sprechen.

Sie ging durch das große, schmiedeeiserne Tor in die höhlenartige Eingangshalle, durch den dschungelhaft grünen Innenhof mit seinen Palmen, in den klapprigen Lift. Als er nach oben fuhr, spürte sie, wie sich ihr Magen umdrehte. Es hatte ihr noch nie etwas ausgemacht, allein hierherzukommen, aber heute war sie nervös, denn sie wusste nicht, was sie erwartete.

Das hier bringt nichts, dachte Sandro und trottete mit bleischweren Gliedern die gesamte Via dei Pilastri entlang. Er fühlte sich, als hätte Lucia Gentileschis Trauer, so pur, so greifbar, ihn komplett übernommen, doch er durfte nicht zulassen, dass sie ihn lähmte. In dem Versuch, wieder Normalität herzustellen, flüchtete er sich in die erste Kaffeebar, die er sah. Es war ein tiefer, enger Raum, dunkel und warm, und es roch nach süßem Teig. Sandro hob eine Zeitung hoch, die einsam auf einem Tisch direkt hinter der Tür lag, und ging an die Theke. Er fragte den dicken *Barista*, ob er Claudio Gentileschi kenne, der Mann zuckte mit den Schultern. Er zeigte ihm das kleine Foto, und der Mann zuckte wieder mit den Schultern.

»Ich habe ihn oft vorbeigehen sehen«, sagte er etwas säuerlich. »So ziemlich jeden Tag während der letzten zwanzig Jahre. Er kommt aber nicht herein.« Er nickte in Richtung des Duomo. »Er trinkt seinen Kaffee nicht in dieser Gegend.«

Seltsam, dachte Sandro, dass Claudio Gentileschi seinen Kaffee woanders trank. Selbst wenn das hier nicht die sauberste Kaffeebar der Stadt war, der Kaffee war ausgezeichnet, sie lag zentral und war billig. Seltsam, dachte er, aber nicht unmöglich. Vielleicht trank er seinen Kaffee am Bellariva, Lucia Gentileschi hatte gesagt, dass er jeden Morgen um Punkt neun zum Schwimmbad ging. Sandro runzelte die Stirn.

»In welche Richtung ging er?«, fragte er. Der Barista zog seinen Kopf verwundert zurück. »Wenn er jeden Tag hier vorbeiging«, erläuterte Sandro geduldig. »In welche Richtung?«

Wieder nickte der Barista in Richtung von Santa Maria Nuova und dem Duomo dahinter. Das Bellariva liegt in entgegengesetzter Richtung.

»Haben Sie ihn zurückkommen sehen? Später am Tag?« Der Barista schüttelte den Kopf, sein Gesichtsausdruck wurde spürbar düsterer, vielleicht wegen der Verschwendung seiner Zeit, obwohl keine anderen Kunden im Lokal waren.

Sandro verstand und ging mit seinem Caffè Lungo an einen Tisch. Bevor er sich setzte, klingelte sein Telefon. Es war Pietro, sein Herz stolperte, als er die bekannte Stimme hörte, die Verbindung war nicht gut, da er tief hinten in der Kaffeebar mit Tonnen von Stein um sich herum war, deshalb ging er wieder zum Licht.

»In Ordnung«, sagte Pietro, und Sandro wusste, dass er auf der Stelle aufgegeben hätte, hätte er in der Stimme seines früheren Partners auch nur die Ahnung von Zurückhaltung oder Verlegenheit gehört. Aber es war der übliche, alte Pietro.

»Ich kann dir erzählen, was ich ihr, der Witwe erzählen kann«, sagte er. »Es gab eine vollständige Ermittlung, das heißt, Gianluca Scappatoio machte Befragungen, keiner hatte etwas gesehen.« Es entstand eine Pause, als würde Pietro in Notizen suchen. »Sie haben ein Plakat ausgehängt und nach Informationen gesucht, von jedem, der in der Nähe gewesen war, aber ohne große Resonanz. Der Fischer, der die Leiche gefunden hat, war gerade erst angekommen und hatte seine

Ausrüstung ausgepackt, als er sie da treiben sah, zu dem Zeitpunkt war Gentileschi zwei Stunden tot.«

Er hörte, wie Pietro durch die Nase pustete, seine Art, Enttäuschung zu zeigen. »Tut mir leid, Bruder«, sagte er.

»Ach, schon gut«, sagte Sandro, aber er legte nicht auf. Es war, als säßen sie wieder zusammen im Auto, jeder überlegte, ging die Beweise durch. Scappatoio, aha.

Er konnte hören, wie Pietro am anderen Ende nachdachte, dann hörte er, wie er mit der Zunge schnalzte, was das Signal für eine Schlussfolgerung war. »Es ist ein merkwürdiger, alter Teil der Stadt«, sagte er nachdenklich. »Der Lungarno Santa Rosa. Er ist irgendwie … tot. Ein Altwasser, vielleicht hat er es deswegen ausgesucht, damit ihn niemand sieht, ihn niemand aufzuhalten versucht.«

»Vielleicht«, sagte Sandro und hatte das Gefühl, sich verteidigen zu müssen. »Oder vielleicht hat es jemand anderes für ihn ausgesucht.«

Zu seiner Überraschung versuchte Pietro nicht, ihm diesen Gedanken auszureden.

»Hör mal«, war alles, was er sagte, »ich muss los. Sag mir Bescheid, wenn ich, na ja, wenn ich dir noch weiterhelfen kann, okay?«

»Ja«, sagte Sandro, und Pietro war weg.

Er empfand wieder die Kälte der Einsamkeit, und Sandro holte sich einen weiteren Kaffee, setzte sich und schlug die Zeitung auf. *La Nazione*. »Mädchen in den Uffizien vergewaltigt« lautete die Schlagzeile. Heilige Mutter Gottes, dachte er und überflog die Geschichte. Eine Putzfrau aus Osteuropa war von einem Bauarbeiter aus Neapel, der an der Erweiterung arbeitete, vergewaltigt worden. *Madonna*. Entsetzt blätterte er weiter. Der Hochwasserschutz war bedroht, weiterer Regen vorhergesagt. Er schlug die Zeitung zu, weil es keine guten

Nachrichten gab. Auf der Titelseite war das Foto eines Mädchens, er legte die Zeitung geistesabwesend weg, obwohl das Bild des Mädchengesichts noch eine Sekunde hängen blieb, dunkelhaarig, lächelnd, hartnäckig, während ein Teil seines Gehirns etwas verarbeitete. Er musste seinen Blutdruck überprüfen lassen, wenn es so weiterginge. Er bezahlte seinen Kaffee und ging nach draußen, Richtung Osten, zum Bellariva Schwimmbad.

Es war ein langer Weg, und er war noch nicht einundachtzig, Gentileschi musste ziemlich fit gewesen sein, dachte Sandro wehmütig, sein eigener Körper knirschte wie ein altes Haus, erinnerte ihn schmerzhaft an zwei faule Jahre. Er ging die düstere, hohe Häuserschlucht der Borgo Allegri entlang und die Via dei Malcontenti zum Fluss hinunter, wo die *Viale* auf sie traf, Autos rauschten Tag und Nacht über die Ringstraße. Kein pittoresker Gang, obwohl es Sandros Heimatviertel war, kein Spaziergang, um die Laune zu heben. Nicht die grandiose, rote Kuppel, nicht der goldene Kreuzgang von San Lorenzo, nicht die blassen Arkaden der Innocenti, das hier war ein anderes Florenz. Den Fußspuren eines Melancholikers, der zwanzig Jahre älter war als er selbst, zu folgen hatte etwas Reinigendes.

Das Bellariva war im November ziemlich ruhig. Sandro selbst konnte kaum schwimmen und hätte sich auf gar keinen Fall in einem öffentlichen Schwimmbad gezeigt. Er mochte einen Monat im Jahr das Meer, er mochte eine grüne Sonnenliege an einer der netteren Strände in Versilia, mochte es, mit seinen Füßen im lauwarmen Wasser zu stehen und die alten Männer mit ihren Enkeln in den Wellen zu beobachten. Der hässliche, graue Empfang im Bellariva war etwas völlig anderes, das laute Platschen und Rufen, die schlechte Akustik und der schreckliche Geruch nach Chlor, stehendem Wasser und alten Socken. Düster dachte Sandro, dass es einen entschlosseneren Mann brauchte als ihn, um das jeden Morgen um neun um seiner Gesundheit willen zu ertragen. Nur um dann Alzheimer zu bekommen.

Sandro sah sich ungläubig um und versuchte zu verstehen, was die Leute hierhertrieb. Er beobachtete eine Frau, ungefähr in seinem Alter, mit unglaublich gefärbten Haaren, goldenen Turnschuhen und einem Kleidersack, sie ging an ihm vorbei und betrat die Eingangshalle, dort zeigte sie ihren Mitgliedsausweis. Ah, der Mitgliedsausweis, die *tessera*, das war der Schlüssel. Er hätte Lucia Gentileschi danach fragen sollen. Die Frau am Empfang sah ihn mit leerem Blick, das Haar unter einer Art Plastikbadekappe verborgen, misstrauisch an. Er trat vor.

»Ich ermittle«, begann er und unterdrückte aufkommende Nervosität, weil ihm Uniform, Polizeiausweis und Auftrag fehlten, »im Todesfall eines Ihrer Mitglieder …«

Als sie das hörte, spannte sich die Frau sichtbar an, und merkwürdigerweise dachte Sandro erst in diesem Augenblick, wie seltsam es doch war, dass ein Mann, der in fortgeschrittenem Alter jeden Tag schwimmen ging, sich ausgerechnet ertränkte.

»Nein, nein«, beeilte er sich, sie zu beruhigen. »Es hat nichts mit dem Schwimmbad zu tun, es ist nur … Ich arbeite im Auftrag seiner Witwe, um … nun ja …« Da ihm nichts mehr einfiel, nahm Sandro das Foto aus seiner Tasche. »Sein Name war Claudio Gentileschi, er ist schon seit vielen Jahren Mitglied bei Ihnen.«

Sie sah das Bild stirnrunzelnd an. »Nein«, sagte sie.

»Entschuldigen Sie«, sagte Sandro geduldig, »vielleicht kann mir noch ein Kollege Auskunft geben, sind Sie jeden Tag hier? Morgens?«

Die Frau spitzte die Lippen, das hier lief schon verkehrt. »Fünf Mal pro Woche morgens« sagte sie, »seit 1987.«

»Und Sie erkennen ihn nicht?«, fragte Sandro ungläubig. Ärgerte sie ihn einfach nur? Seit zwanzig Jahren fünf Mal pro Woche morgens an diesem Ort, vielleicht war sie chronisch schlecht gelaunt.

Die Frau, Eva stand auf ihrem Namensschild, legte beide Hände auf die Theke. »Es tut mir leid«, sagte sie mit schwerer Endgültigkeit, »ich erkenne diesen Mann nicht. Was sagten Sie, wie sein Name lautet?«

Er wartete, während sie stirnrunzelnd etwas in einen Computer hinter der Theke eintippte. Er sah den Bildschirm in ihren Augen, wie sie mit der Maus hinunterscrollte.

Schließlich sagte Eva: »Via dei Pilastri?«

»Das ist er«, sagte Sandro, wenigstens stand da jetzt ein einzelner, konkreter Fakt zwischen ihnen.

Sie sah zu ihm hoch, endlich neugierig geworden. »Nun ja, er war ein Mitglied. War. Er ist Mitglied geworden …« Sie lehnte sich zum Bildschirm vor, dann wieder zurück. »1997.«

»Gut«, sagte Sandro voller Energie, »also …«

Sie unterbrach ihn. »Für nur ein Jahr. Die Mitgliedschaft ist ein Jahr später erloschen. Es sieht nicht so aus, als hätte er sie oft genutzt.«

»Wie oft?«, fragte Sandro.

»Er kam zwei Mal«, sagte Eva. Ihr Blick fiel über seine Schulter.

Hinter ihm stand jemand, ein großer Mann mit strähnigen Haaren, der seine *tessera* zur Begutachtung ausstreckte. Sandro ging.

Draußen auf dem *lungarno* rauschte und lärmte der Verkehr. Sandro überquerte die Straße, um den schäbigen, grauen Park zu betreten, der am Fluss entlangführte, um ein bisschen

Raum zum Denken zu haben. In der Luft lag ein Dunst von feinem Regen. Er ging durch den Park, an leeren Spielplätzen vorbei zur Brüstung am Fluss, wo er stehen blieb. Er lehnte sich auf den Stein und sah zu den großen Hügeln von Casentino, um etwas anderes als Grau zu sehen, weit weg erblickte er eine kleine Schneefläche über den Wolken.

In Ordnung, dachte er, also ist er nicht jeden Morgen um neun Uhr schwimmen gegangen. Vor ungefähr zehn Jahren war er Mitglied geworden, vielleicht mit der Absicht, sich abzulenken, etwas Sinnvolles zu tun, aber dann hat er seine Meinung geändert.

Laut dem Barista in der Via dei Pilastri ging er nicht einmal diesen Weg, Sandro fühlte sich durch diese Wendung merkwürdig bestätigt. Er hatte das Bellariva gehasst, außerdem war das hier kein Stadtteil, in dem er sich einen Mann wie Claudio Gentileschi vorstellen konnte, die modernen Mietshäuser, das Penthouse aus Rauchglas über dem Fluss, der graue Park, der Verkehr. Er sah zur anderen Seite, zur Stadt, er konnte von hier den Duomo nicht sehen, aber er konnte die Bögen der Ponte Vecchio sehen, die Kuppel von Santo Spirito, die Cestello. Dort, außer Sichtweite am anderen Ende des Flusses, war der Lungarno Santa Rosa, wo Claudio Gentileschi vor drei Tagen ertrunken war, der einzige andere Fixpunkt in dem fehlenden Tag.

Wenn er nicht jeden Tag um neun Uhr schwimmen gegangen war, wo war er dann gewesen? Was war vor zehn Jahren passiert, sodass er diese Lüge erfand, wo war er seitdem jeden Morgen hingegangen?

Nachdem er herausgefunden hatte, dass der einundachtzigjährige Claudio Gentileschi nicht jeden Morgen um seiner Gesundheit willen schwimmen gegangen war, hörte Sandro auf seine schmerzenden Knie und nahm den Bus. Er überquerte den Fluss zur Piazza Ferrucci, wo eine Bushaltestelle lag, die er kannte, weil sie sich vor der besten *Rosticceria* der Stadt befand, der kleine Elektrobus würde ihn auf Umwegen bis zum Lungarno Santa Rosa bringen.

Seltsam, dachte Iris, als sie die Tür aufschloss, wie völlig anders sich die Wohnung anfühlte. Vierundzwanzig Stunden, und alles hatte sich verändert. Sie roch sogar anders, sie probierte, Ronnies Geruch einzufangen, in dem abergläubischen Versuch, sie heraufzubeschwören, aber er war weg, überlagert vom Geruch schimmeliger Vorhänge, altem Holz und was war das? Totes Laub, ein Geruch, der von außen hereindrang. Sie musste ein Fenster offen gelassen haben. Sie stand im Flur, spürte den Zug, sie ließ ihre Tasche im Halbdunkeln auf den Boden fallen.

»Hallo?«, sagte sie und kam sich dumm vor, kaum, dass sie es gesagt hatte. »Ist jemand hier?«

Kapitel 8

Der muntere, orangefarbene Bus brummte und summte entlang dem Lungarno Serristori, hüpfte durch Schlaglöcher, der Regen peitschte gegen die Fenster. Novemberregen, dachte Sandro düster, als er durch das trübe Glas starrte, ganze fünf Wintermonate, irgendetwas zog ihm beim Gedanken an die Zukunft das Herz zusammen. Was werden sie sagen, dachte er, plötzlich aus dem Gleichgewicht gebracht, was werden sie im Krankenhaus sagen? Er schloss kurz die Augen, als zu viele Details auf sein Gehirn einprasselten, das Behandlungszimmer, das Bett, die Monitore, Infusionen und ängstliche Gesichter. Der Doktor in grünem Kittel, der ernsthaft sprach, während er und Luisa dasaßen und zuhörten.

Der Bus hielt an der Brücke an, wo die Schaufenster der Juweliere im grauen Morgen strahlten, ein Paar mit Regenschirmen schaute hinein. Eine ältere Frau stieg mit Schwierigkeiten ein, sie zog einen Einkaufstrolley hinter sich her. Sandro stand auf, um ihr hineinzuhelfen und führte sie zu einem Sitzplatz. Die Busse waren so winzig, dass sie nach einer Haltestelle voll waren, die Frau schlurfte an ihm vorbei und setzte sich, dabei murmelte sie etwas vor sich hin. Noch eine Verrückte.

Luisas Mutter hatte Brustkrebs gehabt, aber sie war alt gewesen. Machte das einen Unterschied? Außerdem ist sie nicht daran gestorben, er erinnerte sich, dass der Arzt Luisa das gesagt hatte. Es war ein relativ großer Tumor gewesen, aber soweit sie das beurteilen konnten, hatte er nicht gestreut. Nach ihrem Tod durch Herzversagen, Nierenversagen, Alles-Versagen vor – wie lange war es jetzt her? – vor zehn Jahren hatte der Arzt ernst gesagt, dass sie ihn bemerkt haben musste. Luisas Mutter war dreiundachtzig gewesen, was ein gutes Alter für eine einsame, alte Frau war, die ihren Ehemann fünfzehn Jahre mühsam überlebt hatte, ohne es wirklich zu wollen. Aber wir sind zu zweit, wollte er sagen, wir sind nicht einsam. Was hatte Lucia Gentileschi gesagt? Es endet mit uns.

Der Bus fuhr nun vom Fluss in das Gewirr der Straßen Oltarnos, die Sandro hartnäckig fremd blieben, die feuchten Gassen mit ihrem Geruch nach überlaufenden Kanälen, den Werkstätten, den staubigen Kaffeebars. Der Bus surrte an der Fassade des Palazzo Pitti vorbei, die im Regen blass und grau wirkte, auf dem großen, abschüssigen Vorplatz befanden sich keine Touristen. Der Bus bog in die Via Mazzetta ab und fuhr über die Piazza Santo Spirito, wo die Junkies sich auf Steinbänken unterhalb der Biblioteca Machiavelli zusammenkauerten. Am Ende einer maroden Verkehrsschlange, bestehend aus einem Müllauto, einem Lieferwagen und den *furgoni* vom Markt, die mit ihrer Ladung billiger Kleider und Klapptische zurücksetzten, kam der Bus ruckelnd zum Stehen.

Der Bürgersteig war so schmal, und der Bus stand so schräg in einem Schlagloch, dass er die Junkies hätte berühren können, hätte er sich aus dem Fenster gelehnt. Sie drückten sich ganz hinten zusammen, die Kapuzen ihrer Sweatshirts wegen des Regens auf dem Kopf, und suchten unter einem großen Dachüberstand etwas Schutz. Mit ihrer grauen Haut und zitternd wirkten sie wie Ratten, die man aus dem Untergrund nach oben gescheucht hatte, Sandro war froh, nichts mehr mit ihnen zu tun zu haben. Die eine ganz hinten sah aus wie Giulietta Sarto, bevor sie clean wurde. So dünn, dass man jeden Knochen in ihrem Gesicht sehen konnte, und die Augen waren durch den Alkohol gelblich und eingesunken. Die Ampel vorne wurde grün, in die Schlange kam Bewegung, er dachte daran, Giulietta zum Mittagessen einzuladen, wenn all das hier erledigt war.

Sandro überlegte, dass Luisas Mutter vielleicht niemandem von dem Tumor erzählt hatte, weil sie nicht mehr länger allein sein wollte. Sie wollte sterben. Er dachte an Lucia Gentileschi, was würde mit ihr geschehen? War sein Engagement eine Verzögerungstaktik, eine Art von Leugnen? Vielleicht war es das, aber er hatte das starke Gefühl, dass Lucia Gentileschi sich selbst nicht so leicht etwas vormachen konnte. Und es gab offensichtlich Bedarf für Ermittlungen, Claudio Gentileschis Leben war nicht das, was es zu sein schien.

Der Bus fuhr an der Fassade von Santa Maria del Carmine vorbei in die Viale Ariosto und die alte Stadtmauer entlang. Er stieg an der Porta San Frediano aus, und innerhalb von zwei Minuten spürte er, wie der Regen bis auf seine Schultern drang. Wider besseres Wissen kaufte er einen Regenschirm von einem Nigerianer in einer Baseballkappe an einer Ampel. Als er ihm die fünf Euro gab, fragte er sich, wie der arme Kerl hoffte, hier, weit weg vom Zentrum, Käufer zu finden, noch dazu klatschnass und in einer dünnen Jacke. Aber er verfluchte den Nigerianer schon bald, als die Speichen sich verbogen, noch bevor er den Schirm geöffnet hatte.

Der Wind blies direkt vom Fluss her, als er darauf zuging, konnte Sandro nichts erkennen außer grauem Regen, der horizontal auf ihn zukam, sodass er kaum zur anderen Seite der Brücke sah. Da stand noch so ein Plakat, das an die Flut erinnerte: Dieses hier zeigte den langen Hof der Uffizien, unter Wasser, leer und still. November 1966. Für die nächsten fünf Tage war mehr Regen vorhergesagt. Sandro spähte vorsichtig nach unten, schaute auf das Wasser, das vor Schlamm und Wirbeln ganz gelb war.

Die Brüstung entlang dem Fluss war hier taillenhoch, Sandro ging langsam in Richtung des Lungarno Santa Rosa und sah nach unten. Auf der anderen Seite leuchtete durch den Regen der Stein von Ognissanti ganz weiß neben den großen Hotels mit ihren in der Nebensaison geschlossenen Fensterläden und den schwarzen, kahlen Bäumen des Cascine. Da draußen lag das Polizeirevier, sie waren wohl schnell hier unten gewesen, um Claudio Gentileschi aus dem Wasser zu ziehen.

Sie hatten ihn abends gefunden, und er hatte sich ein paar Stunden im Wasser befunden. Ein Fischer, der in der Dämmerung hinausfuhr, hatte seinen Rücken halb unter Wasser gesehen. Sandro konnte es sich vorstellen, während Lucia Gentileschi es ihm erzählte, es klang fast romantisch, wie ein Seehund, sagte sie, sein großer Rücken, der in der Dämmerung im Seegras treibt.

Sandro fragte sich, warum er nicht schon früher entdeckt worden war. Dienstag war ein strahlender Tag gewesen, die Leute könnten im Nachmittagssonnenlicht spazieren gegangen sein. Er dachte an den Dienstagmorgen zurück, als er untätig in seinem Büro gestanden hatte – Büro! Das war ein Witz. Er sah aus dem Fenster Mädchen hinterher. Claudio Gentileschi war irgendwo zwischen hier und da gewesen, irgendwo zwischen der Via dei Pilastri, der Synagoge, dem Laden mit der staubigen Menora im Schaufenster und dem Angebot eines Shabbatessens für jüdische Besucher und den ruhigen, anonymen Straßen des Oltrarno.

In seinen Schuhen waren Steine gewesen, hatte Lucia Gentileschi gesagt, und sie hatte eine Handvoll Kies aus einer kleinen Lackschachtel hervorgeholt. *Ich habe darum gebeten,* hatte sie mit einem verwirrten Gesichtsausdruck hinzugefügt, als hätte sie nicht gewusst, warum sie darum gebeten hatte oder auch warum man ihrer Bitte nachgekommen war. Nur eine Handvoll, es war mehr in den Schuhen gewesen. Was hatte sich der Idiot Scappatoio nur dabei gedacht, ihn ihr zu geben? Aber Sandro wurde bewusst, dass er es ihr vielleicht auch nicht hätte abschlagen können.

Weißer Kies in einer schwarzen Lackschachtel wie ein heiliges Relikt oder ein Talisman. Jedoch nicht genug, um einen Menschen unter Wasser zu ziehen. Weder hier noch da.

Sandro ging weiter die Brüstung entlang und suchte nach einem Weg nach unten. Er kam an die alte Stadtmauer, hier zogen sie in den Immobilienanzeigen die Grenze »San Frediano, Fuori le Mura«, diesseits oder jenseits der Mauer. Jenseits war jenseits aller Grenzen. Unter den mittelalterlichen Steinen duckten sich die Reste einer Kirche, ein Kreuz hinter Glas und Teile eines Bogens, daneben drückten sich die Pergola und Baucontainer des Circolo Rondinella, eines Tanzlokals. Ein zerrissenes, handgeschriebenes Plakat an einem Drahtzaun warb für einen Tanzabend.

Sandro blieb stehen und sah durch den Maschendrahtzaun in den Garten, mehr ein Hof als ein Garten, tropfend nasse Plastiktische, der kahle Draht der Pergola, winzig klein. Er versuchte sich vorzustellen, wie sich die Paare hier langsam drehten, die Frauen in Tanzschuhen mit hohen Absätzen. Im Preis von zwölf Euro waren Essen und ein Getränk inbegriffen, er fragte sich, ob Luisa auf so etwas Lust hätte und lachte fast. In den Baucontainern hinter dem Hof bewegte sich etwas und verschwand.

Sandro trat zurück und sah auf die Mauer, Claudio Gentileschi war auf der anderen Seite gefunden worden, der Lungarno Santa Rosa war *Fuori le Mura*. Auf der falschen Seite. Er ging von dem kleinen Lokal und vom Kreuz mit den Plastikblumen weg, und zwar merkwürdigerweise zögerlich. Sein früherer Partner Pietro sagte, und er hatte dem früher nie Glauben geschenkt, dass San Frediano authentisch war, dass hier das Antike und Originale der Stadt überlebt hatte, auch wenn es hier keine Palazzi und nur eine Handvoll bemerkenswerter Kirchen gab. Was machte es schon, wenn dort der Circolo Rondinella lag?

Auf der anderen Seite der Mauer befand sich ein eingezäunter Streifen mageren Grases und gestutzter Bäume, dahinter ein Kinderspielplatz. Er öffnete das Tor vorsichtig, denn irgendwie wirkte es immer verdächtig, wenn ein erwachsener Mann allein einen Spielplatz betrat, aber es war der einzige Weg, den er entdecken konnte, um an den Fluss zu gelangen. War Claudio Gentileschi hierhergekommen?

Es schien vollkommen unwahrscheinlich, es war eigentlich lächerlich, dass Sandro überhaupt daran gedacht hatte, selbst hier hereinzukommen. Der ganze Platz war so widerlich, dass kein Kind Lust hätte herzukommen. Das Gras war abgewetzt, kaum mehr als Matsch mit ein paar Grashalmen, und in regelmäßigen Abständen lagen Hundehaufen in unterschiedlichen Verwesungsstadien, die Rutschbahn war mit grellen Graffiti verziert, die Schaukel kaputt. Der komische Gummiasphalt unter den Spielgeräten war krümelig und zerfressen wie ein alter Teppich. Sandro ging zur Brüstung, theoretisch konnte man auch hier nicht hinunterkommen, die niedrige Mauer war von einem weiteren Maschendrahtzaun umgeben. Er ging daran entlang, den Blick auf den Boden gerichtet, um auf nichts zu treten, dann wandte er sich nach unten zum Fluss. Vielleicht war es doch nicht überraschend, dass niemand Gentileschi früher gefunden hat. Wer sollte hier schon spazieren gehen? Selbst an einem sonnigen Winternachmittag war diese Umgebung wenig einladend.

Hinter ihm, hinten an der Mauer, wo er vorher nur die eingezäunten Bäume gesehen hatte, widerstand eine wackelige Ansammlung von Hütten, Schuppen und abgesägten Teilen von verrosteten Containern der Schwerkraft am Hang. Sie haben vielleicht mal zu dem Tanzlokal gehört, früher waren es Hütten, die die Fischer für ihre Ausrüstung benutzt haben, weiß Gott, was sie da noch alles drin hatten, vielleicht Unkrautvernichter und Korbflaschen mit billigem Wein, Werkzeug und Müll. Es war teuer, in Florenz einen *fondo*, eine Garage oder einen Keller zu mieten oder zu kaufen, daher war die Stadt voll von diesen kleinen Ablagerungen, wie Ameisenhügel, Zeugen des Unvermögens der Menschen, sich von ihrem Müll zu trennen.

Sandro sah zurück, flussabwärts zum Verkehr auf der Ponte alla Vittoria, der sich unablässig im Regen bewegte. Das Panorama umfasste die schwarzen Bäume der Cascine und die entfernte, neblige Ebene in Richtung des Viadotto dell'Indiano. Das verborgene Hinterland der Stadt, ein Ort voller Entwässerungsgräben und Elendsviertel, wo Illegale Unrat vom Flussufer sammelten und von einer Handvoll Olivenbäumen und ein paar Schafen, die zwischen Flughafenstartbahn und der *superstrada* grasten, lebten. Keine schöne Aussicht.

Am anderen Ende des Spielplatzes befand sich ein kleines Rechteck aus dunkelrotem Asphalt mit vier Bänken und einer großen Steineiche. Als er näher kam, sah Sandro drei Männer, die unter dem Baum auf einer Bank saßen, obwohl der Baum noch Laub trug, bot er ihnen kaum Schutz. Der jüngste der drei Männer, sicher unter dreißig, las ein Comicheft, er hielt es nah an sein Gesicht, die Kordel an seiner Kapuze hatte er festgezurrt. Er unterbrach das Lesen immer wieder, um auf seine Uhr zu schauen, als würde irgendwo jemand auf ihn warten. Die anderen zwei hatten die dunkle Haut von Menschen, die im Freien schliefen, und durch das dünne Plastik einer Tüte auf dem Boden zwischen ihnen konnte Sandro drei Einliterkartons Rotwein sehen.

Hierher käme man zu einem Selbstmord, wenn man sich schämt, dachte Sandro erschrocken, wenn man fand, dass man weniger als nichts verdiente.

Widerwillig ging Sandro auf die Männer zu. Als er vor ihnen stand, sprach er sie an. Er fragte, ob sie jeden Tag herkamen, ob sie zum Beispiel am Dienstag hier gewesen waren. Ob sie diesen Mann kannten. Sie sahen ihn mit völlig ausdrucksleeren Gesichtern an, ob das am Trinken, Schwachsinn oder eher an Entfremdung lag, konnte er nicht sagen. Er zeigte das Foto von Claudio Gentileschi, die zwei Betrunkenen wandten sich schnell ab und murmelten etwas Unverständliches, als wäre er selbst ein Almosensammler, ein Bettler, der einen dieser handgeschriebenen Pappkartons vor sich hielt, auf dem stand, dass er arbeitslos war und Kinder zu versorgen hatte.

Der Mann mit dem Comicheft, eher ein Junge, wie man nun aus der Nähe sah, schaute auf das Foto und dann auf seine Uhr. Er machte eine ruckartige Kopfbewegung, dann riss er ihn nach hinten und hielt die nassen Seiten seines Heftes noch näher vor sein Gesicht, um Sandro auszublenden.

Sandro wartete zehn Minuten, er stand da im Regen, sprach zuerst ein paar Worte und wartete schließlich bloß noch. Sie ignorierten ihn hartnäckig, und schließlich konnte er nichts anderes mehr tun, als sich umzudrehen und zu gehen. Er schaute sich um. Er nahm eine Visitenkarte aus seiner Tasche und hielt sie mit einem Gefühl der Sinnlosigkeit dem jungen Mann hin, der Einzige der drei, der ihm überhaupt Hoffnungen machte, als Zeuge nützlich zu sein. Ohne ihn anzusehen, nahm der Junge die Karte und legte sie sorgfältig in einen bereits vollgestopften Geldbeutel, dabei fiel Sandros Blick auf vielleicht dreißig Visitenkarten: ein Pizzadienst, ein Ledergeschäft, ein Optiker. Und seine eigene: Sandro Cellini, Ermittlungen.

Er ging weiter, bis er an eine Öffnung gelangte, wo der Draht nach hinten gezogen worden war, dort steckte er seinen Kopf durch. Unter der Brüstung befand sich ein unebener, abschüssiger Geländeteil, der zu einem breiten Pfad führte, der am Fluss entlanglief. Claudio Gentileschi war einundachtzig gewesen, selbst wenn er für sein Alter fit gewesen war, könnte er gefallen und ins Wasser gerutscht sein. Nach dem Dreck auf dem Spielplatz sah das Ufer fast einladend aus, es war grün, eine Mischung von Gras und invasiven, fremden Pflanzen, die das Flussufer in der Stadt kolonisiert hatten, Bambusdickichte und Schachtelhalm. Claudio Gentileschi könnte gefallen sein, überlegte Sandro, aber er hätte dann einen langen Weg rollen müssen, um im Wasser zu landen, und das Ufer sah weich aus, mit nasser, roter Erde, die durch das Gras leuchtete. Es war hier passiert.

Er drehte sich um, um entlang der Böschung nach Fenstern Ausschau zu halten, wer könnte es noch gesehen haben? In der Stadt gibt es immer jemanden, der Bescheid weiß, der dich sieht.

Auf der anderen Seite des Spielplatzes befanden sich ein heruntergekommenes *ambulatorio*, ein paar langweilige, moderne Mietshäuser mit Balkonen, dann eine Reihe von älteren Häusern, die auf den Fluss zeigten, keiner der Bewohner dort konnte bis zum Ufer sehen. Die Gebäude waren alle niedrig, anonym und einfach, von der anderen Seite des Flusses schienen die großartigen Barockfassaden verächtlich herüberzustarren.

Es war sowieso die falsche Jahreszeit, um aus dem Fenster zu hängen und sich irgendetwas anzusehen. Heute waren gut die Hälfte der Fensterläden geschlossen, als wäre es einfach zu grau und der Blick auf den Fluss, der sich mit Regen füllte, schlicht zu elend. Pietro hatte recht gehabt, das hier war ein toter Ort.

Es gab aber eine Kaffeebar zwischen den älteren Häusern, es gab immer eine Kaffeebar. Das Cestello, benannt nach der Kirche. Es sah auch so aus, als gäbe es Gäste. Sandro drehte sich um, um sie aus der Ferne zu betrachten, sein Rücken lehnte an der Brüstung. Durch die zwei großen beschlagenen Fenster war ein gutes Dutzend Köpfe zu sehen. Draußen auf dem Bürgersteig stand eine Holzterrasse, aber zurzeit ohne Stühle, und das Holz war vom Regen rutschig. Der gewellte Rand der an der Fassade eingerollten Markise flatterte einsam.

Eine Sekunde lang spürte Sandro wieder diesen leichten Widerwillen bei der Vorstellung, dort hineinzugehen und, ohne den Talisman seiner Dienstmarke vor sich halten zu können, Fragen zu stellen. Genau in diesem Moment machte sich der zwischenzeitlich vergessene Regen wieder bemerkbar, eine Bö blies den Schirm hoch und kehrte ihn um, sodass er chaotisch und unwiederbringlich zusammenbrach, ein Wirrwarr aus billigem Metall und tropfendem Stoff.

»*Merda*«, murmelte Sandro, weil plötzlich alles nass war, seine Schultern, seine Oberschenkel, sogar die Ärmel. Angewidert marschierte er über die Straße, warf den bösartigen Schirm in eine bereits volle Mülltonne und öffnete die Tür zum Caffè il Cestello.

Es war so warm und wunderbar stickig hier drin, dass Sandro es schaffte, sofort zu vergessen, dass er hier war, um Fragen zu stellen. Seine Nase füllte sich mit dem Geruch von warmem Kuchen, Kaffee und Mittagessen. Er ging zur Theke, wo eine Vitrine voller Sandwiches, kalter Platten mit Schinken und Mozzarella, Warmhalteplatten mit fertiger Pasta all'amatriciana mit Spinat, mit Kapern und Thunfisch, stand. Hier sollte er fürs Mittagessen herkommen, Sandro überschlug die Entfernung zwischen dem Fluss und seinem Büro und entschied, dass sie für einen erfrischenden Spaziergang genau richtig war. An einem trockenen Tag.

Im Moment war offensichtlich zu viel los, um Fragen zu stellen, der Eigentümer lief von einem Ende der langen Zinktheke zum anderen, die Arme erhoben, um auf Köpfe zu zeigen, um die nächste Bestellung aufzunehmen. Sandro wartete, bis er an der Reihe war, bestellte eine Portion Penne all'arrabiata und setzte sich an einen kleinen Tisch neben der Tür, der überraschenderweise leer stand. Er sah sich nach einer Zeitung um, aber es gab keine, erst als er sich hinsetzte, merkte Sandro, dass er sich mit der *La Nazione* davongemacht hatte, die er in der Kaffeebar in der Via dei Pilastri angefangen hatte zu lesen. Er hatte sie in seine Tasche gesteckt, sie war inzwischen feucht, aber noch nicht völlig aufgelöst. Vorsichtig zog er die nasse Zeitung aus seiner Jacke und breitete sie auf dem Tisch aus.

Die Penne waren wunderbar, heiß, mit genau der richtigen Menge von Chili und Knoblauch, eine gute, ölige und lang gekochte Tomatensoße, viel frische Petersilie, gut und klein gehackt. Sandro genoss das Essen, blätterte die Seiten um, er überging den Bericht über die Vergewaltigung in den Uffizien. Sie hatten den Mann, der einfach eiskalt weitergearbeitet hatte, als wäre ihm gar nicht in den Sinn gekommen, dass er etwas Falsches getan hatte, verhaftet. Vielleicht hatte er gedacht, dass eine Immigrantin, eine Rumänin oder Lettin oder was auch immer sie war, zu schüchtern wäre, um sich zu beschweren. Vielleicht hat er sie kaum als Menschen wahrgenommen, das war bei Psychopathen durchaus möglich.

Während er kaute, verband sich das Brennen des Chili mit

einer köchelnden Wut, Sandro dachte daran, dass Leute Psychopathen als großartige Charaktere sahen, Typen wie Hannibal Lecter, böse Genies, aber Sandro hatte genügend von ihnen getroffen, um es besser zu wissen. Sie konnten clever sein, aber manche waren auch sehr dumm, typisch war, dass etwas fehlte, irgendetwas im schwirrenden, komplizierten Gehirn, ein Rädchen fehlte, ein Reservoir war leer. Enthemmung, Gewissenlosigkeit, Amoral, es gab Begriffe dafür. Sandro dachte an die *autopsia* von Gentileschi. Die Läsionen im Gehirn, in diesem großen, gewölbten Kopf.

Er schlug die Seite mechanisch wieder um, und das Foto sprang ihm entgegen, einfach so. Das Mädchen.

Hypnotisiert starrte Sandro darauf, wie konnte er sich sicher sein, würden die Leute wohl fragen, aber er war sicher. Sie starrte ihn von der Seite an, aus einem Automatenfoto, lange, dunkle Haare, Mittelscheitel und blonde Strähnchen an einer Seite, eine blasse, nordeuropäische Haut, die durch den Blitz noch bleicher wirkte. Auf ihrem Gesicht lag ein angedeutetes, freches Lächeln, so wie sie in der Behörde, für die sie das Foto hatte machen lassen, geschaut hatte.

Er überflog den Artikel, die Schlagzeile, das zweite Foto einiger persönlicher Gegenstände, die auf einem Beweismitteltisch ausgebreitet waren: eine Handtasche, ein Geldbeutel, Frauenkram. *Schülerin seit Dienstag verschwunden.* Eine Schülerin der Scuola Massi in San Niccolò, irgendetwas ganz hinten in Sandros Polizistengedächtnis klingelte bei dem Schulnamen, wurde aber von einer aktuelleren Information, die er über das Mädchen auf dem Foto hatte, überlagert.

Denn das hier war das Mädchen, das er am Dienstagmorgen die Via del Leone hatte entlanggehen sehen, am selben Dienstag, der der letzte Tag in Claudio Gentileschis Leben gewesen war.

Die Kaffeebar um ihn herum schien sich plötzlich geleert zu haben.

Sorgfältig legte Sandro die Zeitung ab und starrte auf das vom Regen verspritzte Fensterglas, ohne etwas zu sehen. Warum sollte es eine Verbindung geben? Es gab keine Verbindung zwischen Claudio Gentileschi und diesem Mädchen, Veronica Hutton. Keine Verbindung. Er schlug die Zeitung um mit ihrem Gesicht nach unten.

Natürlich war niemand da. Natürlich nicht.

Iris ließ ihre Tasche im dunklen, kalten Flur fallen, ging von Zimmer zu Zimmer und schaltete die Lichter ein.

Die Beleuchtung der Wohnung war genauso frustrierend unbrauchbar wie die Möbel, es waren alte Stehlampen mit ausgefransten Lampenschirmen aus Stoff und Draht, riesige, staubige Kronleuchter, die Hälfte von ihnen funktionierte nicht, die andere Hälfte war mit energiesparenden Niedrigwatt-Glühbirnen ausgestattet, die kaum etwas beleuchteten. Aber während sie durch die Wohnung ging, empfand Iris diese Düsternis an diesem Morgen nicht nur störend, sie beunruhigte sie. Eigentlich machte sie ihr Angst.

Als das Durcheinander des langen *salotto* im Halbdunkel der einzigen zwei funktionierenden Glühbirnen des Kronleuchters auftauchte, das unbequeme Sofa mit hölzernen Armlehnen, die Konsoltische mit schwarzem Marmor, der riesige, goldene Spiegel, entdeckte Iris, woher der nervtötende Durchzug kam. Sie musste eines der langen Fenster leicht aufgelassen haben, sie öffnete es ganz, schlug die Fensterläden zurück, um mehr Licht hereinzulassen, dann schloss sie das Fenster wieder fest. Sie stand einen Augenblick lang da und sah hinaus, sie versuchte herauszufinden, was anders war. Dieselbe Synagoge, derselbe schwarze Efeu, dieselben Statuen. Aber irgendetwas war anders.

Langsam wandte sich Iris von der Aussicht ab, bemühte sich, die schleichende Klaustrophobie des Raumes mit seinen Damastvorhängen und den schweren Möbeln um sie herum abzuwehren. Die samtigen Wände und das Porträt im schweren Rahmen, das über dem roten Marmorkamin hing, ein unpassend modernes Gemälde ihrer Vermieterin, na ja aus den 50er Jahren des 20. Jahrhunderts. Iris überkam plötzlich einen Moment lang Panik, denn wie zum Teufel sollte sie ohne Ronnie weiter hier wohnen? Selbst angenommen, sie fanden Ronnie. Selbst angenommen, es ginge ihr gut.

Iris stand ganz still, wartete darauf, dass die Panik abnahm. Warum hatte sie wieder hierherkommen wollen? Sie hatte sich in Ruhe umschauen wollen. Sie wartete, lauschte, sie konnte das Verkehrsrauschen von der Piazza d'Azeglio hören und die Gespräche der Vögel im Garten, aber in der Wohnung war es still, genau wie gestern Morgen. Sie war allein.

Iris wusste, dass sie in Ronnies Zimmer schauen sollte, aber irgendwie fühlte sie sich dafür noch nicht bereit. Eine Tasse Tee, dachte sie ausweichend.

In der Küche stellte sie den Wasserkessel auf den alten gusseisernen Herd und sah nach der Milch im Kühlschrank. Sie stand sogar eine Minute oder zwei da und betrachtete den Kühlschrankinhalt auf der Suche nach einer verborgenen Bedeutung: Ronnies Joghurts, ein Stück wachsartiger Pecorino, halb aus dem Papier ausgepackt, drei Flaschen Prosecco, eine offene Flasche Champagner mit einem Teelöffel im Flaschenhals. Wie lange stand die schon da drinnen? Sie schloss den Kühlschrank langsam, nachdenklich lehnte sie sich mit dem Rücken an die Tür und sah auf das lange Steinspülbecken. Zwei schmale Champagnergläser, verziert mit einem griechischen Schlüsselmotiv aus der Vitrine im *salotto* standen da kopfüber, innen trocken.

All das richtete irgendetwas in ihrem Kopf an. Iris konnte sich wirklich nicht mehr daran erinnern, ob die Gläser am Dienstagmorgen schon da gewesen waren, in ihren Ohren rauschte es, dadurch konnte sie nicht mehr klar denken, Panik, das musste Panik sein. Sie atmete bewusst ein und aus, und ihr Kopf wurde ein bisschen klarer. Ja, sie hatte sie selbst am Dienstagabend abgespült. Sie erinnerte sich, weil sie gedacht hatte, dass sie Montagabend, als sie nach der Party sauber gemacht hatten, alles gefunden hätten. Ronnie war guter Laune gewesen, ein bisschen betrunken sang sie, trug ihre kleine Maske und trug die Gläser, immer zehn auf einmal, hinein, während Iris spülte.

Sie hatten sich unterhalten. Worüber hatten sie geredet? Über den Jungen, der sie fett genannt hatte.

»Du hast gehört, was er gesagt hat, oder nicht?«, hatte Ronnie gesagt, direkt, aber besorgt. »Mach dir deswegen keine Gedanken. Er ist bloß ein Schwein.« Sie stellte noch eine Ladung Gläser ab und streckte ihre langen Finger. »Wie so viele Jungs.«

Dann hatte Iris am Dienstagabend diese beiden Champagnergläser in der Spüle gefunden und sich gefragt, wie sie sie hatte übersehen können.

Die Party war eine Katastrophe gewesen. Die Halloweenparty. Eine zufällige Versammlung von Leuten, Trittbrettfahrer, Schmarotzer, die Hälfte von ihnen kannte Ronnie kaum, und doch hatte sie fünfzig Euro für Wein und Chips ausgegeben. Sie war total fröhlich gewesen, sie war glücklich gewesen, als sie die Gläser hereintrug. Sie hatte den Abend nicht auf dem Sofa mit irgendeinem Typen verkeilt verbracht, aber sie hatte sich auch nicht aus Enttäuschung komplett vollgesoffen, wie sie es zu Schulzeiten getan hätte. War sie seitdem erwachsen geworden? Nein, würde Iris sagen, definitiv nicht besonders. Warum war sie dann so heiter gewesen und hatte vor sich hin gesungen, als sie die Gläser in die Küche trug?

Hinter Iris pfiff der Wasserkessel, Teebeutel, Milch, angeschlagene Tasse, das gesamte, tolle Porzellan schien angeschlagen zu sein, und bevor sie noch einen Grund vorschieben könnte, um es nicht zu tun, ging Iris aus der Küche und durch den dunklen, rotschwarzen Flur in Ronnies Zimmer. Sie stand in der Tür, sich die Hände wärmend um die Teetasse gelegt, und schaute. Sie wollte nicht hineingehen und etwas verändern, als befände sich der Tatort genau hier. Denn irgendetwas war anders, und sie würde hier stehen bleiben, bis sie herausgefunden hätte, was es war.

Es war wie in diesem Spiel Pelmanism, bei dem man sich Gegenstände auf einem Tablett merken muss. Augenmaske, Tampax, ein Buch mit geknicktem Rücken auf dem Boden, das ungemachte Bett, zwei Unterhosen.

Die Fensterläden waren geöffnet, sie erinnerte sich nicht daran, es getan zu haben, aber vielleicht irrte sie sich. Das Zimmer musste hell gewesen sein, denn sie hatte sich umgesehen, vielleicht hatte sie die Fenster also doch geöffnet. Ein Stapel Schulmaterialien auf dem Schreibtisch, Broschüren des Ateliers, der Schule und der Galerie, in der ihre Arbeiten am Ende vielleicht ausgestellt würden, sollten sie verkäuflich sein. Iris war kurz vorm Weinen, als sie an Ronnies kleine Zeichnungen, ihre Skizzenbücher dachte. Sie hob eines auf und blätterte es durch, zu ihrer Überraschung war es voller Zeichnungen und das darunter ebenfalls. Ronnie hatte also doch gearbeitet. Seiten um Seiten voll architektonischer Details, Geländer, Türstürze aus Stein, Wappen, Dachrinnen, ein weiteres voller anatomischer Skizzen, ausgestopfter Vögel. Hausaufgaben.

Neben dem Stapel stand der Computer. Iris blinzelte, Ronnies Laptop war ausgeschaltet.

Iris spürte, wie der Tee in ihrer Hand kalt wurde, und sie stellte die Tasse zu ihren Füßen auf dem Boden ab. Sie trat vorsichtig ins Zimmer, bemühte sich, nichts zu verändern. Sie starrte auf den Laptop, dessen kleine Lichter alle erloschen waren, der Akku war leer, was bedeutete … Sie lehnte sich vor, versuchte, ihn nicht zu berühren und sah, dass das Stromkabel nicht eingesteckt war. Sie runzelte die Stirn. Sie wusste nicht, wie lange ein Akku hielt, aber sie würde wetten, dass er keine vier Tage hielt, also musste das Ding gestern Morgen eingestöpselt gewesen sein.

Iris dachte an Ronnies MySpace-Seite, die Nachrichten, die sie gelesen hatte, war da eine Nachricht von jemandem gewesen, der ihr Böses wollte? Schlampe hatte jemand sie genannt, Iris hatte angenommen, dass es ein Witz war. Hatte es dort einen Hinweis darauf gegeben, wohin sie fahren wollte und mit wem? Denn sie war sicher mit jemandem gefahren, Ronnie war nicht gern allein, das wussten alle, es gab immer eine Clique, einen Mann oder für den Notfall Iris. Dieses Mal nicht. Sie rieb sich die Augen.

Iris dachte an das Gesicht, das den Bildschirm halb ausfüllte. Ronnies Gesicht auf dem Kopf mit Haarsträhnen über den Wangen. Warum sollte irgendwer den Stecker ziehen?

Es klingelte, ein durchdringender, altmodischer Klang. Die Türklingel? Es klingelte wieder und wieder, es war das alte Telefon, Iris lief in Richtung des Geräusches, plötzlich wollte sie raus aus dem Zimmer, sie trat dabei die Teetasse um und hielt nicht an, um aufzuwischen.

»*Pronto?*«, sagte sie, zu durcheinander, um sich auf Italienisch zu unterhalten. »Hallo?«

»Iris?«

Einen Augenblick lang, eine winzige, glückliche Sekunde lang, dachte sie, als sie diese barsche und verärgerte und absolut englische Stimme hörte, Ronnie sei am Apparat, und alles fiel von ihr ab, all die Panik, all diese alptraumhafte, unwirkliche Welt voller Indizien und Einbrüche und Ronnies Tasche mit dem Staub. Aber es war nicht Ronnie, es war Ronnies Mutter, es war Serena. Die Stimme, die sie nicht hören wollte, sondern befürchtete zu hören.

»Was zum Teufel ist los?«, fragte Serena. »Was stellt dieses verdammte Mädchen wieder an?« Und der ganze Alptraum überfiel sie erneut.

Serena war in Dubai und verkaufte ein Pferd. Sie erzählte Iris immer wieder, wie lange sie dieses Geschäft vorbereitet hatte, und Iris versuchte zu erklären, was geschehen war, aber entweder hörte Serena nicht zu, oder sie war unfähig, die Informationen zu verarbeiten. Sie wiederholte nur ungeduldig: »Um Himmels willen!« Iris fand, sie könne nicht weitergehen, sie könne nicht direkt sagen, hör mal, das hier ist ernst. Denn Serena war die Erwachsene.

»Also dann«, sagte Serena schließlich, ihre Stimme weit entfernt. »Hör mal, ich werde jemanden darauf ansetzen. Und ich werde versuchen, am Montag da zu sein. Sie wird bis dahin aufgetaucht sein, gesund und munter, darauf kannst du wetten.« Dann entstand eine Pause. »Hat jemand mit ihrem Vater gesprochen?« Iris wusste es nicht. Ronnies Vater lebte in Schottland, soweit sie wusste. So weit von Serena und damit auch von Ronnie entfernt, wie es ging, ohne ins Ausland zu ziehen, hatte Ronnie mal gesagt, weil er das Ausland nicht leiden konnte. »Ich werde mit ihrem Vater reden«, sagte Serena und legte auf.

Iris legte den Hörer wieder auf und saß einen Moment lang da. Sie starrte aus dem Fenster, und dann, weil sie nicht daran dachte, begriff sie. Das Fenster, das sie heute Morgen geschlossen hatte, dieses Fenster, war nicht das gewesen, aus dem sie am vorigen Morgen geschaut hatte. Die riesige Zeder hatte ihr gestern nicht den Blick auf die Synagoge versperrt, weil sie aus einem anderen Fenster gesehen hatte, sie konnte dieses nicht aufgelassen haben.

Die Putzfrau? Die Putzfrau kam montagmorgens, und außerdem war nicht geputzt worden.

Es musste die ganze Zeit über aufgestanden haben, und sie hatte es nicht bemerkt, es war kälter oder windiger geworden, deswegen war ihr der Zug nun aufgefallen. Sie starrte auf die riesigen Fensterscheiben, jede sechzig Zentimeter breit und einen Meter zwanzig hoch, das Fenster selbst war größer als ein Mensch. Draußen regnete es in Strömen, das Gras war klatschnass.

Vielleicht würde es aufklaren, bevor sie Jackson traf. Sie hatte einen Schirm, wenigstens wären die Boboli-Gärten leer.

Wer war bei der Party gewesen? Mit wem hatte Ronnie geredet, als sie sich aus dem Fenster gelehnt und am Telefon gesprochen hatte, während der Amerikaner, der sie fett genannt hatte, sich betrank und sie anstarrte und die blond gesträhnten Zwillinge, an deren Namen sich Ronnie nicht einmal erinnerte, gleichzeitig im Bad kotzten?

Jackson war nicht hier gewesen, oder doch? Ronnie hatte über seine Abwesenheit nur mit den Schultern gezuckt, als wäre es kein Problem. Er wartete auf einen Anruf seiner Eltern, hatte sie erklärt, der Zeitunterschied oder irgendwas. Er wollte nicht, dass sie den Hintergrundlärm hörten, den eine Halloweenparty voller Schmarotzer machte.

Es klingelte an der Tür, ein langes, beharrliches Summen, und Iris ging, um den Carabinieri zu öffnen.

Kapitel 9

Es war dann ganz einfach.

Das Caffè il Cestello war fast leer, als Sandro endlich aufstand und zur Theke ging. Er war ganz steif durch die Feuchtigkeit, weil er so viel gelaufen war, und vor allem wegen seines Alters. Er bestellte einen Kaffee mit einem Schuss Vecchia Romagna und bemerkte wohlwollend, dass der Barista einen guten Schuss hineintat. Er war ein müde aussehender Mann ungefähr in Sandros Alter mit dünner werdendem rötlichen Haar.

»Sie wollen mir eine Frage stellen«, sagte er, und Sandro lachte spontan verschämt auf.

»Ist das so offensichtlich?«, fragte er. »Ich glaube, ich habe den falschen Beruf. Sie aber ebenfalls.«

»Ich kann das Beobachten von Leuten täglich trainieren«, sagte der Barista. Er streckte eine Hand über die Theke. »Luigo«, sagte er. »Ich schätze es, dass Sie gewartet haben, bis Ruhe eingekehrt ist, das ist alles. Sie sind ein Polizist, stimmt's?«

»Nicht jeder beobachtet«, sagte Sandro und verneinte es nicht, dann nahm er das Foto von Claudio Gentileschi aus seiner Tasche. »Ich bin Sandro Cellini. Kennen Sie diesen Typen?«

»Klar«, sagte der Barista, ohne auch nur richtig hinzusehen. »Das ist Claudio. Er kommt fast täglich für einen *Aperitivo* her. Er wohnt irgendwo in der Nähe.« Er spitzte die Lippen und runzelte die Stirn. »Wenn ich jetzt so darüber nachdenke, dann ist er seit einem oder zwei Tagen nicht mehr hier gewesen.«

Sandro behielt einen neutralen Gesichtsausdruck. Scappatoio sollte erschossen werden, er war nicht einmal hier gewesen, um nachzufragen, ob irgendjemand Gentileschi kannte.

Es war bizarr. Claudio Gentileschi kam jeden Tag für einen *Aperitivo* den ganzen Weg hierher? Die Via dei Pilastri lag mindestens zwei Kilometer entfernt.

»Wissen Sie irgendetwas über ihn?«

Der Barista zuckte mit den Schultern. »Er ist ein sehr zurückhaltender Mann«. Nachdenklich wischte er mit einem Tuch die Metalltheke in großen Schwüngen, richtete die langen Löffel in den Zuckerspendern, riss eine einzelne Papierserviette vom Halter. »Ich glaube, er ist irgendein Künstler. Ein Maler?« Er zuckte mit den Schultern, Maler gab es in dieser Stadt wie Sand am Meer.

»Ja?«, sagte Sandro. Kein Architekt, sondern ein Maler, der laut seiner Frau vor zehn Jahren mit dem Malen aufgehört hatte.

»Er hat das nie extra gesagt, Claudio verrät nicht viel. Woher ich es weiß?« Der Mann überlegte, die Arme über der Schürze verschränkt. »Irgendwas an seinem Aussehen hat es mir verraten, wissen Sie, er hat diesen künstlerischen Stil, seine Haare sind recht lang und so wie er in die Ferne starrt, Dinge betrachtet.«

Er drehte sich um, tat Kaffee in einen Filter, befestigte ihn unter der Reihe der Düsen der breiten, glänzenden Gaggia und stellte eine Tasse darunter. Was wäre das Leben ohne diese Routine, dachte Sandro. Sich vorzustellen, in einem Land ohne Barista zu leben, ohne Gaggia, ohne Espressotasse? Einen Augenblick lang sah Sandro die Enge der Welt, die er bewohnte, die Requisiten, auf die er sich tagtäglich stützte, er spürte seine Grenzen wie ein Zimmer, das um ihn herum kleiner wird.

Der Barista sagte über seine Schulter hinweg: »Übrigens sicher ein Maler. Ich habe ihn vor Kurzem darüber sprechen gehört, er hat irgendeine Technik erklärt. Er hat diesem Jungen, einem dieser Schüler, erzählt, wie man Gesichter in einer Menge malt.« Er kippte den glühend heißen Kaffee auf ex und stand dabei immer noch mit dem Rücken zu Sandro, dann drehte er sich wieder um. »Eigentlich komisch, dass er mit dem Jungen hergekommen ist, weil Claudio sonst immer allein war.«

»Aha«, sagte Sandro, erwachte aus Tagträumen und überlegte wie wild. Junge? Was für ein Junge? »Und wann, äh, wann haben Sie ihn das letzte Mal gesehen?« Er sah, wie der Gesichtsausdruck des Mannes härter wurde, vorsichtig, und er wusste, dass er ihm sagen müsste, dass Claudio tot war. Aber noch nicht.

Das Handy klingelte in seiner Tasche, er holte es heraus und sah, dass es Luisa war. Er klickte auf die Mailbox, und irgendetwas in seinem Magen fühlte sich bleiern an. Er nippte am Caffè Corretto, den er bisher noch nicht angerührt hatte, und der brannte in seinem Körper. Das half nicht.

»Seltsam, dass Sie fragen«, sagte der Barista nickend. »Ich weiß genau, wann das war. Am Dienstag.« Er nickte, dann hielt er inne. »Einen Moment mal«, sagte er. »Ihm ist etwas zugestoßen, nicht wahr? Was ist passiert?«

»Stimmt«, sagte Sandro. »Aber sagen Sie vorher nur noch eins: War an diesem Tag irgendetwas anders bei ihm? Am Dienstag?«

Der Barista runzelte die Stirn und seufzte. »Na ja, zunächst mal kam er eine halbe Stunde später, vielleicht sogar vierzig Minuten. Und er trug eine Jacke unter seinem Mantel, normalerweise trägt er Pullover. Leger, wissen Sie. Wie ein Bohemien.« Er sah Sandro erwartungsvoll an, der ihn weitersprechen ließ. »Claudio war eigentlich pünktlich wie ein Uhrwerk. Er kam um 12:30 Uhr herein, trank einen Whiskey Sour, wie gesagt, er hat nie viel geredet, aber er hat mir erklärt, wie man einen mixt, er hat gesagt, er habe es in New York gelernt. In irgendeiner Bar in New York.« Er hielt inne und zuckte mit den Schultern. »Ich kann mich an den Namen nicht erinnern. Egal. Zitronensaft, Bourbon, Zuckersirup, Eis. Um 12:45 Uhr ging er, er müsste zum Mittagessen zu Hause sein, hat er gesagt. Doch am Dienstag ist er erst nach ein Uhr aufgetaucht. Er bat mich, zwei Drinks zu mixen, er wollte nicht warten. Er trank beide, dann sah er auf die Uhr und bat um noch einen. Da war es schon fast zwei.«

»War er allein?«, fragte Sandro.

»Hier drin?«, sagte der Barista. »Ja. Er war immer allein.«

»Aber, Sie haben ihn doch mit jemandem sprechen gehört? Über Malerei?«

»Das stimmt«, sagte der Barista langsam, »Sie haben recht, er war zu dem Zeitpunkt mit jemandem hier.« Er kratzte sich am Kopf. »Er war in letzter Zeit … lockerer geworden. Hat mehr geredet.«

Jetzt konnte Sandro seinen Eifer nicht mehr verbergen. »Mit wem?«, fragte er. »Mann oder Frau? Wann war das?«

»Nur ein Schüler«, sagte der Barista, »für mich sehen die alle gleich aus, die Schüler. Ein Amerikaner.« Dann sah er ihm in die Augen und sagte: »Er ist tot, nicht wahr? Claudio.« Sandro spürte, wie er verschämt nachgab. Denn dieser Mann hatte Claudio Gentileschi gemocht.

»Er ist ertrunken«, sagte Sandro. »Es tut mir leid. Es sieht aus, als hätte er Selbstmord begangen.«

»*Merda*«, sagte der Barista gefühlvoll. »Doch nicht die Wasserleiche? Nicht Claudio?«

»Es tut mir leid«, sagte Sandro.

Der Mann war plötzlich ganz grau vor Schock. »Sie wollten es uns nicht sagen, irgendjemand ist hinuntergegangen, als sie die Leiche herausfischten, und hat gefragt, aber sie haben nichts gesagt. Zuerst musste er offiziell identifiziert werden.« Er schüttelte den Kopf, immer und immer wieder. »Armer alter Kerl.«

»Die Polizei kam nie hierher, um es Ihnen zu sagen? Um Sie zu befragen?« Sandro fragte es entsetzt.

»Sie sind der Erste«, sagte der Barista. Er sah über seine Schulter, als sollte jemand anderes das bestätigen, aber die Kaffeebar war leer bis auf sie beide. »Sie haben einen Zettel ausgehängt und nach Leuten gesucht, die etwas gesehen haben, aber«, er zuckte traurig mit der Schulter, »ich wusste nicht, dass es der alte Claudio war.« Er schüttelte immer noch den Kopf. »Was für ein Ende.«

»Sind Sie, Entschuldigung, aber sind Sie überrascht?«, fragte Sandro vorsichtig.

Der verwirrte Barista konzentrierte sich wieder auf ihn. »Bin ich das?« Er schien nach Worten zu suchen, blies die Backen auf und pustete. »Wissen Sie, man fragt sich, wie gut man Menschen kennt. Nein, ich glaube nicht, dass es mich völlig verblüfft, nein. Er sah aus, als trüge er an einer Last, wissen Sie, was ich meine? Aber …« Sandro sah, wie er zu begreifen versuchte, warum er es nicht hatte kommen sehen. Er schaukelte auf seinen Fersen.

»Aber er hatte doch eine Frau, oder nicht? Er hatte eine Frau. Er trug einen Ehering, und er musste wohl wegen seiner Frau pünktlich nach Hause.« Dann wurde aus dem Triumph in seinen Augen Unverständnis, als er Sandro anschaute, seine erschöpften Augen vor Müdigkeit blutunterlaufen.

»Ja«, sagte Sandro. »Stimmt. Er hatte eine Frau.« Er hätte sie nicht zurückgelassen.

In dem Augenblick, in dem Sandro aus der Kaffeebar trat, klingelte sein Telefon, und eine Sekunde lang stellte er sich vor, dass ihn jemand beobachtet und darauf gewartet hätte, dass er ins Freie kam. Er stellte sich zum Schutz unter die Markise und versuchte zu verstehen, was die Stimme ihm sagte.

Er erkannte den Sprecher nicht, es war eine merkwürdige, fast mechanische Stimme, die schnell sprach, ohne den üblichen Tonfall. »Cellini Sandro?« Sie klang gehetzt. »Ich dachte, er würde schwimmen gehen«, sagte die Stimme immer und immer wieder. »Ich dachte, er würde schwimmen gehen, Aquatherapie nennen sie es im Krankenhaus.«

Es war verrückt. »Claudio«, sagte Sandro. »Sie haben gesehen, wie Claudio ins Wasser ging?«

»Ich dachte, er würde schwimmen gehen«, sagte die Stimme wieder. »Aber er trug all seine Kleider. Cellini Sandro, das ist Ihr Name, oder nicht?« Dann fiel der Groschen. Sandro spähte zum Spielplatz hinüber, und da sah er den Jungen oder Mann auf der Schaukel, wie er zu ihm hinüberschaute.

»Können Hunde schwimmen?«, fragte der Junge. O Gott, dachte Sandro, das hier wird schwierig werden. Hunde?

»Hatte Claudio einen Hund?«, fragte er hilflos.

»Ich glaube nicht, dass er einen hatte«, sagte der Junge, er klang durcheinander. Das hier führt nirgendwohin, dachte Sandro.

»Kann ich kommen und mit dir reden?«, fragte er.

»Sie reden doch mit mir«, sagte die Stimme. »Das hier ist reden, stimmt's?«

Sandro fragte sich, was mit dem Jungen los war – Autismus? Wahrscheinlich, er hatte über die Jahre ein- oder zweimal damit zu tun gehabt. Da war dieser Junge gewesen, der zu Hause bei seiner Mutter lebte und manchmal weglief, um allein Bus zu fahren, und der nach Hause gebracht werden musste, mit fünfundzwanzig Jahren. Er hasste es, angefasst zu werden, konnte niemandem in die Augen sehen.

»In Ordnung«, sagte Sandro. »Ich möchte, dass du sehr genau nachdenkst. War er allein? Als er ins Wasser ging. Ist irgendjemand mit ihm dort hinuntergegangen? Hat ihn jemand gestoßen?«

»Niemand hat ihn gestoßen«, sagte der Junge und lachte, als wäre es witzig. »Da war niemand. Er war allein. Er kam aus der Kaffeebar und ging zum Fluss, ganz allein. Ich dachte, er würde seine Kleider ausziehen, aber das tat er nicht. Ich dachte, sie hätten ihm im *ambulatorio* gesagt, er solle die Therapie machen.«

Sandro hörte, wie er ein leicht panisches Geräusch machte, eine Art Grunzen, und fragte sich, ob der Junge einfach auflegen und weglaufen würde. Er versuchte nachzudenken, er wusste, dass es in dem kleinen *ambulatorio* eine physiotherapeutische Abteilung gab, weil Luisa vor Jahren wegen eines gebrochenen Fußes dort gewesen war. Ob sie immer noch in Betrieb war, wusste er nicht, es hatte Budgetkürzungen gegeben.

»Machst du die Therapie?«, fragte Sandro schnell, damit der Junge weitersprach. »Gehst du hier zum *ambulatorio*?« Vielleicht hing der Junge deswegen hier draußen herum, er konnte sich keinen anderen Grund denken, warum irgendjemand zum Lungarno Santa Rosa kommen sollte.

»Sie sind mit mir fertig«, sagte der Junge und klang wütend. »Sie haben gesagt, ich könnte nicht wiederkommen. Es war nicht dieselbe Krankenschwester.«

»Was meinst du damit«, fragte Sandro, »nicht dieselbe Krankenschwester?«

»Die, die mit Claudio gesprochen hat, nachdem er aus der Kaffeebar kam, nachdem er etwas getrunken hatte. Sie hat mit ihm geschimpft. Nicht dieselbe Krankenschwester. Nicht meine Krankenschwester.«

»Eine Krankenschwester hat mit ihm gesprochen?« Er sah zum *ambulatorio* hinüber, er sah genau jetzt eine große Krankenschwester in einem grünen Kittel, die eine Zigarette rauchte.

»Sie hat ihre Hand ausgestreckt, und er hat ihr etwas gegeben«, sagte der Junge. »Vielleicht wollte er nicht, dass es nass wird. Er hat es ihr in die Hand gelegt.«

»Haben sie etwas gesagt?«, fragte Sandro. »Hast du gehört, was sie gesagt haben?«

»Ich habe gesehen, dass sich ihre Münder bewegten«, sagte der Junge. »Erinnern Sie sich nicht?«

»Ich war nicht da«, sagte Sandro kurz vorm Verzweifeln und rang um Geduld. »Wie sollte ich mich erinnern?«

»Das hat sie gesagt«, fuhr der Junge in seinem monotonen Tonfall fort. »Erinnern Sie sich nicht, das hat sie gesagt.«

Sie musste versucht haben zu helfen, dachte Sandro. Was hatte er ihr gegeben? Seinen Personalausweis? Einen Brief? Sie hätte sich doch sicher schon gemeldet!

»Wie sah sie aus?« Ihm war klar, dass es fast sinnlos war, einem Autisten so eine Frage zu stellen. »Ist sie das da, dort drüben?«, fragte er. Es gab eine Pause. »Auf den Stufen des Krankenhauses?«, ergänzte er. Er streckte seinen Hals und sah, wie der große Junge aufstand.

»Nein«, sagte der Junge, »falsche Farbe. Die hat die falsche Farbe. Ich muss jetzt gehen. Ich muss jetzt gehen.«

»Nein«, sagte Sandro dringend und stieß sich von der Mauer ab. »Komm zurück, nicht, bitte …« Er lief zum Bordstein, musste aber zurücktreten, weil ein Laster vorbeidonnerte, und als der weg war, konnte er im Regen nur eine graue, zusammengekauerte Form sehen, die die Brüstung entlang von ihm weglief, zu weit weg, um sie zu sehen, zu weit weg, um sie einzuholen, rannte sie, als sei der Teufel hinter ihr her. Der arme Junge.

Aus dem Augenwinkel sah er, dass die Krankenschwester ihn beobachtete, er sah, wie sie ihre Zigarette in eine Pfütze schnippte und sich umdrehte, um wieder hineinzugehen. Er lief auf sie zu. Sie war groß. Falsche Farbe, überlegte Sandro. Also war die Krankenschwester, die mit Sandro gesprochen hatte, schwarz?

»Entschuldigen Sie«, rief er ihr zu. Sie drehte sich um.

Es dauerte eine Stunde in einem Personalraum mit einer demoralisiert aussehenden Zeitarbeitskraft hinter einem kahlen Schreibtisch, fast die Hälfte der Zeit ging dafür drauf, sie davon zu überzeugen, dass er war, wer er zu sein behauptete, und dass er ein aufrichtiges Anliegen hatte. Er zeigte dem Mädchen (Ana Lukic, stand auf ihrem Namensschild) das Foto von Claudio und fragte so unauffällig wie möglich nach schwarzen oder asiatischen Krankenschwestern. Die gute Nachricht für ihn – obwohl nicht für die Patienten, wie er fand – war, dass das Krankenhaus seit Monaten schon mit Minimalbesetzung arbeitete und daher nicht viele Namen zu überprüfen waren. Das *ambulatorio* wirkte verlassen, runtergekommen.

Ana Lukic verfügte wenigstens über einen Computer, daher brauchte sie nicht lange, als sie erst verstanden hatte, wonach er suchte, sie lächelte sogar ein bisschen. Es gab drei schwarze Krankenschwestern und eine Filipina, keine hatte an dem Tag, an dem Claudio verschwunden war, Dienst gehabt. Die falsche Farbe, wie viele Hautschattierungen müsste er wohl in Betracht ziehen, bis er verstehen könnte, was ein autistischer Junge mit falscher Farbe meinte?

»Haben Sie hier immer noch eine physiotherapeutische

Abteilung?«, fragte Sandro eigentlich vor allem aus Neugier, als er aufstand, um zu gehen.

»Ja, haben wir«, sagte Ana Lukic ausweichend.

»Ist es in Ordnung, wenn ich dort mal vorbeischaue?«, fragte Sandro. »Ich glaube, ich erinnere mich noch, wo sie sich befindet.«

Es gab viele Kabinen, eine Frau kehrte mit einem breiten, weichen Besen zwischen ihnen den Flur. Aber alle waren leer. Schließlich fand er das Büro, wo eine Frau mittleren Alters in einem weißen Mantel am Fenster saß und rauchte.

»Sie wickeln uns ab«, sagte sie, als er fragte, wo denn alle seien. »Die gesamte Physiotherapie zieht nach Careggi.« Er stellte ihr dieselbe Frage wie der jungen Frau im Büro und bemühte sich, wieder vorsichtig nach schwarzen Krankenschwestern zu fragen. Sie sah ihn stirnrunzelnd an. »Warum fragen Sie?«, wollte sie wissen, und als Sandro verschämt ihren Mantel anstarrte, fiel es ihm ein. Weiße Kittel! »Sind Sie Physiotherapeutin?«, fragte er, und sie nickte, immer noch mit gerunzelter Stirn. Das Mädchen auf der Treppe hatte die falsche Farbe, weil sie einen grünen Kittel getragen hatte, in dieser Abteilung trugen sie Weiß. Die Leute, die der Junge kannte, waren vielleicht eher Physiotherapeuten als Krankenschwestern, aber woher sollte er den Unterschied kennen?

Sandros Freude ließ nach, als er immer wieder gegen eine Wand stieß. »Nun, ich höre mich mal um«, versprach die Frau und schaute auf das Bild von Claudio, »aber ich habe sicher nicht mit ihm gesprochen, und die ganze Woche war ich allein hier.« Sie seufzte. »Ist er der, den sie im Fluss gefunden haben?« Sandro nickte, er reichte ihr eine Visitenkarte und beobachtete, wie sie sie in eine übervolle Schreibtischschublade steckte. »Ich habe gehört, er hatte Alzheimer«, sagte sie achselzuckend. »Das passiert ständig. Sie laufen weg.«

Wieder draußen im Regen und ohne Ziel stand Sandro unter den schmutzigen Betonsäulen des *ambulatorio* und starrte über die Straße zum Spielplatz, dann zur Kaffeebar. Irgendjemand versuchte, ihm zu helfen, dachte Sandro, das ist schon mal etwas. Jetzt wusste er wenigstens, dass Claudio allein ins Wasser gegangen war. Er wusste auch, wann.

Und er wusste jetzt, wessen Stimme er hören wollte.

Kapitel 10

Als Luisa antwortete, konnte er hören, dass im Geschäft viel los war, viele Touristen kamen herein, um warm und trocken zu werden, und befühlten die Waren. Er hörte den gehetzten Tonfall ihrer Stimme.

»Ich habe versucht, dich anzurufen«, sagte sie.

»Geht es dir gut?«, fragte er, unfähig, die Sorge aus seiner Stimme herauszuhalten. »Schatz?«

»Um Himmels willen, Sandro«, sagte sie, »darum geht es nicht. Mir geht es gut. Wenn du jetzt anfängst, mich in der Öffentlichkeit Schatz zu nennen, flippe ich aus.«

»Worum geht es dann?«, fragte er und bemühte sich, nicht zu genervt zu klingen.

»Ich habe eine Kundin für dich«, sagte sie dann, »einen Moment«, ihre Stimme wurde dumpf, während sie neben den Hörer sprach. »Giusy, kannst du diese Dame für mich bedienen? Gib mir nur eine Minute.«

Als sie weitersprach, klang es anders, und er wusste, dass sie ins Lager gegangen war, ihre Stimme wurde von den Schuhkartons und den in Zellophan verpackten Abendkleidern gedämpft.

»Eine Kundin für mich?«, fragte er dämlich, er dachte, er hätte sie falsch verstanden. Sie musste mit Giusy, der Filialleiterin gesprochen haben.

»Ja, für dich«, sagte Luisa ungeduldig. »Hör mal, es klingt

alles etwas verrückt. Sie ist eine ausländische Klientin, habe ich dir nicht gesagt, die würden sich bei dir melden?« Sie machte eine Pause. »Wobei sie aus Dubai angerufen hat, wenn du dir das vorstellen kannst«, und Sandro wusste, dass sie über ihre eigene Indiskretion nachdachte, aber sie sprach schnell weiter. »Jedenfalls habe ich mit ein paar Leuten geredet, und eine davon war wohl die Contessa Badigliani, der dieses Haus an der Piazza d'Azeglio gehört«, erst jetzt machte sie eine Atempause.

Dubai? Sandro begriff nicht.

Luisa redete weiter. »Also. Hast du von diesem Mädchen gelesen, nach dem gesucht wird?«, fragte sie. »Man hat ihre Tasche in den Boboli-Gärten gefunden, ein Fall für die Carabinieri?«

Das vermisste Mädchen. Sandro kniff die Augen in einem unnützen, kindischen Versuch, etwas abzuwehren, zusammen, aber Luisa fuhr fort. »Also sie wohnt, oder sie wohnte im *Piano Nobile* von Giovanna Badigliani. Die Mutter ist völlig aufgebracht, sagt die Contessa, sie vertraut den Carabinieri nicht und steckt da unten in der Wüste fest.«

»Steckt fest?«, fragte Sandro ungläubig.

»Kann nicht zurück, zumindest nicht so schnell. Ich kenne die Einzelheiten nicht.«

Sandro lehnte sich gegen die kühle Mauer des Gebäudes. Er dachte an diese Frau in der Wüste und mit etwas Neid an die brennende Hitze, den leeren Himmel. »Sie braucht jemanden, der herausfindet, was los ist?«, fragte er zögernd. »Der über das verschwundene Mädchen Nachforschungen anstellt?«

»Genau das«, sagte Luisa erleichtert. »Die Mutter scheint nicht … na ja … es ist wohl schon früher öfter was passiert, sie ist anscheinend eine Wilde. Es geht nur darum, den Carabinieri auf die Finger zu schauen. Ich habe Giovanna Badigliani deine Nummer gegeben.«

»Gut«, sagte Sandro hilflos. Er wollte möglichst weit von dieser Komplikation weglaufen, er wollte keine Ausreißerin suchen, er wollte den Carabinieri keinen Honig ums Maul schmieren müssen, aber vor allem hatte er bei dem Ganzen ein schlechtes Gefühl.

»In Ordnung«, sagte er geschlagen, er glaubte zwar nicht an das Schicksal, aber er wusste, dass es dafür kein anderes Wort gab. Er hatte die Zeitung so umgedreht, dass er sich das Gesicht des Mädchens nicht ansehen musste, doch irgendeine Macht über ihm hatte sie wieder umgedreht und es ihm vor die Augen gehalten. Er seufzte, zog die Zeitung aus seiner Tasche und betrachtete sie.

Das Mädchen mit den großen, listigen Augen, ein typischer, hübscher Teenager, der um seine eigene Macht wusste oder es zumindest glaubte. Das Foto der Schulfassade.

»Sie war in der Scuola Massi«, sagte er. »Woher kenne ich diesen Namen?«

»*Caro*«, sagte Luisa geduldig, »jetzt komm schon. Badigliani wird sie empfohlen haben, sie schickt alle dorthin, das übliche Geklüngel.«

»Aber ich bin mir sicher, dass ich von Massi gehört habe«, fuhr Sandro stur fort.

Luisa seufzte. »Eine gute Familie, nehme ich an, Partisanen und all das, der Vater hat während des Krieges eine Druckerpresse unterhalten.«

»Kennst du sie?«

Luisa schnalzte mit der Zunge und dachte nach. »Ihn nicht. Die Frau – Anna? Ja, Anna Massi, nicht dass wir uns duzen. Sie kommt ab und zu ins Geschäft. Es sind immer die guten Familien aus Florenz, die sich beschweren, dass sie sich vor lauter Touristen hier drin nicht mehr bewegen können, sie ist eine von denen.« Es entstand eine Pause, und sie sprach etwas leiser. »Man weiß nie, wer dazugehört. Diese Leute, die alten Familien, sie spazieren hier rein und raus, als gehörte der Laden ihnen, und erwarten Rabatte.«

Sandro bemühte sich, sich das Paar vorzustellen, hatte er sie bei irgendeinem gesellschaftlichen Ereignis schon einmal gesehen? Vielleicht auf einem Zeitungsfoto bei einer der Cocktailpartys, die man ausrichtete, natürlich für einen guten Zweck, im Palazzo Corsini oder in den Torrigiani-Gärten. Er wusste, dass es wahrscheinlich nichts mit dem Fall zu tun hatte. Aber es schien wichtig, er brauchte es, um sich in diesen Fall einzufühlen. Er schwamm und wollte ein paar Fakten.

»Was weißt du über sie?«

»Also«, sagte Luisa, er sah sie vor sich, wie sie konzentriert die Stirn runzelte. »Anna Massi, *Dio*, eine dieser Frauen, die ihrem Verhalten nach jegliches Alter haben könnte, aber sie muss um die fünfzig sein.« Dann meinte sie widerstrebend: »Hübsch, wenn man diesen Stil mag. Dunkle Haare, große Augen.«

»Ihrem Verhalten nach?«

»Eigentlich scheint es ihr ziemlich egal zu sein, wie sie sich anzieht«, Sandro lächelte unwillkürlich, in Luisas Weltsicht war das ein Zeichen von geistiger Instabilität, »aber sie hat einen Schuhtick. Sie probiert immer völlig lächerliche Schuhe an. Erst letzte Woche suchte sie sich einen grauen aus Wildleder mit hohen Absätzen aus, absolut unpraktisch und noch dazu fünfhundert Euro teuer.«

Sandro empfand bei Luisas gnadenlosem Blick unwillkürlich ein kleines bisschen Mitleid für die Frau. Und er wusste nicht, wie er eine Schuhfetischistin in dem Fall unterbringen sollte, aber fünfhundert Euro sind eine Menge Holz. »Die

Schule muss gut laufen«, stellte er fest und dachte nach. »Na ja, vielleicht haben Kunststudenten viel Geld.« Er kaute auf seiner Lippe, er wusste, dass er den Namen Massi früher schon einmal gehört hatte, und zwar in Zusammenhang mit einer Ermittlung, aber er konnte ihn immer noch nicht genau einordnen. »Gibt es, na ja, Gerüchte? Irgendeiner Art? Über die Familie Massi oder die Schule?«

Er war kurz davor aufzugeben, es war reine Zeitverschwendung, eine Taktik, um das herauszuschieben, wovor er Angst hatte, das Gespräch mit den Carabinieri.

»Viele Leute fragen sich, wie diese Ehe funktioniert«, sagte Luisa nachdenklich. »Aber wahrscheinlich fragen sie sich das auch bei uns.« Sie lachte.

Sandro dachte scharf nach. »Ich glaube, es war die Guardia della Finanza«, sagte er schließlich. »Ich habe das Gefühl, als wäre der Name in einer Steuerbetrugssache aufgetaucht.«

»Wessen Name nicht?«, sagte Luisa ungeduldig. »Klingt für mich wie eine falsche Fährte, das Mädchen ist wohl nur mit einem Freund durchgebrannt. Geh zu den Carabinieri, *caro*.«

Sandro grunzte. »Du hast recht, wie immer«, sagte er resigniert. »Ich werde sofort gehen.«

»Das war's dann«, sagte Luisa, aber er hörte, dass sie zögerte, bevor sie hastig fortfuhr. »Und mein Termin im Krankenhaus ist am Montag. Sie haben mich angerufen.«

»Das ist gut«, sagte Sandro so locker wie möglich. Obwohl er dachte: So bald? Sie müssen sich Sorgen machen. »Es ist immer besser früher als später.«

»Das habe ich auch gedacht«, sagte Luisa, und er wusste, dass sie ebenfalls log.

Sie blieben gar nicht lange in der Wohnung. Dieses Mal war nur ein Carabiniere da, der größere der beiden, die sie in Massis Büro gesehen hatte, und Iris führte ihn etwas verschämt in den *salotto*. Er sah sich im Zimmer um, fühlte sich offensichtlich nicht wohl, während Paolo Massi mit den Händen in den Taschen im Türrahmen stand und ihn ungeduldig ansah. Sie hatte irgendwo gehört, sie glaubte von Antonella, die sich in einer ihrer Mittagspausen darüber ausgelassen hatte, dass die Carabinieri als langsam galten, dass sie in den ärmeren Regionen Süditaliens rekrutiert wurden und alle sie verachteten. Auf Iris hatten sie immer einen lächerlich arroganten Eindruck gemacht, wie sie da auf ihren glänzenden Pferden auf der Piazza Signoria saßen, die langen Reitcapes perfekt über die Flanke des Pferdes drapiert, und hinabschauten. Lächerlich, aber romantisch.

Dieser hier schien weniger selbstbewusst, Massi musste schließlich an seiner Stelle sprechen, er trat aus dem Schatten.

»Es gibt keine Neuigkeiten«, sagte er und nahm die Frage, die er vielleicht in ihrem Blick sehen konnte, vorweg. »Maresciallo Falco würde gern ein paar Dinge mit dir durchgehen.«

»Auf Italienisch?«, fragte Iris nervös und versuchte, ihren Verdacht zu übersetzen: *Ich glaube, es war jemand hier*.

»Wenn du das kannst«, sagte Massi sanft, »aber ich bin mitgekommen, für den Fall, dass ich gebraucht werde.« Sie sah ihn dankbar an. »An einem Samstag?«, sagte sie, »haben Sie ...« Aber sie wusste nicht, wie sie es formulieren sollte. Haben Sie kein Privatleben?

Paolo schien zu verstehen. »Meine Frau macht sich genauso viele Sorgen wie ich«, sagte er ernst, und er sah wirklich so erschöpft aus, wie jemand, der nicht geschlafen hatte. »Wir ... nun, wir haben selbst keine Kinder. Aber sie ist so jung. Wir sind *in loco parentis*. Wir müssen die Verantwortung übernehmen.« Er legte beide Hände an die Stirn.

Er war also verheiratet. Komischerweise war Iris dankbar dafür, dass er keine Kinder hatte, dankbar für seine ungeteilte Aufmerksamkeit. Anders als ihr eigener Vater, anders auch als Ronnies, der so viele Meilen wie möglich zwischen seine Tochter und sich gelegt hatte.

Der Carabiniere räusperte sich.

»Hören Sie«, sagte Massi und hob entschuldigend eine Hand hoch, »warum versuchen Sie es nicht erst mal auf Italienisch? Ich, ich halte mich im Hintergrund, rufen Sie mich einfach, wenn Sie mich brauchen. In Ordnung?« Er wirkte unsicher.

»In Ordnung«, sagte Iris. »Aber Signore Massi, Paolo. Ich glaube, jemand war hier. Ich glaube, es war jemand in der Wohnung, ich weiß nicht, warum. Vielleicht, um etwas zu suchen.« Noch während sie es sagte, fand sie, dass die Worte lächerlich klangen, melodramatisch.

»Was?«, fragte Massi und sah sich um, als wäre derjenige, wer auch immer es gewesen war, noch hier. Iris' Herz schlug schneller.

»Ronnie«, sagte sie. »Es könnte Ronnie gewesen sein, oder nicht? Sie könnte vorbeigeschaut haben? Um Kleider zu holen oder so?«

Als der Carabiniere ihre aufgeregte Stimme hörte, stand er auf und sagte ungeduldig etwas zu Massi, der hob wieder seine Hand und trat einen Schritt zurück.

»Okay, okay«, sagte er. »Ich glaube, wir sollten es langsam angehen.« Iris setzte sich, Falco tat es ihr gleich, und Massi ging zum Türrahmen zurück.

Umständlich begann Iris zu erklären.

Falco schien von ihren Indizien nicht sonderlich beeindruckt. Bei der Erwähnung des Computers und des Fensters zuckte er nur mit den Schultern. Sie führte den Mann durch die Wohnung, zeigte ihm, was sie gesehen hatte, er machte sich Notizen, kratzte sich manchmal am Kopf. In der Tür zu Ronnies Zimmer blieb er stehen, sah sich um, spähte in den offenen Schrank, und während sie seinem Blick folgte, ließ Iris' Aufregung nach.

Sie hatte es sich in den Kopf gesetzt, dass Ronnie jemanden getroffen hatte, dass sie sich bloß mit einem neuen Mann abgesetzt hatte und dass sie nach Hause gekommen war, um neue Kleider zu holen. Das wäre ein Szenario ohne Alptraum, und Serena hätte von Anfang an recht gehabt. Außerdem liebte Ronnie ihre Kleider, es wäre absolut typisch für sie, erst nur ein paar Sachen einzupacken, um dann später zu beschließen, dass sie mehr brauchte. Das einzige Problem dabei war, dass alles noch hier war, die Kleider hingen im schweren, massiven Kleiderschrank, der Stapel Jeans lag auf dem Regal, ihr lila Lieblingspulli ebenfalls.

»Was ist mit ihrem Pass?«, fragte der Carabiniere. »*Documenti?*«

Iris dachte nach, wo hob Ronnie solche Dinge auf? Ihre eigenen Papiere, die Krankenversicherungskarte, der Pass, der Führerschein, der Hausschlüssel für Frankreich, waren alle mit einem Gummiband zusammengefasst und lagen ordentlich unter einem Buch in der Kommode neben dem Bett. Sie runzelte die Stirn und dachte nach. Sie versuchte, sich daran zu erinnern, wann Ronnie das letzte Mal ihren Pass hervorgeholt hatte.

»Er war nicht in ihrer Tasche«, sagte Falco und unterbrach ihren Gedankengang. »Hatte sie ihn normalerweise bei sich? In Italien muss man seinen Ausweis bei sich tragen.« Sein Gesichtsausdruck drückte eine ernste Rüge aus.

»Das erklären wir ihnen immer bei Kursbeginn«, sagte Massi vorsichtig.

»Ronnie war nicht daran gewöhnt«, entschuldigte Iris sie vor den beiden. »In England müssen wir das nicht.« Sie sah von Falcos leicht verächtlichem Gesicht weg und versuchte, sich gedanklich wieder Ronnie zu nähern.

Der Flurtisch, die Schublade, ja. Sie ging in den Flur, Falco war direkt hinter ihr, sie öffnete die Schublade, als sie beim Öffnen die Krankenversicherungskarte sah, wusste sie, dass sie recht hatte, sie hatte gesehen, wie Ronnie das kleine braungoldene Büchlein hier hereingelegt und dabei gesagt hatte, dass es ihr egal sei, es würde ja doch nur gestohlen, wenn sie es in ihrer Handtasche überallhin mitschleppte. Ja.

Bloß lag der Pass jetzt nicht in der Schublade.

»Oh«, sagte Iris. »Hier hat sie ihn aufbewahrt.« In ihr keimte ein Funken Hoffnung. »Sie muss ihn mitgenommen haben.«

Massi nickte rasch, stimmte ihr zu, und sie war dankbar.

Falco sah sie beide teilnahmslos an, Iris gewöhnte sich allmählich daran. Er stellte gelangweilte Skepsis zur Schau, um die Tatsache zu überspielen, dass er auch keine Antworten hatte. Wortlos ging er zum Computer, beugte sich vor, um auf den schwarzen Bildschirm zu starren, und schnalzte genervt mit der Zunge, er lehnte sich nach hinten, doch bevor Iris »Nicht!« rufen konnte, steckte er das Kabel wieder ein und drückte auf den Startknopf. Hinter ihr im Türrahmen schnappte Paolo Massi scharf nach Luft, wie ein Echo ihrer Ungläubigkeit, und sie drehte sich um.

»Aber was, wenn …? Da hätten Fingerabdrücke drauf sein können!«, sagte sie und sah sein bestürztes Gesicht, er wusste, dass sie nur mutmaßte, dass sie es nicht wusste. »Oder etwa nicht?« Massi schüttelte hilflos den Kopf und sah an ihr vorbei zum Polizisten und dem Computerbildschirm, der immer noch schwarz war.

Der Carabiniere sah sie gleichgültig an.

»Ich nehme ihn mit ins Büro«, sagte er auf Italienisch. »Wir bringen ihn zum Laufen, wir haben Computerspezialisten, die alles retten können. Wir müssen natürlich ihre E-Mails überprüfen.«

»MySpace«, sagte Iris leise. »Sie hatte eine MySpace-Seite.«

»Natürlich«, sagte der Carabiniere, aber sein arroganter Blick überzeugte sie nicht davon, dass er wusste, worüber sie redete.

»Werden Sie die Wohnung durchsuchen?«, fragte sie, und er machte eine unschlüssige Handbewegung. »Irgendwann«, sagte er. »Aber ich glaube, wenn es etwas Interessantes gäbe, dann hätten Sie es gesehen, oder nicht?« Sie nickte unsicher.

»Kann ich hier bleiben?«

Er sah sie neugierig an. »Natürlich«, sagte er. »Wenn Sie möchten.« Er seufzte. »Signorina March«, sagte er, »vielleicht sind wir unnötig besorgt. Wir wissen ja nicht, ob irgendetwas passiert ist, oder? In den Boboli-Gärten gibt es keine Anzeichen für, äh, Gewaltanwendung. Nichts. Die Signorina Hutton«, er sprach es »Utton« aus, »ist schließlich erwachsen, richtig? Erwachsene verschwinden ziemlich oft und tauchen dann wieder auf, sie hat ihren Pass dabei.« Er zuckte mit den Schultern.

Iris stand wie ein bockiges Kind vor ihm, die Lippen zusammengepresst. Sie wusste, wann man ihr sagte, sie solle sich raushalten. Sie wusste, dass er sich ihre Lebensweise angesehen und daraus Schlüsse gezogen hatte. In seinen Augen waren sie schlampige, sorglose englische Touristen.

»Aber sie hat ihre Tasche verloren«, sagte sie stur. »Oder ihr wurde die Tasche gestohlen. Sie braucht Geld.« Sie sah, wie sich der Gesichtsausdruck des Polizisten verfinsterte, und spürte, wie Massis Hand ihren Arm leicht berührte.

»Iris«, sagte er, »so wirst du nichts erreichen.« Sie öffnete den Mund, um zu protestieren, aber zwischen den beiden Männern fühlte sie sich als Ausländerin und Frau plötzlich so unterlegen, als würde sie gleich in Tränen ausbrechen oder »Findet sie!« schreien.

»Okay«, sagte sie und kniff die Augen zusammen, damit keiner der beiden es sehen sollte.

Massi begleitete den Polizisten zur Tür, den Computer trug dieser unter dem Arm, in derselben Art Plastiktüte, in der Ronnies Tasche gesteckt hatte, als sie zur Schule gekommen waren. Im *salotto* ließ sich Iris auf das kratzige Rosshaarsofa fallen.

»Glaubst du, dass er recht hat?«, fragte sie Paolo Massi heftig, als er wieder hereinkam. Er sah blass aus, er drehte die Handinnenflächen nach oben, wies jede Verantwortung von sich. »Ich weiß nicht«, sagte er kopfschüttelnd. Iris wollte am liebsten mit dem Fuß aufstampfen, sie hatte genug von diesem fatalistischen Mist, diesem Was-geschehen-muss-wird-geschehen-Quark.

»Es bringt nichts, gleich vom Schlimmsten auszugehen, Iris«, sagte Massi zögernd. »Versuch, dir keine Sorgen zu machen. Wir werden sie finden. Bestimmt.« Er stand vor ihr und betrachtete sie einen Augenblick lang. »Hast du Hunger? Komm mit und lerne meine Frau kennen.« Sie starrte ihn an, sie hatte überhaupt keinen Hunger. Sie sah auf ihre Uhr: zwölf. Seine Stimme klang sanft. Plötzlich wollte Iris nicht mehr allein hier sein, und sie hatte noch zwei Stunden Wartezeit vor sich.

»Ich treffe mich heute Nachmittag mit Jackson«, sagte sie, Paolo legte seinen Kopf in den Nacken und sah zur Decke.

»Ich mache mir Gedanken«, sagte er, »über den Jungen. Glaubst du, er weiß irgendetwas?«

Iris starrte auf den Boden. Jackson hatte ängstlich geklungen, was bedeutete das? Dass er etwas wusste?

»Ich bezweifle es«, sagte sie, sie wusste nicht, warum, aber sie wollte die Angelegenheit allein erledigen. Selbst wenn es eventuell gefährlich war, wollte sie es tun.

»Komm mit mir«, sagte Paolo und legte eine Hand auf ihre Schulter. »Meine Frau hat Mittagessen für dich mitgekocht.«

Im mit Palmen bestandenen Innenhof lauerte ihnen die Contessa Badigliani auf, ihre Haare waren so steif wie braune Zuckerwatte. Sie begrüßte Paolo Massi betont überrascht, streckte eine Hand voller überladender Ringe aus und erzählte leise und auf Italienisch, wie gut doch seine Frau aussähe.

Sie kannten sich alle, dachte Iris, sie wollte nicht so englisch und misstrauisch sein, doch sie konnte ihre Bedenken nicht unterdrücken. Wir sind ihre Milchkühe. Mögen sie uns überhaupt? Jetzt sprach die Contessa über Ronnie und starrte dabei Iris düster an.

»Ich mache mir große Sorgen«, sagte die Contessa und bewegte theatralisch ihre Hände, aber es klang nicht besorgt, es klang verärgert. »Was hat dieses Mädchen getan? Wo ist sie hin?«

Massi sagte etwas Beruhigendes, aber die Contessa wollte nichts hören, sie streckte ihre Hände in die Höhe und murmelte etwas von Mutter und wie furchtbar es doch sei, die Polizei im Haus zu haben, mit der sie nichts zu tun haben wolle. Sie hatte offensichtlich gewartet, bis der Carabiniere gegangen war, bevor sie aus ihrer Wohnung kam. Als Iris und Ronnie angekommen waren, hatte sie ihnen erklärt, dass sie die Erdgeschossräume im Sommer wegen der Kühle und dem Zutritt zum Garten mochte. Durch die Tür hinter ihr sah Iris nur tiefe Düsternis und roch einen Hauch Feuchtigkeit. Sie empfand etwas wie Mitleid, und sie wusste, dass das die Contessa nur noch wütender machen würde, wenn sie das wüsste.

Massi antwortete mit den üblichen Formalitäten und Höflichkeiten, und die Contessa verzog sich wieder in ihre düstere Wohnung.

Er führte sie zu dem Auto, das er im Parkverbot auf der Piazza abgestellt hatte. Es war mindestens fünfzehn Jahre alt, schmutzig, goldfarben und überraschend unordentlich.

»Entschuldige«, sagte Massi, »das Auto meiner Frau.« Er lächelte steif. »Ich habe keines mehr, in dieser Stadt kostet es nur Nerven.« Iris wurde bewusst, dass sie seit Monaten nicht mehr in einem Auto gesessen hatte, das war merkwürdig. Sie hatte vergessen, wie eng es in einem Auto war. Es regnete immer noch unablässig, die alten Scheibenwischer bewegten sich hin und her, während sie durch die Iris unbekannten großen Boulevards der nördlichen Stadt fuhren.

Die Wohnung lag in einem soliden, nicht antiken, nicht modernen Gebäude. Iris tippte auf *Fin de Siècle*, weil es um die Fenster Steinverzierungen gab und Balkone mit Balustraden. Aber das sagte nicht allzu viel über die Massis aus. Sie hoffte, dass niemand sie und ihre Ma anhand des schrecklichen Betonhauses des schrecklichen Architekten beurteilte.

»Warum wohnst du hier?«, fragte sie, als sie einen winzigen, wackelig aussehenden Aufzug betraten. Sie hoffte, dass es nicht unverschämt klang. Es war hier alles so anonym, die große und wunderschöne Stadt lag südlich von ihnen, und Massi wohnte in diesem merkwürdigen Viertel. Massi sah sie an, sie registrierte, dass er nicht beleidigt war, er lächelte.

»Es ist eine sehr beliebte Wohngegend«, sagte er. »Gut für Familien.« Der Aufzug quietschte wie auf Kommando und riss sie nach oben. »Im Sommer ist es kühl, wir müssen praktisch denken, weißt du. Wir wohnen schließlich das ganze Jahr über hier.«

Im Gegensatz zu euch Ausländern, meinte er, wenn der heiße Sommer kam, wäre Iris längst fort.

Die Tür vor ihnen öffnete sich, sie wurden anscheinend erwartet, dachte Iris, aber bevor sie noch weiter spekulieren konnte, stand eine große schmale Frau im Türrahmen vor ihr, kalte Finger streichelten ihre Wange, dabei ergoss sich ein Schwall italienischer Ausrufe und Kosewörter auf sie.

»Anna, Anna«, beschwichtigte Paolo hinter ihr. Und dann waren sie schon drinnen, und die Tür schloss sich hinter ihnen.

Massis Frau trat endlich etwas zurück und legte eine Hand auf Iris' Wange. »Armes Kind«, sagte sie auf Italienisch. »Armes Kind.« Iris machte erschrocken einen Schritt nach hinten.

»Anna«, sagte Paolo wieder und dann zu Iris: »Meine Frau spricht eigentlich sehr gut Englisch. Sie ist nur sehr … emotional. Und sie kann nur auf Italienisch emotional sein.« Er sagte dann etwas auf Italienisch zu seiner Frau, es klang nach: Lass das, du machst sie nervös.

»Es ist schon in Ordnung«, sagte Iris, weil sie nicht wusste, was sie sonst sagen sollte. Es überraschte sie jedenfalls nicht mehr, dass er seine Frau von der Schule fernhielt, sie wäre sicher eine große Ablenkung. Sie sah sich um, die Wohnung war groß und dunkel wie ihre an der Piazza d'Azeglio. Es kam ihr falsch vor, sie konnte nicht begreifen, dass Italien offenbar ein Land mit so viel Sonne war, dass man sie aussperren musste. Heute war das jedoch nicht nötig, durch ein hohes Fenster mit Vorhängen sah sie den Regen in Böen vom Himmel fallen. Es war erst früher Nachmittag, aber drinnen waren mehrere Lampen an.

Anna Massi legte wieder eine Hand auf Iris' Wange und lächelte. Irgendetwas an ihr war ungewöhnlich, aber Iris konnte nicht genau sagen, was. Ihre Haare waren sehr schwarz, ihre Haut blass, sie wirkte auf eine altmodische Art zierlich.

Sogar ihre Kleider waren altmodisch, vor allem für eine Italienerin. Sie trug einen Wollrock, der ihrer Mutter gehört haben könnte.

»Setz dich, setz dich«, sagte Anna Massi und deutete auf das Sofa, bevor sie sich abrupt umdrehte und traurig aus dem Fenster schaute. »O *dio*, dieses Wetter«, sagte sie und schlang die Arme um sich. »Der Regen! Wie die Apokalypse, die weltweite Erderwärmung ist dafür verantwortlich, glaubst du nicht?«

Iris schwieg. »Selbst in Sizilien schüttet es«, fuhr Anna Massi fort und warf ihrem Ehemann vom Fenster aus einen vorwurfsvollen Blick zu. »Es heißt, es sei selbst dort unten kalt.«

Paolo Massi grummelte, Iris sah von ihm zu seiner Frau und dachte, dass er in ihrer Gegenwart ganz anders wirkte. Sie erinnerte sich, dass sie – es kam ihr vor, als sei es schon ewig her – vor ganzen vierundzwanzig Stunden ihm gegenüber plötzlich so selbstbewusst geworden war. Gestern Morgen, als sie sich noch um nichts anderes Sorgen gemacht hatte, als darum, dass man mit ihr schimpfte, weil sie sagen musste, dass Ronnie nicht käme.

Anna Massi drehte sich lächelnd wieder zu Iris um. »Manchmal kann man um diese Jahreszeit in Sizilien noch schwimmen, das Meer ist noch warm, weißt du?« Iris nickte zögerlich. »Natürlich habe ich hier viel zu viel zu tun. Letzte Woche habe ich Pilger zu einem Schrein nahe Treviso begleitet, stell dir vor! Religionsgeschichte ist meine Leidenschaft, nicht nur das Christentum. Auch die antiken Religionen aus Theben, Peru …« Sie faltete ihre Hände vor der Brust. »Meine Leidenschaft.« Iris starrte sie an, sie war auf jeden Fall eine merkwürdige Frau.

»Sie ist wunderschön, nicht wahr?«, fuhr Anna Massi auf

Italienisch an ihren Mann gewandt fort und lächelte Iris weiter an. »Wie ein Botticelli, findest du nicht?« Massi legte seinen Kopf seltsam in den Nacken und schaute zur Decke. Während Iris so tat, als hätte sie nichts verstanden, aber unaufhaltsam rot wurde, dachte sie, es ist okay, sie ist nur nett.

Das Essen war nicht das, was sie erwartet hatte, genauso wenig wie die Wohnung und Massis seltsame Frau. Es gab irgendein Fleisch, das völlig trocken gebraten worden war, dazu gedünstetes Gemüse und einen Krug Wasser. Es war aufwendig, ohne stimmig zu sein, als könnte Anna Massi eigentlich gar nicht kochen. Iris ermahnte sich selbst, hatte sie wirklich gedacht, dass alle Italiener in pittoresken, alten Häusern wohnten und ihre Pasta selbst machten? Sie sprachen nicht über viel, kauten das fade Essen, und sie vermieden das Thema Ronnie vollkommen, als wäre Iris ein kleines Kind, das geschützt werden musste.

»Macht dir der Zeichenkurs Spaß?«, fragte Anna Massi. »Paolo hat mir erzählt, dass du sehr talentiert bist.« Erschrocken starrte Iris ihn an, die Gabel noch erhoben, sie wurde wieder rot und murmelte dann: »Das glaube ich nicht.«

»Iris«, sagte Paolo Massi matt, »mach dich nicht lächerlich. Du musst wissen, dass du gut bist.«

Iris dachte an ihre Zeichnung von Ronnie, die Antonella im Atelier an die Wand gehängt hatte. »Also ja, mir macht der Kurs Spaß«, sagte sie zurückhaltend.

»Ihr Engländer seid komisch«, sagte Paolo Massi. »So anders als die Amerikaner. Die haben nie ein Problem damit, an sich selbst zu glauben.« Er wirkte plötzlich müde und stopfte sich das Essen ohne Begeisterung in den Mund. Iris sah von ihm zu seiner Frau, und er tat ihr unerklärlicherweise leid.

»Gott sei Dank gibt es Amerikaner«, sagte Anna Massi fröhlich. »Sieh nur, welchen Erfolg die Schule dank ihnen hat. Die Galerie, die Ausstellungen. Sie haben in den letzten zehn Jahren wirklich etwas verändert, nicht wahr?« Sie lehnte sich über den Tisch und nahm impulsiv Iris' Hand. »Herrje, du bist doch nicht beleidigt, oder? Es ist nur so, dass die Amerikaner das Geld haben und dass es so viele sind.« Sie lachte, Iris lachte mit, allerdings nicht sehr überzeugend, und Paolo Massi schwieg peinlich berührt.

Würden die Amerikaner weiterhin kommen?, fragte sich Iris. Machte Massi sich nicht nur um Ronnie Sorgen, sondern auch wegen der Auswirkungen auf die Schule? Sofort schämte sie sich, natürlich machte er sich nur Sorgen wegen Ronnie. Und überhaupt, dachte sie trotzig, es gab doch nur ein paar Amerikaner im Kurs, und es konnte kaum an Ronnies Verschwinden liegen, sollte das alles kaputtgehen. Sie fand Massis Frau mit ihrem Glauben an die Amerikaner und an die Schule ziemlich seltsam und naiv.

Nach dem Essen, bei dem keiner von ihnen viel gegessen hatte, und nach einem bitteren Kaffee in winzigen Tassen war Anna Massi aufgesprungen. »Würdest du die Wohnung gern sehen?«, hatte sie Iris erneut auf Englisch gefragt. Verblüfft hatte Iris zugestimmt und wurde jetzt durch die Wohnung geführt, ihr wurde jede Ecke des großen, dunklen Wohnzimmers gezeigt, es war voll von Ornamenten, Kerzen, Mobiles und Töpferwaren. »Anna unterstützt Kunsthandwerker gerne«, hatte Paolo Massi trocken gesagt, Iris hatte nur genickt und gedacht, dass man einige von ihnen besser nicht unterstützen sollte. Es war schlimmer als einiges von dem Kram, den Mas Freunde in der Provence herstellten, viel schlimmer.

Das Schlafzimmer war groß und mit dunklen, schweren Möbeln vollgestellt, »Familienstücke«, hatte Anna stolz gesagt, das Badezimmer wirkte mit Zahnpastaflecken im Waschbecken und Handtüchern, die nicht zueinanderpassten, völlig durchschnittlich. Iris fragte sich, ob sie glaubten, dass alle Engländer sich sehr für die Häuser anderer Leute interessierten, oder ob sie einfach nicht wussten, was sie sonst mit ihr anstellen sollten. Dann zeigte sie ihr ein kleines, weiß gestrichenes Zimmer mit einem Einzelbett, einem Kreuz an der Wand dahinter und einem großen Bild von Padre Pio oder jemand Ähnlichem über einer Kommode mit weiteren Kerzen darauf, wie ein kleiner Schrein. Iris war aus dem Zimmer herausgegangen, hatte vorher aber noch ein Nachthemd gesehen, das ordentlich zusammengefaltet auf dem Kissen lag, und begriffen, dass Anna Massi hier schlief. »Mein Rücken«, sagte Anna als Erklärung, bevor Iris es verhindern konnte. Sie legte eine Hand auf ihren unteren Rücken und verzog das Gesicht. »Ich brauche eine harte Matratze.«

O Gott, dachte Iris, was mache ich hier?

»Ich denke, ich gehe jetzt lieber«, sagte sie rasch, als sie wieder in den *salotto* traten, wo Paolo Massi müde und nervös von seiner Zeitung zu ihnen aufsah. »Wirklich?«, sagte er und schaute auf seine Uhr. »Wann bist du … ich bringe dich hin, in Ordnung?« Er sah aus dem Fenster, für den frühen Nachmittag war es grau und düster, aber der Regen schien nachgelassen zu haben.

»Nein«, sagte Iris schnell. »Ich meine, vielen Dank, aber du hast mir schon genug geholfen, das Mittagessen, ihr habt euch um mich gekümmert und alles …« Massi und seine Frau protestierten sofort, diskutierten mit ihr, miteinander, aber Iris blieb standhaft. Sie legte ihre Tasche über die Schulter und ging zur Tür.

»Wirklich, es ist völlig in Ordnung«, sagte sie. »Ich habe Busfahrscheine, es hat aufgehört zu regnen, na ja, fast«, sie griff plötzlich ganz hektisch hinter sich nach der Tür.

Sie schaffte es, einen flüchtigen Kuss auf Anna Massis dargebotene Wange zu hauchen, und vermied es, in ihrer Eile offen unhöflich zu sein, aber als die Tür hinter ihr ins Schloss fiel, rannte Iris praktisch das feuchte Treppenhaus hinab, ließ den klaustrophobischen Aufzug links liegen und schnappte nicht ein Mal nach Luft, bis sie draußen auf der Straße stand, wo der wundervoll kühle Regen auf ihre Wangen fiel und frische Luft in ihre Lungen drang.

In weniger als einer Minute fuhr ein Bus auf der breiten, anonymen Straße auf sie zu, und sie stieg mit einer lächerlichen Dankbarkeit ein. Wie ein Kind, das aus dem Hausarrest abhaute, floh Iris.

Kapitel 11

Sandro hatte mit der Mutter gesprochen.

Serena Hutton, die Frau war eine höllische Nervensäge. Weiß der Himmel, wie viel sie der Anruf aus Dubai auf sein Handy gekostet hatte, er war gerade auf dem Weg vom Lungarno Santa Rosa zum Revier der Carabinieri. Die Via della Chiesa war für den Lieferwagen zu eng gewesen, sodass der ihn nass gespritzt hatte, und als Sandro etwas zu spät zurücksprang, während er das Telefon ans Ohr und dann sich selbst an das feuchte Mauerwerk der nächsten Wand presste, schwappte das dreckige Wasser aus der Gosse in seine Schuhe, an seine Socken, seinen Hosensaum. Nicht dass es zu diesem Zeitpunkt noch einen großen Unterschied machte, Sandros Laune war sowieso im Keller.

Es war genau das, was er befürchtet hatte, als er Privatdetektiv wurde: Der Tonfall, in dem sie mit ihm gesprochen hatte, sie hatte Befehle erteilt, als wäre er ein Hund, den sie trainierte. Selbst zu einem Polizisten waren die Leute manchmal unverschämt in ihrer Verzweiflung. Aber Serenas Verhalten war anders, es wirkte auf Sandro nicht wie Angst. Serena Hutton hatte gesagt, dass sie irgendwann nächste Woche nach Florenz kommen könnte, am Montag oder Dienstag. Auch er ging zwar davon aus, dass sie nichts tun konnte, aber trotzdem. Drei weitere Tage, ohne etwas vom Verbleib der eigenen Tochter zu wissen? War es in England normal, seine Kinder so abzutun?

Sie hatte ihre Befehle ins Telefon gebellt, ihm ein paar Informationen und Telefonnummern gegeben. Sandro hatte den Zeitungsartikel in seiner Tasche, sodass er mitreden konnte, er wusste, welche Schule Veronica Hutton besuchte, wie alt sie war, und er hatte ein Foto.

»Hat sie das früher schon einmal gemacht?«, fragte er. »Ist das typisch für sie?«, er bereute die Fragen sofort. Ein Sturm der Entrüstung brach in gebrochenem Italienisch auf ihn hernieder, der der angeblich unverantwortlichen Schule des Mädchens galt, er reimte sich zusammen, dass Veronica, Ronnie, wie die Mutter sie nannte, einmal ein Wochenende aus ihrem Internat abgehauen war. Er verstand außerdem noch, dass die Mutter, seit das Mädchen sechzehn war, nicht mehr als eine Woche mit ihr zusammen verbracht hatte, da waren die Schule und Ferien mit reichen Freunden hier und dort und überall, und daher wusste sie schlicht nicht, ob es typisch für sie sei.

»Hören Sie«, sagte sie auf Englisch, »ich will nicht, dass Sie ermitteln. Ich bezahle nicht für Ermittlungen. Ich habe schon genug für das Mädchen ausgegeben. Sie wird wieder auftauchen. Ich will nur, na ja. Die Polizei findet offenbar, dass sie einen Repräsentanten der Familie braucht. Das werden Sie sein.«

Sandro hatte die Geringschätzung der Frau akzeptieren müssen. Er brauchte den Auftrag, er brauchte die Kontakte, wenn er Giovanna Badigliani verärgerte, würde Luisa sich aufregen. Außerdem, welch selbstgefälliges Monster die Mutter auch sein mochte, das Mädchen war verschwunden.

Hatte er unter dem Toben und den Vorwürfen ein leichtes Schuldgefühl bei Serena Hutton gehört? Er hoffte es für das Mädchen. Und um Lucia Gentileschis willen musste er seine lächerliche Idee, dass Veronica Huttons Verschwinden etwas mit ihrem ertrunkenen Ehemann zu tun hatte, endlich begraben.

Als er so mit nassen Füßen in der Via della Chiesa stand, fragte sich Sandro, ob das wirklich nur eine lächerliche Idee war, die er sich in den Kopf gesetzt hatte. Er hatte das Mädchen am Dienstagmorgen gegen halb zwölf durch San Frediano gehen sehen, zur selben Zeit, zu der nach seinen zugegebenermaßen noch lückenhaften Ermittlungsergebnissen auch Claudio in San Frediano war. War sie auf dem Weg in die Boboli-Gärten gewesen? Sie hatte jedenfalls ganz sicher ihre Tasche getragen, hatte sie also noch nicht verloren, und ging vage in diese Richtung; es war gut möglich, dass sie denselben Weg genommen hatte wie er, geradeaus die Via della Chiesa entlang zur Via Romana und dann zum Hintereingang der Boboli-Gärten.

Dann hätten sich ihre Wege kreuzen können, das bedeutete gar nichts. Sandro ging in Gedanken noch einmal durch, was der Barista gesagt hatte. Claudio, der stille Typ mit einer Routine, der seinen Whiskey Sour trank und sonst nichts, er war so ruhig, dass sie nicht mal auf die Idee kamen, dass er gar nicht um die Ecke wohnte, sondern auf der anderen Seite der Stadt.

Sandro hatte vergeblich einen Schuh ausgeschüttelt, dann den anderen, aber er war noch nicht weitergegangen, sondern stand unter dem unzulänglichen Schutz des Dachüberstandes eines aufgegebenen Konvents, in dem, wie er las, die Schwester Soundso ihr Leben der Rettung der liederlichen Mädchen gewidmet hatte. Möge sie in Frieden ruhen.

Veronica Hutton hatte nicht liederlich ausgesehen, als sie mit ihrem gesträhnten Haar und der Handtasche über ihrer Schulter die Via del Leone entlangging. Sie hatte hübsch ausgesehen, enthusiastisch, eifrig, vielleicht war da etwas Scharfes, ein winziges Indiz, wozu sie mal werden könnte, mit einer Mutter wie der Frau, mit der er gerade über eine knacksende

Telefonverbindung nach Dubai gesprochen hatte. Je älter er wurde, um so weniger war er bereit, Liederlichkeit als Verbrechen anzusehen. Man sehe sich nur die arme alte Giulietta Sarto an, ein Leben als Prostituierte war wohl kaum witzig. Promiskuität, na ja, er mochte sie nicht, sie machte niemanden glücklich, aber die Welt änderte sich, und er konnte nichts dagegen unternehmen. Wollte er, dass Frauen immer noch als Jungfrauen in die Ehe gingen?

Verdammt, dachte Sandro, er hatte Giulietta eigentlich in diesem Gesundheitszentrum für Frauen anrufen wollen, um mit ihr zu Mittag zu essen.

Er würde mit Giulietta über Luisa sprechen müssen und über ihren …, er brachte es kaum über die Lippen, ihren Knoten, wobei Knoten nicht das Schlimmste bedeuten musste. Er hatte ihn angesehen, als sie in der Küche ihr Hemd angehoben hatte, und eine Sekunde lang war es einfach *nur* Fleisch gewesen, bloß noch so eine Unregelmäßigkeit des Körpers, die Art von Veränderung, an die man sich gewöhnt, wenn der Körper anfängt, sich zu verändern und zu hängen. Doch innerhalb eines Sekundenbruchteils war es etwas anderes geworden, es war die Zukunft. Es hieß Schlange stehen in der Klinik, es hieß ein hinten offenes Krankenhausnachthemd tragen müssen, es war Angst.

Luisa war für Giulietta am ehesten wie eine Mutter, ihre eigene war schon lange tot, durch Drogen. Luisa hatte am Entlassungstag vor der Anstalt gewartet, in die man Giulietta gebracht hatte, nachdem sie für verhandlungsunfähig erklärt worden war. Giulietta Sarto musste informiert werden. In Wahrheit wollte er es vor allem einem anderen Menschen gegenüber laut aussprechen: Es könnte Krebs sein.

Erst jetzt stieß er sich von der Mauer des Konvents in der Via della Chiesa ab und ging zu seinem hektisch verabredeten Termin mit Maresciallo Falco von den Carabinieri. Er war nass bis auf die Knochen, und ihm war unangenehm bewusst, dass er sich heute Morgen nicht ordentlich rasiert hatte. Im schwachen Morgenlicht des Badezimmers, das sie während ihres gesamten Ehelebens geteilt hatten, hatte er an Luisas Gesichtsausdruck gedacht, als sie zur Arbeit gegangen war, und nicht an seinen Rasierapparat. Er sah sein Spiegelbild in einem Schaufenster, Sandro sah nicht wie ein Polizist oder ein Expolizist aus. Er sah nicht einmal wie ein billiger Privatdetektiv aus, er sah am ehesten wie ein Penner aus.

Natürlich hatte es alles nicht besser, sondern schlimmer gemacht, dass er ein Exbeamter der Polizia Statale war, es wäre einfacher gewesen, wäre er einer der Detektive von den Plakaten gewesen, mit ihren Spielzeugmarken und frisch von der Uni. Die Mutter des Mädchens hätte sich einen von ihnen aus den Gelben Seiten heraussuchen sollen, anstatt mit Giovanna Badigliani zu sprechen.

Natürlich war es ein Fall für die Carabinieri, sie kümmerten sich normalerweise um solche Fälle, kleiner Diebstahl, Einbruch, und da die Tasche in den Boboli-Gärten gefunden worden war, war es sowieso selbstverständlich. In den Gärten lag die große und schöne Carabinieri-Station, ihr Florentiner Hauptquartier, über der Orangerie.

Er war schon früher dort gewesen. Die Polizia Statale und die Carabinieri arbeiteten immer gut zusammen. Zumindest taten sie das auf dem Papier. Aber selbst als er noch Polizist gewesen war, hatte Sandro nie besonders guten Zugang zu den Carabinieri gefunden, zu den Südländern in ihren dunkelblauen Uniformen mit den roten Streifen eines Kavallerieoffiziers. Jetzt sagte er sich, dass er die Mutter des Mädchens vertrat, die nicht hier sein konnte und sowieso nicht gut Italienisch sprach, es war vernünftig, dass er sie vertrat. Sollten sie bereits mit Serena Hutton gesprochen haben, dann war es wahrscheinlich, dass sie sehr froh wären, es statt mit ihr mit Sandro zu tun zu haben.

Wenigstens hatten sie ihn hereingelassen. Ein junges Paar unter einem Schirm am Eingang zu den Boboli-Gärten überlegte, ob es sich lohnte hineinzugehen. Waren sie verrückt? Sandro dachte, dass vielleicht alle Ausländer einfach nur verrückt waren, sie schauten ihn neugierig an, wie er ohne Hut oder Schirm dastand, aber das Mädchen am Eingang winkte ihn nur durch. Die Bäume tropften Wasser auf ihn, während er zu der großen Villa hinaufging. In der kalten Lobby hallten die Verkehrsgeräusche und das Tropfen des Regens wider, und der kleine Beamte mit dem dicken Gesicht am Empfang genoss es, lange auf einer Liste nach seinem Namen zu suchen. Sie ließen ihn eine gute halbe Stunde im Flur vor dem Büro des Maresciallos warten, weil der einen Außentermin hatte.

Als Maresciallo Falco schließlich zurückkam, spazierte er an Sandro vorbei, ohne ihn anzusehen. Er trug seine Handschuhe in einer Hand und war ein großer, dunkler, gutaussehender Mann. Carabinieri gingen irgendwie anders, fand Sandro. Mit aufgerichtetem Rücken. Der Mann war vielleicht zwanzig Jahre jünger als er.

Falco verschwand im Büro, und volle zehn Minuten später wurde Sandro eingelassen. Es war kein guter Anfang, als Sandro ohne Vorgeplänkel barsch sagte: »Also, können wir ganz vorne beginnen? Wer hat die Tasche gefunden?«

Es war, als müsste er ihm alles einzeln aus der Nase ziehen. Falco sah beleidigt aus und verschwand prompt für weitere zehn Minuten, Sandro vermutete, dass er währenddessen nichts Produktiveres tat, als sich einen Kaffee zu holen. Bei seiner Rückkehr gab ihm der Maresciallo widerwillig eine dünne Pappakte mit der Kopie des Berichtes, bald gäbe es gar keine Papierakten mehr, überlegte Sandro düster, es wäre dann alles im Computer. Sandro sah sich den Ordner an und bemerkte, dass er den Namen der Frau enthielt, die die Tasche gefunden hatte. Fiamma DiTommaso, neunundvierzig, auch bekannt als Katzenfrau, eine Adresse in der Via dei Bardi.

»Es steht alles da«, sagte Falco und erwartete offensichtlich, dass das Gespräch damit beendet war.

»Äh, dürfte ich Ihnen nur noch ein paar Fragen stellen, Maresciallo?« Sandro hörte selbst, wie er sich bemühte, unterwürfig zu klingen, und mochte es nicht. Falco seufzte.

»Fiamma DiTommaso hat die Tasche am Dienstag abgegeben?«, fragte Sandro.

»Dienstagabend«, sagte Falco und sah von ihm fort aus dem Fenster. »Fünf Uhr.«

»Was hat diese Katzenfrau denn gesagt? Irgendetwas Hilfreiches?«

»Sie ist verrückt«, sagte Falco. »Sie interessiert sich nur für ihre Katzen.« Sandro nickte und fragte sich, wie das Gespräch zwischen Falco und der Katzenfrau wohl ausgesehen hatte.

»Sie hat also nichts gesagt?«

»Sie hat viel über ihre Katzen geplappert«, sagte Falco knapp. »Ich wundere mich, dass sie sich überhaupt die Mühe gemacht hat, die Tasche abzugeben.« Er sah aus, als wäre er bereit, aufzuspringen und Sandro rauszuwerfen, sollte er noch ein Wort über die Katzenfrau sagen.

»Okay, okay«, sagte Sandro und hob die Hände hoch. Er hielt inne und suchte nach der besten Formulierung, damit seine nächste Frage nicht zu angriffslustig klänge. »Und Sie konnten die Besitzerin der Tasche erst am Freitag identifizieren, also auch ihre Verbindung zur Scuola Massi?«

Falco sagte knapp: »Wir hatten angenommen, dass sie von einem Dieb weggeworfen worden war. Das passiert ständig.«

Sandro atmete aus. »Obwohl noch Geld im Geldbeutel war.«

Falco zuckte mit den Schultern und sah Sandro in die Augen. »Er musste sie wohl wegwerfen, bevor er die Chance hatte, hineinzusehen. Das passiert auch öfter.«

Sandro nickte zögerlich.

Falco fuhr fort. »Wir haben die unmittelbare Umgebung genau untersucht.« Er hielt inne. »Dabei haben wir dann die Karte der Scuola Massi gefunden.« Er erlaubte sich ein Lächeln. Tolle Ermittlungsarbeit, dachte Sandro.

»Am Mittwoch?«

»Donnerstag. Mittwoch war die Sicht schlecht.« Was hieß, dass sie hofften, es würde aufhören zu regnen, damit ihre Uniformen nicht nass würden. Faule Schweine.

Sandro notierte es sich genau, er spürte den Blick des Mannes auf seinem gebeugten Kopf. »Hören Sie«, sagte Falco ungeduldig, »vielleicht lassen Sie uns einfach unsere Arbeit machen.«

»Hat irgendjemand Veronica Hutton am Dienstag in den Gärten gesehen?«, fragte Sandro. »Parkangestellte vielleicht?«

»Wir haben jedem Angestellten ihr Foto gezeigt«, sagte Falco, »in der Gärtnerei, der Orangerie, dem Postkartenladen, dem Kaffeehaus, an jedem Eingang, den Bauarbeitern, dem Steinmetz ...« Er machte eine theatralische Pause. Alles klar, dachte Sandro, ich habe verstanden. »Aber denken Sie daran, dass wir erst gestern Nachmittag ein Bild von ihr bekommen haben. Am Dienstag war es zudem sonnig und der Park voll.« Er breitete die Hände aus. »Bisher erinnert sich niemand daran, sie gesehen zu haben.«

»Überwachungskameras?«, fragte Sandro schnell. »Im Bericht stand nichts über die Überwachungskameras. Haben Sie sie auf den Videos?«

»Wir bearbeiten die Filme noch«, sagte der Carabiniere steif.

»Aber?«

Falco spitzte die Lippen. Er sprach völlig monoton, als würde er selbst eine offizielle Aussage vor einer Kamera machen. »Es gibt momentan zwei Kameras, die aufnehmen, am Palazzo Pitti und am Annalena-Tor. Die am Ausgang Forte di Belvedere ist augenblicklich außer Betrieb, und die an der Porta Romana funktioniert nicht.«

Sandro wartete, widerwillig fuhr Falco fort: »Bisher«, sagte er, »haben wir wahrscheinlich ein Bild des Mädchens, wie es die Gärten um fünfundzwanzig nach elf am Dienstagmorgen durch das Annalena-Tor betritt. Mit ihrer Tasche.«

»Und?«

»Wir haben bisher noch kein Bild gefunden, auf dem sie die Gärten verlässt«, sagte der Carabiniere, er legte seine langen braunen Finger auf dem Schreibtisch wie zu einem Zelt aneinander und runzelte die Stirn. »Aber dafür könnte es verschiedene Erklärungen geben.«

»Sie könnte durch das Tor an der Porta Romana gegangen sein«, sagte Sandro. »Oder sie hat die Gärten gar nicht mehr verlassen.«

»Oder sie wurde von einem anderen Besucher beim Rausgehen verdeckt, oder wir haben sie übersehen«, sagte Falco, »wie gesagt, wie bearbeiten die Bilder noch.«

»Natürlich«, sagte Sandro und wusste, dass er langsam vorgehen musste, dann fügte er leichthin hinzu, »aber in den Gärten selbst gibt es keine Spur von ihr, seit die Tasche gefunden wurde?«

»Nein«, sagte Falco. Er sah Falco müde und feindselig an. »Wir haben eine gründliche Suche durchgeführt.«

Sie wussten beide, dass »eine gründliche Suche« alles bedeuten konnte, von einem oberflächlichen Blick mit einer Taschenlampe bis hin zu einem Dutzend Männern, die das Unterholz durchsuchten. Sandro vermutete, es handelte sich um Ersteres.

Als könnte Falco seine Gedanken hören, sah der Carabiniere ihn scharf an. »Die direkte Umgebung und den Park. Wir haben jeden Werkzeugschuppen und jedes Gewächshaus dort überprüft. Ich habe es der Mutter des Mädchens gesagt.« Er senkte seinen Blick nicht. »Sie ist nicht dort.« Er lehnte sich vor, und endlich sah Sandro ehrliche Ernsthaftigkeit in seinen Augen. »Hören Sie«, sagte er, »das ist mein Revier, das ist mein Hinterhof, glauben Sie mir, wenn sie immer noch dort wäre, dann wüsste ich das.«

Sie war nicht dort, aber sie war auch nicht gegangen.

»Sie meinen, wenn sie tot wäre?«, fragte Sandro.

Falco zuckte mit den Schultern, als wolle er sagen, Sie wissen schon, was ich meine.

»Ich bin mir sicher, dass die Mutter mit Ihrer Arbeit zufrieden ist«, sagte Sandro förmlich. »Entschuldigen Sie.« Und es sah wirklich so aus, als hätte Falco seinen Job erledigt, eine Nervensäge wie Serena Hutton hatte ihn wohl so störrisch werden lassen, nahm er an.

Anscheinend besänftigt, lehnte Falco sich in seinem Stuhl zurück, als er wieder sprach, klang er fast versöhnlich. »Hören Sie, wir haben den Computer des Mädchens«, sagte er. »Wir sehen ihn uns an, E-Mails und so was. Soziale Netzwerke.« Sandro nickte, als wüsste er, was ein soziales Netzwerk ist. »Irgendwas gefunden?«, fragte er vorsichtig.

Falco runzelte die Stirn. »Bisher nicht«, sagte er. »Keine Geschichten über einen neuen Freund oder einen Ausflug, keine E-Mails von Jungen, keine schmutzigen Sachen.« Er zuckte mit den Schultern. »Das andere Mädchen hatte die

Idee, dass sich jemand daran zu schaffen gemacht habe, aber abgesehen davon, dass der Akku vollkommen leer war, hat unser Computerexperte gemeint, er sei sauber. Sollte irgendwer versucht haben, etwas zu löschen, dann wusste derjenige nicht, was er tat, das hat er gesagt.«

»Einen Moment«, sagte Sandro. »Das andere Mädchen glaubt, jemand hat etwas gelöscht? Welches andere Mädchen?«

»Das Mädchen«, sagte Falco ungeduldig, »die Mitbewohnerin. Ich bin gerade von dort gekommen. Sie dachte, jemand wäre in der Wohnung gewesen und hätte gestern Nacht nach etwas gesucht.« Er zuckte mit den Schultern. »Ich persönlich glaube, dass sie ein bisschen hysterisch war.«

Sandro fluchte im Stillen. Warum hatte die Mutter ihm nicht eine einzige hilfreiche Information gegeben?

»In Ordnung«, sagte er, »haben Sie ihre Nummer?« Der Carabiniere sah ihn stur an und schüttelte den Kopf. Sandro war enttäuscht, er musste die Mutter fragen.

»Noch eine letzte Frage«, sagte er. »Dürfte ich die Tasche sehen?« Als er sich im Regen den Weg durch die Irisbeete bahnte, die Station der Carabinieri wie ein riesiger Klotz hinter ihm, drehte sich Sandro der Magen um. Es war der Anblick der Tasche, der dazu geführt hatte. Sie war abgewetzt und verbeult, der Inhalt befand sich in Plastiktüten, und die winzigen, weißen Steine waren voller Staub.

Er hatte sie angestarrt, puderweiß.

»Ich frage mich, Maresciallo«, hatte er rasch gesagt und in seiner Tasche gesucht, »ob ich eine Bitte äußern dürfte?« Falco hatte sich etwas vorgelehnt, er war sofort misstrauisch. Sandro sprach ernst und respektvoll. Er holte das verknitterte Foto von Claudio Gentileschi heraus. »Könnte einer Ihrer Männer vielleicht auf den Videobändern nach ihm sehen?«

Falco nahm das Foto entgegen, sah es stirnrunzelnd an und reichte es wieder zurück.

»Wir haben sehr viel zu tun«, sagte er. »Wer ist dieser Mann?«

»Es ist eine vage Vermutung«, sagte Sandro, er wollte diesem Mann nichts über Claudio erzählen. »Vielleicht besteht keine Verbindung.«

Falco sah ihn einen Moment lang mit düsterem Blick an, ließ ihn warten. Dann schien ihn das Spiel zu langweilen, er lächelte kurz und kalt. »In Ordnung«, sagte er, »geben Sie es Giacomini.« Er nickte in Richtung Tür. »Auf Ihrem Weg nach draußen.«

Giacomini war der Beamte mit dem dicken Gesicht am Schreibtisch, er nahm das Foto mit erhabener Gleichgültigkeit entgegen, fotokopierte es, gab es Sandro zurück und nahm sich für jeden Schritt viel Zeit.

Das war's dann, sagte Sandro sich. Die großen schwertförmigen Blätter der Iris tropften weiteres Wasser auf seine Füße, und er zitterte. Luisa wird mich umbringen, befürchtete er, und dann dachte er noch weiter an Luisa selbst. Deswegen hörte er zunächst nicht, dass das kleine *telefonino* in seiner Brusttasche klingelte. Luisa, nasse Füße, Fieber. Das Wetter klarte auf, ein Fleck blauer Nachmittagshimmel spitzte durch die Wolken, und was war das für ein Geräusch? Er ging durch ein Seitentor hinaus und stand auf der Straße.

Es war Lucia Gentileschi, als wäre sie bereits eine Freundin, erkannte er sie sofort.

»Sandro?«, sagte sie, doch obwohl ihre Stimme so weich und beherrscht wie immer klang, lag noch etwas darin. Verwirrung, Angst.

Instinktiv trat er von der Straße zurück unter den Schutz einer Ladenmarkise, es war nicht wegen des Regens, der jetzt sowieso nachließ, Sandro hasste es, auf dem Bürgersteig in ein *telefonino* zu sprechen. Es wirkte auf ihn immer verkehrt, wenn er Leute sah, die auf der Straße ihre Geschäfte oder die von jemand anderem in eine kleine Maschine brüllten und dabei vergaßen, wo sie sich befanden.

»Was ist los?«, fragte er. »Was ist passiert?«

Er drehte der Straße den Rücken zu und sah in das Schaufenster. Es war gar kein Geschäft, sondern eine Art Galerie, die Hälfte der Lebensmittelgeschäfte in der Stadt waren zu Galerien geworden, so kam es Sandro jedenfalls vor. Er musste Lucia Gentileschi schärfer geantwortet haben, als er wollte, denn im Laden starrte eine Frau ihn neugierig an, in ihren Armen trug sie eine große Leinwand. Schnell ging er weiter und überquerte die Straße.

»Können Sie zu mir nach Hause kommen?«, fragte Lucia. »Ich habe etwas entdeckt.«

»Sie ist durchgeknallt«, sagte Jackson mit einer gewissen Erleichterung in der Stimme. »Die Ehefrau? Ja, vollkommen, komplett durchgeknallt.«

Es entstand eine Pause; sie sahen beide durch das schmiedeeiserne Tor, den nassen Kiesweg zwischen den kahlen Linden entlang bis zu der Allee der Zypressen, zwischen denen feiner Regendunst hing. Im Kiosk, in dem die Eintrittskarten verkauft wurden, saß eine schlecht gelaunte, junge Frau mit mehreren Westen und einer Steppjacke, die sie kurz ansah, bevor sie sich wieder in ihre Zeitschrift vertiefte. Der Mann, der ohne Schutz im Regen stand, ging weiter und telefonierte dabei.

Es schien in Ordnung, solange sie über Massi und seine verrückte Frau sprachen. Iris hatte plötzlich keine Eile mehr, Jackson zu fragen, wovor er Angst hatte, oder auch nur Ronnies Namen zu erwähnen. Sie hatte genug davon, von diesem bleiernen Gefühl der Vorahnung, der ständigen Angst, der steten Frage, wo Ronnie wohl war. Die lange Busfahrt durch den Regen, der Geruch von nasser Wolle und Regenmänteln, der Schirm, von dem Regen auf ihre dünnen Stoffschuhe tropfte, all das und zu wenig Schlaf bewirkten, dass sie das alles nur noch vergessen wollte. Sie wünschte, sie wäre zu Hiroko zurückgegangen, hätte Jasmintee getrunken und auf Neuigkeiten gewartet, anstatt in dem Wissen, heute Abend allein an die Piazza d'Azeglio zurückkehren zu müssen, durch den Regen zu laufen.

Ich muss Hiroko anrufen, dachte Iris, mich bedanken. Der Montagmorgen, wenn sie sich alle das nächste Mal sehen würden, schien noch so weit entfernt. Würden sie wirklich alle wieder ins Atelier gehen, sich hinsetzen und zeichnen, als wäre nichts geschehen?

»Bist du in Ordnung?«, fragte Jackson nervös. »Hör mal, gehen wir wirklich hier rein?« Er nickte in Richtung des nebligen, tropfenden Gartens. »Willst du nicht reingehen?«, fragte sie und beobachtete ihn bei der Antwort. Er sah sie kurz an, zuckte mit den Schultern: »Mir egal«, sagte er, »es gießt halt wie aus Kübeln.«

Was hatte sie herauszufinden erwartet, als sie ihr Treffen hier organisiert hatte? Sie sah ihm ins Gesicht, suchte nach Schuld oder Verständnis, aber er sah einfach nur nass und müde aus. »Okay«, sagte sie, »lass uns was suchen, wo wir uns hinsetzen können.«

»Also, wann hast du sie getroffen?«, fragte sie, als sie sich in einer engen Kaffeebar hinter dem Palazzo Pitti hinter einen Tisch zwängten. Der Laden war voll mit untröstlichen Touristen, hinter der Tür war ein Schirmständer zum Bersten voll. Iris zog ihre Regenjacke aus und schüttelte ihren Kopf wie ein nasser Hund, als sie das Nylon ablegte. Jackson lächelte sie plötzlich an.

»Wie bitte?«, sagte er, und Iris wurde rot. Wieder einmal. Wann würde sie mit diesem Erröten aufhören? Wenn sie vierzig war? Sie wusste, wenn sie noch eine Sekunde länger darüber nachdachte, würde es explodieren. Das war ihr einmal passiert, als ein nett aussehender Junge in Frankreich in einem Bus sie angesprochen hatte. Ihr Gesicht hatte sich angefühlt, als sei es verbrüht worden, die Hitze in ihren Wangen war völlig außer Kontrolle geraten, und der Junge hatte schließlich nicht weitergesprochen, sondern sie besorgt angesehen. Sie kniff die Augen zusammen, Ronnie, dachte sie, und die Hitze verschwand. Sie öffnete die Augen.

»Massis Frau«, sagte sie ruhig. Dachte er vielleicht, dass sie den Faden verlöre, wenn er diese entspannte Charmeoffensive startete, indem er sie anlächelte? »Wann hast du Massis Frau getroffen?«

»Hhm«, sagte er und schlug sich gegen die Stirn. »Ach so, er hat mich mal zum Abendessen eingeladen.« Er verzog das Gesicht. »Das Essen war irgendwie auch komisch.«

Iris musste unwillkürlich lachen. »Ja«, sagte sie. Sie überlegte einen Moment. »Haben sie dich allein eingeladen?«

»Ja«, sagte Jackson achselzuckend. »Ich bin zu früh für den Kurs angekommen, sie dachten, ich wäre einsam.«

Iris erinnerte sich daran, dass Anna Massi gesagt hatte, dass die Amerikaner ihnen das Geld brachten, vielleicht hatte sie Paolo aufgefordert, Jackson einzuladen. Es war kein netter Gedanke, aber vielleicht war es einfach nur praktisch, jeder in Florenz machte mit den Fremden Geld. Die Erinnerung an das Mittagessen war fade und trostlos: das große, düstere, teure Apartment der Massis, in einer Gegend, die perfekt für Familien war, obwohl sie keine Kinder hatten. Vielleicht war

Anna Massi selbst noch Kind genug, mit ihrem mädchenhaften Lachen und ihren albernen Dekorationen.

»*In loco parentis*«, sagte sie, »haben sie sich um dich gekümmert«, und Jackson sah sie amüsiert an.

»Ich nehme an«, sagte er. »Ich weiß, was das bedeutet, weißt du. Nicht alle Amerikaner sind dämlich.«

»Nein«, sagte Iris und lächelte zurück, »ich habe dich auch nicht für dämlich gehalten.«

»Warum warst du zu früh für den Kurs hier?«, fragte sie impulsiv, und sein Blick wandte sich ab, wurde trüb.

Er zuckte mit den Schultern. »Ich hatte sonst nichts zu tun«, sagte er. »Meine Familie hat so viel Stress, Stress, Stress.« Er lächelte kurz, aber sie wartete, wollte, dass er ihr mehr erzählte. »Sie sind selbstständig, ein Autohaus für Luxuswagen.« Er lächelte ironisch. »Langweilig, was? Ein Job für vierundzwanzig Stunden, sieben Tage die Woche. Sie wollten mich bis Thanksgiving aus dem Weg haben.«

»Okay«, sagte Iris zurückhaltend und leicht schuldbewusst. Ma war eigentlich immer da, oder nicht? Themawechsel.

Sie hielt inne. »Ich nehme an, dass sie sich verantwortlich fühlen«, sagte sie. »Die Massis, meine ich. Sie haben keine eigenen Kinder, daher ...«

Jackson sah nachdenklich aus dem Fenster. »Schon komisch, oder nicht?«, sagte er. »Wer bei wem landet? Sie sind irgendwie ein verrücktes Paar. Sie hat gesagt, sie seien schon seit der Schule zusammen.« Er schüttelte ungläubig den Kopf. »Hast du ihr Nonnenzimmer gesehen?«

»Ja«, sagte Iris.

»Na ja«, sagte Jackson. »Kein Wunder, dass sie keine Kinder haben.«

Iris sagte nichts, die Vorstellung war ihr unangenehm.

Der Kellner kam zu ihnen, es war nicht mehr ganz so voll,

jetzt sah sie, dass die Kaffeebar etwas teurer schien, als ihr gefiel, die Tische waren abgenutzte Antiquitäten, der Kellner trug eine lange Schürze und eine schwarze Weste.

»Zwei Gläser Champagner bitte«, sagte Jackson obenhin, ohne sie zu fragen. Sie starrte ihn an. »Ich nehme einen Kaffee«, sagte sie, »*un caffè, per favore*«, mehr aus Trotz als sonst was und um nüchtern zu bleiben, denn sie war es nicht gewohnt, um drei Uhr nachmittags Champagner zu trinken, noch zu sonst irgendeiner Tageszeit.

Der experimentierende Architekt präsentierte im Ventoux Champagner mit großer Geste, wenn er zum Abendessen kam, was er ab und zu tat, vielleicht lud Ma ihn um der alten Zeiten willen ein oder aus einer falsch verstandenen Dankbarkeit für das zerfallende Haus. Sogar Ma war dann manchmal genervt von ihm, weil er davon ausging, dass sie ihn immer noch verehrte und dass er ihre Seele streichelte, wenn er auftauchte, um ihre Wochenration an Essen an einem einzigen Abend zu vertilgen. Er präsentierte dann die Flasche, von der Iris wusste, dass es das billigste Zeug war, das man im SuperU kaufen konnte, als wäre es etwas Nobles, dann gab er zuerst Iris ein Glas mit wissendem Gemurmel. »Ist sie nicht groß geworden?«, sagte er dann. Arschloch.

Aber der Kellner brachte trotzdem zwei Gläser Champagner und den Kaffee dazu. Es war nicht an ihm, sich Gedanken zu machen, nahm Iris an, vielleicht dachte er, Jackson würde beide Gläser trinken. »*Grazie*«, sagte sie zog den Kaffee zu sich, und Jackson lachte.

»Magst du keinen Champagner?«, fragte er mit seinem entspannten Lächeln. »Komm schon, Iris, jeder mag Champagner.« Sie sah ihn scharf an, sammelte all ihre Verachtung für den experimentierenden Architekten und gab dann nach. Sie nahm das Glas und nippte daran. Es war gut, sehr kalt, sodass das Glas außen beschlagen war. Iris spürte, wie sie sich gerade genug entspannte, und lehnte sich an die Polsterbank.

»Kennst du diese Kaffeebar?«, fragte sie. Sie wusste nicht, warum sie nicht einfach auf den Punkt kam, anstatt Smalltalk zu betreiben, außer dass sie Jackson nicht gut kannte und nicht einfach mit der Tür ins Haus fallen konnte. Außerdem war sie neugierig, und schuldbewusst wurde ihr klar, dass sie Spaß hatte.

»Hhm«, sagte Jackson und sah sich um. »Könnte sein, ja. Ich glaube, wir waren schon mal hier.«

»Wir?«, fragte sie.

Er sah sie nachdenklich an. »Die Clique«, sagte er. »Du weißt schon, die Clique. Brett und Alice, Tracey und Bernard, Imi und Jonathan. Die Clique.«

Jonathan war derjenige, der sie eine fette Kuh genannt hatte. Iris erinnerte sich sofort an seinen Namen, als Jackson ihn aussprach, wie ein Brandmal auf ihrer Haut spürte sie, wie die Hitze in ihre Wangen stieg. Jackson sah sie an. »Ich nehme an, du kennst sie nicht, oder?« Er seufzte. »Ronnie hat immer gesagt, du hättest kein Geld. Keine Kohle, sinnlos, dich zu fragen, es würde dich in eine peinliche Situation bringen.« Er zuckte mit den Schultern. »Tut mir leid.«

Iris schluckte. »Das ist schon in Ordnung«, sagte sie achselzuckend. »Sie hatte übrigens recht.«

»Ja, aber trotzdem«, sagte Jackson. »Es tut mir leid.«

Iris sah, dass die Bündchen an Jacksons Sweatshirt zerrissen waren, als würde er wie ein Kind daran kauen.

»Jonathan war bei der Party«, sagte Iris, »aber keiner der anderen.« Wieder sah Jackson sie amüsiert an.

»Ja«, sagte er. »Er steht auf dich.«

Iris erstarrte, hielt das Glas an ihre Lippen. »Red keinen Quatsch«, sagte sie und bemühte sich, so zu klingen, als sei es ihr egal, als wäre es nicht die größte Beleidigung gewesen, die sie je gehört hatte.

»Wie auch immer«, sagte Jackson. »Das stimmt wirklich.«

»Warum hat er mich dann eine fette Kuh genannt?«, platzte es aus ihr heraus, obwohl sie es eigentlich sofort wusste. Es gab solche Jungs.

»Weil er ein Arschloch ist«, sagte Jackson und sah sie immer noch an. Plötzlich war sein Glas leer, er hob eine Hand, um den Kellner zu rufen. Iris leerte ihr Glas auch und stellte es auf den Tisch, ihr Kopf fühlte sich leicht an. »Ich kann das nicht bezahlen«, sagte sie. »Das weißt du.«

»Noch zwei bitte«, sagte Jackson zum Kellner, als hätte sie nichts gesagt. Wenigstens hatte er dieses Mal auf Italienisch bestellt, wenn auch mit einem schrecklichen Akzent. Der Kellner nickte, in ihrem leicht beduselten Zustand fragte sich Iris, ob sie jemals so mit einem Kellner sprechen könnte, als wäre es völlig normal, an einem nassen Novembernachmittag um drei Uhr Champagner zu trinken. Es lag natürlich am Trinken, aber plötzlich hätte sie am liebsten geweint, dann dachte sie an Ronnie, dass sie hier sein sollte und dass sie nicht wussten, wo sie war. Komm schon, sagte sie sich, wach auf.

»Und warum kam sonst niemand?«, fragte sie. »Keiner von der Clique?«

Jacksons Blick zuckte von ihr fort. »Na ja«, sagte er ausweichend. »Kinderkram, Halloween. Als sie mit der Planung anfing, sollte alles super werden, wir sollten in die Stadt gehen, verrückte Sachen anstellen, uns verkleiden, in die Boboli-Gärten einbrechen, Feuerwerk zünden«, er hielt inne, runzelte die Stirn. »Äh, ihre Tasche, Ronnies Tasche, die wurde doch dort gefunden, stimmt's?« Sie fragte sich, woher er das wusste, aber natürlich kursierten Gerüchte.

»Ja«, sagte sie zurückhaltend. »In den Boboli-Gärten.« Der Carabiniere hatte irgendetwas vom Weinberg gesagt, könnte das stimmen? Gab es in den Gärten einen Weinberg? Eine Frau, die Katzen fütterte, hatte sie gefunden. Sie erinnerte sich an die Katzen, an eine bestimmte Ecke mit Plastikschälchen und verstreutem Trockenfutter und einem roten Kater, der reglos in der Sonne lag.

Der Kellner brachte noch zwei hohe Gläser und nahm Iris' Kaffeetasse mit. Der Laden leerte sich, durch das große, beschlagene Fenster sah es aus, als hätte der Regen aufgehört.

»Ach so, ja, die Party«, sagte Jackson. »Na ja, sie schien das Interesse daran zu verlieren, sie sagte zum Beispiel nicht, ihr müsst unbedingt kommen. Sie sprach darüber, als wäre es Kinderkram, nur für Babys wie Sophia.« Er lächelte mit einem weit entfernten Blick.

Sophia war tatsächlich wie ein großes, hübsches Baby, außerdem noch verzogen. Seit wann, fragte sich Iris, war sie selbst so lebenssatt geworden? Hatte Ronnie die Halloweenfete organisiert, um sie mit einzuschließen, noch ein Baby?

»Was habt ihr stattdessen gemacht?«, fragte Iris, ohne wirklich darüber nachzudenken. Wieder zuckten Jacksons Augen von ihr fort. »Ein Typ, einer der Freunde von Alice' Mom, hat ein Haus in den Hügeln, sie hatten eine Party mit Feuerwerk, wir sind irgendwie mitgerissen worden.« Er sah sie von unten durch die Wimpern hindurch an. »Es machte Spaß, weißt du? Aber ich fühle mich jetzt irgendwie schuldig. Wir, na ja, hätten zu Ronnie, zu euch gehen sollen.«

»Jetzt ist es geschehen«, sagte Iris schnell. »Es war übrigens in Ordnung, sie schien nicht verärgert.«

»Nein, ich habe eigentlich auch nicht an sie gedacht«, sagte Jackson. »Ich weiß, dass sie nicht verärgert war.« Er nippte nachdenklich am Glas.

Iris spürte, wie in ihrem Kopf etwas an den richtigen Platz fiel, wie ein Puzzlestück. »Du hast mit ihr geredet? Nach der Party?« Sie dachte daran, wie Ronnie sich im Dunklen aus dem großen Fenster am Ende des *salotto* lehnte und sich um den besten Empfang ihres winzigen, silbrigen Telefons bemühte. Hatte sie da mit Jackson gesprochen?

Jackson starrte sie an, seine Augen wurden dunkler, Iris hörte fast den Vorwurf in ihrer Stimme. Sie dachte, er war blasser, so sah er gut aus, die Augen richtig geöffnet, ernst. Er war derjenige, Ronnie hatte geplant, mit Jackson zu verschwinden. Sie dachte an die vergangenen Wochen, wie konnte sie das übersehen? Sie dachte daran, wie sie miteinander umgingen, so locker, alles immer nur in der Gruppe, von Kaffeebar zu Kaffeebar mit der Clique. Sie war wütend, als hätte man sie hintergangen. Ronnie, die so tat, als würde sie sich einfach nur vergnügen, obwohl da tatsächlich Jackson gewesen war, der süße, entspannte Jackson mit seinem iPhone, ihr Mann.

Doch heute Nachmittag strahlte er noch etwas anderes aus, der entspannte Jackson wirkte nervös.

»Ah«, sagte er. »Ah, da hast du mich erwischt. Ja, das habe ich wohl.«

»Hat sie dich angerufen?«, fragte sie leise.

Jackson pfiff. »Ja«, sagte er mit zusammengekniffenen Augen. »Sie hat mich angerufen.«

»Sie hat dich also an dem Abend angerufen«, sagte Iris, »als du in den Hügeln warst, bei dieser anderen Party.« Ihre Stimme klang tonlos. Worüber war sie wütend?

»Nein, nein«, sagte Jackson. »Nicht da. Also, sie hätte versuchen können, mich anzurufen, aber ich hätte nicht geantwortet, ich hatte das Telefon zu Hause gelassen, der Akku war leer.« Er zuckte mit den Schultern und sah sie an.

Sie starrte zurück. Sagte er die Wahrheit? Ronnie hatte offensichtlich mit jemandem gesprochen. Sie kam einfach nicht dahinter, was er ihr erzählte. Hinter der Theke betrachtete sie ein Mann mit zurückgekämmten Haaren, während er so tat, als poliere er ein Glas.

»Hör mal«, sagte Jackson. »Glaubst du, ich lüge, ist es das? Glaubst du, ich hätte Ronnie etwas angetan?« Seine Stimme war kühl und beherrscht, und Iris saß wie erstarrt da, unfähig, es zu glauben. Nicht Jackson. Aber in seinem Zorn lag etwas Extremes.

»Also«, sagte Iris vorsichtig, »du warst schon ein bisschen merkwürdig. Wegen der Polizei und so. Und du warst am Dienstag nicht in der Schule.«

»War ich nicht?«, sagte er. »Vielleicht nicht«, er zuckte wieder mit den Schultern, betrachtete sie immer noch. Es war, als fordere er sie heraus, ihm noch mehr Fragen zu stellen.

»Was hast du am Dienstag gemacht?« Sie bemühte sich, locker zu klingen, aber sie wussten beide, es war ernst.

Er atmete langsam aus.

»Okay«, sagte er. Er lächelte vorsichtig. »Sie hat mich nicht während der Party angerufen, sie hat mich Dienstag früh angerufen, am Morgen danach.«

Iris sah die beiden Champagnergläser zum Trocknen neben der Spüle und die Flasche mit einem Löffel im Hals vor sich.

»Und?«, fragte sie.

»Sie sagte, dass sie mit mir sprechen wolle.« Er lehnte sich über den Tisch zu ihr und sprach jetzt ganz ernst, er wollte, dass sie ihm glaubte. »In Ordnung? Sie war richtig aufgeregt, du kennst Ronnie ja.« Fast unmerklich schüttelte Iris den Kopf.

»Du bist zu ihr gegangen?«, sagte sie, und er zuckte mit den Schultern, breitete die Hände aus. »Ihr wolltet zusammen wegfahren«, sagte sie mit einer tonlosen Stimme, voll von einem Gefühl des Verrats, das sie nicht erklären konnte. Sie legte ihre

Hände ans Gesicht, ihre Wangen brannten in ihren Händen. »Sie hatte das alles geplant, um mit dir zu verschwinden.«

Jackson begann, den Kopf zu schütteln und zu lachen. »Gar nicht«, sagte er. Sein Lachen machte sie so zornig, dass sie ihn wütend anstarrte. »Komm schon, Iris«, sagte er. »Nein! Ich und Ronnie? Nie! Nie!« Es war fast lustig, wie Jacksons Wortschatz trotz seiner teuren Erziehung zu ein paar Wörtern zusammenschmolz, aber sie konnte nicht lachen.

»Wo ist sie?«, fragte sie ruhig. »Hast du einen Schlüssel für die Wohnung, Jackson? Warst du gestern in der Wohnung, nachdem … Hast du ihre Schlüssel? Hast du etwas von ihrem Computer gelöscht, sie haben ihn nämlich mitgenommen, weißt du, die Polizei hat ihn mitgenommen, sie werden ihn knacken.«

»Du bist wahnsinnig«, sagte Jackson ungeduldig. »Natürlich habe ich keinen Schlüssel.«

»Wo ist sie?«, fragte Iris stur.

»Ich weiß es nicht«, sagte Jackson und schlug mit der Faust auf den Tisch. Die Gläser hüpften, und der Kellner an der Theke drehte sich bei dem Geräusch um.

»Ich weiß nichts über ihren Computer. Zwischen uns war gar nichts, wir waren nur Freunde.« Sie bemerkte, dass seine Stimme immer ruhiger wurde, je wütender er war. Sie weigerte sich, sich einschüchtern zu lassen.

»Dann bist du in unsere Wohnung gekommen und hast Champagner mit ihr getrunken, als ihr eigentlich in der Schule sein solltet.« Sie hörte sich selbst, sie schimpfte wie eine Lehrerin. »Und da lief nichts?« Sie hielt inne, irgendetwas kratzte in ihrem Hals. »Und jetzt ist sie verschwunden, und du weißt nichts darüber?«

Jackson lachte erstickt.

»Ich habe auch mit dir Champagner getrunken«, sagte er. »Läuft zwischen uns was?«

Sie schüttelte wortlos den Kopf.

»Ronnie und ich waren Freunde«, sagte er. »Ja, ich bin zu ihr gefahren, mein Gott, das war nicht das erste Mal.« Er sah über ihre Schulter in die Ferne, und sie wusste nicht, ob er ihrem Blick auswich oder sich nur konzentrierte. »Wir hatten einfach Spaß, redeten, so was.«

»So was?«, sagte Iris steif.

»Na ja, zu Anfang, ich meine, als wir uns kennenlernten, äh, na ja, da haben wir ein bisschen rumgemacht, komm schon. Aber es war nie irgendwas Ernstes. Und am Dienstagmorgen, wollte sie …« Wieder sah er weg, »da wollte sie nur ein Publikum, glaube ich.«

Alles, was Iris hörte, war, dass sie zu Anfang mehr als Freunde gewesen waren. Sie und Ronnie waren erst seit einem Monat hier, der Anfang lag vielleicht drei Wochen zurück, nicht hundert Jahre. Es fühlte sich für Iris wie hundert Jahre an. Sie atmete aus. Das geht mich nichts an, dachte sie, mit wem sie rummacht, mich interessiert nur, dass sie jetzt abgehauen ist.

»Also, was ist passiert?«

Jackson verschränkte die Arme. »Du gibst nicht auf, oder? In Ordnung, das ist alles. Wir haben in der Wohnung etwas getrunken.« Er hielt inne. »Himmel, dieses Haus ist gruselig.« Er verzog das Gesicht, gut für dich, dachte Iris. Ich bin diejenige, die heute Abend wieder dahin muss. »Sie war glücklich. Total glücklich. Sie hat sogar gesagt, dass ein Glas Champagner genug sei. Sie hat gesagt, sie brauche es nicht.«

»Hat sie gesagt, warum?«

»Sie hat gesagt, sie würde es mir früher oder später erzählen, aber sie könne noch nichts sagen. Ich dachte, sie zieht mich auf.«

Iris sah skeptisch aus.

»Na ja, ich nehme an, ich dachte, es steckt ein Typ dahinter und dass sie ihn irgendwann mal abends mitbringen würde, vielleicht war er ein Fürst oder irgend so was, und wir sollten dann alle super beeindruckt sein.« Er seufzte. »Ich habe sie ein bisschen ausgefragt, nur um sie zu necken, aber sie machte dicht. Sie hat gesagt, dass sie zeichnen würde, das war alles. Sie war plötzlich völlig begeistert vom Zeichnen, hat gesagt, sie wäre so dumm gewesen, ihre Zeit zu verschwenden, obwohl sie eigentlich doch unbedingt zeichnen wolle.«

Iris schnaubte. »Du hast ihr geglaubt?« Aber dann dachte sie nach, dachte an diese MySpace-Seite. Die Leonardo-Zeichnung, die sie gepostet hatte, dieses träumerische Zeug darüber, ein Künstler zu sein. Und sie hatte nur gedacht, Ronnie, du hast deinen Stil geändert. Durch das Fenster fiel ihr Blick auf die lange Fassade eines Palazzos, einen barocken Türrahmen, ein Gesims, eine Statue, das übliche, wunderschöne Panorama von Florenz. Warum nicht? Warum sollte diese Stadt Ronnie nicht berührt haben?

Jackson zuckte mit den Schultern. »Ja, ich weiß. Eine Ronnie, die arbeitet? Unmöglich, das habe ich auch gedacht. Aber weißt du was, das ging schon eine Weile so. Am Dienstag hat sie mir ihre Skizzenbücher gezeigt, sie hatte im Stillen gearbeitet, als wolle sie uns alle überraschen.«

»Was hast du davon gehalten?«, fragte Iris mürrisch. »Von den Skizzenbüchern.«

Jackson klang, als wäre es ihm unangenehm. »Na ja, sie bemühte sich, weißt du?«

»Wenn sie gut werden wollte, ist es eine Schande, dass sie sich nicht mehr angestrengt hat, nachdem sie während der ersten Wochen Massi so oft schöne Augen gemacht hatte. Er hat wirklich viel Zeit in sie investiert, er muss gedacht haben, dass sie es ernst meint.« Iris konnte selbst hören, wie sie klang, total verspannt, wie eine Lehrerin, aber es war wirklich ärgerlich gewesen.

Jackson sah müde aus. »Nicht in der Schule, sagte sie. Das war Kinderkram, sagte sie.«

»Okay«, sagte Iris. »Sagen wir mal, ich glaube dir. Worüber war sie dann so aufgeregt? Mit wem *wollte* sie wegfahren? Sollte es eine Art Zeichenurlaub werden?«

Jetzt wirkte Jackson wirklich so, als sei ihm unbehaglich. »Keine Ahnung«, sagte er.

»Ja«, sagte Iris, und dann bemühte sie sich, ruhig zu sprechen. »In Ordnung, ich denke mir das alles nicht einfach aus, es entspringt nicht bloß meiner Fantasie. Sie hat mir gesagt, sie würde ein paar Tage bei Freunden in Greve bleiben. Bloß dass diese Freunde sie nie eingeladen haben, sie sind nicht einmal hier. Ich habe sie angerufen.« Sie sah ihm in die Augen. »Also plante sie etwas anderes für diese Tage. Sie muss irgendwohin gefahren sein.«

Er sah weg. »Vielleicht mit dem neuen Typen?«

»Ein neuer Typ, den niemand von uns je zu Gesicht bekommen hat. Dieser supergeheime, neue Typ, also komm schon. Du weißt, wie Ronnie war, sie konnte den Mund nicht halten, selbst wenn ihr Leben davon abhing.«

Sie starrten einander wieder an. »Vielleicht war dieser Typ anders«, sagte er nachdenklich.

»Ach, komm schon, Jackson. Hat sie irgendwas gesagt, wohin sie wollte? Bist du mit ihr weggefahren? Du hast mir nicht erzählt, was du den Rest des Tages noch gemacht hast.«

Er schüttelte den Kopf. »Ich habe sie dortgelassen«, sagte er ruhig. »Sie hat gesagt, sie wolle sich schminken und wollte dabei nicht beobachtet werden.« Das klang sehr nach Ronnie, Stunden im Badezimmer und hinterher standen massenhaft offene Töpfchen und angetrocknete Mascarabürsten herum.

»Da habe ich sie das letzte Mal gesehen.« Mehr sagte er nicht, Iris nahm an, dass sie ihm glauben musste.

Die Kaffeebar war still, das Licht draußen gelb und weich. Die Gläser vor ihnen waren plötzlich leer, und der Kellner war da, sie schüttelte deutlich den Kopf, er nahm die Gläser und ging fort.

Dann redete Jackson weiter. »Da war eine Tasche«, sagte er zögernd. »Da stand eine Art Reisetasche im Flur.«

»Eine Tasche«, sagte Iris. Wie konnte sie so dumm gewesen sein? Da musste eine Tasche sein. »Und wo ist diese Tasche jetzt?«

Denn das würde alles erklären, nicht wahr? Ronnie könnte alles Mögliche dort hineingepackt haben, ihr Handy, Geld, vielleicht war das der Grund, warum sie sich nicht mehr gemeldet hatte. Vielleicht hatte Ronnie die Handtasche weggeworfen, weil sie die andere Reisetasche hatte, ging es in ihrem Kopf weiter, als wäre das alles nur ein kompliziertes Spiel, um sie auf eine falsche Fährte zu locken, sie zu veräppeln? Eines von Ronnies kleinen Spielchen. Aber, in ihrem Kopf schwirrten so viele Fragen, sie wollte trotzdem gehen und nachsehen, sofort. Wollte den Platz finden, an dem die Katzen sich auf dem grauen Kies zusammenrollten und in der Sonne schliefen, wenn da eine weitere Tasche war, eine Reisetasche, dann hätten sie sie gefunden, aber trotzdem. Iris wollte den Ort mit eigenen Augen sehen.

»Komm mit«, sagte sie.

Kapitel 12

Lucia Gentileschis Beherrschung war weg. Sie begrüßte Sandro an der Tür, und er sah sofort, dass sie am Ende war, darauf war sie nicht vorbereitet gewesen. So war Trauer.

»Alles in Ordnung, alles in Ordnung«, sagte er sanft und führte sie in ihr eigenes Wohnzimmer zurück. »Setzen Sie sich.« Er sah sich um, und das Erste, was ihm auffiel, war der Schreibtisch in der Ecke, das Rolltop stand offen, Schubladen waren herausgezogen, ein Stapel Papiere lag auf der breiten Lederarbeitsfläche, an der Claudio Gentileschi seine Schreibarbeiten erledigt, seine Briefe unterschrieben, seine Rechnungen bezahlt hatte.

Lucia folgte seinem Blick. »Ja«, sagte sie, »das ist es, da habe ich es gefunden ...«, und sie sprang auf.

»Nein«, sagte Sandro, »warten Sie«, denn er befürchtete, dass die ruhige Lucia Gentileschi sich wie eine indische Witwe auf einem Scheiterhaufen auf die Papiere stürzen, sie mit Tränen befeuchten und durch das Zimmer werfen würde. Er könnte so eine Vorstellung von Chaos und Durcheinander nicht ertragen, so war Trauer.

»Was haben Sie gefunden?«, fragte er leise und hielt ihre Hand fest, sowohl als Trost als auch, um sie festzuhalten.

Sie sah sich verwirrt um, vermied dabei, auf die Unordnung auf dem Schreibtisch zu sehen, und schaute auf ihre Hand in seiner. Sie seufzte, und ihre Schultern sanken, ihre Hand entspannte sich.

»Rechnungen«, sagte sie schlicht. »Ich habe mir die Kontoauszüge angesehen, und da gibt es Daueraufträge, um Rechnungen zu bezahlen, die ich nicht verstehen konnte. Jeden Monat nicht nur eine, sondern zwei Zahlungen an Fiorentina-Gas, an Enel, an die *Acque*, an …«

Sie stand auf, holte etwas vom Schreibtisch und legte es auf seinen Schoß. Dieselben Computerausdrucke, die er jeden Monat für sein Konto von der Cassa di Risparmio erhielt, voll ärgerlicher Ungereimtheiten, durch die er sich dann kämpfen musste. Warum haben sie mir das abgebucht, was bedeutet jenes? Am Ende übergab er sie immer Luisa zur Klärung. Die Zahlen verschwammen vor seinen Augen, und Sandro runzelte die Stirn, zwang sich zur Konzentration. Sie hatte recht, das hier waren nicht bloß Banktricks, ein paar Euro hier und da, weil man am falschen Automaten abgehoben hatte, es war, genau wie sie gesagt hatte, alles doppelt. Gas, Wasser, Strom. Als hätte er einen parallelen Haushalt geführt. Konnte es eine andere Erklärung dafür geben?

Er sah Lucia Gentileschi an. »Hat Ihr Ehemann sich immer um die Rechnungen gekümmert«, fragte er, »Sie haben sie vorher nie gesehen?« Sie nickte stumm, ihr Gesicht schmerzverzerrt. Sie holte kurz Luft.

»Er hatte eine andere Wohnung«, sagte sie. »Nicht wahr?« Sie sah ihm in die Augen. »Ein anderes Leben.«

Sandro starrte noch einmal auf die Kontoauszüge, damit er nicht antworten musste. Starrte stur.

»Es gibt keine Telefonrechnung«, sagte er langsam, griff nach Strohhalmen, aber dann sah er etwas anderes. »Diese Summen sind winzig. Kaum mehr als der Grundpreis, sehen Sie.« Er hielt ihr das Papier hin, und sie zuckte zurück, dann riss sie sich zusammen und sah hin. Sie legte ihren Finger auf das Papier, fuhr die Zeilen entlang und nickte zustimmend.

»Das ist wenig«, sagte sie, »weniger als die Beträge für unsere Wohnung, ja.«

»Ein Bruchteil«, sagte Sandro und fuhr mit dem Finger zu der anderen Summe. Bevor er es sich anders überlegen konnte, sagte er: »Es gab nur Sie beide.« Er lehnte sich vor, um sicherzugehen, dass sie hörte, was er sagte. »Wenn die Gasrechnung für Sie beide sich auf, sagen wir, einhundertfünfzig Euro beläuft, dann genügt dieser Betrag über dreißig Euro nicht für eine weitere Person, nicht wahr?« Sie schwieg weiter, er wusste nicht, was sie dachte.

»Machen Sie sich Sorgen, dass er eine andere Frau gehabt hat?«, fragte er geradeheraus. »Dass vielleicht etwas mit der anderen Frau geschehen ist, was ihn in den Selbstmord getrieben hat?« Sie starrte ihn an, ohne zu blinzeln. »Hatten Sie je Grund, an seiner Treue zu zweifeln?« Das war die übliche Formulierung, der Antwort konnte man fast nie vertrauen. Aber ihr glaubte er.

»Nie«, sagte sie. »Ich begreife das nicht.«

Sandro stand verlegen auf und ging zu dem breiten Fenster, das aus einer einzigen Glasscheibe bestand. Der Regen schien für den Augenblick aufgehört zu haben, über den Dächern im Westen sah er eine goldene Linie, die Sonne zwischen lila Wolkenbänken, wie ein Segen, eine Atempause. Er drehte sich hin und her und betrachtete das Panorama, dachte daran, wie Claudio Gentileschi diese Glaswand installierte. Man konnte die grüne Kupferkuppel der Synagoge sehen, die Rückseite der breiten Pfeiler der Piazza d'Azeglio, die kahlen Bäume in den Gärten, das entfernte Grün und Terracotta von Fiesole. Denk nach.

Er runzelte einen Augenblick lang die Stirn, als ihm etwas einfiel, etwas Verrücktes, das der autistische Junge ihm gesagt hatte: »Sie haben keinen Hund, oder?«

Lucia Gentileschi sah ihn an, ohne zu begreifen. »Einen Hund? Nein. Claudio hatte Angst vor Hunden.«

»Hören Sie, Lucia«, sagte Sandro und lehnte sich eindringlich vor, »es geht hier nicht um ein anderes Leben, eine andere Familie. Ich weiß nicht genau, worum es geht, aber wir werden es herausfinden, in Ordnung?«

Wieder machte Lucia Gentileschi diese Geste, sie verschränkte ihre Hände im Schoß, um sich zu beruhigen. Sie öffnete den Mund, zögerte. »Ja«, sagte sie, und eine Sekunde erlaubte sie sich, die Augen zu schließen.

»Schade, dass es keine Telefonrechnung gibt«, sagte Sandro nachdenklich. »Wäre da eine Nummer, könnten wir ihr nachgehen, wir könnten diesen Ort finden. Diese ... Was auch immer es ist.« Aber während er das sagte, spürte er einen kalten Schauer. Weil sie nicht wussten, was sie dort finden würden.

Schweigend stand Lucia Gentileschi auf und ging zu einem breiten Sideboard aus Teak. Sie griff in eine Schublade und nahm einen schlichten Metallring heraus, daran hingen drei Schlüssel, die klimperten, als sie sie für ihn hochhielt.

»Wo auch immer es ist«, sagte sie. »Was auch immer es ist. Ich denke, das hier sind die Schlüssel.«

Erst als sie an den Ort kamen, nach dem sie suchte, kam es Iris unter dem niedrigen, grauen Himmel in den Sinn, dass es vielleicht doch keine gute Idee war. Sie verdrängte den Gedanken und konzentrierte sich stattdessen auf den Triumph, überhaupt hier oben angekommen zu sein, vorbei an der Frau im Ticketkiosk, die ihnen gesagt hatte, dass sie nur noch vierzig Minuten Zeit hätten, dann würde der Garten geschlossen, und die sie ganz offensichtlich am liebsten überhaupt nicht hereingelassen hätte. Sie war froh, den Weg hierher geschafft zu haben, durch die engen, klaustrophobischen Alleen, einige von ihnen waren schon fast ganz dunkel, da das Licht schon recht schwach und die Hecken so hoch und dicht waren.

Hinter ihr hatte sie den ganzen Weg über Jacksons heftiges Atmen gehört, zu viele Zigaretten, zu viele lange Nächte. Als sie stehen blieben, machte ihr sein Atmen plötzlich Sorgen, weil es sie daran erinnerte, dass sie allein mit ihm war. Warum war er mitgekommen? Sie wusste nicht einmal, ob er sie mochte oder hasste.

Als er neben ihr ankam, drehte sie sich leicht zur Seite, um sich umzusehen und den breiten Horizont zu betrachten. Die Stadt lag vor ihnen, rot und grau, Kuppeln und Loggien, in der Ferne zeichneten sich Hügel ab, und am Horizont im Westen leuchtete eine feine Linie Sonnenlicht unter den Wolken hervor. Näher befanden sich die Rückseiten der profanen Gebäude der Via Romana, die direkt seitlich an den Park angebaut waren, hier ein Balkon, da eine zerbrochene Glasscheibe. Kamen die Bewohner an Sommerabenden hierher, um in Ruhe etwas zu trinken, benutzten sie den Boboli als ihren privaten Garten? Sie lehnte sich vor, um besser zu sehen.

»Iris«, sagte Jackson, und etwas in seinem Tonfall ließ sie zögern, sich umzudrehen und ihn anzusehen.

»Mmm?«, sagte sie und sah auf die letzten Sonnenstrahlen.

Dann lag plötzlich ein Knacksen in der Luft, eine Durchsage auf Italienisch. Iris schaute sich nach der Quelle um und sah, dass hier und dort große Lautsprecher an hohen Stangen befestigt waren. Sie lauschte, die Durchsage wurde wiederholt, war aber nicht verständlicher. Sie wusste, dass es um die Schließung des Parks gehen musste, aber wann war diese? Sie sah auf ihre Uhr, sie waren erst seit zehn, vielleicht fünfzehn Minuten hier.

»Was?«, fragte sie und wandte sich Jackson zu, sie klang härter, als sie wollte, um diese dumme Angst zu besiegen.

»Was machen wir hier?«, fragte er.

»Wir suchen nach … Wir suchen nach Ronnie«, sagte sie. »Jedenfalls nach ihrem Kram. Falls noch etwas davon hier ist.«

»Sie war hier?«, fragte er und sah sich um. Iris wurde bewusst, dass es nicht einfach war zu erkennen, ob die Menschen die Wahrheit sagten oder nicht. Vor allem brauchte man dazu wohl auch Erfahrung, die sie eindeutig nicht hatte.

»Ich glaube«, sagte sie, aber sie wusste sicher, dass das der Ort war.

Hinter ihnen lag ein grünes Amphitheater in Hufeisenform aus Buchs und Gras, beide Enden des Hufeisens führten zu Gängen mit hohen Hecken, dunkel und eng, sie standen an einem dieser Enden, wo drei kleine Reihen Weinreben an einer Buchsbaumhecke gepflanzt worden waren. Daran erinnerte sie sich, die Weinreben und die engen, dunklen Wege zwischen den Hecken, wo die Katzen gelegen, sich im Sonnenlicht zusammengerollt hatten und irgendwer Plastikschälchen mit Katzenfutter hingestellt hatte. Die Frau, die die Katzen fütterte, hatte die Tasche gefunden. Der Boden war jetzt nicht staubig, er war nass.

Widerwillig trat Iris aus dem letzten Rest des grünlichen Abendlichts und in die Dunkelheit zwischen den Hecken. Ihr wurde bewusst, dass Jackson direkt hinter ihr war, sie blieb stehen und wartete, bis sich ihre Augen an die Dunkelheit gewöhnt hatten.

Sie hörte Geräusche. Leises Tropfen von den Blättern, sie spürte sie auf ihrem Gesicht. Dann noch leisere, zartere Töne, das Geräusch von Blättern, die bewegt wurden, etwas schlich leise und leichtfüßig durch das Unterholz. Sie hielt die Luft an, aber sie konnte immer noch Jackson atmen hören. »Iris«, sagte er, seine Stimme dröhnte in ihrem Ohr, ohne sein Gesicht zu sehen, hörte sie die Panik in seiner Stimme, genau wie sie sie am Telefon gehört hatte. Sie hielt eine Hand hoch, damit er ruhig war, sie waren hier, um zu suchen, selbst wenn er Angst hatte. Selbst wenn es noch andere Dinge gab, die er ihr nicht erzählt hatte. Selbst wenn …

Als Iris eine Hand ausstreckte, um einen Ast aus dem Weg zu ziehen, spürte sie eine Menge Tropfen auf ihrem Gesicht und ihrem Arm und schrie erschrocken auf. Unterhalb ihres Gesichtsfeldes lief etwas, und zwar über ihre Füße. Eine Katze. Sie kniete sich hin.

Diese Hecken wirkten dicht und solide, aber als sie ruhig dort kniete, sah Iris, dass sie im Inneren hohl waren und dort in der Dunkelheit keine Blätter wuchsen. Natürlich, so war es zu Hause in Frankreich auch, das Gebüsch am Hang hinter dem Haus war struppig und dünn. Plötzlich sah sie es vor sich: Sie hatte sich vor Ma in einem stacheligen und duftenden Myrtenbusch versteckt, sie war damals vielleicht neun Jahre alt. Es war heiß gewesen, die Luft voller Insektensummen, sie hatte eine Viper gesehen. Oder vielleicht war es auch nur ein Stock gewesen, aber sie war deswegen schreiend ihrer Ma in die Arme gelaufen.

Jetzt stand Jackson direkt über ihr, sie versuchte, ihn zu ignorieren. Sie sah über den Boden, wünschte, sie hätte eine Taschenlampe mitgebracht. Das war eines der Dinge, die Ma ihr beigebracht hatte, immer eine Taschenlampe mitnehmen, ein Taschenmesser und ein Stück Seil, mit dem man Sachen oder auch den Koffer zusammenbinden kann, sollte ein Schloss kaputtgehen. Die gute alte Ma, die schließlich doch wusste, wie man auf sich selbst und auf Iris aufpasste, trotz all der katastrophalen Männer.

Überall lagen stachlige und rutschige Blätter, die sich im Halbdunkel unter den Tropfen bewegten. Außer an einer

Stelle, einem trockenen, kahlen Fleck weiter im Innern der Hecke, wo sich nichts befand. Auf Knien robbte Iris näher heran. Sie ließ ein Schälchen mit aufgequollenem Katzentrockenfutter, das stank, links liegen. Sie schluckte und kniff sich wegen des Gestanks die Nase zu.

»Wonach suchst du?«, fragte Jackson, seine Stimme klang hart vor Ungeduld. »Hier ist nichts. Wenn da etwas wäre, hätte die Polizei es längst gefunden, oder etwa nicht?«

Iris schnaubte, sie dachte daran, wie dieser Polizist sorglos Ronnies Computer betatscht hatte.

»Bist du ein MySpace-Freund?«, fragte sie über ihre Schulter. »Hattest du Zugang zu ihrer Seite?«

Die Lautsprecher knackten wieder.

»Klar«, sagte Jackson müde. »Jetzt komm schon.« Iris betrachtete auf allen vieren den Kies, wo keine Blätter lagen, er war glatt, hier war keine Leiche vergraben worden, keine Reisetaschen lehnten an den dürren Baumstämmen. Sie bewegte sich auf Händen und Füßen wieder zurück.

»Alles klar«, sagte sie, legte eine Hand auf den Boden, um sich abzustützen, und reichte Jackson die andere Hand, um sie hochzuziehen. Etwas Scharfes auf dem Boden grub sich in ihre Hand, und sie schrie auf, riss die Hand hoch und verlor das Gleichgewicht.

»Hey«, sagte Jackson und richtete sie auf. Er war überraschend stark, legte beide Arme um sie, damit sie nicht hinfiel.

»Okay«, sagte sie atemlos und hielt die verletzte Hand von ihm weg. Sein Gesichtsausdruck hatte etwas Komisches. »Was ist?«

»Ich habe ihr vor einer Weile die Nummer von diesem Typen gegeben«, sagte Jackson abrupt. »An dem Morgen, als wir Champagner getrunken haben, hat sie gesagt, sie würde sich mit ihm treffen. Ich hatte den Eindruck, dass sie das tun wollte, direkt nachdem ich gegangen war.«

»Ein Typ?«

»Ein Maler«, sagte Jackson zögernd. »Ich habe ihn in einer Kaffeebar getroffen. Ein alter Kerl.«

Iris sah ihn stirnrunzelnd an, sie verstand nicht. Ronnie interessierte sich nicht für alte Männer. »Reich?«, fragte sie. »Berühmt?« Sie konnte sich geradeso noch vorstellen, dass Ronnie sich dafür interessieren würde, mit so jemandem zu verschwinden, nur um es hinterher erzählen zu können.

Jackson ließ sie los. Ihre Hand tat weh, ein Splitter oder Dorn steckte in der Haut, Iris rieb daran, ohne hinzusehen.

»Ich weiß nicht allzu viel über ihn«, sagte Jackson. »Nur dass er wirklich malen konnte, er war mal mit einem Skizzenbuch da unten am Fluss. Ich habe ihm einen Drink gekauft.«

»Am Fluss? Meinst du an der Ponte Vecchio?« Da gab es eine ganze Reihe von zweifelhaften Touristenmalern, Florenz war eigentlich voller Leute, die zeichneten, malten oder Staffeleien aufstellten.

»Weiter hinten«, sagte Jackson. Er lachte, nicht sehr überzeugend. »Ich habe mir mal die wilden Viertel angesehen. San Frediano, Santo Spirito. Jenseits der ausgetretenen Pfade.«

»Florenz hat keine wilden Viertel«, sagte sie spöttisch. »Du machst Witze.«

Jackson sagte etwas peinlich berührt. »Na ja, ich habe es mir halt mal angesehen. Es ist da ziemlich sicher.«

»Du meinst, du hast nach, äh, Stoff gesucht? Hasch?« Sie kannte nicht mal die Begriffe. Jackson sah auf seine Füße. »Vielleicht«, murmelte er. »Nichts Großartiges.«

»Okay«, sagte Iris. »Mit Ronnie? Für Ronnie?«

»Nee, nein, nein«, sagte Jackson. »Sie nahm eigentlich nie etwas, das Zeug war nicht so ihr Ding. Vielleicht war sie ein bisschen neugierig.« Er sah sie an und seufzte. »Das hier klingt schlimmer als es ist, Iris. Ein paar Joints, ich nehme eigentlich nicht …«

»In Ordnung«, sagte Iris ungeduldig. »Weißt du, das geht mich auch gar nichts an, solange du Ronnie nicht in irgendwas hineingezogen hast.« Er sah sie mit einem neuen Blick an, es sah fast wie Trauer oder Schuld aus.

»Na ja, das ist es ja eben«, sagte er. »Vielleicht habe ich das.«

»Du hast also nach Hasch gesucht und diesen Maler gefunden? War er auch ein Drogendealer, dieser alte Typ?«

»Nein«, sagte Jackson ungeduldig, »du machst Witze, ich meine, auf gar keinen Fall. Wir sind am Fluss ins Gespräch gekommen, er zeichnete …« Er zögerte, als versuche er, sich zu erinnern. »Einen Vogel, irgendeinen Vogel im Wasser, einen großen, weißen Vogel. Dann war es ganz plötzlich, als wollte er gar nicht mehr aufhören zu reden, als hätte er es jahrelang aufgespart, seine ganze Lebensgeschichte, er sprach ein richtig gutes Englisch.« Er blinzelte, Iris sah ihn erwartungsvoll an. Er fuhr fort.

Iris hörte zu, der alte Mann wirkte sehr real auf sie, es war eine gute Geschichte.

»Es wurde kalt, weißt du, das war vor zehn Tagen, erinnerst du dich an den Tag, an dem es plötzlich kalt wurde?« Iris nickte.

»Ich sah, dass ihm richtig kalt war, er war fast blau, und wir gingen in eine Kaffeebar in der Nähe, dort habe ich ihm einen Drink ausgegeben. Er hat mir seine Telefonnummer gegeben, und das war alles.« Er sah den Blick in Iris' Augen, für den sie sich bereits schämte. »Nichts dergleichen«, sagte Jackson kühl. »Er war zwar irgendwie seltsam, aber weißt du, ich glaube, er wollte einfach nur reden. Es war, als hätte er vorher noch nie mit jemandem geredet.« Er sah sie ernst an. »Und seine Bilder, also, denkst du, dass Massi gut ist? Er ist gar nichts. Du hättest die Bilder von dem Mann sehen sollen. Das habe ich auch Ronnie erzählt.«

Es entstand eine Pause. »Und dann hast du ihr seine Nummer gegeben.«

»Ja.« Er fuhr sich verteidigend fort.« Hör mal, er wirkte völlig in Ordnung, was sollte ich schon befürchten? Er war etwas Besonderes. Sie nahm die Nummer.«

»Das war am Dienstag?« Er nickte. »Dienstagmorgen, in eurer Wohnung.«

Sie war mit einem Maler durchgebrannt? Es gab Lucian Freud, er war über achtzig, und die Mädchen warfen sich ihm an den Hals. Jackson kannte diesen Typen kaum, er könnte verrückt sein. Sie starrte Jackson an. »Hast du den Typen seitdem wiedergesehen?«

Langsam schüttelte Jackson den Kopf. »Glaubst du mir nicht?«

»Ich weiß nicht«, sagte sie. »Hast du seine Nummer?«

»Soll ich ihn anrufen?«, fragte er.

Hhm.

Sie beobachtete ihn, während er auf dem schicken Bildschirm Icons und Daten durchklickte. Er hielt das Telefon an sein Ohr, sein Gesichtsausdruck war perplex. Sie konnte eine automatische Ansage hören, und Jackson hielt ihr das Telefon zur Bestätigung hin. Da war diese Nachricht, die sie schon oft gehört, aber nie wirklich verstanden hatte, sie meinte zu verstehen, dass die Nummer nicht zu erreichen und nicht mehr aktiv war. Sie legte auf, sie konnte die Stimme ihrer Ma hören. *Was für eine Räuberpistole ist das denn?*

»Hör mal«, sagte sie vorsichtig. »Du solltest das jemandem erzählen. Ich meine, jemand anderem. Sag es der Polizei.«

»Ach ja? Der italienischen Polizei?« Sein Tonfall war verächtlich.

»Was hast du für ein Problem mit der Polizei?«, fragte sie. Zwischen den Hecken wurde das Licht immer spärlicher, sie konnte sein Gesicht kaum noch richtig erkennen, sie sah nur noch ein blasses Oval mit Schatten, wo die Augen sein sollten. »Hattest du schon mal Ärger mit ihnen?«

»Du weißt, wie leicht man in den Staaten eine Polizeiakte bekommt?«, fragte er barsch. »Unter einundzwanzig Alkohol zu trinken, genügt da schon. Ich mag sie nicht.«

Sie spürte seinen Widerstand ihr gegenüber, und der hatte eine merkwürdige Wirkung auf sie. Der reizbare, wütende Jackson zog sie an, viel mehr als der entspannte, umgängliche Jackson. Es erschien ihr gefährlich, dass er diesen Effekt hatte, irgendeine primitive, unausgeglichene Sache, aber sie konnte nicht anders.

»In Ordnung«, sagte sie ruhig. »Aber erzähl es irgendwem. Vielleicht zuerst Massi, okay? Er wird mit dir zur Polizei gehen, er ist nett, weißt du. Er wird für dich mit ihnen sprechen.«

»Vielleicht«, sagte Jackson. »Okay. Ja, das mache ich.«

Im Dämmerlicht blinzelte Iris auf den unteren Teil ihres Daumens, der ihr immer noch wehtat, ungeduldig zog sie heraus, was auch immer darin steckte, und hielt es sich vor die Augen. Ein Splitter aus dünnem blauem Glas mit einer metallischen Ecke.

»Was *ist* das?«, fragte sie abgelenkt. »Es sieht aus wie …«

»Es sieht wie ein Teil eines Bildschirms aus«, sagte Jackson wie ein Experte. »Von einem Handy würde ich sagen. Wie, hey, diese Farbe …«

»Blau, Ronnies blaues Handyglas«, sagte Iris und ließ sich auf die Knie fallen, sie tastete auf dem Boden, wo sie sich vorher abgestützt hatte. »Da sind noch mehr Scherben.« Sie sammelte sie auf, Glasscherben und Plastik vermischt mit Blättern. Was sollte sie damit anfangen? Sie kippte sie in ihre Tasche zu den Bleistiften, dem Skizzenbuch und dem Kleingeld.

Die Lautsprecher knackten wütend über ihren Köpfen. »Scheiße«, sagte Jackson und sah sich um, »komm mit, sieh mal, die Sonne ist untergegangen. Haben sie nicht irgendwas über den Sonnenuntergang gesagt?« Er zog an ihr. »Komm schon. Sonst bleiben wir über Nacht hier drin.«

Iris stand auf, es war fast dunkel, sie sah, dass er recht hatte. »Ich denke, wir sollten lieber laufen.«

Kapitel 13

Obwohl sie auf demselben Weg hinausgingen, auf dem sie gekommen waren, wirkte in der undurchdringlichen Dunkelheit alles unheimlich und anders. Sie liefen schweigend schneller und schneller, das Knirschen des Kieses unter ihren Füßen war das einzige Geräusch. Iris fühlte sich wie in einem Alptraum, in dem sie gejagt wurde, ihr Herz klopfte bis zu ihrem Hals. Die Gassen zwischen den Hecken und den verbogenen Bäumen des großen Gartens waren plötzlich voller Sackgassen und merkwürdigen Geräuschen, eine Art von feuchtem Nebel stieg auf, die nach stehendem Wasser roch.

Ronnie, dachte Iris, während sie mit brennender Brust lief, war Ronnie hier gewesen? Hatte irgendein Dieb die Tasche hierher gebracht? Aber er hatte weder ihren Geldbeutel noch ihr Geld oder ihr Handy genommen. Ronnies Handy war gewaltsam zerstört worden, zertreten in viele Teile. Jemand hatte es gegen einen Baum oder einen Stein gehauen, bis es kaputt war. Ronnie saß nicht irgendwo in einer Hochzeitssuite, der Traum war vorbei.

Was redeten sich die Leute ein, wenn ihre Kinder, ihre Freunde vermisst wurden? Hingen sie, wie Iris, an jeder Geschichte außer der wahrscheinlichsten, nämlich der, dass die Person, die sie liebten, tot war? Iris wollte allein sein, um in die Tasche zu sehen, um die Teile durchzugehen, ohne dass Jackson ihr dabei über die Schulter schaute. Sie zwang sich dazu, schneller zu gehen, während er schnaufte, um Schritt zu halten, war er nur noch ein Schatten hinter ihr in der Dunkelheit. Ich könnte weglaufen, dachte Iris, konnte Ronnie das? Sie war ausnahmsweise dankbar für ihre großen Lungen, für ihre Muskeln, die Muskeln, die sie samt Sehnen zu zeichnen gelernt hatte, ihr Herz pochte.

Die gelben Lichter einiger Fenster tauchten rechts von ihr auf, diese Häuser, deren Rückseite zum Garten hin lag, dann die breite Straße, die von Straßenlaternen gelb beleuchtet wurde, und Iris wurde bewusst, dass sie durch schieres Glück oder die Schwerkraft den Weg zurück zum Tor gefunden hatten. Sie wurde langsamer, kam wieder zu Atem.

Die Tore waren geschlossen, eine Kette war hindurchgezogen worden, und ein Brett stand vor dem Plexiglas des kleinen Ticketkiosks, aber dahinter leuchtete noch ein Licht. Panisch klopfte Iris an die Tür, und die Frau kam mit einem wütenden Gesicht heraus. Nach einem Schwall zornigem Italienisch ließ sie sie noch widerwilliger hinaus, als sie sie hereingelassen hatte, sie pochte auf das Schild mit den eindeutigen Anweisungen, der letzte Einlass, die Tore werden bei Sonnenuntergang geschlossen. Sie scheuchte sie durchs Tor und knallte es hinter ihnen zu.

Sie standen einen Augenblick lang auf der Straße, Jackson keuchte immer noch. »Du bist gut«, sagte er mit atemloser Bewunderung. »Du bist schnell.«

»Für ein fettes Mädchen«, entgegnete Iris und lehnte sich an eine feuchte Wand, um nach Luft zu schnappen. Sie sah sich zum Tor und den dunklen Bäumen dahinter um. Ein Auto fuhr vorbei, sie waren wieder in der Zivilisation, es war nicht einmal spät. Neben ihnen strahlte das Schaufenster einer Galerie.

»Hey«, sagte Jackson sanft, und sie spannte sich an, als sie hörte, wie er nach dem panischen Rennen in einen anderen Gang schaltete. Sie wusste, was er sagen würde.

»Du bist nicht fett, Baby.«

Das hatte sie jedoch nicht erwartet, nicht dieses Wort, es machte sie wütend, und sie stieß sich von der Wand ab.

»Nennst du jede Frau Baby?«, fragte sie plötzlich ärgerlich und stemmte die Hände auf die Hüften. »Ist das so eine amerikanische Angewohnheit?« Aber er hielt stand, steckte die Hände in die Taschen und schaute sie an. Sie sah, wie seine Brust sich auf und ab bewegte.

»Das tue ich nicht«, sagte er ruhig. »Nicht jede. Aber ich kann natürlich nicht für alle Amerikaner sprechen.«

»Entschuldige«, sagte Iris, sie hatte wie ein motziges Kind geklungen. »Ich dachte nur …«

»Ist schon in Ordnung«, sagte Jackson. »Baby.« Sie starrte ihn an, dann lachte sie, und plötzlich befand sich seine Wange neben ihrer, sein Brustkorb an ihrem und seine Hand in ihren Haaren im Nacken. Sie hatte keine Ahnung, was sie tun sollte.

Hinter Jackson fuhr ein Auto langsamer, dann fuhr es über den Bordstein auf den breiten Bürgersteig, als das Motorengeräusch immer näher kam, zog er sich schnell zurück, seine Wange löste sich von ihrer, als wäre sie nie dort gewesen, die Hand zog sich aus ihren Haaren zurück, und Iris stand einfach nur noch da, dumm und mit offenem Mund.

Die Autotür öffnete sich, und eine kleine Frau mit kurzen Haaren stieg aus, sie öffnete einen Schirm, während Iris ungläubig lachte, denn es war Antonella Scarpa. Antonella war wie die Kavallerie mit ihrer üblichen, forschen Effektivität aufgetaucht. Doch wozu? Um sie zu retten? Um ihr einen Taxiservice nach Hause anzubieten? Woher wusste sie, wo sie zu finden waren?

Antonella drehte sich um, sah Iris und machte ein Geräusch, das fast ein Lachen war. Antonella Scarpa lachte nie.

Jackson, der neben ihnen stand, trat einen Schritt zurück, wie ein wachsames, männliches Tier, das unbekanntes Territorium betritt. Als sie diese kleine Bewegung des Zurücktretens sah, fühlte Iris sich irrationalerweise wie eine Siegerin, als hätten sie und Antonella gemeinsam eine Art von Kampf gewonnen, anstatt einfach nur zufällig auf der Straße aufeinanderzustoßen.

Dann öffnete sich die Beifahrertür, und Paolo Massi stieg aus. Das Gefühl war verschwunden, als hätte sie es nie gehabt. Iris fühlte sich jetzt wütend und frustriert wie ein Teenager, dessen Eltern zu früh in der Disco aufgetaucht waren. Natürlich wusste Massi, dass sie hier war, er dachte, sie könne nicht auf sich aufpassen.

»Ah, Iris«, sagte er unsicher, seine Überraschung wirkte überhaupt nicht überzeugend. »Natürlich.« Und er hatte eine Ausrede parat. »Ich bin hier, um einige Sachen aus der Galerie abzuholen«, sagte er. Er nickte in Richtung des gelb erleuchteten Schaufensters, und eine Sekunde lang glaubte Iris, dass er sich auch das ausdachte, aber dann erinnerte sie sich, dass sie am zweiten Tag hier gewesen waren, um ausgestellte Arbeiten anzusehen, es war tatsächlich die Galerie der Schule. Aber sie hielt es trotzdem für eine Ausrede. Massi nickte Jackson zu, der etwas murmelte, genau wie Iris sah er aus wie ein schuldbewusstes Kind.

»Jackson geht gerade nach Hause«, log Iris, und sie war überrascht, wie überzeugend sie klang.

»Okay«, sagte Massi zurückhaltend. »Sollen wir dich mitnehmen, Jackson? Dich vielleicht auch, Iris, ich kann dich fahren, Antonella kann das hier erledigen.«

Mussten sie nun etwas aus der Galerie abholen oder nicht? Massi war zurückgekommen, um Iris zu suchen, vielleicht hatte seine Frau ihn geschickt, vielleicht sollte sie noch einmal zu ihnen kommen und ein weiteres schreckliches Essen zu sich nehmen und … Nein, dachte Iris, auf keinen Fall.

»Ist schon in Ordnung«, sagte Iris. »Ich muss noch etwas erledigen. Einkaufen und so was.« Sie improvisierte rasch. »Der Kühlschrank zu Hause ist leer.« Sie wünschte, sie hätte das nicht gesagt, denn die halb leere Champagnerflasche verfolgte sie in Gedanken.

»Ich werde Iris bis zum Fluss begleiten«, sagte Jackson. Er fuhr ernst fort: »Wir kommen schon klar, Mr Massi.« Iris sah, wie Paolo Massi die Stirn runzelte. Er traute Jackson nicht, dachte Iris. Hatte er recht?

Als sie weggingen, nicht Hand in Hand, nicht Arm in Arm, sondern steif im Gleichschritt auf dem schmalen Bürgersteig, musste Iris ein nervöses Kichern bei dem Gedanken an Antonella und Massi, wie sie ihnen hinterherstarrten, unterdrücken. Als sie außer Sichtweite auf dem großen Platz vor dem Palazzo Pitti waren, blieb sie stehen.

»Mist«, sagte sie. »Massi.«

»Was?«, fragte Jackson aufmerksam.

»Du wolltest doch mit ihm reden. Ihm von dem Maler erzählen, den sie getroffen hat, diesen Claudio, Massi kennt ihn vielleicht, wir könnten …«

Jackson blieb stehen, während sie sprach. »Ja«, sagte er langsam, »ich nehme an, das sollte ich tun. Bloß …«

»Geh zurück«, sagte sie. »Geh jetzt zurück.« Sie standen gegenüber der Kaffeebar, in der sie an dem Nachmittag Champagner getrunken hatten.

»Okay«, sagte Jackson. »Bloß, ich wollte eigentlich mit dir gehen.« Er senkte den Kopf, sah sie von unten durch seinen Pony hindurch an, nicht arrogant, nicht zu cool, bloß abwartend. Er wollte, dass sie zustimmte.

»Mir geht's gut«, sagte sie und wusste, dass sie sich umdrehen und innerhalb der nächsten drei Sekunden gehen müsste, wenn sie wollte, dass er verschwand. Sie blieb, wo sie war.

»Lauf zurück und sag es ihm«, sagte sie. »Ich warte hier auf dich.« Sie beobachtete ihn, wie er die Via Romana entlanglief, plötzlich hatte er in seinen abgerissenen Turnschuhen das Tempo eines Sprinters. Er hatte seine Jacke um sich geschlungen, und Iris beobachtete, wie er ging, panisch und gleichzeitig atemlos vor Sehnsucht.

Ihr Handy piepste, eine neue Nachricht. Sie kam von Hiroko.

Ich bin hier, stand da, *falls du heute Nacht noch mal ein Bett brauchst. Die Mädchen wollen reden.*

Aber es war zu spät.

Für heute Nacht ist alles ok, tippte sie zurück. *Können wir morgen reden?*

Nachricht gesendet, erschien. Iris verschlug es plötzlich den Atem beim Gedanken daran, worauf sie sich womöglich mit Jackson einließ, und wie um ihre Gefühle zu bestätigen, erhob sich jäh eine Windbö und zerrte an allen Markisen an der Fassade des Palazzo Pitti. Ein weiches, unheilvolles Prasseln ertönte, das vom Fluss zu Iris heraufzukommen schien. Und als Jackson wieder auftauchte, immer noch rennend, begann es wieder zu regnen.

Er hatte die Kontoauszüge und die Schlüssel, aber keine Adresse.

»Sie lagen in der Schublade«, sagte sie. »Ganz hinten in der Schublade.« Sandro nickte.

»Ich habe sie mir gar nicht richtig angesehen«, sagte Lucia Gentileschi. »Ich habe sie an der Tür unten ausprobiert, aber sie passen nicht. Ich dachte, das sind einfach nur alte Schlüssel. Ich wäre nie auf die Idee gekommen, dass ...«

»Nein, natürlich nicht«, sagte Sandro. »Wir haben jetzt immerhin einen Anhaltspunkt. Die Schlüssel werden uns weiterhelfen.« Er hielt einen nach dem anderen hoch. Ein Sicherheitsschlüssel für eine Haustür, ein Schlüssel in E-Form für die Wohnungstür, ein kleiner Schlüssel wie für ein Schloss an einem Briefkasten. Ein Standardschlüsselset, genau wie Sandros eigenes, wie das eines jeden Florentiners.

Er wog sie in seiner Hand und sah zum Schreibtisch, Sandro konnte an dem besonderen Durcheinander, das Lucia Gentileschi hinterlassen hatte, erkennen, dass sie ihre Suche methodisch begonnen und dann die Kontrolle verloren hatte.

»Wir fangen noch einmal an«, sagte er sanft.

»Sie«, sagte Lucia. »Könnten Sie das tun?«

In dem Schreibtisch befand sich nichts Persönliches, überhaupt nichts. Da gab es Versicherungspolicen für die Wohnung und ihr Leben, Unterlagen zur Pension, Informationen über einen Auftrag in Verona und einen anderen in Mailand. Die Pensionen waren winzig. Das ließ Sandro innehalten. Wie konnte jemand von so einem Hungerlohn leben?

Lucia kam mit dem Tee.

Der hatte so gar nichts mit seinem üblichen Tässchen herzbeschleunigendem Kaffee gemein, aber Sandro nahm die breite, flache, napfförmige Tasse trotzdem entgegen. Sie stellte einen kleinen Tisch vor das niedrige Sofa und stellte noch eine Tasse für sich selbst dazu. Er sah, dass es ihr wehtat, die zwei Tassen zusammen zu sehen.

Sandro nippte und stellte die Tasse wieder ab, dann wandte er sich erneut dem Schreibtisch zu. Er sah auf die Stapel, die er gemacht hatte, und schaute noch einmal in den Schreibtischaufsatz hinein.

»Schöner Schreibtisch«, sagte er.

»Claudio hat ihn gemacht«, sagte Lucia. »Aus Ulmenholz.

Das einzige Stück, das er je gebaut hat, vor ungefähr zehn Jahren.«

»Wirklich?«, fragte Sandro tief beeindruckt. »*Mamma mia.*« Er legte eine Hand auf das gebogene Holz, die Verbindungen, lehnte sich nach unten und sah hinein. Vor zehn Jahren, überlegte er, und dann sah er es, eine Einlegearbeit aus bunten Hölzern, die einfach nur Dekoration sein könnte, aber warum dann an dieser Stelle? Drinnen, ganz hinten, wo sie niemand sehen konnte? Er streckte seinen Kopf in den Schreibtisch.

»Er hat ein Jahr gebraucht, um ihn zu bauen«, sagte Lucia hinter ihm. Sandro verdrehte seine breiten Schultern, um seine Hand hineinzustecken, und fuhr mit den Fingern über die Intarsien, Prismen in verschiedenen Farben, er drückte darauf. Das Holz gab nach und klickte wieder in seine Hand, das Brett bewegte sich. Es öffnete sich. Sandro riss den Kopf zurück.

»Was war das?«, fragte Lucia ruhig.

»Es ist ein ...«, Sandro räusperte sich, »da scheint noch etwas zu sein. Verborgen. Ein Geheimfach, dieser Schreibtisch, vielleicht ...«

Lucia nickte, langsam. »Bitte sehen Sie nach«, sagte sie.

Er griff hinein. Das Fach hatte ungefähr die Größe einer gefalteten Zeitung, war aber nur wenige Zentimeter tief, es enthielt einen braunen Umschlag. Sandro sah Lucia an.

»Bitte«, sagte sie.

Im Umschlag befand sich das Passwort für ein Bankkonto. Ein Konto, das 1997 auf den Namen Claudio Gentileschi eröffnet worden war, die erste Bareinzahlung waren 1500 Euro gewesen. Sandro blätterte zur letzten Seite, die letzte Zahlung war Ende August eingegangen, 1000 Euro. Aber was Sandro innehalten ließ, war die Gesamtsumme, inklusive Zinsen

Ende August 2006: 800 000 Euro. Sandro starrte die Summe an. Stumm hielt er Lucia den Zettel hin.

Sie schüttelte den Kopf. »Nein«, sagte sie, »nein, nein, nein. Das gehört uns nicht. Das ist nicht unser Geld.«

»Sie wussten nichts davon?«

»Wir sind nicht reich«, sagte Lucia. »Wir lebten von Claudios Pension, wir kommen gerade so durch.«

Unwillkürlich schüttelte Sandro den Kopf, er dachte an die winzige Pension.

»Woher kommt das Geld?«, fragte sie. »Wie hat er es bekommen?« Sandro schüttelte den Kopf, er antwortete ihr zunächst nicht, sondern blätterte das Buch durch. Alle zwei, drei Monate kamen Zahlungen, immer bar, immer ungefähr dieselbe Summe. Nichts wurde abgehoben, aber es war ein Konto mit hohen Zinsen, Abbuchungen würden bestraft, und Daueraufträge waren nicht erlaubt. Er musste Rechnungen vom normalen Girokonto bezahlen.

»Ich weiß nicht«, sagte er. Er klappte das Buch zu, sah auf den Einband, es war nicht dieselbe Bank wie beim Girokonto, die Cassa di Risparmio di Firenze, sondern die Banca Toscana. Er schlug die erste Seite wieder auf, es handelte sich um eine Zweigstelle in San Frediano, die an der Ecke der Via del Leone und der Piazza Tasso lag.

Hatte Claudio jemanden erpresst?

»Bekam Ihr Mann keine Wiedergutmachungszahlungen?«, fragte er. »Nach dem Krieg? Ich weiß, dass es Reparationen gab …« Er hielt inne. »Irgendwas von damals? Aus dem Krieg? Wer hätte ihm vielleicht helfen wollen?«

»Nein«, sagte Lucia, »keine Reparationen für uns, aber Claudio hätte das Geld auch niemals genommen, hätte es welche gegeben. Er hätte nie, nie, niemals …«

Als er in ihr strenges, blasses Gesicht sah, erschienen Sandro die wilden Gedanken, die er über den Holocaust, über reißerische Geschichten von Erpressung und Exnazis hatte, plötzlich dumm, melodramatisch und viel zu simpel. Während der folgenden Stille hörte Sandro, wie der Regen wieder einsetzte, zuerst sanft, dann aber mit einer Windbö stärker werdend. Regentropfen schlugen plötzlich heftig an das große Glasfenster, und Lucia wandte sich ihm zu.

»Er ist umgebracht worden«, sagte sie schlicht. »Claudio wurde wegen seines Geldes umgebracht.«

Sandro wurde es plötzlich furchtbar kalt, als würde ihm nie wieder warm werden. Regelmäßige Zahlungen, ein Bankkonto, als hätte Claudio einen Job hinter dem Rücken seiner Frau gehabt. Aber welche Art von Arbeit hätte er vor seiner Frau verstecken müssen?

»Sie zittern«, sagte Lucia und legte eine Hand an seine Wange, er zuckte bei der Berührung durch ihre kalten Fingernägel zurück.

»Es geht mir gut«, sagte er.

»Sie haben Fieber«, stellte sie fest. Sie legte eine Hand auf seine Jacke und befühlte den Stoff. »Sie sind patschnass«, konstatierte sie. »Warum haben Sie nichts gesagt? Sie hätten etwas ausleihen …«

»Es geht mir gut«, wiederholte Sandro, als hätten ihn alle anderen Wörter verlassen. Er strengte sich an. »Überlassen Sie mir das?«, fragte er und hob das Heft für das Konto hoch. »Könnten Sie mir auch die Schlüssel geben?«

Mit zusammengepressten Lippen nahm Lucia die Schlüssel vom Tisch und hielt sie ihm hin.

»Es kann bis morgen warten«, sagte sie. »Mein Mann ist tot, für ihn ist es zu spät. Ich möchte nicht dafür verantwortlich sein, auch Ihre Frau zur Witwe zu machen.«

Sandro versuchte, über die Übertreibung zu lachen. »Haben Sie eine Frau?«, fragte sie lächelnd, und er schaffte es zurückzulächeln.

»Ich werde ein Taxi rufen«, sagte er, um sie zu beruhigen. »In Ordnung?«

Auf der Straße stand Sandro schließlich in einem geliehenen Regenmantel, der ihm drei Nummern zu groß war, und wartete auf ein Taxi. Claudio Gentileschi war ein großer Mann gewesen, als er den Mantel um sich herum zusammenzog, sah Sandro im Geiste plötzlich mit einem Schauder, der halb Fieber, halb Schrecken war, diesen breiten Rücken im grauen Wasser treiben.

Der Schrecken hatte ihn nach seiner ersten Leiche mit voller Wucht getroffen, damals war er vierundzwanzig gewesen und war zu einem Verkehrsunfall im Borgo degli Albizzi gerufen worden. Nichts Gruseliges: Ein Junge, der von einem *motorino* umgefahren worden war, den Kopf am Bordstein aufgeschlagen hatte und innerhalb von zehn Minuten gestorben war. Das Leben hatte ihn einfach so verlassen, ohne Geräusch, ganz leise. In der Nacht hatte Sandro, der als Erster am Unfallort gewesen war, steif in seinem Bett gelegen und angestrengt versucht, nicht immer und immer wieder die Blässe zu sehen, die in das Gesicht des Jungen getreten war, die furchtbare Schlaffheit der Glieder. Und wie die Mutter des Jungen ungelenk durch die Straße angelaufen kam, die Schürze noch umgebunden.

Er musste erst noch lernen, dass es einen Trick gab, wie man mit Toten umgehen musste, zumindest mit den Leichen, dass man es nach und nach erlernte, indem man sich dem zwangsweise immer wieder aussetzte. Man musste methodisch vorgehen und die Leiche unbedingt nur als eine weitere Sache ansehen, etwas nicht Lebendiges. Respekt war jedoch wichtig, er hatte Männer gesehen, die Leichen angegrinst hatten, Polizisten und andere und einmal eine Frau, die die Leiche ihres gewalttätigen Ehemanns getreten hatte, während ihr die Handschellen angelegt wurden. Solche Menschen erlangten seiner Erfahrung nach nie wieder die volle Menschlichkeit. Zellen starben ab und wurden nicht ersetzt. Sandro hatte sich stattdessen eine Art von Unempfindlichkeit zugelegt, die Maske des robusten, unerschütterlichen Beamten, der weitermachte, während die jüngeren nach draußen gingen und sich erbrechen mussten.

Luisa hatte vor langer Zeit zu ihm gesagt: »Ich kann nicht mit dir sprechen, wenn du diesen Gesichtsausdruck hast.« Er hatte nicht richtig verstanden, was sie meinte, er hatte damals gedacht, dass es genau darauf ankäme, dass sie nicht bezahlt wurden, um Gefühle zu entwickeln.

Aber es war keine Technik, es war ein Trick, eine Illusion. Der Tod des Mädchens vor fünfzehn Jahren hatte das bewiesen. Verbissen hatte Sandro die Informationen an ihren Vater weitergegeben, hatte zusammengestellt, fotokopiert und so effektiv wie eine Maschine alles verschickt, doch die ganze Zeit über war eine Sicherung locker und brannte am Schluss durch. Die Gefühle waren nicht weg, nicht verschwunden, sie waren zu etwas geworden, was viel schwerer zu beherrschen war. Im Regen zog Sandro den Mantel enger zusammen, band ihn zu, um nicht weiter zu zittern. Ihm wurde klar, dass er nicht wusste, was er als Nächstes tun sollte.

Etwas piepste in seiner Tasche: eine neue Nachricht. Es war Serena Hutton, sie hatte jedoch keine echte Nachricht, bloß den Namen Iris March und eine komplizierte Handynummer mit einer ausländischen Vorwahl. Er hatte keine Lust, dieses englische Mädchen anzurufen, wahrscheinlich war sie noch nicht mal zwanzig, konnte kein Italienisch, wäre unreif, hoffnungslos, idiotisch. Er wählte und hielt das Telefon ans Ohr. Es klingelte drei, fünf, sieben Mal, und er wollte gerade auflegen, als es klickte und er eine englische Stimme hörte, die nervös »*Pronto?*« sagte.

Sein Taxi kam jetzt durch die enge Straße auf ihn zugefahren, Sandro klemmte das Handy mit der Schulter fest und hob eine Hand. Er stieg ein und stellte sich gleichzeitig am Telefon vor, er hoffte, er klang nicht zu abgelenkt. Alles, was er wollte, war ein nettes, warmes Büro und eine Sekretärin, die ihn verband, aber das gab es nicht.

Er legte eine Hand über den Hörer und sagte »Piazza Tasso« zum Fahrer. Er hatte Lucia Gentileschi versprochen, sofort nach Hause zu fahren. Entschuldige, Lucia, dachte er, dann nahm er die Hand vom Hörer.

»Soll ich Englisch sprechen?«, fragte er ängstlich. Er wusste nicht, ob er das könnte.

»Es ist schon okay. Italienisch ist in Ordnung.«

Iris March klang nervös, angespannt. Er erinnerte sich daran, dass der Carabiniere sie hysterisch genannt hatte. Sandro konnte Hintergrundgeräusche hören, Männerstimmen, Verkehrsrauschen. War sie mit einer Gruppe von Freunden unterwegs, außerhalb der Stadt?

Das hier war sinnlos, dachte er. Hinterher war er erschrocken, wie nah er daran gewesen war aufzulegen und dass er dann nicht gehört hätte, was Iris March zu sagen hatte. Sie sagte: »Ich bin so froh, dass Sie anrufen, ich weiß nicht, was ich tun soll.«

Etwas in ihrer Stimme sprach ihn an: Bescheidenheit, Direktheit, Verzweiflung, und das Bild, das er sich von diesem Mädchen gemacht hatte, zerbrach. Armes Ding, dachte er, und dann platzte alles aus ihr heraus, halb auf Italienisch, halb auf Englisch. Sie erzählte etwas über den Freund des verschwundenen Mädchens, über einen Plan, die Stadt zu verlassen, und schließlich konnte er kaum glauben, was er hörte. Er fragte sich, ob er verwirrter war, als er dachte.

Er ließ sie zweimal den Namen wiederholen, zweimal.

»Er heißt Claudio, denken wir«, sagte sie am anderen Ende der knacksenden Leitung. »Ein alter Mann namens Claudio.« In dem Augenblick übermannte ihn fast ein Schauer, eine Schockreaktion. Er presste seine Lippen fest zusammen, während sie weitersprach. »Wir haben die Nummer ausprobiert, die Jackson von ihm bekommen hat, aber ohne Erfolg. Da war nur diese Nachricht, *in questo momento non è raggiungibile* …«

»Eine Handynummer?«, fragte Sandro und wartete, während sie sich umdrehte und etwas zu jemand anderem sagte. Im Hintergrund hörte er ein Radio, und er begriff sofort, dass sie auch in einem Taxi saß. Er stellte sich vor, wie ihre zwei Taxis durch die nassen, nächtlichen Straßen auf ihre unterschiedlichen Ziele zufuhren, und er spürte, wie das Fieber anstieg.

Sie war wieder dran. »Ja«, sagte sie, »ein Handy.« Dann folgte noch eine Pause, bis sie ihm die Nummer nannte. Claudios Handy war so tot, wie es nur sein konnte. Sandro fragte sich, wo es war, denn man hatte es nicht bei seiner Leiche gefunden. Sie fuhr fort. »Er, dieser Mann könnte die letzte Person gewesen sein, die sie gesehen hat, nicht wahr?«

»Und Sie haben keine Ahnung, wo sie sich treffen wollten?« Sandro wollte so gern Augenzeugenberichte haben. Lass es bitte weit von den Boboli-Gärten weg gewesen sein, lass bitte jemanden gesehen haben, wie Claudio ihr die Hand geschüttelt und sie quicklebendig verabschiedet hat!

»Ich bin mir nicht einmal sicher … also nein«, sagte sie und klang enttäuscht. »Es ist nur eine Art Ahnung, verstehen Sie? Glauben Sie, dass wir ihn finden können, diesen Claudio?«

»Hören Sie«, sagte Sandro vorsichtig, »ich glaube, es wäre eine gute Idee, wenn wir uns treffen würden.«

Dieses Mädchen war die einzige Person, die er bisher getroffen hatte, die sich tatsächlich Sorgen um das Verschwinden von Veronica Hutton zu machen schien. Warum musste sie auch die Einzige sein, die eine Verbindung zwischen Veronica Hutton und Claudio Gentileschi zog?

»Heute Abend haben Sie wahrscheinlich schon etwas vor?«, fragte er, aber während er es sagte, wusste er schon, dass es ein Fehler wäre, heute irgendetwas anderes zu tun, als nach Hause zu gehen und zu schlafen. Er war fast dankbar, als sie nach einer langen Pause sagte: »Äh, na ja, morgen früh wäre besser.«

»Sicher«, sagte er. »Ich werde Sie anrufen. Morgen früh.« Plötzlich schien der Morgen noch weit weg.

Er gab ihr seine Nummer und bemühte sich sehr, dass seine Zähne dabei nicht klapperten. Er suchte in seiner Hemdtasche nach dem *Tachipirina*, das er gegen Kopfschmerzen immer mitnahm, und schluckte zwei Stück ohne Wasser. »Machen Sie sich keine Sorgen«, sagte er in einem sanften Tonfall. »Wir werden sie finden.« Er hörte, wie sie ein Schluchzen hinunterschluckte.

Er ließ sich auf den Ledersitz des Taxis fallen, lächerlich erschöpft von der Anstrengung einer bloßen Unterhaltung. Das Auto fuhr durch die Straßen, die im Dauerregen glänzten. Als sie schließlich an der Ecke der Piazza Tasso und der Via del Leone, wo sich Claudio Gentileschis Bank befand, haltmachten, goss es so stark und so heftig, dass die Regentropfen wie Hagelkörner vom Kopfsteinpflaster abprallten.

Die Bank lag hundert Meter von Sandros Büro entfernt, wäre er einen Monat früher eingezogen, hätte er vielleicht selbst Claudio Gentileschi dort ein und aus gehen sehen. Sie war geschlossen, müde sah Sandro auf seine Uhr, halb sieben, natürlich war sie geschlossen, was hatte er erwartet? Ihm wurde bewusst, dass er die vage Idee gehabt hatte, sich davor auf den Bürgersteig zu stellen und auf seinen Instinkt zu warten, der ihm immer geholfen hatte, zu erraten, welcher Passant das zerknitterte Foto von Claudio Gentileschi, das er in seinem Geldbeutel trug, wiedererkennen könnte.

Aber die Straßen waren wegen des Regens menschenleer. Fiebernd auf dem Rücksitz eines Taxis sitzend fühlte Sandro sich so, als hätten ihn alle Fähigkeiten, die er als Polizist erlernt hatte, jeder Instinkt, der sich über dreißig Jahre herausgebildet hatte, ihn verlassen.

»Ist es hier?«, fragte der Taxifahrer über die Schulter und riss ihn wieder in die Wirklichkeit zurück.

»Äh, könnten Sie«, Sandro haderte mit sich, »mir noch eine Minute geben?« Dann fügte er hinzu: »Warten Sie hier.« Der Fahrer zuckte mit den Schultern und tippte auf das Taxameter. »Ist mir recht«, sagte er. »Lassen Sie sich Zeit.«

Sandro stand vor den dunklen Fenstern der Bank und spähte hinein. Da lag fast eine Million Euro, Claudios Geld, in dieser schäbigen kleinen Nebenstraßenbank. Er drückte seinen Rücken in dem erfolglosen Versuch, trocken zu bleiben, gegen die Fassade. Diese bescheidenen Straßen in San Frediano waren Claudios geheimes Leben. Das hier war seine Bank, das Cestello sein Lokal, seine zweite Wohnung musste irgendwo hier liegen.

Sein *telefonino* klingelte, er dachte, er sollte ins Büro gehen und trocken werden, aber er konnte sich einfach nicht bewegen. Mit zittrigen Fingern nahm er das Telefon heraus und sprach wieder mit dem bleichgesichtigen Carabiniere, mit dem er beim Verlassen des Reviers heute Nachmittag geredet hatte.

»Erinnern Sie sich an den alten Mann?«, fragte der Carabiniere ohne Vorrede. Giacomini war der Name des Beamten, dachte Sandro durcheinander, wieso konnte er sich daran erinnern, wenn alles andere verschwommen in seinem Kopf herumwaberte? »Der, nach dem Sie mich auf den Bändern der Überwachungskameras haben suchen lassen?«

»Ja«, sagte Sandro mit böser Vorahnung, es war, als öffnete man einen Umschlag, von dem man wusste, dass er schlechte Nachrichten enthielt.

Er hatte recht. »Tja«, sagte Giacomini, »wir haben ihn gefunden, das war eine gute Ahnung.«

»Und?«

»Er geht um 11:20 Uhr durch das Annalena-Tor herein.«

»Wieder raus?«

»Nein«, sagte Giacomini. »Bisher nicht. Aber er könnte …«

»Ja, ich weiß«, sagte Sandro schweren Herzens. »Er muss aus dem Tor an der Porta Romana hinausgegangen sein.« Denn er war wieder herausgekommen, so viel wusste er. Was er wollte, war ein Beweis, dass er die Gärten allein verlassen hatte.

»Er sieht auf dem Weg hinein irgendwie weggetreten aus«, sagte Giacomini nachdenklich. »Als wäre er auf einem anderen Planeten.«

»Ja«, sagte Sandro. »Er hatte Alzheimer.« Er empfand plötzlich Mitgefühl für den armen Claudio, der wie ein großer, verwundeter Elefantenbulle durch ein Revier trottete, das plötzlich feindlich geworden war, das nicht mehr wiederzuerkennen war. Würde dieses Gesicht ihm irgendwas sagen? Dass er eine Art von Anfall gehabt hatte und eine junge Frau entführt, verletzt oder getötet und dann die Leiche versteckt hatte? Er dachte an die Gärten, all diese Holzschuppen und

Werkzeugscheunen. Oder hatte er sie mit zu seiner anderen Wohnung genommen? Hatte er sie in sein Schlupfloch mitgenommen, von dem seine Frau bisher nichts gewusst hatte?

»Kann ich kommen und es mir ansehen?«

Giacomini seufzte. »Heute Abend nicht«, sagte er, »auf keinen Fall, ich bin in zwanzig Minuten weg. Montagmorgen?«

Montagmorgen? Montagmorgen wäre zu spät, dachte Sandro, weil er sich dumpf und düster bewusst war, dass jede Stunde, die verging, es weniger wahrscheinlich machte, dass Veronica Hutton noch lebend gefunden würde. Es war wie bei Entführungen, es war wie damals, als Luca Marshs Tochter vor fast zwanzig Jahren aus diesem Schwimmbad verschwand. Genau wie damals musste er gegen die Verzweiflung ankämpfen, die in ihm aufstieg, die nagende Stimme, die sagte, es ist bereits zu spät. Du verschwendest deine Zeit.

Als hätte er etwas in dem Schweigen gehört, seufzte Giacomini: »Wie wäre es, wenn ich Ihnen Fotos per E-Mail schicke?«, fragte er. »Sie haben uns doch Ihre E-Mail-Adresse gegeben? Das kann ich machen, dauert keine Minute.«

Sandro wollte nicht zugeben, dass Computertechnik selbst zu Hochzeiten zu viel für ihn war und stimmte zu. »Okay«, sagte er. »Klar.« Er brauchte Hilfe, und er schätzte es, dass der Mann ihm eine Hand ausstreckte. »Danke.«

Als er auflegte, sah Sandro den neugierigen Blick des Taxifahrers durch das Fenster, das er geöffnet hatte, um eine Zigarette zu rauchen. Er spürte wieder, wie ihn ein Schauer überlief, und bemühte sich, ihn vor dem Mann zu unterdrücken. Er sah zur Seite, wollte, dass ein Wunder geschähe. Eine Antwort auftauchte.

Auf der anderen Seite, auf dem struppigen Gras der Piazza Tasso, befand sich ein zweiter Spielplatz, obwohl dieser hier neuer war, sah er im Regen genauso schäbig aus wie der andere. Auf einer Schaukel schwang ein großes Kind in einer Kapuzenjacke im strömenden Regen monoton vor und zurück, während seine zart aussehende Mutter sich über es beugte und versuchte, es zum Nachhausegehen zu überreden.

Er brauchte Hilfe. Während er blind auf die Szene starrte, fühlte sich Sandro plötzlich völlig von Gefühlen überwältigt. Lucias stille Trauer, die nagende Sorge um ein verschwundenes Mädchen, die brutalen Fakten vom verborgenen Geld und der geheimen Wohnung, er ertrank in all dem. Die größte, dunkelste Welle, die sich weit draußen auf See auftürmte und auf ihn zuraste, war der Montagmorgen und ein winziger Knoten in Luisas Brust: seiner Brust, seinem Kissen, seiner Geliebten.

Ich habe Angst, dachte er. Ich habe Angst vor dem Tod.

Einen Augenblick lang schien es Sandro, als sei alles einfach zu viel für ihn: Er würde das Taxi fortschicken und wie ein Stadtstreicher im Regen stehen bleiben, bis er umfiel und jemand anderes übernehmen könnte.

Als er so vor sich hinstarrte, richtete sich die Frau an der Schaukel auf und verließ das ungehorsame Kind. Durch den Regen sah Sandro plötzlich, dass es gar kein Kind war, sondern ein junger Mann, der ein Comicheft vors Gesicht hielt. Und als die junge Frau, die auf ihn zukam, ihre Hand hob, um sein Taxi zu rufen, sah er, dass sie keine Mutter war. Es war Giulietta Sarto.

»Sandro?«, fragte sie und lief über die Straße.

»Kennst du ihn?«, fragte Sandro und starrte auf den jungen Mann auf der Schaukel, er fragte sich, ob er delirierte.

»Es ist der merkwürdige Junge«, sagte sie ungeduldig. »Der Junge mit dem Comicheft, jeder kennt ihn, Himmel, Sandro, schau dich nur an!« Sie umfasste seine Schultern.

»Worüber hat er mit dir gesprochen?«, fragte er und überlegte, ob er noch einigermaßen vernünftig wirkte.

»Ach, über Hunde, und er hat mich nach einem Typen gefragt, den ich kenne, na ja, ich denke, wir kennen ihn beide, er fragt immer wieder, ob er einen Hund hat. Der Junge ist besessen, aber er ist harmlos. Er macht sich Sorgen um den gottverdammten Hund, ich sage dir, es gibt gar keinen Hund, ich weiß nicht, wovon er redet. Worüber ich mir Sorgen mache, Sandro, bist du. Was zum Teufel machst du hier? Du bist nass bis auf die Knochen.« Sie lehnte sich vor, starrte ihm ins Gesicht, wie sie es getan hatte, als sie auf Entzug war und man ihm erklärt hatte, dass es daran läge, dass sie das Konzept der Privatsphäre erst wieder lernen musste. »Dir geht's nicht gut.«

Sandro schaffte es nicht, zuzustimmen oder zu widersprechen. Er fühlte sich tatsächlich sehr merkwürdig.

»Ist das dein Taxi?«, fragte sie, und der Fahrer antwortete für ihn. »Machen Sie schon, ich kann nicht den ganzen Tag herumhängen«, er schnippte seine Zigarette in den Rinnstein.

»Ich bringe dich nach Hause zu Luisa«, sagte sie, und bevor er widersprechen konnte, öffnete sie die Autotür und schubste ihn hinein.

Im warmen Dunkel des Taxis wurde im Radio über den Regen und einen Geburtstag gesprochen. In Casentino hatte ein Erdrutsch einen kleinen Weiler begraben, und oberhalb von Lucca war ein Damm unter dem Gewicht des Wassers zusammengebrochen, der Präsident der Republik würde das betroffene Dorf bald besuchen.

Sandro hörte den Fahrer schnauben. »Das wird ja viel bringen«, sagte er. Die Stimmen fuhren fort, ein alter *contadino* sprach über 1966, ein Regierungssprecher verdrängte ihn und sprach weiter. Die Dämme hielten, sagte er in einem gewichtigen Tonfall, der Regen sollte über Nacht nachlassen, obwohl für den Morgen wieder Niederschlag vorhergesagt war. Doch morgen würde sich der November 1966 nicht wiederholen.

Die Dämme hielten im Moment, nein, Wiederholung, der Regen sollte nachlassen … die Wörter drehten sich in Sandros Kopf, sprachen ihn frei. Die Dämme hielten.

»Erzähl mir etwas von dem Jungen mit dem Comicheft«, murmelte er Giulietta Sarto zu. »Ich glaube, ich würde ihm gern offiziell vorgestellt.« Ihrem Gesichtsausdruck nach zu urteilen, wirkte er nicht mehr vernünftig.

Es war laut der kleinen, mit Leder bezogenen Uhr auf ihrem Nachttisch, die Ma ihr geschenkt hatte, als sie mit dreizehn aufs Internat gekommen war, drei Uhr morgens, als Iris sich auf ihren Ellbogen aufgestützt und sich über Jacksons Schulter neben ihr im schmalen Bett gelehnt und geflüstert hatte:

»Jackson?« Dann lauter, »Jackson?« Er machte ein Geräusch, schlief weiter.

»Ich möchte, dass du gehst«, sagte sie in ihrer normalen Tonlage und wartete mit dem Rücken an der Wand. Nach einer Minute saß Jackson im Morgenlicht neben ihr, er war wach, aber noch nicht ganz da, eigentlich schlief er noch, als er antwortete.

»Okay«, fragte er und suchte nach seinen Turnschuhen. »Wie viel Uhr?«

»Spät«, sagte sie, und er nickte nur.

»Okay.« Jetzt war er wach.

Er schwankte, als er aufstand, Schuhe an, Gürtel noch offen. Er fühlte in seiner Tasche nach seinen Schlüsseln, und sie hörte sie klappern. »Bist du in Ordnung?«

»Mmm-hmm«, sagte Iris, was bedeuten sollte, natürlich bin ich das, aber sie fand die richtigen Worte, den richtigen Tonfall nicht. Er lehnte sich zu ihr hinab, aber sie drehte ihr Gesicht zur Seite, sodass er nur ihre Wange erwischte. Sie spürte, wie seine trockenen Lippen sie leicht berührten.

Die Tür schloss sich hinter ihm, aber sie konnte ihn noch auf der Treppe hören, dann das Tor zur Straße, wie es schepperte und zuschlug, danach legte sich eine tiefe Stille wie Nebel über die Wohnung.

Obwohl sie ihn weggeschickt hatte, um endlich ein bisschen zu schlafen, setzte das Zuschlagen des Tores Iris' Gedanken in Gang. Sie fragte sich, wohin er um drei Uhr morgens ginge. Sie wusste nicht, wo oder bei wem er wohnte, sie wusste, dass er wütend werden konnte und dass er in den Staaten eine Polizeiakte hatte, und sie wusste, dass er ein iPhone besaß. Das war so ziemlich alles. Sie wusste jetzt auch, wie seine Haut roch. Was habe ich getan, fragte sie sich.

Der Detektiv hatte angerufen, als sie auf dem Weg nach Hause in ein Taxi stiegen. Sandro Cellini. Sie hatte Jackson neben sich gespürt, als sie telefonierte, er hatte aufmerksam zugehört, während sie sich bemühte, sich an alles Wichtige zu erinnern. Sie hatte sich atemlos gefühlt, als würde sie befragt, nervöser als vorher, als sie mit dem Carabiniere gesprochen hatte, es schien alles so völlig hoffnungslos. Die Suche nach der Nadel im Heuhaufen, alte Maler, die Claudio hießen, in einer Stadt voller Maler, die Suche nach Ronnies geheimnisvollem Mann, der jeder von einem Dutzend italienischer Playboys in Blazern oder amerikanischer Collegejungen in Shorts oder sogar ein Bildhauer mit eigenem Atelier sein könnte.

Jackson hätte sich das alles sogar ausdenken können, denn sie hatte ja nur sein Wort. Und Jackson war der Letzte, der Ronnie gesehen hatte.

Sie merkte, dass der Detektiv es ernst nahm, obwohl am Telefon langes Schweigen geherrscht hatte, vielleicht hatte er sich ja alles notiert. Sie musste an ihn glauben, denn er war ihre letzte Chance, Ronnie rutschte ihr durch die Finger, und nur Sandro Cellini könnte sie noch erwischen. Sie hoffte, dass er sich alles notiert hatte. Sie hatte Jacksons lange, kühle Finger zwischen ihren gespürt, während sie sprach.

Der Detektiv hatte müde geklungen, er wolle so bald wie möglich mit ihr sprechen, hatte er gesagt. Sie hatten sich für morgen verabredet, beide widerwillig, aber sie hatten eigentlich keine Wahl, oder? Was hätten sie schon, erschöpft, wie sie waren, in der Dunkelheit unternehmen können? Eine ganze, lange Nacht, wo auch immer Ronnie war, ob sie drinnen war oder draußen im Regen. Iris musste diesen Gedankengang abbrechen. Es war nicht kalt, sagte Iris sich, es war nass, aber noch nicht kalt. Noch nicht Winter.

Wenn sie allerdings tot war, würde sie die Kälte nicht spüren. Iris sah Regen auf eine kalte Wange fallen, das braune und goldene Haar an Ronnies toter Haut kleben, irgendwo im Unterholz. Vielleicht war es zu spät, sie hatte Gute Nacht gesagt, und vielleicht hatte der Detektiv Sandro Cellini die Verzweiflung in ihrer Stimme gehört, denn er hatte gesagt: »Machen Sie sich keine Sorgen.« Dann hatte er hinzugefügt: »Wir werden sie finden.«

Sie hatte auf dem ganzen Weg nach Hause im Taxi Jacksons Hand gehalten, aber es waren die Worte Sandro Cellinis gewesen, wegen der sie sich nicht mehr einsam fühlte. Jedenfalls bis sie an der Piazza d'Azeglio angekommen waren, Jackson das Taxi bezahlte und sie in der tiefen Dunkelheit der Wohnung waren und den Atem anhielten wegen dem, was als Nächstes geschehen würde. Dann hatte sie aufgehört, an Sandro Cellini oder an Ronnie zu denken oder an überhaupt irgendetwas.

Danach stürzte natürlich alles wieder auf sie ein, und sie hatte angefangen, schnell und schuldbewusst zu reden.

Sie lagen eng nebeneinander auf dem schmalen Bett, als sie in der Dunkelheit redete, Jackson neben ihr schwieg.

»Du hättest für Ronnie doch gar kein Treffen mit diesem Claudio arrangiert, wenn er dir, na ja, irgendwie komisch vorgekommen wäre, oder?« Ihre Stimme klang dünn und bittend.

Es folgte Stille. »Hör mal, Iris«, sagte er resigniert. »Ich weiß es nicht, das ist die Wahrheit. Ich meine, klar, ich hätte sie nicht wissentlich zu einem alten Spinner geschickt, ich glaube nicht, dass er ein Spinner war. Ich mochte ihn sehr, ich dachte, Ronnie wäre von ihm begeistert.« Seine Stimme klang hohl.

»Aber?«

»Aber man kennt Leute eben nie richtig, oder?« Er klang erschöpft, müde und verzweifelt.

Iris nahm seine Hand unter der dünnen Decke, sie wusste, sie sollte es einfach ruhen lassen, sie brauchten beide Schlaf, aber sie konnte es nicht. »Und was ist mit dem Freund?«, fragte sie. »Ich verstehe nicht, warum wir nichts über diesen Freund wissen? Wieso hat sie niemandem von ihm erzählt?«

Es herrschte kurz Stille, und Iris spürte, wie Jackson neben ihr gegen den Schlaf kämpfte.

»Vielleicht hat einfach niemand von uns ihn gekannt«, hatte er schließlich gesagt, »kein Grund, um mit ihm anzugeben.«

»Warum war er dann nicht bei der Party? Sie hätte ihn vorzeigen können.«

»Vielleicht hatte er zu tun.« Seine Stimme klang jetzt schläfrig. »Musste irgendwo anders sein.«

Er war ein wenig zur Seite gerollt und eingeschlafen, ihre Hand lag unter seinem schweren Arm. Und Iris war wach geblieben, starrte in die Dunkelheit, während die Dinge immer weniger Sinn ergaben. Bis sie um drei Uhr schließlich aufgegeben hatte.

Jetzt war sie allein, und ihr wurde bewusst, dass sie über noch etwas nachdenken musste. Wie lange hatte es gedauert? Iris hatte keine Ahnung. Gar nicht lange, dann hatte sie lange wach gelegen. Sie konnte sich nicht vorstellen, es jemals wieder zu tun.

Er ist weg, hör jetzt auf zu grübeln, ermahnte Iris sich. Sie schlief sofort ein.

Hinter den hohen, geschlossenen Fensterläden, kurz vor Morgengrauen senkten sich am Himmel die Wolken wieder, und der Regen fing an erneut zu fallen.

Kapitel 14

»Du hast kerzengerade im Bett gesessen«, sagte Luisa und stellte das Wasserglas vorsichtig auf den Nachttisch, »und du hast gesagt, das ist es. Ich habe es, hast du gesagt.«

Sandro stöhnte und stützte sich auf einen Ellbogen, um das Wasser zu trinken. Er stellte fest, dass er großen Durst hatte. »Ich nehme an, dass ich nicht gesagt habe, was ich habe, oder?«

Es war eine sehr lange Nacht, durch das Fieber fühlte sich Sandro, als wäre er im Schlaf weite Strecken gereist. Er fühlte sich völlig schlapp, aber das Fieber war jetzt weg.

Sie waren in eine leere Wohnung gekommen. Giulietta Sarto hatte alles erledigt, das Taxi bezahlt, in Sandros Tasche nach dem Schlüssel gesucht, ihn nach oben gebracht und ihn ins Badezimmer geschoben, während sie einen Trank aus Ästchen, Blättern und Ingwer kochte. Er hatte gehört, wie sie die Schränke durchsuchte, während er unter der Dusche stand und versuchte, warm zu werden. Sie hatte ihm gesagt, dass Luisa ihr das Rezept dafür gegeben hatte, es sei gut gegen Fieber. Giulietta hatte nach dem Entzug und dem offenen Vollzug, als sie praktisch bei ihm und Luisa gewohnt hatte, oft Fieber gehabt. Er lauschte dem Zischen des Gases unter dem Topf und dem Klappern der Tassen, Sandro hatte zweimal den Mund aufgemacht, um ihr zu erzählen, dass Luisa am Montag einen Termin im Krankenhaus hatte, brachte die Worte aber nicht über die Lippen.

Während er den ekelhaften Trank zu sich nahm, hatte Giulietta mit ihm geschimpft. Er hatte protestiert, er habe nun zwei Aufträge, er könne es sich nicht leisten, wegen ein bisschen Regens zu Hause zu bleiben. Er hatte nach Wörtern gesucht, und je mehr er sich bemühte, robust zu klingen, umso erschlagener hatte er sich gefühlt. Er hatte nicht gedacht, dass es so wäre, hatte er ihr sagen wollen. Es war völlig anders, als zur Polizei zu gehören. Er dachte an Falco, der Aufgaben delegieren konnte und ein ganzes Team hatte, das er überallhin schicken konnte, um die Bequemlichkeiten eines Polizeireviers gar nicht erst zu erwähnen. Er war allein und draußen.

»Morgen früh sieht alles wieder anders aus«, hatte Giulietta gesagt. »Komm schon.«

Da waren Dinge, die er Giulietta hatte fragen wollen, das wusste er, aber er konnte sich absolut nicht mehr daran erinnern, was es war, und während Sandro versuchte, sich daran zu erinnern, wurde er am Tisch ganz ruhig.

Als sich Luisas Schlüssel im Schloss drehte, machte Sandro sich schon keine Sorgen mehr, was sie wohl denken könnte, er wollte sie nur noch sehen. Seine Zähne klapperten, als sie sich zu ihm herabbeugte und seine Stirn und seine Brust befühlte, dabei schnalzte sie genervt mit der Zunge. Sie hatte seinen Hals nach geschwollenen Lymphknoten abgetastet, ihn nach Halsweh und Brustschmerzen gefragt, aber er hatte nur den Kopf geschüttelt. »Es geht mir gut«, hatte er gekrächzt.

»Nein, dir geht's nicht gut«, hatte Luisa gesagt und in einer Schublade nach einem *Tachipirina* gesucht, ihm ein Glas Wasser eingegossen, dann noch eines und seine Arme mit ihren starken Händen abgerieben, damit er aufhörte zu zittern. Giulietta hatte in der Ecke gestanden, aber Luisa hatte sie nicht fortgeschickt. Nachdem er sich ins Bett gelegt hatte und spürte, wie das Paracetamol seinen schmerzenden Körper entkrampfte, hatte er ihre Stimmen in der Küche gehört, sie sprachen zu leise, als dass er zuhören konnte. Dann war er eingeschlafen.

»Hast du es ihr gesagt?«, fragte er jetzt, er saß aufrecht im Bett und sah Luisa in ihrem Sonntagmorgenoutfit an, einem weißen Handtuch und großen, weichen Pantoffeln, ihre Haare standen wild ab.

»Ich habe es ihr gezeigt«, sagte Luisa trotzig und verschränkte die Arme vor ihrer weichen, weißen Brust.

»Du hast *es* ihr gezeigt? Den, den ...« Das Wort blieb ihm im Hals stecken. »Wie hat sie es aufgenommen?«

Luisa schnaubte. »Giulietta? Ihr ging es gut.« Sie schüttelte den Kopf. »Leute machen sich Sorgen, weil sie nichts wissen«, sagte sie. »Sie wollen sich die Dinge nicht direkt ansehen, weil sie Angst haben. Aber je mehr man weiß, umso weniger Sorgen macht man sich. Je mehr man weiß, umso einfacher kann man weitermachen.«

Sandro lehnte sich wieder auf die Kissen zurück, er war von ihrer Logik erschöpft.

»Deswegen ist es für dich härter als für mich«, sagte Luisa und ließ sich auf das Bett fallen, ein Hauch ihres sauberen, süßen Geruchs wehte zu ihm. »Deswegen bist du krank geworden. Du kannst nichts tun, du fängst einfach an ... von innen heraus zu brennen. Ich kenne dich.

Ich dachte, dieser Auftrag wäre gut für dich«, fuhr sie fort. »Es tut mir leid, es ist meine Schuld, ich habe dir das aufgehalst, dieses verschwundene Mädchen ...« Sie sah plötzlich müde aus. »Ich habe nicht nachgedacht.«

»Nein«, sagte Sandro scharf. »Hör auf. Natürlich ist es gut für mich. Arbeit tut mir gut. Es war nur ...« Er hielt inne, versuchte, seine Gedanken zu sammeln. Das Fieber schien diese Nacht alles aufgewühlt zu haben, all die Möglichkeiten, die er gestern aufgedeckt hatte, die Namen, Verbindungen und

Spuren, und jetzt lagen sie zufällig durcheinandergewürfelt wie Müll in seinem Kopf.

Er seufzte. »Es ist anders, allein zu sein«, sagte er müde. »Ohne Pietro.«

»Dann ruf Pietro an«, sagte Luisa und stand auf. »Hol dir Hilfe. Um Himmels willen, *wir* werden helfen, Giulietta und ich.«

»Ich habe gestern Abend mit der Mitbewohnerin gesprochen«, sagte er, die Erinnerung traf ihn wie ein dumpfer Schlag auf die Brust. »Die Mitbewohnerin des verschwundenen Mädchens.«

»Und?« Luisa sah ihn aufmerksam an.

Sandro presste die Lippen zusammen, seufzte laut und erzählte es ihr.

»Was?«, fragte Luisa ungläubig und setzte sich wieder hin. »Sie glaubt, das Mädchen habe Claudio getroffen?« Sie schüttelte den Kopf. »Oh. Nicht gut.«

»Was ist deine Theorie?«, fragte er resigniert.

Luisa legte ihre Hände auf die Hüften und betrachtete ihn. »Die schlimmste Variante? Claudio Gentileschi hat das Mädchen getroffen, sie angesprochen oder Schlimmeres, sie verletzt oder Schlimmeres, ist dann in den Fluss gegangen und hat sich aus Reue umgebracht.«

Sie rieb die Hände in einer Waschbewegung aneinander. »Sieh mich nicht so an, wie ein geschlagener Hund. Das ist das Szenario, das du dir nicht so genau anschauen wolltest, nicht wahr? Weil du Claudio magst, also zuerst mal Gentileschis Frau und durch sie eben auch ihn. Du willst nicht glauben, dass er zu so etwas fähig ist.«

Sandro sah sie mit einer Art Ehrfurcht an. Er schluckte. »Ich müsste von diesem Szenario schon sehr überzeugt sein, bevor ich damit zu den Carabinieri gehe«, sagte er. »Oder zu Lucia Gentileschi oder auch zu Veronica Huttons Mutter, selbst wenn die eine Nervensäge ist.« Er fuhr mit einer Hand verzweifelt über den Kopf. »Aber du hast recht. Von der Minute an, als ich wusste, dass beide am selben Tag verschwunden sind, dachte ich, was wäre wenn?«

»Es ist wie Krebs«, sagte Luisa, ohne bei dem Wort zusammenzuzucken. »Angst zu haben macht es nicht mehr oder weniger wahrscheinlich. Es ist entweder wahr oder nicht, es geht darum, sich die Fakten genau anzusehen und dann entsprechend zu handeln.«

Sie stand auf. »Versuch zu beweisen, dass er es getan hat«, sagte sie. »Versuch nicht, das Gegenteil zu beweisen.«

Gehorsam schwang Sandro seine Beine aus dem Bett, sie fühlten sich wie Gummi an.

Luisa legte wieder ihre Hände auf die Hüften. »Denn mir gefällt meine Theorie so wenig wie dir, und ich glaube, wir müssen ein paar Löcher darin finden, nicht wahr?«

»Ja.«

»Giulietta kommt in weniger als einer Stunde her, um nach dir zu sehen«, sagte Luisa, während sie ihm den Rücken zuwandte. »Also wenn ich du wäre, würde ich aufstehen und anfangen, besser auszusehen, ansonsten ...«

Sie saßen sich am Tisch gegenüber, ein kleiner Papierstapel lag zwischen ihnen. Die Polizeifotos, Zeugenaussagen und die Autopsie von Claudio, die dünne Akte über das Verschwinden von Veronica Hutton, die Falco ihm gegeben hatte, die zerfledderte *La Nazione*, in der der Artikel über die Entdeckung ihrer Handtasche stand.

Luisa stellte einen Kuchen aus der Kaffeebar auf einen Teller, eine Kaffeekanne auf einen Metalluntersetzer und goss Sandro eine Tasse ein. Er nippte vorsichtig daran, in seinem erschöpften Zustand kam ihm der Kaffee extrem stark vor.

»Ich wünschte, wir hätten etwas genauere Informationen«, sagte er. »Hätten wir doch nur noch einen Augenzeugen, wüssten wir doch nur, wohin sie gehen wollte. Die Mitbewohnerin hat gesagt, sie habe etwas geplant, hatte sich eine Ausrede ausgedacht, dass sie aufs Land zu Freunden wollte, bloß dass sich herausgestellt hat, dass diese Freunde in England sind. Die Mitbewohnerin dachte, dass sie vielleicht ein paar romantische Nächte in einem Hotel verbringen wollte, ich weiß nicht, vielleicht irgendwo an den Seen …«

»Wo auch immer«, sagte Luisa ungeduldig. »Wo ist dieser Typ denn jetzt? Da sie nicht mehr auftaucht? Warum hat er nicht nachgefragt?« Sie schrieb wieder etwas auf. *Freund?*

»Natürlich«, sagte Sandro langsam, »ein Grund, warum er nicht nachfragt, könnte sein, dass sie noch zusammen ihren romantischen Ausflug genießen. Sie ist gesund und munter und trinkt auf irgendeiner Hotelterrasse Spumante.«

»Ja«, sagte Luisa trocken. »Das wäre schön. Selbst wenn wir dann alle wie Idioten dastehen würden, die ihren eigenen Schwanz jagen.«

Sandro legte seinen Kopf in die Hände. »Wir müssen vom Schlimmsten ausgehen.«

Luisa seufzte. »Ja, ich glaube auch, das müssen wir.« Sie runzelte die Stirn. »Also könnte der Freund Panik haben und sich zurückhalten.«

»Das ist möglich«, sagte Sandro nickend.

»Oder er könnte der Täter sein. Ist es nicht meistens jemand Bekanntes? Werden nicht die meisten Frauen von ihren Freunden umgebracht? Oder von ihren Ehemännern?«

»Ja«, sagte Sandro, »bloß dass diese Beziehung, sollte sie überhaupt existieren, anscheinend so geheim war, dass niemand diesen Kerl je gesehen hat.« Er blies die Wangen auf. »Die Carabinieri haben sogar ihre E-Mails überprüft, all so was.«

»Also landen wir wieder beim armen, alten Claudio, dem Verdächtigen Nummer eins.«

Luisa streckte ihre Hand über den Tisch nach seiner aus. »Ruf die Mitbewohnerin an«, sagte sie. »Vereinbare ein Treffen, wie du versprochen hast. Schau dir die Wohnung an, vielleicht findest du etwas über diesen Freund, das sie übersehen haben.«

Widerwillig wählte Sandro. Es war merkwürdig, es war vielleicht Sonntagmorgen, aber zum ersten Mal, seit er die Polizei verlassen hatte, fühlte sich Sandro, als ginge er zur Arbeit. Er fragte sich, ob es von nun an immer so wäre. Unregelmäßige Arbeitszeiten und Luisa, die als Vorarbeiterin mit der Peitsche knallte. Ihm war diese Vorstellung gar nicht mal zuwider, aber ein Teil von ihm war erleichtert, als ihm eine metallische Stimme sagte, dass Iris March zurzeit nicht erreichbar sei. Es war ein Problem in Florenz, dass Handys immer mal wieder hinter Palazzi und Türmen in ein Funkloch gerieten. Florenz wäre nie eine moderne Stadt.

Luisa sah frustriert aus. »Verdammt«, sagte sie. »Also, auf zum nächsten Punkt, lass uns erst mal ohne sie weitermachen. Komm schon. Sagen wir mal, das Mädchen hat sich mit Claudio Gentileschi getroffen. Wo könnte das gewesen sein?«

»In den Boboli-Gärten«, sagte Sandro geradeheraus. »Ganz offensichtlich. Sie war auf den Bändern der Überwachungskamera, um 11:25 Uhr betritt sie die Gärten durch das Annalena-Tor, er war fünf Minuten früher eingetreten.«

»Richtig«, sagte Luisa nachdenklich. Öffentlich, aber nicht zu öffentlich, nicht ein hundert Prozent sicherer Ort für ein Mädchen, um einen Mann zu treffen, den sie nicht kennt.

»Ihr Freund Jackson kannte ihn«, sagte Sandro entschuldigend. »Und er war einundachtzig, um Himmels willen.« Luisa spitzte kritisch die Lippen.

»Aber ein starker Mann«, sagte sie, »ein großer Kerl. Das wusste sie nicht.«

Er akzeptierte seine Niederlage. »Na gut.«

»Ich spiele gerade den Advocatus Diaboli, *caro*«, sagte Luisa und legte ihre Hand quer über den Tisch auf seinen Unterarm. »Auf der positiven Seite steht, dass er alleine wieder herauskam. Und, dass man keine ... Leiche in den Boboli-Gärten gefunden hat.«

»Nein«, sagte Sandro und spürte etwas Hoffnung, die fast sofort wieder zerschlagen wurde. »Aber im Boboli gibt's überall Verstecke.«

»Und im Boboli gibt's überall städtische Angestellte«, sagte Luisa, »Wärter, Gärtner, Schulabgänger, alte Männer, die nach einem ruhigen Plätzchen zum Sitzen suchen. Sie hätten sie gefunden.« Sie hielt inne. »Und deine Theorie lautet, dass ein Mann mit Demenz, ein durchschnittlicher Kerl es geschafft hat, eine Mädchenleiche so gut zu verstecken, dass niemand sie gefunden hat?«

Sandro blieb ruhig, er versuchte, nicht zu lächeln. Sie war so klug.

Luisa fuhr fort. »Was weiß ich schon? Aber normalerweise findet man Leichen recht schnell, oder nicht? Ich meine die Polizei.«

Sandro nickte. »Wenn es nicht lange vorher geplant war. Und du hast recht, nicht viele Menschen haben das richtige Temperament. Also um eine Leiche zu verstecken.« Der Funken Hoffnung glühte wieder, Hoffnung machte die Sache auf eine gewisse Weise schwieriger. »Sie könnte noch gelebt haben, als er sie verlassen hat. Er oder jemand anderes könnte sie irgendwohin gebracht haben. Um dann darüber nachzudenken, was er tun will.«

Luisa nickte. »Das passiert, oder nicht?« Sie appellierte an seine Neugier. »Du meinst, eine Person, die zufällig vorbeikam?«

»Oder der Freund«, sagte Sandro zögernd. »Es ist die Etwas-ist-schiefgelaufen-Theorie, weißt du. Irgendetwas ist außer Kontrolle geraten, das Opfer ist vielleicht Zeugin eines Verbrechens, oder es könnte zum Beispiel Vergewaltigung vorausgegangen sein, und es war eine spontane Handlung, um sie zum Schweigen zu bringen.«

Er dachte nach. »Bei Vergewaltigungsfällen gibt es ein Motiv zu morden, aber tatsächlich haben die meisten Menschen einen starken Widerwillen gegen das Töten. Es gibt Fälle, in denen die Opfer über Wochen gegen ihren Willen festgehalten werden, während ihr Entführer herauszufinden versucht, was er tun soll. Da war letzten Monat dieser alte Mann in den Abruzzen, der ein Kind in seinen Gartenschuppen gesperrt hatte, weil er sich ihr nackt gezeigt hatte.«

Sie schwiegen nun beide, dachten an einen anderen alten Mann. Luisa sprach als Erste.

»Glaubst du, dass Claudio das getan haben könnte?«, fragte sie zögernd. »Ein bisschen ausgetickt sein, sie irgendwo eingesperrt haben und dann, ich weiß nicht, vergessen haben, wo er sie festhält?«

Laut ausgesprochen brachte es Sandro vom Grübeln ab, er legte eine Hand auf die Schlüssel auf dem Tisch und nahm sie in seine Faust. »Es ist möglich«, sagte er langsam. »Aber Lucia Gentileschi sagt, dass sie nie Probleme in ihrer Ehe gehabt haben, also zum Beispiel mit anderen Frauen. Nichts. Sie waren einander alles.« Die Schlüssel schnitten ihm ins Fleisch.

»Und du glaubst ihr?«

»Sie ist eine außergewöhnliche Frau«, sagte Sandro. »Sie ist wie du, sie ist völlig aufrichtig, nicht die Art, die sich etwas vormacht. Hätte es Probleme gegeben, hätte sie mir davon erzählt, und ich bin mir ziemlich sicher, dass sie es erfahren hätte.«

»Okay«, sagte Luisa. »Nehmen wir also an, dass er kein Casanova war. Sich an ein Mädchen heranzumachen, das jung genug war, um seine Enkelin, ja seine Urenkelin zu sein, passt gar nicht zu seiner Persönlichkeit.«

»Alzheimer stellt merkwürdige Dinge mit Leuten an«, gab Sandro widerwillig zu bedenken.

»Aber er war noch nicht in diesem Stadium, soweit ich verstanden habe. Er wurde gerade erst vergesslich. Er war noch nicht in der Phase, in der er glaubt, und ich weiß, das geht dir jetzt durch den Kopf, er sei selbst erst neunzehn und Veronica Hutton in seiner Liga.«

»Vielleicht nicht«, sagte Sandro zögernd. »Aber er hatte die Möglichkeit. Er hatte diese Wohnung. Da war sein anderes Leben.«

»Was?«, fragte Luisa. Er erzählte ihr alles über die Schlüssel, die Zahlungen für Gas, Strom und Wasser.

»Eine Wohnung, in der er sich mit Frauen traf? Oder was?«

Sandro versuchte, sich an die Fakten zu halten. Er dachte an den Barista, der ihm von Sandros Gewohnheiten erzählt hatte, dass er nie mit jemandem sprach, dass er immer pünktlich, immer allein für seinen Whiskey Sour auftauchte. »Ich glaube nicht«, sagte er vorsichtig. »Er hat kein Geld zum Heizen der Wohnung ausgegeben.«

Das einzige Geräusch, das zu hören war, war das rostige Ticken der Uhr.

»Also ein Schlupfloch? Es wäre hilfreich, es zu finden«, sagte Luisa entschieden. »Ich glaube, es könnte ihn freisprechen.«

»Ja«, sagte Sandro, um nicht das Offensichtliche auszusprechen. Draußen auf der Straße begann plötzlich ein Streit, es wurde gehupt. »Wir müssen die Wohnung finden.«

Luisa schrieb den Punkt auf. »Und dann wäre da das letzte Mal, dass Claudio gesehen wurde«, sagte Sandro. »Gegen halb zwei, er kam zu spät zum Mittagessen.«

»Der Barista?«, fragte Luisa stirnrunzelnd. »Nein, die Krankenschwester, der autistische Junge hat ihn mit einer Schwester sprechen sehen, oder?«

Sandro hatte vergessen, dass er ihr von der Krankenschwester erzählt hatte. Sie war clever.

Er nickte. »Danach hat der Junge ihn den Damm hinunter verschwinden sehen. Diese Krankenschwester muss versucht haben, ihm zu helfen. Vielleicht wird sie sich noch melden, es sind ja eigentlich erst ein paar Tage verstrichen. Vielleicht hat sie etwas zu ihm gesagt.«

»Vielleicht«, sagte Luisa.

Er hatte seinen Kopf wieder in die Hände gelegt, bemühte sich, sich zu erinnern. Es schien hoffnungslos, eine Interpretation dessen zu versuchen, was ein autistischer Junge glaubte, gesehen oder gehört zu haben, die Welt musste dem Jungen mit dem Comicheft so anders vorkommen. Wer hatte ihn noch so genannt?

»Komm schon«, sagte Luisa sanft. »Giulietta wird in zwanzig Minuten hier sein. Was ist dein Plan?«

»Ich werde sie nach dem Jungen fragen«, sagte er. »Giuli kennt den autistischen Jungen. Sie hat gestern Abend mit ihm gesprochen. Oder habe ich das geträumt?« Er setzte sich auf. »Ich erinnere mich«, sagte er erstaunt.

»Was?«

Er konzentrierte sich. »In der Nacht, als ich gedacht habe, ich hätte den Fall gelöst. Ich muss fantasiert haben. Es hatte alles mit dem autistischen Jungen und der Kunstschule zu tun, ich habe geträumt, er würde als Assistent in der Kunstschule arbeiten.« Er hob einen Finger. »Aber das war alles Unfug.

Ich erinnere mich, wo ich schon früher von der Schule, der berühmten Familie Massi gehört hatte. Was hattest du noch über die Frau gesagt?«

Luisa sah ihn verständnislos an.

»Dass sie einen Schuhtick hat?«, half er ihr. »Dass sie immer verrückte Schuhe mit hohem Absatz anprobiert?« Sandro runzelte die Stirn. »Und dass sie weggeht, ohne etwas zu kaufen.«

»Nicht immer«, sagte Luisa. »Wenn man sie so ansieht, würde man es nicht denken, aber diese Frau muss einen Schrank nur für ihre Schuhe haben. Wo sie wohl das Geld dafür herhat?«

»Ja«, sagte Sandro langsam. »Das ist es, du hast gesagt, dass die Schule gut laufen muss. Da gab es mal eine Ermittlung, aber ich erinnere mich nicht an die Details. Vor ein paar Jahren hat sich die Guardia di Finanza das Unternehmen angesehen. Sie dachten, dass es ein bisschen zu gut läuft, für so eine kleine Kunstschule.«

»Und?«

»Ich erinnere mich nicht«, sagte Sandro frustriert. »Es war kein Fall der Polizei. Die Guardia schaltet uns nicht ein, es sei denn, sie sind dazu gezwungen.« Er runzelte die Stirn. »Ich nehme an, dass die Beweise nicht ausreichten, die Schule scheint immer noch zu laufen.«

In Luisas Blick schien eine Spur Skepsis zu liegen. »Es könnte völlig harmlos sein«, sagte er entschuldigend. »Ich meine, es könnte einfach nur das übliche Standardmuster sein, nach dem man Ausländer ausnimmt, oder nicht? Die stecken viel Geld in die Kunstschulen.«

»Könnte sein«, sagte Luisa, und er seufzte, als er ihren zurückhaltenden Tonfall hörte. Daraufhin ergänzte sie: »Aber da ist noch etwas, nicht wahr? Wo Rauch ist, ist auch Feuer.« Sie machte sich eine dritte Notiz: Massi. »Außerdem hättest du natürlich schon mit ihm über das Mädchen reden sollen. *In loco parentis*, ist er das nicht?«

Es entstand eine Stille. Luisa stand auf und begann, die Kaffeemaschine zu säubern und wieder aufzufüllen, Sie hatten diese kleine Maschine, seit sie verheiratet waren, sie hatten schon einige Dutzend Gummidichtungen verbraucht. Er beobachtete sie, wie sie mit einer Gabelzinke über die Dichtung fuhr, den unteren Teil der Maschine bis zum Ventil mit Wasser füllte und in den Filter einen kleinen Hügel aus Kaffeepulver häufte, den Vesuv, wie man ihn in Neapel nannte. Man sollte die meisten Dinge den Frauen überlassen, überlegte er sich. Sie redete über ihre Schulter mit ihm.

»Warum sprichst du nicht einfach mit jemandem aus der Kunstschule? Das ist besser, als gar nichts zu tun. Ruf den Schulleiter an, verdammt, ruf Massi an.«

»Aber es ist Sonntag«, sagte er und verlor fast sofort die Hoffnung. »Ich rufe morgen in der Schule an. Ich nehme an, er wird mit mir sprechen.«

Luisa sah ihn an.

»Ich würde darauf wetten, dass er mit dir spricht«, sagte sie. »Er ist für dieses Mädchen verantwortlich, und wenn du die Mitbewohnerin nicht erwischst … Ich bin mir sicher, dass ich seine Privatnummer herausfinden kann, die Badigliani wird sie haben, aber warum es nicht trotzdem bei der Schule probieren? Du hast ja nichts zu verlieren. Und wenn ich mit dieser Frau verheiratet wäre, dann würde ich auch am Sonntag ins Büro gehen.«

»Ich werde zuerst Pietro anrufen«, sagte er und ging in das Wohnzimmer, das sie nie benutzten, um seinen alten Freund vom steifen, rutschigen Seidensofa aus anzurufen, auf dem sie nie saßen. Was Pietro ihm erzählte, war interessant. Aber Sandro wollte nichts überstürzen.

»Ich denke, ich werde doch bei der Schule anrufen«, war alles, was er zu Luisa sagte, die ihn von der Spüle aus aufmunternd anstrahlte. Wenigstens macht sie all das fröhlich, dachte er.

Aber als Sandro wieder zum Telefon griff, klingelte es bereits. Am anderen Ende der Leitung war eine atemlose Iris March.

»Sie haben versucht, mich anzurufen?«

Bevor er noch etwas antworten konnte, fuhr sie fort. »Sie müssen herkommen«, sagte sie.

Kapitel 15

Iris hatte gar nicht gesucht, als sie es fand. Oder jedenfalls hatte sie nur nach einer Regenjacke gesucht. Entgegen ihrem festen Vorsatz hatte sie an Jackson gedacht und war mit kalten Füßen im dünnen, grauen Morgenlicht durch die Wohnung gewandert. Ihr Blick fiel auf ihr Bild im riesigen, fleckigen Spiegel im *salotto*, und sie betrachtete sich, um zu sehen, ob sie irgendwie anders aussah.

Sie war um elf Uhr aufgewacht und hatte gesehen, dass es wieder unerbittlich regnete, der Regen fiel senkrecht herunter und verwischte den Blick auf die grüne Kuppel und die entfernten Hügel von Fiesole. Es war, als bekäme Florenz die gesamte Regenmenge eines Winters in einer Woche ab. Sie starrte nach draußen und schüttelte sich. *Was hast du dir nur dabei gedacht?*, hörte sie Ma schimpfen. *Du bist alles, was ich habe. Ich will nicht, dass du schwanger wirst, bevor du überhaupt angefangen hast zu leben. Du kennst ihn doch kaum.*

Iris dachte daran, wie Jackson gestern den ganzen Tag über gewesen war, wie seine Faust auf den Tisch schlug, die plötzliche Kälte, das Ausweichen. Die gestressten Eltern in Vermont mit ihrem Luxuswagenverkauf hätten genauso gut Außerirdische sein können, so viel wie sie mit Ma gemeinsam hatten. Ma, die in Aix von Galerie zu Galerie ging, um über die Runden zu kommen. Und da war die Polizeiakte, über die er nicht sprechen wollte, und der Nachmittag, nachdem er sich von Ronnie verabschiedet hatte, das behauptete er wenigstens, und an dem er nicht zur Schule gekommen war. Er hatte es auch vermieden, ihr davon zu erzählen.

Ich mag ihn, Ma. Sie probierte den Satz in ihrem Kopf aus. Es klang lahm, wie etwas, das irgendein Mädchen sagen könnte.

Du kennst ihn doch kaum.

Ich kann nicht ewig dein Baby bleiben, Ma. Iris legte ihren Kopf in die Hände.

Ihr Telefon piepste irgendwo in der Wohnung. Sie brauchte geschlagene fünf Minuten, um es zu finden, und sie war lächerlich außer Atem, als sie die Worte sah: *Neue Nachricht, jetzt lesen?* Sie öffnete sie.

Sie hatten einen Anruf und eine Nummer. Verdammt, dachte Iris, dieser blöde Empfang, mal klappt es, mal nicht, Durchzug oder ein vorbeifahrender Bus genügten, um zu stören. Dann sah sie die Nummer an und erkannte sie, es war der Detektiv Sandro Cellini, sie fühlte sich sofort ein bisschen weniger allein, sie war sich nicht sicher, ob das gut war oder nicht. Sie musste alleine bestehen können. Sie beschloss, sich anzuziehen und ihn dann anzurufen.

Da war aber noch eine Nachricht von Hiroko: *Vielleicht heute?* Es klang irgendwie traurig.

In Ordnung, dachte Iris schuldbewusst, vielleicht heute. Sie musste raus, plötzlich bedrückte sie der Gedanke an die dämmrige, duftende Wohnung und Hirokos ängstliches Gesicht. Sie klappte das Handy zu.

Sie sah sich noch einmal im großen, rostigen Spiegel an. Unter ihren Augen lagen Schatten, das war alles. Nicht älter, nicht dünner.

Langsam zog Iris sich an, starrte durch das Fenster auf den Regen, ihre Kleider waren noch nicht trocken, ihr Mantel war immer noch feucht von gestern. Der Regen schien eine besonders intensive Feuchtigkeit zu haben. Sie glaubte, im großen Flurschrank hinge eine Art von Regenmantel. Der Schrank war schwer, antik und aus geschnitztem schwarzem Holz. An jedem Ende gab es eine Tür und dazwischen ein Brett. Hinter der einen Tür befanden sich eine Schürze und ein Stapel Kerzen, hinter der anderen eine Reihe klappernder Kleiderbügel und der Geruch nach Mottenkugeln.

Dann sah sie, dass sich an einem Brett ein kleiner Knopf aus schwarzem Messing befand, man erkannte ihn kaum zwischen den geschnitzten Rosen. Er klemmte, aber als sie fest daran zog, öffnete sich eine weitere Tür, und da lag sie plötzlich. Ganz unschuldig, eine schlichte, schwarze Reisetasche, eine Wochenendtasche, gepackt und bereit zur Abreise.

Sie war schwer, Ronnie konnte nie leicht packen. Iris zog am gespannten Reißverschluss. Auf einem brandneuen und teuren Wasserfarbenset lag ein langes Rechteck aus Papier, Iris zog es vorsichtig heraus und sah es an. Ein Flugticket erster Klasse, hin und zurück nach Taormina, Sizilien, um 15:40 Uhr am Dienstag, dem 1. November.

Fünfzehn Uhr vierzig? Sie hätte also sofort dorthin fahren müssen. Selbst Ronnie hätte bis zwei Uhr einchecken müssen.

Mit Rückflug. Ronnie wollte Freitagnachmittag zurück nach Florenz fliegen, sie wäre um drei Uhr im Regen gelandet, sie wäre ungefähr zur selben Zeit wieder in ihrer Wohnung angekommen, als die Polizei mit ihrer Tasche in der Schule aufgetaucht war, um nach ihr zu suchen. Doch sie hatte den Flug nie genommen. Lebendig oder tot, Ronnie war immer noch in Florenz, bei dem Gedanken drehte sich Iris' Magen um, als begriffe sie es erst jetzt. Gleichzeitig empfand sie Erleichterung, denn Jackson hatte die Wahrheit gesagt, es gab diese Reisetasche.

Als sie auf das Ticket starrte, dachte Iris, danach hat er gesucht. Wer auch immer in der Wohnung gewesen war, hatte nach dieser Tasche gesucht. Er hatte das Apartment durchsucht und nichts gefunden, er hatte versucht, den Computer zu löschen, und war gegangen. Er hatte ihre Schlüssel, damit war er hereingekommen, er wusste, wo sie wohnte.

Könnte es ein doppelter Bluff sein? Könnte Jackson in die Wohnung gekommen sein, um nach der Tasche zu suchen, und hatte er versucht, seine Spuren zu verwischen, als er sie nicht gefunden hatte? Plötzlich war es, als bliese dieser Zug wieder durch die düstere Wohnung, es war, als läge ein Flüstern in den Ecken.

Sie kämpfte gegen die Panik, war wie festgewachsen an der Stelle in dem dunklen kalten Flur, und dann fiel ihr ein, dass sie nicht allein war. Da war jemand. »Keine Sorge«, hatte er gestern Abend gesagt, wie ein Vater, den sie nie gehabt hatte. »Wir werden sie finden.« Sie nahm ihr Telefon und rief Sandro Cellini an.

Luisa stand in ihrem warmen, ruhigen Zuhause und fragte sich, was sie tun würde, wenn all das vorbei war. Morgen schien noch so weit weg, der Termin in der Klinik in Careggi, der Bus, den sie dorthin nehmen würde, der Streit, den sie mit Sandro hätte, ob er sie fahren sollte oder nicht.

In Careggi zu parken war Wahnsinn. Es wäre dumm, das Auto zu nehmen, es war kein Notfall.

Luisa ging die Papiere auf dem Tisch durch, das Foto, die Zeitungsausschnitte, und legte sie in den braunen Aktenordner, den sie in die große Einkaufstasche steckte, die sie mit zur Arbeit nahm. Giulietta wäre jeden Moment hier, und sie hatten etwas zu erledigen. Sie könnte schon mal in der Scuola Massi anrufen. Sie griff nach dem Telefonbuch.

Es stellte sich heraus, dass Luisa recht gehabt hatte, natürlich. Paolo Massi verbrachte tatsächlich viel Zeit im Büro, ob nun, um seiner Frau zu entfliehen oder aus anderen Gründen. Viele Männer taten das, nahm sie an. Dottore Massi war jedoch nicht dort, als sie anrief, er würde später ins Atelier kommen, Luisa erklärte die Lage stattdessen einer Frau mit strenger Stimme, die ihr zurückhaltend sagte, dass sie seine Stellvertreterin sei, Antonella Soundso.

»Könnte ich einen Termin für Signore Cellini mit ihm vereinbaren?«, fragte Luisa und übernahm gern die Rolle der harten Sekretärin. »Ja, es ist Sonntag, natürlich, aber es ist eine wirklich wichtige Angelegenheit.« Sie wartete, während die Frau schnaubte, um Beleidigung, leichtes Entsetzen und Misstrauen auszudrücken, schließlich kapitulierte sie.

»Zwölf Uhr?«, schlug sie vor und sah auf die Uhr. Sandro war um elf gegangen, wenn er um zwölf Uhr mit Massi sprach, könnte er danach vielleicht mit ihr und Giulietta zu Mittag essen. »Ja, in Ordnung.« Sie legte auf und schickte Sandro die Informationen als SMS.

Es klingelte wild an der Tür. Nur Giulietta Sarto drückte auf die Klingel, als wollte sie die Toten wecken.

»Der Vogel ist ausgeflogen«, sagte Luisa, als sie die Tür öffnete. »Tut mir leid, Giuli, aber du weißt, wie er ist, wenn er an einem Fall arbeitet.« Es war ein schöner Gedanken, dass Sandro wieder an einem Fall arbeitete.

Sie lächelte Giuliettas verzweifeltes Gesicht strahlend an und griff hinter der Tür nach ihrem Regenmantel. »Ich dachte, wir könnten spazieren gehen.« Giulietta, die bereits tropfnass auf der Türschwelle stand, sah sie an, als hätte sie den Verstand verloren. »In den Boboli-Gärten, dachte ich.«

Die Piazza d'Azeglio kannte Sandro natürlich von früher, die massiven, schwarzen Fassaden und die alten Familien, die dahinter ihre schwindenden Vermögen pflegten, aber Iris March war eine Überraschung.

Hinter der Tür der tristen Erdgeschosswohnung Giovanna Badiglianis schien ein Licht, aber Sandro ging schnell daran vorbei, da er keine Zeit mit der giftigen alten Ziege verschwenden wollte. Iris March öffnete die Tür, als das Gitter des alten Aufzugs im ersten Stock scheppernd aufging, und sie standen einander gegenüber.

Das Erste, was er nicht erwartet hatte, war, dass sie schön wäre. Die Stadt war übervoll von hübschen, ausländischen Mädchen, er war an sie gewöhnt: Hübsche Teenager mit gesträhnten Haaren und nackten Armen, aber Schönheit war etwas anderes. Ihr breites, blasses Gesicht, ihre Sommersprossen, ihre großen, hellen Augen, die in einem merkwürdigen Winkel zur langen, geraden Nase standen, ihre breiten, weißen Schultern, wie bei einer griechischen Statue, die aus der See kam; das Mädchen, das da vor ihm stand, war eine Klasse für sich. Ihm wurde klar, dass nicht jeder sie schön finden würde, aber Sandro war froh, dass Luisa nicht hier war, um mit ihrem scharfen Auge zu bemerken, wie er nach den ersten Worten suchte, die er an Iris March richten könnte.

Er sprach im besten Englisch, das er zusammenbekam, es war vielleicht ungelenk, aber irgendwie überdeckte es seine Verlegenheit.

»Miss March? Ich freue mich, Sie endlich kennenzulernen.«

Als sie ihn ungeduldig in den großen, kalten, dunklen Flur führte, hatte Sandro Zeit, sich zu ermahnen: Reiß dich zusammen und sprich ordentlich. Als sie auf das Flugticket zeigte, das oben auf der Reisetasche lag, war Iris Marchs Schönheit völlig vergessen.

»Sie hätte um zwei am Flughafen sein müssen«, sagte er, und Iris March nickte eifrig.

»Ja«, sagte sie, »das habe ich auch gedacht. Es bedeutet …«

»Es bedeutet, dass wir wissen, was auch immer ihr passiert ist, muss zwischen 11:25 und ungefähr ein Uhr geschehen sein.«

»Vielleicht halb zwei«, sagte Iris March, und das war auch eine Überraschung: ihre Genauigkeit. »Sie mochte … sie mag es, Dinge auf den letzten Drücker zu erledigen.« Er erriet, was dieser Ausdruck genau bedeutete.

»In Ordnung«, sagte er und ging durch die Tür in den *salotto*, wo es wenigstens hell zu sein schien, und machte eine Geste, damit sie sich hinsetzte. Sein Telefon piepste, eine Nachricht von Luisa. Er legte es weg, ohne sie zu lesen.

»Haben Sie sie sich angesehen?«, fragte er. »Die Tasche?« Sie nickte.

»Kleider«, sagte sie. »Ein Malset. Toilettenbeutel. Pass.« Sie stockte.

Ihrem betroffenen Gesicht sah er an, dass, während er das Flugticket sofort als nützlichen Hinweis angesehen hatte, der den Zeitpunkt von Veronica Huttons Verschwinden enger eingrenzte, es für Iris March etwas ganz anderes bedeutete. Es bedeutete, dass das hier real war und dass Iris' Freundin irgendeine Art von Urlaub geplant hatte und dass es jetzt einen Beweis dafür gab, dass sie ihn nicht angetreten hatte. Sie saß nicht auf irgendeiner Terrasse und nippte am Spumante.

Sandro nahm vorsichtig die Kleider aus der Reisetasche und stapelte sie auf einem kleinen Tisch im dünnen Licht des großen, kalten *salotto*. Ein leichtes Rosenparfüm stieg von ihnen auf. Er schaute auf das Passfoto und sah ein angedeutetes, wissendes Lächeln. Das Malset war brandneu, er nahm es heraus und hielt es in der Hand. Ein langer, dünner Malkasten, Iris March lehnte sich vor, nahm ihn in die Hand und drehte ihn ehrfürchtig. Er sah in den Toilettenbeutel und entdeckte Zahnpasta, Zahnbürste, eine Blisterpackung der Pille mit den Wochentagen auf der Rückseite. Er brauchte gar nicht nachzuschauen, um zu sehen, dass sie die letzte spätestens am Dienstag genommen hatte. Sorgfältig legte er alles, außer dem Pass und dem Flugticket, wieder zurück.

»Ich werde diese Papiere Maresciallo Falco bringen«, sagte er. »Der Polizei«, und Iris March kniff ihre blassen Lippen zusammen.

»Könnten Sie nicht …«, sie biss sich auf die Lippen.

»Das muss ich«, sagte er resigniert. »Sie verfügen über die Autorität, die Fluglinie zu kontaktieren und mit ihr über Passagierlisten zu sprechen.« Sie senkte den Kopf. »Sie verfügen über die Mittel.«

»In Ordnung«, sagte sie, »wenn sie bloß nicht zu lange dafür brauchen. Sie brauchen so lange für ihre Ermittlungen. Sie sagen mir gar nichts.« Sandro zögerte.

Sie betrachtete ihn genau, während er am Telefon mit Alitalia den Polizeibeamten spielte, der er früher gewesen war. Er fragte nach den Namen der Passagiere, die nicht aufgetaucht waren, und nach Stornierungen auf diesen Flügen, die Angestellte, die zunächst kooperativ war, hielt inne. Geduldig hörte er zu, wie sie sich aufs hohe Ross schwang und von der Privatsphäre der Passagiere sprach.

»Vielleicht könnten Sie mich zurückrufen«, schlug er höflich vor. Er gab ihr die Handynummer und dann, als nachträglichen Einfall, Pietros Nummer auf dem Revier. Er spürte, dass sie kurz davor war, seine Autorität infrage zu stellen. »Vielleicht könnten Sie ihm die Listen faxen?«, bat er, sie hatte einen unentschlossenen Ton von sich gegeben, typisch für alle kleinen Angestellten. Er hatte jedoch wenig Hoffnung, der Mann hätte ja auch einen anderen Flug nehmen können. Vielleicht gab es auch gar keinen Mann, oder er könnte ein Sizilianer sein, den sie dort getroffen hätte. Es war ein Chaos.

»Nicht, dass ich wüsste«, sagte Iris langsam, als er sie nach Freunden von dort fragte, aus dem Süden, ob sie mit irgendjemandem Kontakt gehabt hatte. »Sie kannte vor allem amerikanische Jungs«, sagte sie. »Sie hatte zu keinem eine ernsthafte Beziehung.«

»Sie müssen überlegen«, sagte er und nahm ohne nachzudenken ihre Hände. »Die Dinge müssen sich setzen in Ihrem Kopf, wissen Sie, und dann wird da etwas sein. Ein Hinweis, irgendetwas. Sie haben den Verstand, Sie haben einen Blick für Details.« Er glaubte es tatsächlich.

Sie sah ihn an, blass und ernst und nickte. Plötzlich verlegen, ließ er ihre Hände los.

Sandro starrte sie an. Da musste ein geheimnisvoller Freund sein. Sonst wäre Claudio der einzige Verdächtige.

»Sie hätte nie alleine Urlaub gemacht«, sagte Iris March, dann mit wachsendem Selbstvertrauen, »so etwas tat sie einfach nicht, sie war zu faul. Ich bin mir sicher, dass ein Mann im Spiel war.«

Er kaute auf seiner Lippe, er musste den Tatsachen ins Auge sehen. »Sie glauben, dass Veronica jemanden getroffen hat, der Claudio heißt.«

»Na ja«, sagte Iris und sah verwirrt aus, »Sie glauben doch nicht, dass er der Freund sein könnte? Soweit ich das verstanden habe, wenn er überhaupt existiert, nun, dann hatte sie ihn gerade erst kennengelernt. Sie kannte ihn kaum.«

»Erzählen Sie mir, was sie von ihm wissen«, sagte Sandro vorsichtig.

Sie nickte zögernd, dann sprach sie mit leiser Stimme. »Jemand, ein Freund, unser Freund, Jackson, er stand Ronnie nah, er sagt, er hat diesen Kerl in einer Kaffeebar getroffen und Ronnie von ihm erzählt, dass er ein echtes Genie sei …« Sie hörte auf zu sprechen.

Sandro, der zustimmend genickt hatte, fragte: »Was ist?«

Sie starrte ihn an. »Sie glauben mir? Sie glauben Jackson? Sie glauben, dass dieser Typ existiert?«

Jackson musste der Junge sein, den der müde, rothaarige Barista mit Claudio hatte sprechen sehen. Sandro nickte: »Oh ja«, sagte er traurig. »Er ist real.«

Sie sah ihn an, als wäre ihr eine große Last von der Schulter genommen. »Oh«, sagte sie und atmete aus. Sandro fragte sich, was ihr dieser Jackson bedeutete, er war sich ziemlich sicher, dass der Junge sie nicht verdiente.

Er nahm eine Kopie des Fotos von Claudio heraus, das Lucia Gentileschi ihm gegeben hatte, es hatte ihm wehgetan zu sehen, wie das Original Eselsohren bekam, und hielt sie ihr hin. Aber Iris March schüttelte den Kopf.

»Ist er das nicht?«, fragte Sandro und spürte, wie sein Herz stärker schlug.

»Ich habe ihn nie gesehen«, sagte Iris. »Sie müssen Jackson fragen.« Sandro setzte sich wieder hin und schluckte seine Enttäuschung hinunter.

»Wo ist er?«, fragte er. »Dieser Jackson?« Und er sah, wie ihr marmorner Hals plötzlich rot wurde, wie durch einen Ausschlag.

»Ich weiß nicht«, sagte Iris. »Das heißt, ich bin mir nicht sicher, irgendwo in der Stadt, ich habe seine Nummer, hier.« Sie suchte nach ihrem Handy, und er sah, wie die Rötung höher stieg, als sie ihren Kopf senkte.

»In Ordnung«, sagte Sandro und hob eine Hand, um sie aufzuhalten, »es ist nicht so wichtig. Ich, na ja, ich bin mir ziemlich sicher, dass es derselbe Mann ist.« Sie entspannte sich und sah sich das Foto genauer an. Das Rot ging zurück.

»Ist er ein Jude?«, fragte sie, als erinnerte sie sich an etwas. »Er sieht jüdisch aus.«

»Warum fragen Sie?«, sagte Sandro abwartend.

Iris runzelte die Stirn. »Jackson hat etwas davon gesagt, dass der Mann, den er getroffen hatte, während des Krieges in einem Lager zu zeichnen gelernt hatte. Er hat gesagt, dass der alte Mann ihm seine Lebensgeschichte erzählt hat. Ist er denn Jude?«

»Er war es«, sagte Sandro.

»Was?«, fragte Iris March, plötzlich war sie blasser, als er es für möglich gehalten hätte.

»Er ist tot«, sagte Sandro. »Er ist wohl ungefähr eine Stunde, nachdem Ihre Freundin Ronnie das letzte Mal gesehen wurde, in den Arno gegangen.«

Kapitel 16

»Ein bisschen Regen bringt uns schon nicht um«, sagte Luisa und wartete auf eine Reaktion von Giulietta Sarto. Sie war froh, dass Giuliettas sympathisches, wettergegerbtes Affengesicht sie angrinste, als sie im Schutz der Häuser der Via dei Bardi losgingen. Es war gar nicht so schlimm, wenn man nah an den Mauern blieb, und sie hatten sich mit Gummistiefeln, Regenmänteln und ein paar robusten Schirmen ausgestattet.

Sie wurde dieses Jahr vierzig, sie war kein Mädchen mehr. »Ich bin zäh wie altes Leder«, hatte Giulietta gesagt, und ihr Gesicht verriet Neugier. »Also, worum geht es?«

Sie kamen am Palazzo Pitti und dem Haupteingang zu den Boboli-Gärten vorbei, wo ein tristes Häuflein älterer Frauen in Regenjacken unentschlossen am Ticketschalter stand, und gingen dann weiter die enge und gewundene Via Romana entlang. Der riesige Park zeichnete sich hinter den Häusern zu ihrer Linken grau-grün durch den Regendunst ab. Während sie gingen, erzählte Luisa die Geschichte, die Geschichten von beiden Fällen, und sah, dass Giulietta versuchte, alles zu begreifen. Sie kamen an der vernachlässigten Fassade des Naturkundemuseums vorbei, an einem geschlossenen Gemüseladen, einem Antiquitätengeschäft, einem Restaurateur, einer Mülltonne, die vom Abend vorher übervoll mit Pizzakartons war. Alles schien im Regen verlassen, wie tot.

Sie blieben auf der anderen Straßenseite des Eingangs stehen, drückten sich im ungenügenden Schutz eines Schaufensters aneinander. Dort dekorierte ein Mädchen die Auslage, sie zog eine leichte Garnitur über ein Bett mit einer Samtdecke und herzförmigen Kissen. Vom neuen Trend zur Öffnung der Geschäfte am Sonntag war Luisa noch nicht betroffen, sie dankte Gott, dass Frollini sonntags bisher geschlossen hatte. Sie lächelte das Mädchen durch das Fenster an.

»Ich weiß nicht, wie Sandro dazu steht«, überlegte Giulietta mit fröhlichem Pragmatismus, »aber ich würde sagen, wenn Mädchen verschwinden, dann kann man von fifty-fifty ausgehen.«

»Fifty-fifty?«, fragte Luisa neugierig, sie löste ihren Blick von dem Mädchen und der Schaufensterdekoration.

»Ich meine, in der Hälfte der Fälle werden sie sofort ermordet und verscharrt.«

Luisa sah sie mit versteinerten Gesichtszügen an, und Giulietta verzog entschuldigend das Gesicht. »Ich meine, ich rede hier über Straßenmädchen«, sagte sie. »Nicht eure Kunststudentin, aber es könnte ihr trotzdem dasselbe passiert sein, oder nicht? Wir sind nicht so unterschiedlich.« Sie zuckte mit den Schultern. »Außer, wenn sie Geld hat.«

»Und die andere Hälfte?«, wagte Luisa zu fragen. Sie wollte es eigentlich gar nicht wissen. Giulietta nahm Luisas Hand, und Luisa spürte, wie kühl die dünnen Finger im Regen waren, der Blutdruck des armen Mädchens war durch den Diabetes ruiniert.

»Vielleicht willst du es gar nicht wissen«, sagte Giulietta, und Luisa lächelte matt. Sie fuhr fort. »Aber sieh dir nur diesen Typen in Deutschland an, oder wo war das? Er hat ein Mädchen jahrelang als Gefangene gehalten, nicht wahr? Natürlich sind es normalerweise nicht Jahre, sondern Wochen.«

Sie zögerte. »Das sind dann aber Verrückte. Die, die sie am Leben lassen.« Sie verzog das Gesicht.

Es hatte immer wieder solche Fälle gegeben, Luisa wusste das. Es waren eigentlich immer Mädchen, die in Kellern, Schuppen oder Gartenhäusern gehalten wurden. Irgendwo, wo der Mann sie besuchen konnte, irgendwo privat. Es waren zu diesem Zweck sogar schon unterirdische Zimmer gebaut worden. Sie erinnerte sich an einen Fall aus der Zeitung, in dem ein Mann ein paar junge Mädchen entführt und in einem schalldichten Keller gefangen gehalten hatte. Er war dann wegen irgendeines kleinen Vergehens verhaftet worden, hatte ein paar Monate im Gefängnis gesessen, und die Mädchen, die Kinder, waren verhungert. Luisa legte im Regen die Arme um sich, denn Claudio Gentileschi verfügte über ein Schlupfloch, das er vor seiner Frau geheim gehalten hatte, und er war gestorben, ohne irgendwem zu erzählen, wo es lag.

»Was ich sagen will«, sagte Giulietta ernst und nahm sie am Ellbogen, »ist, gib niemals die Hoffnung auf. Ich denke, das will ich sagen.«

Sie lachten beide dasselbe kleine, trostlose Lachen, und das Mädchen im Schaufenster sah zu ihnen hinaus. Giulietta winkte ihr zu, sie traten unter der Markise hervor und überquerten die Straße. Als sie auf den Eingang zugingen, fiel Luisa auf, dass die Galerie ihnen gegenüber und links vom Eingang Galleria Massi hieß.

»Ha!«, rief Luisa aus und zeigte darauf.

»Was?«, sagte Giuli.

»Die muss etwas mit der Schule zu tun haben«, sagte Luisa, »das große Reich der Massis.« Das Fenster war dunkel, sie runzelte die Stirn und wandte den Blick von der Galerie zum Hintereingang der Boboli-Gärten, die praktisch nebenan lagen.

»Sandro sagt, dass das Mädchen zum letzten Mal gesehen wurde, als sie hier hineinging«, sagte sie langsam. Durch das kleine Fenster im Pförtnerhaus sahen sie eine junge Frau mit Brille, eingepackt in mehrere Schichten Kleidung, die sich über ein Buch beugte.

»Wahrscheinlich wurde sie gefilmt«, sagte Giulietta trocken und zeigte auf eine Stelle an der Wand, wo eine Kamera montiert war. Luisa wäre sie nie aufgefallen, aber sie hatte sich ja auch noch nie vor einer verstecken müssen. Sie verfolgte den Blickwinkel des Objektivs, er deutete auf das Pförtnerhaus und ein bisschen darüber hinaus auf die Via Romana.

»Es ist ein großer Platz«, sagte Giulietta. Hinter den eisernen Toren sah der Garten verlassen aus, ein breiter Kiesweg führte zwischen gelblichen Linden hinein. Dahinter breitete sich das dunklere Laub von Steineichen und Zypressen aus, und durch die Blätter waren die Dächer mehrerer Gebäude sichtbar. Die Orangerie, die Treibhäuser, Lagerhäuser, Schuppen. Einzelne Baustellenteile hinter Wellblechzäunen, wenn man erst einmal anfängt, genau hinzusehen, dachte Luisa traurig, dann war der Park eine einzige große Baustelle.

Sie zeigten ihre Anwohnerausweise, aber das Mädchen sah kaum auf, als sie durchgingen, sie schob sofort die Brille wieder auf die Nase und wandte sich ihrem Buch zu.

»Aber irgendjemand könnte sie gesehen haben«, sagte Giulietta pragmatisch und nahm Luisas Arm. »Wir können nachfragen, was haben wir schon zu verlieren?«

Aber da war niemand, den sie hätten fragen können.

Arm in Arm unter ihren Regenschirmen durchschritten sie stur die Alleen und Wege, an der Orangerie vorbei, deren formeller Garten vernachlässigt aussah, um den Brunnen herum, wo die Orangenbäume für den Winter entfernt worden waren, und dann unter dem riesigen Halbkreis von Platanen und die breite Zypressenallee hoch. Alles war verlassen. Sie gingen langsam im Zickzack bergauf, am Durcheinander der Häuser, die alle mit engen Höfen ausgestattet waren, entlang, an Lagerräumen von Geschäften vorbei, bis sie auf einer Höhe mit den verschlossenen Schlafzimmern und schließlich den Gartenterrassen waren.

Sie erreichten den Rosengarten und sahen, dass selbst das Porzellanmuseum, das früher einmal das Sommerhaus einer Mediciprinzessin und der Lieblingsplatz alter Damen an regnerischen Sonntagen gewesen war, wegen Restaurierung geschlossen war. Luisa starrte über die Olivenhaine bis nach San Miniato, die kleine Kirche, die sie mehr liebte als alle anderen. Währenddessen wurde ihr bewusst, dass der Regen nachließ, aber es tauchte immer noch niemand auf.

Sie kamen gerade vom Rosengarten, waren kurz davor aufzugeben, als sie an einem niedrigen, verputzten Gebäude mit Terracottadach vorbeikamen, in dem ein Licht leuchtete. Giulietta spähte durch die halb verglaste Tür hinein. Ein älterer Mann in einer Latzhose saß an einem Tisch unter einer kahlen Glühbirne und starrte die Wand an. Sie klopften, nachdem er sie eine endlose Minute lang angeschaut hatte, stand er auf und kam zur Tür, er hielt eine Tasse in den Händen.

Zögernd nahm Luisa den zerschlissenen Zeitungsausschnitt hervor und zeigte ihm das Foto, während Giulietta sich abwandte. Sie dachte offensichtlich, dass die Idee dämlich sei. Der alte Mann runzelte die Stirn und schüttelte den Kopf gefühlte zehn Minuten lang. Dann sagte er: »Nein. Die Carabinieri haben bereits nach ihr gefragt. Sie sind überall herumgelaufen.« Er verzog das Gesicht. »Am Dienstag schien die Sonne etwas, ich habe den Lorbeer geschnitten und hinter den Leuten aufgeräumt. Ich habe die Frau nicht gesehen.« Er seufzte noch einmal. »Diese verdammten Carabinieri stellten schon ihre bescheuerten Fragen.« Er hob einen Arm. »Sehen Sie sich den Park an. Man kann von einem Ende zum anderen kriechen, ohne gesehen zu werden, wenn man das will. Die Leute kommen auf alles Mögliche und werden nicht erwischt.«

Luisa nickte, er hatte natürlich recht. Als Kind hatte sie selbst endlos lang Verstecken im Boboli im staubigen Schatten der alten Hecken gespielt. Wenn man den Park kannte, konnte man sich stundenlang verstecken. Sie sah an ihm und am Gartenschuppen vorbei, der sein Revier war. Direkt dort sah sie zum Beispiel ein Loch in der Hecke und dahinter Dunkelheit, das könnte eine Abkürzung oder ein Geheimgang für Kinder sein.

»Räumen Sie auf?« Sie sprach leichthin, es war einerseits der Versuch, mitfühlend zu klingen, und andererseits Neugier. »Gab es an dem Tag besonders viel Unordnung?«

Der alte Gärtner grunzte. »Das kann man wohl sagen.« Er schwieg, und Luisa dachte schon, dass sie nicht mehr erfahren würde, aber dann kam er einen Schritt über seine Türschwelle. Sie fragte sich, wie er seine Arbeit erledigte, er wirkte fast so heruntergekommen wie sein Schuppen, aber einmal in Bewegung wurde es besser. Er ging über den Kiesweg und zeigte einen Abhang hinab auf ein leeres, ungefähr taillenhohes Podest, das genau gegenüber dem Weg zum Annalena-Tor lag und halb von einer dicken Hecke umgeben war.

»Da stand eine wunderschöne Terracotta-Urne«, sagte er. »Irgendein Idiot hat sie heruntergeworfen, sie ist in tausend Scherben zerbrochen. Dreihundert Jahre war sie alt, sie hatte alle Fröste überlebt. Dumme, ausländische Kinder, die aus einer Hecke springen, ohne zu kucken.«

»Haben Sie sie gesehen? Um wie viel Uhr war das?«

»Hätte ich sie gesehen, hätte ich sie verprügelt«, sagte er

mit einem weiteren finsteren Blick. »Ich habe sie aber gehört. Ich habe gerade meine *merenda* beendet, so gegen zwölf, halb eins. Ein verdammt lauter Knall und ein Mädchen, das auf Englisch geschrien hat. Oder auf Deutsch.«

Unwillkürlich verdrehte Luisa die Augen, selbst ein alter Sack wie dieser hier würde doch wohl den Unterschied erkennen? Leider entging dem alten Mann ihr Gesichtsausdruck nicht, deshalb war ihre Zeit abgelaufen. »Das war's«, sagte er. »Ich habe genug von Leuten wie Ihnen.« Damit ging er zurück ins Haus und knallte die Tür hinter sich zu.

Giulietta steckte sich einen Kaugummi in den Mund und betrachtete grübelnd die geschlossene Tür. »Sie muss irgendwie wieder aus den Gärten hinausgekommen sein«, sagte sie nachdenklich. Sie deutete nach unten auf das Tor, dann gingen sie bis zu dem leeren Podest. »Vielleicht hat sie es umgeworfen? Bei einem Kampf?«

Luisa bückte sich und hob ein Stück Terracotta vom Kies auf. Die Hecke um das Podest war relativ dicht, aber als sie sich wieder aufrichtete, sah sie, dass vor Kurzem ein Loch hineingerissen worden war, hinter der Hecke erstreckte sich ein dunkler, verkrüppelter Wald bergaufwärts. Jemand hätte hierherkommen und sich hinter der Urne verstecken können, wenn er dann die Urne umgeworfen hätte, aus welchem Grund auch immer, hätte er sehr schnell abhauen müssen, nach unten in Richtung des Annalena-Tores zum Beispiel.

Luisa seufzte frustriert. »Sandro hat mir erzählt, dass es keine Aufnahmen gibt, wie sie den Park wieder verlässt.« Sie hakte sich bei Giulietta unter. »Lass uns nach oben gehen«, schlug sie vor.

Oben an der breiten Zypressenallee angekommen drehten sie sich um und sahen nach unten.

»Es gibt viele Wege nach draußen«, sagte Giulietta. Ihr

Blick schweifte über die dicht gepflanzten Bäume, die von Häusern begrenzt wurden, die Viale im Süden, das Durcheinander der Rückseiten von den Häusern auf der Via Romana im Westen.

Sie verschränkten die Arme und schwiegen. Unter ihnen lag die Stadt unter einer Schicht von Wolken und Regen, um sie herum führte eine verwirrende Anzahl von Wegen durch die dunkelgrünen Hecken.

»Gott«, sagte Giulietta und blickte finster in den Regen. »Dieses Wetter.«

»Ja«, sagte Luisa, aber sie hörte eigentlich gar nicht richtig zu. Der Blick über die weichen, grünen, feuchten Hügel zu der glänzenden Fassade der kleinen Kirche schien sich auf ihre Augenlider gebrannt zu haben. »Ich will nicht sterben«, sagte sie plötzlich und entschieden.

Sofort lagen Giuliettas Vogelscheuchenarme um Luisa, dann sprang sie zurück, so abrupt, wie sie sie umarmt hatte. »Du wirst nicht sterben«, sagte sie wütend. »Sag so was nicht.«

»Na ja«, sagte Luisa.

»Nein, das wirst du nicht«, sagte Giulietta bestimmt, und eine oder zwei Minuten lang starrten sie einander an, bis Giulietta den Bann brach. »Treffen wir Sandro nun zum Mittagessen oder nicht?«

»Hast du Hunger?«, fragte Luisa, der gerade bewusst wurde, dass sie seit Tagen keinen Hunger mehr gehabt hatte.

»Ich verhungere«, sagte Giulietta fröhlich. »Gibt's in diesem furchtbaren Viertel nicht irgendeine Kaffeebar?«

»Doch«, sagte Luisa und versuchte, sich an den Weg dorthin zu erinnern.

»Hier«, sagte Giulietta, da stand ein Schild, Neptunsbrunnen, Forte di Belvedere, Weinberg, Kaffeehaus.

Weinberg? Luisa dachte über das Wort nach, irgendwer hatte ihr etwas über den Weinberg erzählt.

»Warum trägt es einen deutschen Namen?«, beschwerte sich Giulietta. »Kaffeehaus?«

Luisa zuckte mit den Schultern. »Ich glaube, es ist etwas Österreichischem nachempfunden, weißt du«, sagte sie. »Sie mögen Cafés, Kuchen, Schlagsahne und all das.«

»Alles klar«, sagte Giulietta widerwillig. Luisa erinnerte sich daran, was für ein Kampf es gewesen war, sie auch nur dazu zu bringen, eine Scheibe Brot zu essen.

Als sie an einer kleinen Reihe verkrüppelter Reben vorbeikamen, entdeckte Luisa etwas, das sie sofort stehen bleiben ließ.

»Das ist es«, flüsterte sie und deutete mit dem Finger auf die Reben.

»Was?«, fragte Giulietta ungeduldig.

»Sch«, sagte Luisa.

»Katzen?«, fragte Giulietta, ohne sich die Mühe zu machen, ihre Stimme zu dämpfen. Denn unter der Hecke hinter dem kleinen Weinberg hatten sich vier oder fünf Katzen in verschiedenen Grautönen, als wären sie für den Schatten gezüchtet worden, um ein Futterschälchen versammelt. Sie machten leise, miauende, knurrende Töne, während sie um die besten Plätze kämpften. Die Anwesenheit von Menschen schien sie nicht zu stören.

»Hier wurde die Tasche des Mädchens gefunden«, sagte Luisa. Hinter dem Weinberg, hatte Sandro gesagt.

»Die Katzenfrau hat sie gefunden«, fuhr sie nachdenklich fort. Giulietta schnaubte.

»Wahrscheinlich eine völlig Bekloppte«, sagte sie, doch Luisa legte einen Finger auf ihre Lippen. Giulietta folgte ihrem Blick, da hinter der Hecke hockte eine Frau in einer billigen, durchsichtigen Regenjacke, die Kapuze bedeckte dünne Haare, nackte Beine steckten in Gesundheitssandalen. Sie öffnete eine große Dose mit Kalb- und Leberkatzenfutter. Sie schien die Beobachter genauso wenig wahrzunehmen wie ihre Katzen.

Vom Äußeren der Frau abgestoßen bemühte sich Luisa dennoch um Mitgefühl. Warum benahm sich eine Frau so? Warum fütterte sie draußen im Regen Katzen? Fehlgeleitete Muttergefühle? Das Bedürfnis, gebraucht zu werden? Richtet nicht, auf dass ihr nicht gerichtet werdet. Sandro braucht mich, dachte sie und merkte, dass sie sich wünschte, er würde sie etwas weniger brauchen.

»Hallo?«, sagte sie, die Frau drehte ihren Kopf ruckartig um, dabei wiederholte sie die fast wilde Bewegung eines Katzenkopfs über dem Futternapf. Sie sah sie finster an.

»Sind Sie … äh«, Luisa suchte in ihrem Gedächtnis nach dem Namen und sagte dann triumphierend: »Signora DiTommaso? Fiamma DiTommaso?« Die Katzenfrau. »Sind Sie diejenige, die die Tasche gefunden hat?« Die Frau starrte sie düster an und drehte sich um, sie stopfte die leeren Dosen, Plastikschachteln und Löffel in eine Jutetasche, und bevor ihnen noch klar wurde, was geschah, lief sie wackelnd zwischen den Hecken weg und war fort.

»Hey«, rief Giulietta zu spät. »Warum die Eile?« Sie wandte sich frustriert Luisa zu. »Verdammter Mist«, sagte sie.

»Es ist schon in Ordnung«, sagte Luisa nachdenklich. »Ich habe ihre Adresse.« Sie klopfte auf die Tasche, die sie um ihren Körper geschlungen hatte.

Giulietta sah sie bewundernd an. »Du machst das hier richtig professionell«, sagte sie.

Luisa sah ihr in die Augen. »Ich werde nicht zulassen, dass Sandro versagt, nur weil er keine Hilfe hat«, sagte sie. »Es ist sein erster Auftrag seit … nun ja. Sein ganzes Leben war er zu stolz, um um Hilfe oder Rat zu bitten, und sieh nur, wohin ihn das geführt hat: Aus der Polizei wurde er rausgeschmissen, obwohl er damals zwei Leben gerettet hat, wenn wir deines mitrechnen. Die Arbeit eines ganzen Lebens ist dahin, nur weil er das Richtige tun wollte, aber darum geht es nicht immer, oder?«

Sie redete wie ein Wasserfall, Giulietta sah fast erschrocken aus. »Alles klar, alles klar«, sagte sie. »Ich meinte ja nur, dass du gut in diesen Sachen bist, das ist alles.« Aber angesichts der Frau, die gerade verschwunden war, fühlte sich Luisa plötzlich müde.

»Komm mit«, sagte Giulietta und nahm ihren Arm. »Zum Kaffeehaus geht's hier entlang.«

Das elegante, kleine Gebäude hatte den merkwürdigen, Charme und die plüschige Bequemlichkeit eines Wiener Kaffeehauses, die in krassem Gegensatz zu dem trostlosen Anblick der leeren Terrasse standen, auf der Tische und Stühle für den Winter zusammengepackt worden waren. Drinnen war es sehr gemütlich, es war mit einer kleinen hölzernen Theke und einem gebogenen Panoramafenster, das einen überwältigenden Blick auf die Stadt bot, sowie mit zierlichen goldenen Stühlen an runden Tischen ausgestattet. Hinter der Theke stand eine kräftige Frau mittleren Alters in einer Schürze und beobachtete sie, als sie eintraten, womöglich waren sie die einzigen Kunden in dieser verregneten Woche. Luisa fühlte sich allein vom Geruch von Holz und frischem Kaffee belebt. Sie setzte sich an einen Tisch, und als Giulietta an die Theke ging, um zwei Tassen zu holen, und in ihrer zerschlissenen Tasche nach Münzen suchte, widersprach sie ausnahmsweise nicht.

Giulietta wartete, während die Frau ihr den Rücken zukehrte und ihre Cappuccini machte, und unterhielt sich mit ihr. Währenddessen nahm Luisa den Ordner hervor, er war ein bisschen feucht, sie holte den Zeitungsausschnitt heraus.

Als sie mit zwei vollen Tassen an den Tisch kam, sagte Giulietta: »Die Katzenfrau hat eine Schraube locker, obwohl sie an der Universität Anthropologie unterrichtet hat, das sagt die Frau hinter der Theke jedenfalls. Ich nehme also an, dass sie nicht absolut dumm sein kann. Sie sagen, dass sie jeden Morgen pünktlich wie ein Uhrwerk herkommt, die Katzen füttert und mit ihnen redet. Immer von elf bis halb eins, manchmal kommt sie herein und bittet um ein Glas Leitungswasser, das ist dann meistens gegen Viertel vor eins, danach geht sie nach Hause und klappert dabei wie ein Lumpensammler mit all ihren Dosen und Gabeln und was weiß ich noch.«

Eine Frau mit festen Gewohnheiten, dachte Luisa und grübelte über die Ähnlichkeiten zwischen Fiamma DiTommaso und Claudio Gentileschi. Vorsichtig nippte sie am Cappuccino, sie war bei Kaffee wählerisch, wenn H-Milch darin war, dann würde sie ihn nicht trinken. Zu ihrer Erleichterung war er ausgezeichnet.

Sie stellte die Tasse ab. »Hast du sie nach Dienstag gefragt?«

»Hmm«, sagte Giulietta. »Sie hat die Katzen am Dienstagmittag gefüttert, sagt Roberta.« Sie nickte in Richtung der Frau, die ihr steif zulächelte. »Sie ist aber nicht für ein Glas Wasser hereingekommen. Was merkwürdig ist, denn Dienstag war ein schöner, warmer Tag.«

Irgendetwas oder irgendwer hatte ihre Routine durcheinandergebracht, dachte Luisa. Hatte jemand sie vertrieben?

»Haben beide gearbeitet, die Frau und der Barista? Hast du sie nach dem Mädchen gefragt?«

Giulietta nickte und nahm Luisa den Zeitungsausschnitt aus der Hand. Luisa ließ ihn los, weil sie noch etwas überprüfen musste. Sie holte den Bericht der Carabinieri hervor. »Hier steht, dass die Katzenfrau die Tasche gegen fünf Uhr gebracht hat«, sagte sie nachdenklich. »Nicht mittags.«

»Ist sie das?«, fragte Giulietta neugierig und sah sich das körnige Foto von Veronica Hutton an. »Sie sieht nicht dumm aus. Sie sieht aus, als wüsste sie, wie der Hase läuft.« Sie schaute auf die Tasche. »Was hast du denn noch da drin?«

»Warte«, sagte Luisa und hob einen Finger. »Eins nach dem anderen.« Giulietta schnappte sich den Ausschnitt, machte einen Schmollmund und stürmte damit zur Theke.

Luisa wandte sich ab und sah durch das große Panoramafenster auf die roten Dächer im Nieselregen, unter ihnen auf der Terrasse zerrte der Wind an den Schirmen. In Luisas Hinterkopf entwickelte sich ein unklarer Gedanke, aber er hatte keine Zeit, Form anzunehmen, bevor Giulietta wieder da war, sich neben sie fallen ließ und ihre Tasche durchsuchte.

»Sie haben das Foto schon gesehen«, sagte sie und hielt den Ordner hoch. »Was haben wir denn hier?« Luisa schüttelte den Kopf und streckte die Hand nach dem Ordner aus. Sie dankte Gott, dass sie die Fotos der Obduktion von Claudio Gentileschi in der Wohnung gelassen hatte. Giulietta war hart, aber für solche Bilder nicht hart genug.

»Das ist kein Spiel, Giuli«, sagte sie.

»Nein«, sagte Giulietta kleinlaut. »Entschuldige.« Sie legte den Ordner auf den Tisch.

Luisa seufzte. »Du kannst ihn dir anschauen«, sagte sie, und nach einem kurzen Zögern zog Giulietta den Ordner auf ihren Schoß und schlug ihn auf. Sie starrte so stur in den Ordner, dass Luisa ihrem Blick auf das Foto mit den Eselsohren folgte, das oben an die Akte geheftet war.

Ehrfürchtig löste Giulietta das Foto aus dem Ordner und hielt es hoch.

»Giuli?«, sagte Luisa. Giuliettas Gesichtsausdruck war erschlafft und ängstlich.

»Das ist er doch, oder?«, fragte sie. »Der Selbstmord? Unser Claudio?«

»Unser Claudio?« Luisa nahm ihre Hand. »Was meinst du?«

»Unser Claudio«, sagte Giulietta langsam. »Er wohnt neben dem Frauenzentrum in der Piazza Tasso. Unser Claudio.«

Kapitel 17

Als sie die Tür hinter Sandro Cellini schloss, fühlte sich Iris plötzlich völlig erledigt. Sie hatte sofort gewusst, dass sie ihn schon einmal gesehen hatte. Es hatte ein oder zwei Sekunden gedauert, bis sie ihn eingeordnet hatte, aber dann wusste sie es: Der deprimierte Mann, der ohne Schirm oder Hut am Eingang zu den Boboli-Gärten im Regen gestanden hatte. Mit dem Wiedererkennen war eine plötzliche Erleichterung gekommen, die Erleichterung, nicht allein zu sein, die Erleichterung, zu erfahren, dass Jackson die Wahrheit gesagt hatte und dass sie daher nicht das Dümmste überhaupt getan hatte, als sie ihm geglaubt und, in beschämender Verlängerung dessen, mit ihm geschlafen hatte. Die Erleichterung allein hatte schon ein Gefühl wie Wackelpudding in den Beinen hinterlassen. Aber völlig umgehauen hatte es sie, als Sandro Cellini ihr erzählt hatte, dass der alte Mann tot war. Sie setzte sich.

Er hatte sein Handy herausgenommen und es angesehen, um das geschockte Schweigen zu überspielen. »Es tut mir leid«, sagte er. »Ich muss los.« Er sah nachdenklich aus. »Ich werde mit Ihren Lehrern sprechen.«

»Lehrern?«, sagte sie erschrocken. »Sie meinen Paolo Massi?«

»Wen gibt es denn noch?«, fragte er neugierig. Sie hatte ihm erklärt, wie es in der Kunstschule lief, von Antonella

Scarpa, den Atelierbesuchen und den Aktklassen. Ihn schien alles zu interessieren, er nickte konzentriert, war nun aber offensichtlich in Eile. Er entschuldigte sich noch einmal und schüttelte ihre Hand. »Rufen Sie mich an«, sagte er. »Bitte, falls Ihnen noch irgendetwas einfallen sollte.«

Sie mochte ihn. Den brummigen, misstrauischen Sandro Cellini mit seinem Notizblock und seiner Art, sie gleichzeitig ungeduldig und besorgt unter seinen Augenbrauen heraus anzusehen. Es war merkwürdig beruhigend gewesen, ihn in der Wohnung zu haben, zu beobachten, wie er sich neugierig den ausgestopften Adler in seinem Kasten ansah, die Geweihe an der Wand und die alten, goldenen Damastvorhänge, um dann wieder sie, Iris, mit einer Art Respekt anzuschauen. Weil sie in dieser verrückten Schauerkulisse wohnen konnte, ohne völlig auszuticken? Sie mochte ihn, aber selbst mit ihm als Ermittler in diesem Fall sah es nicht gut aus. Seit er gegangen war, spürte Iris, wie die Wohnung um sie herum sich wieder behauptete, knirschte und knackte.

Der alte Mann, den Ronnie hatte treffen wollen, war tot aufgefunden worden, was noch schlimmer war, es sah nach Selbstmord aus. Die Schlussfolgerung daraus war logisch.

Die Türklingel schrillte, Iris sprang erschrocken auf.

Es war die Contessa, die auf dem Treppenabsatz stand. Sie trug einen merkwürdigen Hausmantel.

»Ha«, sagte die alte Frau feindselig. »Noch ein Besucher?«

Iris verschränkte die Arme, bewegte sich aber nicht von der Türschwelle weg, um sie hereinzulassen. »Signore Cellini«, sagte sie so eiskalt höflich, wie sie konnte. »Ich glaube, Sie kennen ihn.«

»Seine Frau«, sagte die Contessa mit einem verächtlichen Schnauben. »Ich kenne die Frau, eine Verkäuferin. Ich habe Mrs Hutton ihre Nummer gegeben.«

»Dann wissen Sie ja«, sagte Iris, »dass er herauszufinden versucht, was mit Ronnie, mit Veronica passiert ist.«

Die alte Frau legte den Kopf schief. »Er ist nicht zu mir gekommen, um Fragen zu stellen«, sagte sie, ihr Mund war hässlich verzogen.

»Haben Sie ihm denn etwas zu erzählen?« Alte Fledermaus.

»Woher weiß er das, wenn er gar nicht erst fragt?« Sie schnaubte noch einmal.

Iris fiel etwas ein. »Am Freitagabend«, sagte sie, »haben Sie da jemanden gesehen? Ist jemand hier gewesen?«

»Jemand, was meinen Sie mit jemand?«, fragte die Contessa nach, ihre Augen waren klein wie bei einem misstrauischen Tier.

»Ich glaube, dass am Freitagabend jemand in der Wohnung war.«

Die Contessa Badigliani richtete sich auf. »Absolut nicht«, sagte sie. »Denken Sie, ich ließe irgendeinen Fremden in mein Haus? Meine Sorgen um die Sicherheit haben Priorität.« Durch ihr holpriges, antiquiertes Englisch klang sie wie eine Wahnsinnige.

Iris sah sie an, denn irgendetwas an der Formulierung stimmte nicht. »Nicht unbedingt ein Fremder«, sagte sie. »War jemand hier?«

Die alte Frau blies sich auf. »Das ist mein Haus«, sagte sie. »Ich empfange, wen ich will. Und da wir gerade davon sprechen, ich erlaube keine Besuche von jungen Männern, die mitten in der Nacht gehen.«

Iris erstarrte vor Wut, sie dachte, sie würde rot werden, tat es aber nicht. Langsam und bestimmt schloss sie die Tür vor dem hässlichen, alten Gesicht der Contessa Badigliani, dann lehnte sie sich mit dem Rücken an die Tür. Hinter ihr hörte sie empörtes Murmeln, etwas Drohendes auf Italienisch, Stille und dann das Scheppern der Aufzugtür.

Iris holte ihre Tasche, ihre Schlüssel, ihr Handy. Sie schrieb eine SMS an Hiroko: *Bin auf dem Weg.*

Sie rief ein Taxi.

Sandro bemerkte sofort, dass die Scuola Massi an nichts sparte. Der Eingang lag in einer engen, hübschen Straße zwischen der Kirche San Niccolò und dem abblätternden dunkelorangen Stuck des Palazzo Serristori. Es war eines der teuersten Viertel der Stadt und selbst im Novemberregen sehr pittoresk. Perfekt, um auf Ausländer einen guten Eindruck zu machen. Die Fassade der Schule, die frisch in einem satten Ocker gestrichen war, war makellos, genauso wie die sandgestrahlte, perfekte *pietra serena* um die Fenster und Türen sowie die strahlende Namensplatte aus Messing.

Als Pietro heute früh verschlafen ans Telefon gekommen war, hatte er nicht viel zu sagen gehabt, zumindest nicht über die Ermittlungen über die Finanzen der Kunstschule.

Sie waren nicht beweiskräftig gewesen. Es gab Besitz auf dem Land, der Verdacht geweckt hatte, aber nichts war auf Massis Namen eingetragen. Die Schule lief gut, jeder Kurs war ausgebucht, manche Schüler kamen sogar mehrere Jahre hintereinander immer wieder, drei der großen amerikanischen Universitäten nutzten sie exklusiv. Die Kunstschule hatte wegen des Engagements der Familie Massi während des Krieges, als der Vater in seinem Keller Flugblätter für die Partisanen gedruckt hatte, einen guten Ruf. Natürlich ging es ihnen gut, und wenn die Guardia nicht allzu tief nachbohrte, ob all diese Studenten tatsächlich existierten, nun, sie hatten genug zu tun. Ein riesiger Korruptionsfall war öffentlich geworden, während die Ermittlung in Sachen Massi noch lief, die Hälfte der Beamten war dorthin versetzt worden, und alles war versandet.

»Außerdem«, hatte Pietro noch nachgeschoben, »hatte eine Frau ihn bei der Guardia angezeigt.«

»Na und?«, hatte Sandro gesagt.

»Ach komm schon«, hatte Pietro gesagt. »Du weißt, was das bedeutet. Exfreundin, verschmähte Geliebte, so etwas eben. Ein persönliches Motiv.«

»Wissen sie das sicher?«

Sandro sah Pietros weltmüdes Achselzucken vor sich. »Sie hat als Aktmodell für die Schule angefangen, hat dann immer wieder Arbeiten für ihn erledigt, und ich glaube, dass es innerhalb kürzester Zeit zu viel mehr geworden ist. Soweit ich das verstanden habe, finden Frauen ihn sehr attraktiv.«

»Ah«, sagte Sandro und notierte sich diese kleine Information für später. Klatsch und Tratsch galten zwar nicht als Tatsachen, aber manchmal führten sie trotzdem auf eine Spur.

»Hattest du denn das Gefühl«, hatte er Pietro gefragt, »dass es einen Grund für die Ermittlungen gibt?«

»Ich mag den Mann nicht«, hatte Pietro gesagt. »Ich hätte also weitergemacht.«

Die Frau, die Sandro die Tür öffnete, stellte sich mit einem festen, trockenen Händedruck als Antonella Scarpa vor. Sie wirkte auf ihn genau wie der Typ Frau, den eine eifersüchtige Ehefrau zum Beispiel als Sekretärin auswählen würde, wenn sie ihren Ehemann aus Affären heraushalten wollte. Kurzhaarig, durchaus gutaussehend, schmal in ihrem weißen Kittel, aber streng. Sie erinnerte ihn an etwas oder jemanden, aber er kam nicht darauf, an wen oder woran. Vielleicht eine Polizeitechnikerin mit diesem ernsten Blick, aber vielleicht erkannte er auch nur einen Typen, klug, hart, fleißig, mit Eiern aus Stahl, trotz des weiblichen Geschlechts. Die archetypische Italienerin.

»Der Direktor ist noch nicht hier«, sagte Scarpa. »Er hofft, dass er in fünf Minuten hier sein wird. Auf der *Viale* ist der Verkehr bei all dem Regen schlimm.« Sandro machte ein mitfühlendes Geräusch.

Als die Frau ihn durch eine Empfangshalle mit Steingewölbe hineinführte, wo, wie selbst Sandros ungebildetes Auge erkannte, exzellente Radierungen von Florentiner Wahrzeichen hell beleuchtet wurden, erinnerte er sich, wo er sie schon einmal gesehen hatte. Darin war er gut, das Gedächtnis kam ihm schlussendlich immer zur Hilfe. Er hatte Antonella Scarpa erst gestern gesehen, als sie Gemälde in einer Galerie in der Via Romana aufhängte.

»Sie verfügen auch über eine Galerie, richtig?«, fragte er beiläufig, Antonella Scarpa drehte sich um und sah ihn über die Schulter hinweg an.

»Ja«, sagte sie höflich, als spräche sie mit einem zukünftigen Kunden. »Wir stellen die Arbeiten der Schüler am Kursende dort aus.«

»Wird die Galerie kommerziell betrieben?«, fragte er. Sie war auf jeden Fall zu groß, um nur Schülerarbeiten auszustellen.

Sie waren in eine kleine Lobby mit niedrigen Sesseln gekommen, und sie bat ihn, Platz zu nehmen.

»Ja, natürlich«, sagte sie. »Wir verkaufen. Kann ich Ihnen einen Kaffee anbieten?«

Während sie den Kaffee holte, überlegte Sandro, wie er ihre Sympathie gewinnen könnte. Fünf Minuten waren nicht gerade viel Zeit, um einer sehr loyalen und entschlossen diskreten Angestellten Informationen zu entlocken. Diese Eigenschaften waren ihm bereits in den wenigen Augenblicken aufgefallen, die er gehabt hatte, um Antonella Scarpa zu beobachten. Aber versuchen musste er es trotzdem.

»Arbeiten Sie schon lange für die Scuola Massi?«, fragte er als Einstieg.

»Seit acht Jahren«, sagte sie. Sie war also im Jahr nach der Steuerermittlung gekommen. Vielleicht war sie in Massi verliebt, dachte Sandro, ohne sich selbst dessen bewusst zu sein. Acht Jahre als Assistentin eines verheirateten Mannes. Er musste sie gar nicht erst fragen, ob sie eine eigene Familie hatte, schließlich war sie in der Schule. An einem Sonntag. Er sah sich um, hinter einer Glaswand sah er ein Atelier mit Gewölbedecke, es sah aus, als hätte er sie dabei gestört, Staffeleien um ein Podium herum aufzustellen.

»Arbeiten Sie üblicherweise am Sonntag?«, fragte er, und sie zuckte mit den Schultern.

»Ab und zu«, sagte sie. »Es ist schwer, manche Dinge zu erledigen, wenn alle Schüler hier sind.«

Und alles mitbekommen, dachte Sandro, vielleicht war sie mehr an der anderen Seite des Geschäfts interessiert. »Welche Art von Kunst verkaufen Sie?«, fragte er. »In der Galerie?«

Während er sich hinsetzte, stand sie mit verschränkten Armen vor ihm und sah ihn neugierig an. »Entschuldigung«, sagte sie, »aber verstehen Sie denn etwas von Kunst?«

Sandro zuckte mit den Schultern und lächelte nett. »Eigentlich nicht«, sagte er. »Klären Sie mich auf.«

Scarpa sah ihn streng an. »Wir suchen für internationale Kunsthändler nach Originalzeichnungen und -radierungen aus der Renaissance«, sagte sie, »meistens für Amerikaner und Deutsche, obwohl wir auch immer mehr russische Kunden bekommen«, es klang, als läse sie aus einer Broschüre vor. »Außerdem vertreten wir ein paar zeitgenössische Maler und Konzeptkünstler.« Sie erwähnte ein paar Namen, die er sich notierte, Sandro hatte noch nie von ihnen gehört. Konzeptkunst war, soweit er wusste, irgendwas mit Schweineköpfen oder die Ponte Vecchio in Alufolie einwickeln. War damit Geld zu verdienen?

»Ich muss mir das mal ansehen«, sagte er. »Ist das erlaubt?« Er hatte den Eindruck, dass Antonella Scarpa bei dieser Bitte wachsamer wurde.

»Sicher«, sagte sie zurückhaltend.

»Vielleicht heute Nachmittag«, überlegte Sandro, wie zu sich selbst. War sie nur professionell wortkarg oder war mehr dahinter? »Eine nette Abwechslung an einem regnerischen Sonntag.« Er lächelte sie an.

»Nun, darüber müssen Sie mit dem Direktor sprechen«, sagte sie alarmiert. Als Reaktion auf diese leichte Panik in ihrer Stimme beschloss er, genau das zu tun, wobei er nicht sagen konnte, ob ihn der Wunsch trieb, Schwierigkeiten zu bereiten oder ob seine Motivation echter Detektivinstinkt war. Wie auf ein Stichwort unterbrach sie das Knirschen eines Eisenschlüssels in einem schweren Schloss.

Paolo Massi war gutaussehend auf die typische Art der Florentiner Patrizier, Sandro war er sofort unsympathisch, als er die Hand ausstreckte, ohne zu lächeln, dazu kamen noch aristokratisch dunkle, silbern durchzogene Haare und unangenehm tief sitzende, grüne Augen. Sandro berührte die angebotene Hand nur knapp.

»Ich möchte Ihnen helfen, so gut ich kann«, sagte Massi ernst und führte Sandro in sein Büro, das am Ende einer Eisentreppe auf einer Galerie lag. Von seinem Sitzplatz aus konnte Sandro über das Atelier und bis in den Garten dahinter sehen, wo ein paar große Gardenien in Töpfen vom Regen tropften. Sandro stellte sich vor, wie der Raum voll gebeugter Köpfe von all den eifrigen ausländischen Mädchen, die an ihren Staffeleien arbeiteten, aussähe.

Warum kamen diese Mädchen her? Romantik? Flucht vor den Eltern oder der Schule, um rasch erwachsen zu werden?

»Natürlich«, sagte er, ohne nachzudenken zu Paolo Massi. Er schaute sich im Büro des Mannes um, noch eine Reihe wunderschön gerahmter Bilder, Seiten aus irgendeinem mittelalterlichen Manuskript. Ein Schreibtisch, auf dem nichts stand außer einem Foto der Ehefrau in einem Silberrahmen. Durchaus eine Schönheit, dunkle Haare und Augen, schmale Nase, Luisa hatte recht.

»Was denken *Sie*, was ihr passiert ist?«, fragte Sandro spontan, als spräche er vertraulich mit seinem Gegenüber. »Die Polizei und die Mutter scheinen sich bisher überhaupt keine Sorgen zu machen. Sie scheinen zu glauben, dass es typisch für das Mädchen wäre, für eine Weile einfach mal abzuhauen, um ein bisschen Abenteuer zu erleben.«

Machen Sie sich denn Sorgen?, wollte er fragen. Ob wohl irgendein Wahnsinniger sie in seinem Keller gefangen hielte? Massi sah auf seine Hände. Sandro hätte ihn gerne geschüttelt.

»Ich weiß es einfach nicht«, sagte Massi schließlich. »Ich nehme an, dass wir in Erwägung ziehen müssen, dass ihr etwas Schlimmes passiert ist.« Er sah ernst aus. »Aber gibt es denn keine Hoffnung mehr, ich meine, besteht nicht immer noch die Möglichkeit, dass sie mit irgendeinem Mann weggefahren oder dass sie in Urlaub gefahren ist?«

Sandro nickte unverbindlich. »Denken Sie, dass das typisch wäre? Ich meine, haben Sie sie überhaupt kennengelernt?«, fragte er sanft. »Hat sie auf Sie diesen Eindruck gemacht, also dass sie wild und draufgängerisch war?«

Massi sah ihn an und seufzte. »Ich kann eigentlich nur von ihr als Kunstschülerin sprechen«, sagte er. »Ich kann Ihnen sagen, dass sie gut sein wollte, dass sie aber nicht an harte Arbeit gewohnt war. Sie hatte gern Spaß, sie war impulsiv. An einem Tag wollte sie eine große Malerin sein«, er breitete die Hände aus, »am nächsten wollte sie vierundzwanzig Stunden wach bleiben und mit Fremden trinken.« Er zögerte. »Das ist nicht ungewöhnlich.«

Für Sandros Geschmack bemühte er sich zu sehr.

»Sie glauben also, dass sie impulsiv genug war, um einfach abzuhauen?«

»Es gibt so viele Schüler«, sagte er und streckte die Hände aus. »Wissen Sie, sie wirkte wie ein nettes Mädchen. Viele von ihnen sind impulsiv oder faul, sie sind noch sehr jung.« Sandro fand, dass seine kühle Art etwas Einstudiertes hatte, er distanzierte sich bereits, dachte er, für den Fall, dass es schlechte Publicity gäbe.

»Ich wette, die können Ihnen einige Schwierigkeiten machen«, sagte Sandro und versuchte, mitfühlend zu klingen. »Schwänzen und Ähnliches.«

»Das passiert«, sagte Massi knapp. »Wir bemühen uns, damit sie regelmäßig kommen.« Es entstand eine Stille, während der Sandro den Regen auf das Glasdach des Atelieranbaus plätschern hörte. Er hoffte, dass Luisa und Giulietta irgendwo im Trockenen waren, was auch immer Luisa vorhatte. Dann dachte er, was tue ich hier? Versuche ich herauszufinden, ob der Mann den Staat betrügt? Das ist nicht mein Job.

Sein Job war es, nach Ronnie zu fragen.

»Wo waren Sie denn?«, fragte er, »an dem Tag, als sie das letzte Mal gesehen wurde?« Er wusste nicht einmal, warum er diese Frage stellte, außer dass er Massi nicht mochte, er wollte eine Reaktion provozieren. »Sie waren hier, nehme ich an? Haben Sie nicht nachgefragt, wo sie war?«

»Nein, ich war nicht hier«, sagte Massi und runzelte drohend die Stirn.

»Sie waren weg?«

»Ich habe die Werke einer Ausstellung abgehängt«, sagte er. »Ich war den größten Teil der Woche damit beschäftigt.

Ich habe eine Ausstellung von Installationen abgehängt, die wir zu Semesterbeginn eingerichtet hatten, damit wir mit dem Aufhängen der Arbeiten von Schülern beginnen konnten.«

Sandro schob die Information zur Seite, er wollte nicht zeigen, dass er keine Ahnung hatte, was eine Installation war, und kam auf den Punkt.

»Waren Sie an diesem speziellen Tag allein?«

Massi starrte ihn an, dann lachte er. »Fragen Sie mich nach meinem Alibi, Signore Cellini? Ich meine, ist das nicht die Arbeit der Polizei?«

»Ich habe nur gefragt, ob Sie allein waren«, sagte Sandro ruhig. »Ich war selbst bis vor Kurzem Polizeibeamter, falls das für Sie einen Unterschied macht.«

Paolo Massi drehte sich in seinem Stuhl um und sah durch die Glaswand ins Atelier. Sandro folgte seinem Blick und sah Antonella Scarpa, die zu ihnen hochschaute, während sie die Hände in den Taschen ihres langen, weißen Mantels vergrub. Lag es nur daran, dass er sie vorher schon einmal in der Galerie gesehen hatte, oder war da noch etwas an ihr, das ihn störte? Ohne eine bewusste Entscheidung begann die alte Maschinerie des Verdächtigens, professionell in seinem Kopf zu arbeiten. Er konnte die Maschinerie nicht beschleunigen, sie würde in ihrem eigenen Rhythmus arbeiten, bis zu der Entscheidung, ob hinter seinem Misstrauen etwas steckte oder nicht.

»Frühpensionierung?«, fragte Massi kühl und unterbrach seinen Gedankengang. »Von der Polizei?«

Sandro ignorierte ihn. »Sie waren also allein dort? Den ganzen Tag?«

»Das war ich eigentlich nicht«, sagte Massi mit zusammengebissenen Zähnen. »Jedenfalls nicht den ganzen Tag.« Er richtete sich feingliedrig und aristokratisch im Stuhl auf.

Luisa sollte hier sein, dachte Sandro, um ihr Urteil über diesen Mann abzugeben, er war nicht mehr in der Lage, seine Vorurteile unter Kontrolle zu halten.

»Dottoressa Scarpa kam vormittags zu mir,« sagte er. »Um mir zu helfen, es gab viel zu tun. Die Schüler besichtigten zu diesem Zeitpunkt eine Töpferei, daher war sie abkömmlich.«

Sandro nickte leicht. »Von wann bis wann war sie bei Ihnen?«, fragte er.

»Anderthalb Stunden? Ich kann mich wirklich nicht mehr an die exakte Zeit erinnern«, sagte Massi stirnrunzelnd. »Meine Frau kam auch in die Galerie. Sie hat mir das Mittagessen gebracht.«

»Das ist nett«, sagte Sandro. Die Ehefrau kommt, die andere geht. »Macht sie das oft?«

»So oft sie kann«, sagte Massi. »Wir essen gerne zusammen.«

»Und Sie waren den ganzen Tag in der Galerie?«

Massi nickte. »Ja.« Er lächelte höflich, geduldig, als könnte er den ganzen Tag mit dieser Art von Gespräch zubringen. Ein Mann, der es gewöhnt war, mit Kunden umzugehen.

Plötzlich hatte Sandro es schrecklich eilig, von hier fortzukommen. Was für einen Sinn machte es, diesen Mann unter Druck zu setzen, wenn noch nicht einmal bekannt war, um welche Uhrzeit das Mädchen verschwunden war? Vielleicht wäre es vielversprechender, der Spur nachzugehen, dass Veronica Hutton an diesem Morgen womöglich Claudio Gentileschi getroffen hatte. Er hatte nicht den geringsten Zweifel, dass dieser Paolo Massi, ohne mit der Wimper zu zucken, Steuern hinterziehen würde, er war clever genug und arrogant genug. Und unehrlich genug, na ja, wer würde nicht betrügen, wenn er damit durchkäme?

Als Massi ihn hinausbegleitete, verlangsamte Sandro seine Schritte, um sich ein letztes Mal umzusehen. Es war schön, sehr geschmackvoll, die dunklen Holzarbeitstische, das crèmefarben gestrichene Gewölbe, die Ausstellung alter Kupferstichutensilien und sogar eine antike Druckerpresse, vielleicht genau diejenige, die Massis Vater im Krieg benutzt hatte. Eine alte Familie, eine gute Familie, aber vielleicht war Familie nicht alles.

»Ich hoffe, dass Sie sie finden«, sagte Massi an der Tür. »Das ist eine sehr schwierige Situation für uns.«

Im Tonfall des Mannes schien nur reine Trauer zu liegen, und Sandro fühlte sich frustriert und reizbar. Er wartete, bis sie an der Tür waren, bevor er beiläufig erwähnte, dass er noch an diesem Nachmittag die Galerie besuchen wolle.

Er wollte aus schierer Boshaftigkeit so viele Schwierigkeiten wie möglich machen, das musste er zugeben. Die Galerie lag direkt an den Boboli-Gärten. Und Massi war gewitzt, sollte er ihm auch nur ein wenig Raum zum Manövrieren lassen, würde Sandro am Ende nicht mehr sehen, als er schon gesehen hatte.

»Wirklich an einem Sonntagnachmittag? Warum das denn?«, fragte Massi.

Der verächtliche Tonfall des Mannes machte es Sandro unmöglich, jetzt noch lockerzulassen.

»Wir müssen jede Möglichkeit in Erwägung ziehen«, sagte er ruhig. »Ich muss tatsächlich darauf bestehen. Ich bin mir sicher, dass ich Sie nicht daran erinnern muss, dass ich der bestellte Vertreter der Mutter des Mädchens bin.« Er fügte nicht hinzu, »die auch Ihr Gehalt bezahlt«. »Frau Hutton möchte sicher sein, dass Sie voll kooperieren.« Er sah, wie sich Massis Kinn anspannte, und empfand kurzfristig Befriedigung, dass er es geschafft hatte, ihn zu verunsichern.

»Fünf Uhr«, sagte Massi kurz. »Sie wissen, wo die Galerie liegt?«

Allerdings, dachte Sandro, Massi hielt ihm lässig die Tür auf, und er stand wieder auf der Straße.

Einen Moment lang stand Sandro einfach nur da und atmete die saubere, feuchte Luft ein. Der Regen hatte für einen Augenblick aufgehört, aber der Himmel hing tief und schwarz über ihm, und in der Sonntagsruhe konnte Sandro das laute, donnernde Rauschen des Flusses hören, von der anderen Seite des zerfallenden, ockerfarbenen Gebäudes des Palazzo Serristori. Sandros Blick fiel in ungefähr sechs oder sieben Metern Höhe an der Seite des Palazzos auf das bekannte, kleine Steinrechteck, eine Erinnerungsplakette, die so nah am Arno an vielen Stellen hing. Darauf war eine horizontale Linie eingraviert, darüber und darunter standen die Worte: *Am vierten November 1966 erreichte das Hochwasser des Arno diesen Punkt*. Und vierzig Jahre später, dachte Sandro, während der Krach des Wassers in seinen Ohren dröhnte, betrat Lucia Gentileschi mein Büro.

Als er aus dem großen Schatten des maroden Serristori trat, piepste Sandros Handy. Ungeduldig klopfte er sich ab, er hatte keine Ahnung mehr, wo er das verdammte Ding hingesteckt hatte. Er fand es in der hinteren Hosentasche. *Nachricht erhalten*, stand da, er drückte darauf und erwischte aus Versehen den falschen Knopf, sodass er die Nachricht speicherte. Sie war bestimmt von Luisa, die ihn fragte, wo sie zu Mittag essen würden.

Er wog nachdenklich das Telefon in seiner Hand, das Bild der alten Druckerpresse kam ihm in den Sinn. Claudio hätte das gefallen, dachte er. Die schöne, alte Maschine mit ihrer Partisanenvergangenheit. Hier irgendwo gab es sicher eine Verbindung, obwohl er im Moment noch völlig im Dunkeln tappte. Er wählte Lucia Gentileschis Nummer, anstatt seine Nachrichten zu lesen.

Ihre Stimme hatte die Frische verloren, die sie gehabt hatte, als sie das erste Mal in sein Büro gekommen war, und Sandro nahm an, dass sie schlecht geschlafen hatte. Er war forsch, weil er wusste, dass sie kein Mitleid wollte.

»Kannten Sie, Sie und Claudio, jemanden namens Paolo Massi?«, fragte er ohne Vorrede. »Er leitet eine Kunstschule.«

»Ha.« Sie machte ein seltsames Geräusch, eine Art überraschtes Lachen. »Nein«, sagte sie, »eigentlich kannten wir ihn nicht. Nicht persönlich.«

»Sie kannten ihn aber vom Hörensagen? Seine Familie?«

»Sie kamen her, um zu kondolieren«, sagte Lucia. »Also seine Frau kam am Freitagabend. Ich wollte gerade Claudios Schreibtisch durchsehen. Wir kannten sie kaum, aber der Tod treibt merkwürdige Leute ans Tageslicht, nicht wahr? Leichenfledderer.«

»Gab es eine Verbindung?«, Sandro begriff nicht, worauf sie hinauswollte.

»Jeder kennt Massi Editore«, sagte Lucia, und ihr Tonfall klang etwas skeptisch, was ihn interessierte.

»Fahren Sie fort«, sagte er.

Lucia seufzte. »Na ja, der alte Herr, Matteo, er hat die Druckerpresse während des Krieges benutzt und hat Propaganda für die Partisanen gedruckt. So lautet jedenfalls der Mythos.«

»Sie glauben das nicht?«

»Nein«, sagte sie geduldig, »eigentlich nicht. Gar nicht.« Sie zögerte. »Na ja, wir haben ihn einmal getroffen, vor über zehn Jahren bei einem Empfang in der Synagoge.« Sie seufzte. »Wir wurden auf eine nette Weise dazu überredet, es war ein Empfang für die Freunde Israels, die rechtschaffenen, nichtjüdischen Leute, Sie wissen schon, was für eine Art von Veranstaltung. Wir hielten uns normalerweise da raus. Jedenfalls war er da. Der junge Massi.«

»Sie mochten ihn nicht?« Sandro bemühte sich, neutral zu klingen.

»Nein. Ich fand, er war ein betrügerischer, selbstgerechter junger Mann, der den Namen seines Vaters benutzte, um voranzukommen. Ehrgeizig.«

»Aber Claudio sah das anders?«

»Na ja«, sagte Lucia traurig, »es war eins der Themen, bei denen wir nicht einer Meinung waren. Ich war während des Krieges noch ein Kind, wissen Sie, ich konnte die Bedeutung der Partisanen nicht so verstehen wie er.« Sie seufzte. »Und ich konnte ihn nicht einen sentimentalen Deppen nennen. Zumindest nicht zu oft.«

In Sandros Kopf verschoben sich die Dinge, aber sie nahmen keine richtige Form an. Es war immerhin ein gutes Zeichen, dieses sich Verschieben. Es bedeutete etwas, da gab es eine Verbindung.

»Geht's Ihnen gut?«, fragte er direkt.

»Mir geht's gut«, sagte sie. »Danke, Sandro. Ich schlafe nicht so gut, das ist alles.«

»Das tut mir leid.« Er zögerte. »Lucia«, sagte er, »ich glaube nicht, dass es noch lange dauert. Ich glaube, ich komme der Wahrheit langsam näher.« Was er nicht sagte, war, dass die Wahrheit ihr vielleicht überhaupt keinen Frieden bringen würde.

»Ja«, sagte sie müde und sanft. »Kommen Sie das nächste Mal einfach mit einer Antwort zu mir, Sandro, anstatt mit einer Frage.« Sie legte sachte auf.

Sollte es ein Vorwurf sein, so war es ein ganz milder, aber er saß. Sandro biss sich auf die Lippen und durchsuchte ungeduldig die SMS. Aber was er las, ließ ihn erstarren.

Wir haben Claudio gefunden, stand da. *Piazza Tasso.*

Sie war vor knapp einer Stunde eingetroffen, ungefähr zu der Zeit, als er die Scuola Massi betreten hatte.

Kapitel 18

In der ganzen Stadt läuteten die Glocken, als Iris im Taxi zu Hiroko fuhr. Als sie an dem riesigen, fremden, grün-weißen Dom vorbeifuhren, schlugen auch dessen Glocken in einem tiefen, Unheil verheißenden Ton. Italienische Glocken klangen anders als französische, sie waren einer Sterbeglocke ähnlicher als normalem Geläut. Es stand bereits eine Schlange Touristen vor dem Dom, die darauf warteten, dass die Gläubigen herauskamen, damit die Ungläubigen hineingehen und ihn besichtigen könnten. Nichts war schlimmer als ein verregneter Sonntag, Iris wusste, wie genervt Ronnie von dem Wetter wäre.

Noch während sie das dachte, bemerkte Iris, dass Ronnie in ihren Gedanken bereits an Form verlor, sie zwang sich dazu, zu überlegen, was Ronnie denken würde, es war ein letzter verzweifelter Versuch, sie vor dem kompletten Verschwinden zu retten.

Sie wurde bereits an der Tür erwartet. Hiroko hielt sie eine Minute leicht an den Schultern fest, dann ließ sie sie los, während Sophia im warmen, dunklen und nach Jasmin duftenden Apartment aufgeregt von einem Fuß auf den anderen hüpfte. Es schien Iris, als wäre es hundert Jahre her, dass sie das letzte Mal hier gewesen war und Hirokos Tee getrunken hatte, aber die Wohnung hieß sie wieder willkommen. Sie ließ sich auf das niedrige Sofa fallen und zog ihre Schuhe aus. Ihre

Füße waren nass, sie hatte nämlich auf dem Bürgersteig auf das Taxi gewartet, weil sie keinen Moment länger in der düsteren Wohnung hatte bleiben wollen. Sie hatte nicht einmal im Hof warten wollen, für den Fall, dass die Contessa Badigliani wieder herausgestürmt käme und sie mit ihren Klauen voller Ringe greifen würde, aber hinter der Tür mit Leinenvorhang war die Erdgeschosswohnung dunkel geblieben, vielleicht war die alte Schnüfflerin zur Messe gegangen.

»Und?«, fragte Sophia. »Gibt es Neuigkeiten? Irgendwas?« Iris verlor den Mut.

»Eigentlich nicht«, sagte sie. Sie musste ihre Gedanken sammeln.

Leise öffnete Hiroko die Glastüren, die in den kleinen, tropfnassen Garten führten, und mit der frischen Luft wehte das Plätschern des Regens herein. Wenigstens war es nicht kalt, für Iris war das wichtig. Aber es würde sicher bald kalt werden, schließlich war schon November.

»Ich konnte nicht mehr zu Hause bleiben«, sagte Sophia, »ich meine, bei meiner Gastfamilie und stundenlang am Tisch sitzen und zu Mittag essen.« Sie verdrehte die Augen. »Sonntage ziehen sich ewig hin.« Iris sah sie einfach nur an und fragte sich, was Sophias italienische Gastfamilie von ihr und ihren Freunden hielt: freiheitsliebende Jugendliche, die um den Planeten jetteten und die zu übersättigt waren, um ein Sonntagsessen zu genießen.

Als ihre Augen sich an das wenige Licht gewöhnt hatten, sah Iris, dass überall im Zimmer Kohleskizzen hingen, die von Hiroko sein mussten, sie waren unübersehbar japanisch beeinflusst, lange Körper, die aus feinen Linien aufgebaut waren. Sie erinnerten sie an einen Maler, war es Matisse? Sie dachte an ihre Bleistiftzeichnung, die Antonella Scarpa aufgehängt hatte, und einen Augenblick lang sehnte sie sich danach, irgendwo in einem Atelier zu sein, ganz allein, und zu versuchen, etwas so Gutes wie das hier zu zeichnen.

Sophia redete weiter. »Ich wollte letzten Abend vorbeikommen, aber Hiroko hat gesagt, dass du nicht da warst.«

»Nein«, sagte Iris zögernd. »Ich war, äh, ich war bei, ich habe gestern mit Jackson geredet.«

Sophia machte große Augen, aber ausnahmsweise sagte sie einmal nichts.

»Er hat die Theorie«, sagte sie widerstrebend, »dass Ronnie losging, um einen Maler zu treffen. Einen Typen, den Jackson in einer Kaffeebar kennengelernt hatte.« Sie zog ihr Handy aus der Tasche, für den Fall, dass eine Nachricht von Jackson da war, und verschaffte sich damit eine Atempause. Kein Empfang stand da. Sie legte das Telefon weg.

»Ach ja«, platzte Sophia heraus, »Jackson hat mir auch davon erzählt.«

»Tatsächlich?«, fragte Iris stutzig. Sophia wurde rot. Vielleicht, dachte Iris, war das die Reaktion auf ihren skeptischen Tonfall. »Entschuldigung«, sagte sie. Sophie klang, als würde sie gleich anfangen zu weinen. Iris war nicht klar gewesen, dass sie all das so mitnahm.

»Du glaubst ihm nicht?«, warf Hiroko leise ein.

»Ich wusste nicht, was ich glauben sollte«, sagte Iris. »Aber jetzt sieht es so aus, als sei an seiner Theorie was dran.« Sie schaute Sophia an. »Es ist nur, na ja, ich war mir bei ihm nicht sicher. Also bei Jackson.« Sie schüttelte den Kopf, all ihre Zweifel kehrten wieder zurück. *Denken Sie nach*, hatte Sandro Cellini gesagt. *Sie haben den Blick für Details*.

Sie biss sich auf die Lippe und fuhr fort, während die anderen beiden sie ansahen. »Jackson ist nicht so, wie ich erwartet hatte. Ich dachte in der Schule immer, dass er absolut entspannt sei, wisst ihr. Er, er wirkte gestern sehr merkwürdig. Wütend.« Sie zögerte, versuchte nicht an den Moment zu denken, als er nicht mehr wütend war. Sie sprach weiter, es sprudelte aus ihr heraus, all der Kram, der in ihrem Hinterkopf gesessen hatte. Denn selbst wenn dieser Claudio existierte, dann bedeutete das nicht, dass Jackson aus dem Schneider war. Nicht ganz jedenfalls.

»Er hat mir erzählt, dass er Ronnie am Dienstagmorgen gesehen hat. Er hat das zugegeben, bloß wollte er mir nicht sagen, was er den restlichen Tag über gemacht hatte.« Sie sah bittend von Sophia zu Hiroko und zurück. »Er war doch nicht in der Töpferei, oder? Ist er am Nachmittag aufgetaucht?«

»Das glaube ich nicht«, sagte Hiroko besorgt und wandte sich Sophia zu.

»Ich bin nach der Besichtigung der Töpferei gegangen«, sagte Sophia kleinlaut. Schuldbewusst, Sophia war immer eine Schönwetterschülerin. »Vor dem Mittagessen.«

»Ich glaube, er war nachmittags nicht da«, sagte Iris dumpf.

»Warum Jackson?«, fragte Hiroko und grübelte darüber. »Welches Motiv hätte er, um Ronnie irgendetwas anzutun?«

Iris spürte, wie ihre Augen brannten. »Das weiß ich nicht«, sagte sie. »Sex? Ich weiß nichts über … all das.« Sie meinte Sex, Eifersucht, Leidenschaft oder Wut. Alles, was sie kannte, war dieses üble Gefühl in ihrem Bauch, wenn sie an letzte Nacht dachte, und wie verstört sie war.

»Hast du mit ihm geschlafen?«, fragte Hiroko, und in ihrem singenden Tonfall klang die Frage nicht einmal aufdringlich.

»Ja«, sagte Iris, und plötzlich fror sie, als hätte sie nicht genug Kleidung an. Wie hatte sie das nur tun können? Sie spürte Hirokos Hand auf ihrer Schulter.

»Komm schon«, sagte Hiroko. »Das ist doch nicht das Ende der Welt, so sagt man doch, oder?« Sie zögerte. »Es ist etwas, das Menschen tun. Wir alle tun es.«

Iris hatte ihr Gesicht in den Händen verborgen, sie hörte, wie Sophia einen erstickten Ton von sich gab. Sie sah auf.

»Ich weiß ja nicht einmal, ob ich ihm vertrauen kann«, sagte Iris und hasste sich für den jammernden Tonfall. »Er hat mir schließlich nicht gesagt, wo er war.«

»Am Dienstagnachmittag?« Das war Sophia. Iris nickte, der neue Tonfall in ihrer Stimme verwirrte sie, sie klang trotzig, fast wild.

»Nun, du kannst ihm nicht vertrauen«, sagte Sophia, ihr Gesicht war rot. »Aber er war nicht bei Ronnie.«

»Was meinst du damit?«, fragte Hiroko.

»Er war mit mir zusammen«, sagte Sophia und brach in Tränen aus.

Iris blieb ganz still und sagte nichts. Sie merkte, dass Hiroko sie beobachtete. »Ich werde Tee kochen«, sagte Hiroko, und als niemand antwortete, verließ sie das Zimmer auf leisen Sohlen.

Sophias Weinen wurde schließlich immer leiser, während Iris sich auf die Geräusche konzentrierte, die Hiroko in der Küche machte. Zögernd streckte sie eine Hand aus. »Es tut mir leid, Sophia«, sagte sie vorsichtig. »Das wusste ich nicht.«

Sophia schniefte und schüttelte den Kopf. »Jackson hat gesagt, wir sollten es nicht an die große Glocke hängen.« Sie rieb mit dem Handrücken über ihre Augen. »Ich wünschte, ich wäre zu Hause«, sagte sie elend. »Du nicht? Ich will mit Mummy reden.«

Iris fühlte sich uralt. »Komm schon«, sagte sie, rutschte näher an Sophia und stupste sie an den Arm.

»Vermisst du deine Mutter nicht?«, fragte Sophia immer noch schluchzend. Iris seufzte.

»Sie hat schon genug um die Ohren«, sagte sie. *Natürlich vermisse ich sie.*

Sie zog ihre Tasche auf die Knie, darin war irgendwo ein

Päckchen Taschentücher. Sie nahm eines heraus und gab es Sophia, die sich laut die Nase putzte.

»Du hast sie noch gar nicht angerufen?«, wollte Sophia neugierig wissen, als sie damit fertig war und das Taschentuch nur noch ein zerknüllter Fetzen in ihrer Hand. »Nicht einmal nach all dem, was passiert ist?« Ihre hübsche Nase war sehr rot, und ihre großen Augen mit den Bambiwimpern waren vom Weinen ganz verschwommen. Trotzdem dachte Iris, dass sie wirklich verstehen konnte, warum Jackson mit Sophia hatte schlafen wollen.

»Nein«, sagte Iris.

Sie würde sich nur unnötige Sorgen machen. Außerdem hatte sie gesagt, sie solle nicht anrufen.

Hiroko kam mit einem Tablett ins Zimmer und stellte es auf dem Tisch ab.

Sophia schluckte und nickte, dann nahm sie eine Tasse Tee. Schweigend nippten alle an ihren Tassen, Iris sprach als Erste. »Also«, sagte sie behutsam. Sie fing an zu stammeln: »Äh, wann, also am Dienstag, wann habt ihr, du und Jackson, was, wo wart ihr? Wie lang war er, äh, bei dir?«

Denk nach, hatte Sandro gesagt, und es fiel ihr wieder ein, Dienstag. Sie waren alle zu der Töpferei gefahren, sie lag an einem Hügel in Richtung Fiesole, alle natürlich außer Jackson und Ronnie. Antonella hatte sich über Jackson beschwert, Iris hatte ihre verlogene Entschuldigung für Ronnie schon erzählt. Es war eine kurze Fahrt in einem Minibus gewesen, und die Töpferin hatte sich als ältere Amerikanerin herausgestellt, die ein exzentrisches Haus besaß, einen Swimmingpool, der mit ihrem eigenen Mosaik gekachelt war, eine Terrasse übervoll mit Töpfen, mit Pfauen, Fischen und Geckos bemalt. Antonella hatte sie dorthin begleitet, dann hatte sie gesagt, sie würde wieder wegfahren, und sie könnten machen, was sie wollten, solange sie um halb zwei wieder zum Nachmittagsunterricht in der Schule wären. Sie selbst wäre schon etwas früher dort. Sie erinnerte sich, dass Sophia daraufhin in die Hände klatschte und Antonella sie böse ansah.

»Wir sind in seine Wohnung gegangen«, sagte Sophia und sah aus, als könnten die Tränen jeden Moment wieder fließen. »Wir waren den ganzen Nachmittag da.« Sie schluckte.

»Um wie viel Uhr hast du ihn getroffen?« Iris versuchte, sich an den Zeitraum zu erinnern, nachdem Antonella gegangen war, war das gegen halb elf? Früher? Danach hatte der Besuch bei der Töpferin irgendwie an Schwung verloren. Sie hatte angefangen, ihre Technik des Bemalens von Terracotta vorzuführen, und hatte anscheinend ihre Umgebung vergessen. Die Schüler verschwanden nach und nach und sahen sich im Garten um.

Sophia sah schuldbewusst aus. »Ich bin mittags gegangen«, sagte sie. »Na ja, vielleicht sogar etwas früher. Ich bin zu ihm nach Hause gegangen.«

»Wo wohnt er denn?«, fragte Iris und fühlte sich dumm.

»Oh, er hat eine große Wohnung«, sagte Sophia strahlend. »Ganz für sich allein. An der Piazza Signoria, wusstest du das nicht? Sogar mit Blick auf die Uffizien.«

»War er da, als du ankamst?« Einer der berühmtesten Blicke der Welt. Sie bemühte sich, nicht darüber nachzudenken, wie viel Geld Jacksons Eltern haben mussten. Iris konnte sich selbst hören, sie klang stahlhart.

»Ja«, sagte Sophia wie ein nervöses Kind.

»Wie ist seine Wohnung?«, fragte sie und hörte einen bitteren Tonfall in ihrer Stimme.

»Chaotisch«, sagte Sophia und versuchte, unglücklich zu lächeln. »Es scheint immer eine Pizzaschachtel unter dem Bett zu liegen.«

Igitt, dachte Iris. Sophia sah sie flehentlich an, ihre Augen standen voller Tränen.

»Nein, nicht weinen, ich wollte nicht ...« Ungeduldig wühlte Iris noch einmal in ihrer Tasche, aber die Taschentücher schienen verschwunden, und alles, was sie noch fand, waren die Wasserfarben, die sie in Ronnies Reisetasche gefunden hatte. Wie waren die dorthin gekommen?

»Ah!« Es war ein zarter Ausruf und kam von Hiroko, sie legte eine Hand auf den Farbkasten, ohne nachzudenken, reichte Iris ihn ihr. »Der gehört Ronnie«, sagte sie.

Sophia setzte sich auf und lehnte sich vor, um ihn auch zu sehen. »Zecchi«, sagte sie. »Das sind die Honigfarben von Zecchi, so ein Kasten kostet 150 Euro, achtundvierzig Farben. Erinnerst du dich nicht an den Besuch bei Zecchi? Massi hat uns gesagt, wenn man das Beste will, dann soll man die kaufen.« Sie rümpfte die Nase. »Ich musste das Reiseset von Windsor and Newton kaufen, weil Mummy meinte, es wäre eine lächerliche Geldverschwendung.« Sie runzelte die Stirn. »Ich erinnere mich nicht, dass Ronnie etwas gekauft hat. Sie schien sich zu langweilen.«

»Das war am ersten Tag, oder?«, sagte Iris, »damals war sie noch nicht verliebt.« In diesem Augenblick fiel ihr die Lösung ein, einfach so. Sie befand sich direkt vor ihrer Nase.

»Ich habe das kleine Set«, sagte Hiroko und nickte, »fünfundvierzig Euro. Es sind wirklich die Besten.«

Iris streckte die Hand nach den Farben aus und stand auf. »Ich muss jetzt zu Jackson«, sagte sie.

Das Frauenzentrum an der Ecke der Piazza Tasso hatte eine schmutzig gelbe Fassade, von der der Stuck abblätterte, und eine Tür aus Rauchglas. Luisa spähte hindurch und sah Poster, die in verschiedenen Sprachen vor HIV, Hepatitis und ungeschütztem Sex warnten, außerdem eine Reihe Plastikstühle und einen abgenutzten Empfangstresen. Giulietta war sehr stolz, hier zu arbeiten, sie strahlte, als sie es Luisa zeigte. Und Luisa bewunderte sie wirklich, auch wenn sie es nicht ausdrücken konnte. »Toll«, sagte sie.

Aber sie waren nicht hier, um Giuliettas Arbeitsplatz zu besichtigen. Sie interessierten sich für das Nachbarhaus, Claudios anderes Leben, sein Schlupfloch, sein Versteck. Plötzlich zögerte Luisa. Sie sahen an der schmutzigen Fassade hoch, kein Lebenszeichen, alle Fensterläden geschlossen. Neben der ramponierten Haustür befanden sich sechs Klingeln, hier gab es keine Namensschilder aus Messing, sondern eine Ansammlung von vergilbten Papierzetteln, die mit gelblichem Klebestreifen einer über den anderen geklebt worden waren, die Hälfte der Namen war wahrscheinlich gar nicht mehr aktuell. Gentileschi stand nicht dabei, das wäre auch zu viel erwartet gewesen.

»Wir sollten auf Sandro warten«, sagte Luisa, nahm ihr Handy heraus und überprüfte, ob Sandro endlich geantwortet hatte. Sie waren aus dem Kaffeehaus gestürmt, die breite Zypressenallee entlanggehastet und zur Porta Romana hinausgerannt. Noch während sie liefen, dachte Luisa nach und spielte im Geist ein Szenario auf dem Stadtplan durch. Hätte Claudio das Mädchen auf dem schnellsten Weg zu seinem Schlupfloch gezerrt, hätte die zerbrochene Urne nicht auf dem Weg gelegen. Sie kamen nach draußen zur viel befahrenen Ringstraße und dann zur Piazza Tasso. Es waren jetzt vielleicht vierzig Minuten vergangen, seit sie ihm die SMS geschickt hatte, aber sie und Sandro überprüften ihre SMS nicht ständig. Wenn sie Pech hatte, las er sie gar nicht.

Sie sah Giulietta an und suchte nach Bestätigung. »Findest du nicht? Er sollte dabei sein.«

Giulietta zuckte mit den gegen den Regen hochgezogenen Schultern und bewegte ungeduldig die Füße. Sie wandten der Tür den Rücken zu und starrten in den Regen.

Es war nicht die Art von Ort, an dem man einen angesehenen Architekten zu finden erwartet, dachte Luisa, es war ein hässlicher kleiner Platz. Die Gebäude waren alle gleich, zwei oder drei Stockwerke hoch, dreckig durch die Abgase der *viale*, die südlich davon verlief. In der Mitte befand sich ein ramponierter Spielplatz voller Graffiti, der von verkrüppelten Bäumen umstanden war. Er war leer, abgesehen von einem Hund mit Stiernacken, der sich auf das struppige Gras hockte und sie elend ansah.

»Mir gefällt es hier«, sagte Giulietta verteidigend, als hätte sie Luisas Gedanken gelesen. »Es ist authentisch.«

Luisa nickte, ohne zuzustimmen. Giulietta hatte ihre Kindheit am Straßenstrich in der Via Senese verbracht, eine Meile weiter südlich, es war also nicht verwunderlich, dass es ihr schön vorkam. Und obwohl Luisa wusste, dass Sandro sich daran gewöhnen würde, dass sich sein Büro hier befand, sie hatte es schließlich für ihn gesucht, hielt sie sich mit einem Urteil zurück. Es fühlte sich für sie einfach miserabel, heruntergekommen und kränkend an. Hinter ihnen, mit Blick auf diesen hässlichen kleinen Platz, lag Claudio Gentileschis geheime Wohnung. Mit übler Vorahnung drehte sie sich wieder zur Tür um.

»In Ordnung«, sagte sie.

»Wir können auf alle Klingeln drücken«, sagte Giulietta prompt und ganz enthusiastisch. »Ich mache das immer, wenn ich meinen Schlüssel nicht finde. Den Leuten ist es egal. Na ja, den meisten wenigstens, aber …«

»Das müssen wir gar nicht«, sagte Luisa mit einer Ruhe, die sie eigentlich nicht empfand. »Ich habe die Schlüssel.« Sie zog den Umschlag mit den Ausschnitten und Berichten aus ihrer Tasche, ganz unten lagen die Schlüssel, die sie in der letzten Minute eingesteckt hatte, weil es besser war, wenn alles zusammenblieb.

Giulietta starrte sie an und schüttelte ungläubig den Kopf. »Du hattest die ganze Zeit die Schlüssel.«

»Ich wollte auf Sandro warten«, sagte Luisa und sah ihr nicht in die Augen. Sie wollte nicht, dass Giulietta merkte, dass sie Angst hatte. Plötzlich hatte sie große Angst.

Zuerst ließ sich der Sicherheitsschlüssel nicht einstecken, aber sie wusste, dass sie noch nicht davonkäme, sondern dass es nur an ihrer dummen Hand lag. Giulietta half ihr, dann standen sie im Flur. Er war eng, schäbig und kahl, in einer Ecke stapelte sich ein Haufen Werbepost, der Geruch von vollen Mülleimern lag in der Luft.

»Was denkst du, welche Etage?«, flüsterte Giulietta.

»Ich versuche es auf der ersten«, sagte Luisa, denn an so einem Ort konnte doch sicher niemand im Erdgeschoss wohnen, mit verschlossenen Fenstern und ohne Licht. Es musste das *piano nobile* sein, obwohl das hier ein absolut unangebrachter Name war und sie annahm, dass die Hinterzimmer mehr Ruhe und Frieden genossen und einen besseren Ausblick boten als den auf diesen hässlichen Hund draußen. Und sie hatte recht, der breite, flache Schlüssel glitt ins Schloss, Luisa drückte auf das Federschloss, drehte, und vor ihnen öffnete sich die Tür.

Luisa hielt die Luft an, sie erwartete Geräusche, Betteln, Schlurfen, Rufen oder hässliche Zeichen von Gewalt, Missbrauch oder Gefangenschaft. Aber da war nichts. Die Wohnung war leer, zumindest was Menschen anging.

Als Luisa stehen blieb, trat Giulietta neben sie, und gemeinsam betrachteten sie alles. Es erschien Luisa, als stünde sie in Vertretung für Claudio Gentileschis Witwe dort, sah das geheime Leben des toten Ehemannes durch ihre Augen. War sie hier betrogen worden?

Wenn ja, dann war es nicht die Art von Betrug, die Luisa kannte. Das hier war kein Liebesnest oder das gemütliche zweite Familienhaus eines Bigamisten.

Es war ein einziger, großer Raum, und entgegen aller Erwartung war er schön. Selbst an diesem schrecklichen, grauen Tag war er voll von blassem Nordlicht. Und was die Spekulationen über Ehebetrug anging, nun, es gab jedenfalls kein Bett. In einer Ecke neben dem einzigen, großen Fenster befand sich ein kleines Waschbecken, das sehr schmutzig war, von irgendetwas verspritzt, darüber hing ein billiger, weißer Schrank an der Wand, daran klebte völlig unpassend ein neonpinkfarbener Post-it-Zettel. Ein großes, hölzernes Gestell, das Luisa nicht sofort erkannte, lehnte, zusammengefaltet, an einem antiken, dreckigen Sideboard. Die alten, roten Tonfliesen am Boden waren genauso verspritzt wie das Waschbecken, und Papiere lagen herum, als wäre eine Windbö hereingeweht und hätte sie durcheinandergewirbelt, bloß war das Fenster geschlossen. In der Ecke gegenüber dem Waschbecken stand etwas, das wie ein großer Ast aussah und an dem Fetzen silbriger Blätter klebten. Was für ein Ort war das hier?

Giulietta lachte laut auf und zeigte auf den Ast. »Ich habe gesehen, wie er den hier hochgeschleppt hat«, sagte sie. »Er hat ihn am Ufer gefunden. Er hat da unten immer nach Schätzen gesucht. Es war, na ja, seine Welt.« Sie schwieg.

»Wozu das alles?«, fragte Luisa, sie versuchte sich immer noch einen Reim auf diese Wohnung zu machen, auf die Kombination aus Unordnung und Verlassenheit. Hatte hier jemand wie ein Besetzer gehaust? Ihr Telefon klingelte.

»Ich bin auf der Piazza Tassi«, sagte Sandro. »Wo seid ihr? Was zum Teufel ist los?«

Kapitel 19

Sandro sah sich im schmutzigen Zimmer um und begann zu lachen, aber es klang nicht fröhlich.

»Gott, war ich dumm«, sagte er und sah, wie Luisa ihn stirnrunzelnd anschaute. »Es ist ein Atelier«, fuhr er geduldig fort. »Diese Wohnung war sein Atelier, wo er hinkam, um zu malen.« Er hockte sich hin und kratzte mit einem Nagel an den Spritzflecken auf dem Boden. »Das ist Farbe. Was dachtest du denn?« Luisa schüttelte immer noch blass den Kopf.

»Ich wusste nicht, was ich denken sollte«, sagte sie kleinlaut.

Sandro setzte sich auf den verschmutzten Boden, man konnte sich sonst nirgendwohin setzen. Hinter dem großen Fenster war der Himmel so dunkelgrau, dass er fast schwarz war. Ihm wurde bewusst, dass er den Regen inzwischen kaum noch bemerkte. Er schien nie wieder aufzuhören.

»Schlüssel«, sagte er und streckte die Hand aus, Luisa ließ Claudios Schlüssel hineinfallen. Irgendetwas an dieser Handlung ließ in seinem Hinterkopf wieder das Ticken angehen, er sah auf die Schlüssel und versuchte, es zu verstehen. Ausgestreckte Hand, Schlüssel darin.

Haustürschlüssel, Sicherheitsschlüssel, Schlüssel für den Briefkasten. Er runzelte die Stirn und dachte an den Stapel Post auf dem Boden. Kein Briefkasten.

»Das hier ist dann eine, wie nennt man es doch gleich«, fragte Giulietta und versuchte behutsam, die Staffelei aufzuklappen, die das Erste gewesen war, was Sandro beim Betreten des Raumes ins Auge gefallen war.

»Staffelei«, sagte Sandro. »Ist das alles? Nur dieser eine Raum?«

»Ich denke schon«, sagte Luisa. »Es gibt jedenfalls keine Türen, die woandershin führen.«

Sandro wog nachdenklich die Schlüssel in seiner Hand und steckte sie dann in seine Tasche.

Er drehte sich langsam um 360 Grad, keine Schlüssellöcher oder Vorhängeschlösser zu sehen. Er bückte sich und hob einen der staubigen Papierbögen auf, die auf dem Boden verteilt lagen. Er hatte gedacht, dass es Altpapier wäre, das vom Durchzug durch die Wohnung geweht worden war. Aber tatsächlich hielt er etwas in der Hand, das aussah wie der Anfang einer Zeichnung eines Frauenkopfes, nicht mehr als ein paar Linien in feiner, rötlicher Kreide. Eine Frau mit hochgestecktem Haar, die etwas Bekanntes und Altes an sich hatte. Vielleicht lag es an der Pose.

»Er war gut«, sagte er, ohne nachzudenken, denn hätte er darüber nachgedacht, hätte er gesagt, woher zum Teufel soll ich wissen, ob er etwas taugte? Ich bin ein Polizist. Ein Expolizist. Aber es schien ihm schön zu sein. Es war etwas, dass er sich gern an die Wand hängen würde, sogar unvollendet.

»Ich verstehe das nicht«, sagte Luisa. »Warum hat er das vor seiner Frau geheim gehalten?«

Sandro lehnte sich an die Wand und sah sie an, wie so oft war Luisa direkt auf den Punkt gekommen. »Ja«, stimmte er zu, »das ergibt keinen Sinn. Außer, na ja, manche Männer haben das Bedürfnis nach, ich weiß nicht, Ecken in ihrem Leben, etwas nur für sie.« Neugierig, wie sie ihn ansah, konnte er nicht mehr weitersprechen. Warum sollte er ein Atelier vor seiner Frau, die seine Arbeit bewunderte, geheim halten?

»Aua!« Giulietta hatte sich einen Finger an der Staffelei eingeklemmt. Mühsam stand Sandro auf. Luisa war schon da und hielt das Ding fest, während Giulietta mit schmerzhaft verzogenem Gesicht ihren Finger herauszog. In dem geliehenen Regenmantel, der ihr drei Nummern zu groß war, sah sie aus wie eine ersoffene Ratte. Sandro konnte trotzdem erkennen, dass sie sich darunter für einen Sonntag mit ihm und Luisa ein bisschen fein gemacht hatte. Was für eine nette, kaputte Familie sie darstellten, arme Giuli.

Er seufzte. »Nein«, sagte er. »Ich verstehe nicht, warum das so ein großes Geheimnis gewesen ist, zehn Jahre lang. Es ist ja nicht so, als wäre Lucia die Art von Frau, die Kunst für Zeitverschwendung hielte.« Es ergab einfach keinen Sinn.

»Du glaubst also nicht, dass er Frauen hierherbrachte?«, fragte Luisa zweifelnd.

»Modelle?«, fragte Sandro. »Vielleicht.« Aber er konnte es sich nicht vorstellen, für ihn strahlte das Atelier Einsamkeit aus, die einsame Präsenz eines einzelnen Mannes.

»Na ja, wenn er Frauen hierher gebracht hätte, denn hätten wir das wohl mitbekommen, denkt ihr nicht?«, warf Giulietta ein und rieb ihren Finger. »Niemand vom Frauenzentrum hätte sich Zeit für ihn genommen, hätte er das getan. Er war nicht so ein Typ.«

Sandro nickte, er schaute zur Tür des schmutzigen, alten Sideboards, die aufgeschwungen war, als Giulietta die Staffelei weggestellt hatte. Er kniete sich hin, um hineinzusehen. Zuerst kam es ihm leer vor, aber dann sah er etwas in einer Ecke ganz hinten. Es war ein kleiner Stapel Skizzenbücher, vier oder fünf Stück, gebunden in grünen Stoff, der vom Alter schon ganz dunkel und fettig war.

Behutsam schlug er eines auf, er sah, dass jede Seite mit Zeichnungen bedeckt war. Nicht bloß irgendwelche Zeichnungen, sie waren so dicht und detailliert, dass jeder Zentimeter des weißen Blattes mit Linien ausgefüllt war, sie überkreuzten sich, bildeten Schatten, und es gab kleine Farbflecken, es erinnerte ihn irgendwie an Tätowierungen. Eine Reihe von Stockbetten und das Gesicht eines Jungens, der wie ein Kobold unter einer dünnen Decke hervorlugte, eine Figur, dürr wie ein Skelett, nackt bis zur Taille in zerrissenen Hosen, die sich in einem Eimer wusch. Wie eine Tätowierung von Szenen aus Dantes *Inferno*, Seite um Seite waren dort Elende, Teufel und Kobolde in Menschengestalt, in Uniformen oder Lumpen abgebildet. Er schlug das Buch zu, fühlte den fettigen Einband und legte es wieder auf den Stapel.

»Zeichnungen aus dem Krieg«, sagte er und schnappte nach Luft, er hatte das Gefühl, als habe er den Atem angehalten, seit er das kleine Buch geöffnet hatte. Das hatte Iris March ihm erzählt. Als er diesem amerikanischen Jungen in einer Bar seine Lebensgeschichte erzählt hatte, hatte er von Zeichnungen aus dem Lager gesprochen. Gott wusste, wie diese Skizzenbücher den Krieg überlebt und es hierher geschafft hatten, um dann ungeöffnet in diesem Geheimfach in Claudio Gentileschis Leben zu liegen.

Er suchte in seiner Manteltasche und fand eine Plastiktüte. Er legte die Bücher sorgfältig hinein.

Luisa sah ihn erschrocken an. »Darfst du das tun?«, fragte sie.

Er zuckte mit den Schultern, es war ihm egal. »Ich werde sie seiner Frau geben«, sagte er knapp.

Sonst befand sich nichts im Sideboard. »Also, wenn er zehn Jahre lang hier gemalt und gezeichnet hat«, sagte Giulietta plötzlich, »wo ist dann all der Kram? Denn bisher haben wir nur diese Skizzenbücher gesehen, und die sind fünfundsechzig Jahre alt.«

Sie hatte recht. Sandro sah sich um, aber außer dem Sideboard gab es nichts, wo man etwas aufheben konnte. Über den Türen im Sideboard befanden sich noch zwei breite Schubladen, die erste, die er öffnete, enthielt zwei Kästen mit Farben, einen aus Holz mit Ölfarbentuben und einen aus Metall mit Wasserfarben, eine Schachtel mit Kohle und ein Bündel gespitzter Bleistifte, das mit einem Gummiband zusammengehalten wurde. Ihm fiel auf, dass die Farben vom selben Geschäft stammten wie Veronica Huttons brandneuer Farbkasten. Was bedeutete das? Es bedeutet vielleicht nur, dass Zecchi die besten Farben verkaufte.

In der zweiten Schublade befand sich ein Stapel Skizzenblöcke von Zecchi, alle offensichtlich unbenutzt, bei ein paar waren nicht einmal die Seiten aufgeschnitten worden. Aber als Sandro den letzten herausnahm, sah er, dass darunter noch ein kleiner Stapel mit losen Blättern lag. Sie waren alle Versionen der Zeichnung, die er zerrissen auf dem Boden gefunden hatte, bloß dass die hier anders waren, sie sahen alt aus. Eigentlich sogar antik, sogar älter als Claudios Skizzenbücher aus dem Krieg, das Papier war weich und braun vom Alter. Er hielt sie hoch.

»Trotzdem«, sagte Luisa, nahm die Zeichnungen und betrachtete sie, »die Arbeit von zehn Jahren? Und die sehen nicht einmal so aus, als hätte er sie gezeichnet. Sie sehen aus wie, ich weiß nicht, etwas von Michelangelo oder so. Könnte jemand hergekommen sein und das Atelier ausgeräumt haben? Irgendein Vermieter?«

Giulietta hatte ihn abgelenkt, weil sie, während Luisa gesprochen hatte, zum Fenster gegangen war, um in den kleinen Plastikschrank zu schauen, der schief über dem Waschbecken hing, daher beachtete Sandro nicht sofort, was sie gesagt hatte.

»Wiederhol das noch mal«, sagte er abwesend.

»Was bedeutet das denn?«, sagte Giulietta und unterbrach genau im falschen Moment. Sie hatte den neonpinken Post-it-Zettel abgenommen und hielt ihn hoch. »Hier steht, KH 11:30, 1. Nov.«

»KH?«, überlegte Luisa. »Ihr Nachname beginnt mit H, oder nicht? Und K muss ausländisch sein, bei uns wäre es doch ein C.«

»Hutton«, sagte Sandro abgelenkt. »Aber es ist nicht K, sondern V, Veronica, abgekürzt Ronnie.«

Luisa sah Giulietta an. »Er ging in die Boboli-Gärten, um sie zu treffen«, sagte sie plötzlich. »KH, Kaffeehaus, das Kaffeehaus, wo wir heute Nachmittag waren. Er wird es dort aufgehängt haben, um sich daran zu erinnern, besonders da er, ihr wisst schon, vergesslich war. Er ist um zehn Uhr hierhergekommen, so wie jeden Morgen, wird herumgewerkelt haben, sie ruft ihn an, er hängt das auf, um sich daran zu erinnern.« Sie zeigte nach unten, auf den Boden, und Sandro sah ein uraltes Telefon. Claudio hatte offenbar kein Handy. Wenn er doch nur nicht da gewesen wäre, als sie angerufen hatte.

Giulietta mischte sich jetzt ein. »Und warum haben sie ihn oder auch das Mädchen dann nicht gesehen? Im Kaffeehaus?«

Luisa dachte einen Augenblick darüber nach, sie verzog das Gesicht, wie immer, wenn sie sich bemühte, sich an etwas zu erinnern. Sandro vergaß bei ihrem Anblick, was er sie hatte fragen wollen, und sah sie stattdessen einfach nur an.

»Vielleicht ist sie nicht aufgetaucht?«, sagte sie zweifelnd. »Oder vielleicht, na ja, ich dachte …« Sie zögerte. »Etwas ist mir eingefallen, als wir da oben waren …« Sie hielt inne, und Erleuchtung breitete sich in ihrem Gesicht aus. »Die Schirme«, sagte sie triumphierend, »die Terrasse. Dienstag war ein schöner Tag, sie hatten sicher Gäste draußen auf der Terrasse. Für die Terrasse haben sie extra Angestellte, die vielleicht entlassen worden sind, als der Regen begann. Die anderen konnten von all dem nichts mitbekommen.«

»Stimmt«, sagte Sandro und hob eine Hand. »Das ist gut, das ist eine Möglichkeit, sie trafen sich auf der Terrasse, wir wissen, dass sie sich irgendwo getroffen haben. Wisst ihr was, ihr könnt den Kellner ausfindig machen. Aber bitte, bevor ihr noch irgendetwas sagt, könntest du es mir noch einmal sagen?«

Er hatte endlich Luisas Aufmerksamkeit, obwohl sie ihn ansah, als sei er verrückt.

»Könntest du bitte wiederholen«, sagte Sandro und bemühte sich, so ruhig wie möglich zu klingen, »was du vorher gesagt hast? Über seine Arbeit.«

»Dass sie, dass sie zu alt aussehen, dass die Zeichnungen zu alt aussehen, als dass er sie hätte anfertigen können? Dass der Vermieter die Wohnung vielleicht ausgeräumt hat? So sieht es jedenfalls für mich aus.«

Sandro hielt das Papierbündel in das blasse, graue Licht. »Zu alt«, murmelte er vor sich hin, er rieb einen Finger über den Rand des stockfleckigen Pergaments.

»Du glaubst doch nicht, dass sie gestohlen sind? Könnten sie wertvoll sein?« Luisa spähte über seine Schulter auf die Zeichnungen, und er spürte die Wärme ihrer Brust an seinem Arm.

Langsam schüttelte Sandro den Kopf, er dachte an das Geld. Die regelmäßigen Einzahlungen auf dieses Konto. »Nicht gestohlen, zumindest nicht richtig«, sagte er.

»Was dann?«

»Man müsste sie natürlich zu einem Experten bringen«, sagte er vorsichtig, er fuhr mit der flachen Hand über die abgenutzte Oberfläche des Papiers, hielt es nahe ans Gesicht, betrachtete die rötliche Farbe der verblassten Tinte, die abgenutzten Ecken. »Aber ich glaube, sie sind gefälscht. Ich glaube, dass es sich um qualitativ hochwertige, wunderschöne und fast nicht zu erkennende Fälschungen handelt.« Entschuldige, Claudio, fügte er im Stillen hinzu, obwohl ein Teil von ihm Ehrfurcht vor der Kunstfertigkeit hatte. Sie waren wunderschön.

»Und seine Frau wusste von nichts«, sagte Luisa.

»Er konnte es ihr nicht erzählen«, sagte er und dachte an Lucia Gentileschis kleine, aufrechte Gestalt mit den im Schoß gefalteten Händen. »Vielleicht wollte er sicherstellen, dass sie nach seinem Tod über genug Geld verfügte.«

Was würde sie sagen, wenn er es ihr erzählte? Er ließ den Kopf hängen, wollte Luisas klarem empörten Blick ausweichen, als wäre er selbst Claudio, der von Lucia erwischt worden war.

Aber bevor er etwas sagen konnte, klingelte sein Telefon. Sandro zog es heraus und versprach Luisa mit einem Blick, dass, wer auch immer es war, er ihn abwimmeln würde. Es war ein schimpfender Pietro.

»Warum zum Teufel faxt Alitalia mir an einem Sonntagmittag eine Passagierliste? Organisiere dich, Sandro, besorg dir eine Sekretärin und einen Ausweis, um Himmels willen.«

Sandro ließ ihn sich austoben. Auf dem Hinflug nach Sizilien waren sechs oder sieben Passagiere nicht aufgetaucht, einer dieser Passagiere hatte auch seinen Rückflug nach Florenz am Freitag storniert.

»Mein Gott«, sagte Sandro, als er den Namen hörte. »Dann war er es.«

Er hatte sie ins Haus gehen sehen, in Claudios Haus. Er hatte auf der Schaukel gesessen. Die Schaukel auf der Piazza Tasso war besser als die am Lungarno Santa Rosa, sie war neu und breit und hatte einen Gummisitz, der aus einem alten Autoreifen gemacht worden war, die in Santa Rosa waren schmal und hart. Und die meisten kaputt.

Obwohl er immer nasser und nasser wurde, fühlte sich Tomi auf seiner Schaukel wohl, und seine Mutter ließ ihn ausgehen, auch wenn er dann nass nach Hause kam, sie meinte, dass so ihr Tag reibungsloser verliefe. Er hatte versucht, das der dünnen Frau, die er mochte, gestern Abend zu erklären, als sie ihn überreden wollte, nach Hause zu gehen.

Sein Name war Tomi, kurz für Tommaso, obwohl er wusste, dass man ihn *der Junge mit dem Comicheft* nannte. Er erinnerte sich selbst auch nicht gut an Namen, sodass der Junge mit dem Comicheft für ihn in Ordnung war.

Tomi war es natürlich lieber, wenn es nicht regnete, selbst wenn er Schwierigkeiten hatte, sich an eine Zeit zu erinnern, als es nicht geregnet hatte. Aber es war sonnig gewesen, als er Claudio ins Wasser hatte gehen sehen.

Laut der Taucheruhr, die seine Mutter ihm letzte Weihnachten geschenkt hatte, waren sie jetzt achtundzwanzig Minuten drin. Claudio war tot, das wusste Tomi. Er war nicht dumm, aber er wollte einfach nicht daran denken. Tomi hatte eigentlich warten wollen, bis sie wieder rauskamen, aber dann entschloss er sich doch dazu, nach Santa Rosa zu gehen. Seine Mutter hatte gesagt, wenn er seinen langen Regenmantel mit der Kapuze anzog, dann könne er draußen bleiben, bis seine Nonna kam, was um halb fünf war. Er wollte nach dem Hund sehen. Wenn es ein Hund *war*, er hatte ihn noch nicht einmal gesehen.

Er stieg von der Schaukel. Lupo Alberto rollte er in eine Plastiktüte und steckte sie in seine Tasche. Tomi besaß einhundertfünfunddreißig Hefte mit den Abenteuern von Lupo

Alberto, diesem glücklosen Wolf, der auf einem Bauernhof lebte, und er hob sie in einer Plastikkiste neben seinem Bett auf. Selbst Lupo Alberto schien seine Mutter manchmal wütend zu machen, wenn er neben ihr im Bus beim Lesen zu laut auflachte.

Es war Sonntag, also war die Kaffeebar geschlossen. Während der Woche ging Tomi dort hinein, um an der Kasse kleine Dosen mit Süßigkeiten zu kaufen, der Barista war fast immer nett zu ihm. Einmal war das, was er für einen Euro gehalten hatte, eine ausländische Münze gewesen, aber der Barista hatte sie trotzdem genommen. Es dauerte lange, bis Tomi über die Straße kam, weil viel Verkehr herrschte, ein Feuerwehrwagen fuhr mit Sirene vorbei und spritzte die Hose unterhalb seines Regenmantels nass, er fuhr in Richtung des Viadotto dell'Indiano. Tomi starrte ihm nach und suchte nach Rauch, aber vielleicht gab es gar kein Feuer, vielleicht brannte bei diesem Regen nichts. Im Fernsehen hatte seine Mutter gesehen, wie Feuerwehrwagen Leute nach einem Erdrutsch gerettet hatten.

Der Hund machte keine Geräusche mehr. War jemand hier gewesen, um ihn wegzuholen? Claudio hatte nie einen Hund besessen, nicht dass Tomi wüsste, Tomi fragte sich, ob er sich darüber ärgern würde, dass dieser hier an seinem speziellen Ort gehalten wurde. Hätte Claudio einen Hund gehabt, hätte Tomi sicher gefragt, ob er manchmal mit ihm Gassi gehen könnte. Der Hund, den er gestern und am Tag davor gehört hatte, wurde nicht Gassi geführt. Tomi nahm an, dass es auch ein anderes Tier sein könnte. Es war dunkel gewesen, als es dorthin gebracht worden war, spät am Mittwochabend, es war in der Dunkelheit aus einem Auto gezerrt worden und hatte Geräusche gemacht, die ihm nicht bekannt waren. Toto und Patak hatten so viel getrunken, dass sie schliefen, jeder auf seiner eigenen Bank, daher war er zu der Schaukel unter den

Bäumen gegangen und hatte sich die Äste angesehen, die in der Dunkelheit von dem Fluss mitgerissen worden waren. Er hatte gesehen, wie ein Auto vorgefahren war, und war ganz still geblieben.

Es wurde jetzt dunkel, obwohl es noch nicht einmal halb fünf war, die Lichter gingen überall am Fluss entlang des Ufers an und flackerten gelb. Gestern waren die Lampen schon direkt nach dem Mittagessen angegangen, wegen des Regens war es so dunkel gewesen. Gestern hatte er das Tier, was auch immer es war, wenn es denn kein Hund sein sollte, gehört, wie es gegen die Seite des Schuppens schlug. Man hörte es nicht, wenn man einfach nur am Fluss entlangspazierte, man musste wissen, wo man nachsehen musste.

Tomi lehnte sich über die Dammmauer hinter dem Circolo Rondinella, um einen besseren Ausblick zu haben, und bekam einen Schock. Das Wasser stand so hoch, dass es das ganze Gras, über das Claudio hinuntergegangen war, bedeckte. In seinem Geldbeutel hatte Tomi immer noch die Visitenkarte, die dieser Mann, Cellini Sandro, ihm gegeben hatte. Er fragte sich, ob Cellini Sandro sich für den Hund interessieren würde? Wenn er versuchte, Leuten etwas zu erklären, gingen sie oft einfach weg, und seine Mutter hatte ihm gesagt, dass er dann zu lange geredet hatte und sie kein Interesse mehr hatten.

Die weiter unten stehenden Schuppen befanden sich schon ganz unter Wasser, und er sah eine Plastiktüte, die sich an einer Stelle, an der die Bretter von der Flussströmung zersplittert waren, blähte. Tomi dachte an das Tier in dem Schuppen und warf den Kopf zurück. Er würde gern nach Hause gehen, wiederholte er zu sich selbst. Mama hatte ihm aufgetragen, das zu sagen, wenn er in Schwierigkeiten geriet. Ich würde jetzt gern nach Hause gehen, bitte.

Kapitel 20

Die beiden Gesichter, die sie anstarrten, etwas von ihr erwarteten, hatten Iris eigentlich davongetrieben. Hirokos ruhige, symmetrische Gesichtszüge, auf denen Iris nie auch nur die Andeutung einer Emotion entdecken konnte, und Sophias hübsches Gesicht, das durch Weinen und ein sich abzeichnendes, riesiges Schmollen verwischt war.

»Wohin gehst du?«, hatte sie gefragt. »Willst du zu *ihm* gehen?«

Draußen schien der Regen lauter geworden zu sein, ein Dutzend unterschiedlicher Sorten von Percussions, es plingte, klapperte und rauschte. Iris hatte das Gefühl gehabt, in den großen, nicht sehr stark beleuchteten Räumen von Hirokos Apartment zu ertrinken, als befände sie sich unter Wasser. Sie musste sich dringend mit Jackson aussprechen.

»Da ist etwas, das ich ihn fragen möchte«, hatte sie gesagt.

Es gab wirklich eine Frage an Jackson, aber die dunkle Wahrheit war, dass, noch während sie dasaßen und über Ronnies Farbkasten sprachen und dieser kleine, aber blendende Augenblick der Erleuchtung über Ronnie sie traf, ein Teil von Iris schon gewusst hatte, dass sie es nutzen könnte, um mit ihm weiterzukommen. Sich mit ihm in einem Zimmer zu treffen, um zu schreien, ihm Dinge vorzuwerfen und ihm in die Augen zu sehen, um ein für alle Mal herauszufinden, ob sie Jackson auch nur ein Wort glauben konnte.

Sie wollte ihn schlicht sehen. War es also so, mit einem Mann befreundet zu sein? Es fühlte sich wie eine große Eisenkugel an, ein riesiges, schweres Ding, das Iris mit sich herumschleppen oder sich das Bein abbeißen musste, um zu fliehen.

»Es ist auf der nördlichen Seite der Piazza«, hatte Sophia widerstrebend gesagt, »das Haus stammt aus dem siebzehnten Jahrhundert, hat Jackson wenigstens gesagt.« Das klang verächtlich. »Seine Wohnung liegt im ersten Stock, sie hat einen großen Balkon mit Blick auf die Neptunstatue. Im Erdgeschoss befindet sich ein Restaurant, es heißt Medusa oder so.«

Selbst im strömenden Regen standen immer noch Touristen unter einem Meer schwarzer Regenschirme auf dem klatschnassen Kopfsteinpflaster der Piazza, eine Schlange erstreckte sich vor der massiven Steinfestung des Palazzo Vecchio, eine Gruppe von ihnen sah sich die Gedenktafel an der Stelle an, an der Savonarola auf dem Scheiterhaufen verbrannt worden war. Heute wäre es unmöglich, jemanden zu verbrennen, dachte Iris. Der Himmel war kohlschwarz und hing so tief wie ein riesiger Metalldeckel über einem Topf. In der Ferne hörte man Sirenen.

Als Iris zu Hiroko in die Küche gegangen war, um sich zu verabschieden, hatte sie sich schuldig gefühlt, weil sie ihre Gastfreundschaft angenommen hatte, als sie sie gebraucht hatte und sich jetzt, weil sie allein sein wollte, von ihr abwandte. In einer Ecke des Zimmers stand ein kleiner Fernseher, in dem ganz leise ein Nachrichtenkanal lief, ein mit Wasser verspritztes Kameraobjektiv war zu sehen, es ging um einen Erdrutsch in den Alpen. Hiroko hatte sich von Iris weggedreht, um lauter zu stellen, was Iris zunächst als Ablehnung gedeutet hatte, aber dann wurde ihr klar, dass Hiroko hören wollte, was gesagt wurde.

»Sie sagen, dass es so wird wie 1966«, sagte Hiroko. »Weißt du? Die Flut, als alle Keller vollliefen, alle Archive zerstört wurden. Kunststudenten aus der ganzen Welt kamen her, um beim Aufräumen zu helfen.«

Jetzt, wo sie gegenüber von den langen, grauen Kolonnaden der Uffizien stand, hatte Iris das Gefühl, dass sie hinter den entfernten Sirenen fast noch das Rauschen des Flusses hören konnte. Diese Menge Wasser hatte etwas Biblisches. Was hatte Anna Massi gesagt? Wie das Ende der Welt? »O *dio*«, hatte sie gesagt. »Wie die Apokalypse.«

Es hatte sogar in Sizilien geregnet, hatte sie gesagt. Aber selbst in Sizilien regnete es doch wohl im November. Was wollte sie damit sagen?

Iris hatte das Restaurant namens Medusa erreicht, ihr fiel auf, dass es nach der Statue des Perseus benannt worden war, die gegenüber, auf der anderen Seite der Piazza unter der Loggiata dei Lanzi stand. Eine zarte, kleine Figur, die sich auf einem Fuß abstützte und das Gorgonenhaupt am Haar hochhielt.

Über ihr hörte sie das Geräusch eines Fensters, das geöffnet wurde, und lehnte sich nach hinten, um hochzusehen. Unterarme tauchten auf der Steinbalustrade auf, Hände, sie hörte, wie er sich räusperte. Sah das Kinn von unten, wenn sie noch einen Schritt zurückmachte, sähe sie sein Gesicht.

Stattdessen ging Iris zur Tür. Es gab nur zwei Klingeln, sie drückte auf beide. Als Jackson antwortete, klang seine Stimme undeutlich und unklar, aber er öffnete ihr immerhin die Tür.

»Ich weiß, wer es ist«, sagte sie und ging an ihm vorbei in ein großes, schönes Zimmer mit einer Kassettendecke, das von wässrigem Licht erfüllt war. Die Fenster standen alle auf, und es war kalt, aber man konnte an der Fassade des alten Bürgerpalastes entlang bis ganz zu den großen, spitzen Fenstern am anderen Ende der Uffizien sehen, den Fenstern, die auf den Arno wiesen. Während sie trotzig sprach, versuchte Iris, nicht zu überlegen, was Jacksons Gesichtsausdruck bedeutet hatte, als er sie auf seiner Türschwelle gesehen hatte.

Überraschung? Panik? Kater? Sie hatten gestern Abend Wein und ein bisschen Grappa getrunken, nach dem Champagner am Nachmittag, das war genug, um Kopfweh auszulösen.

»Ich weiß, mit wem Ronnie wegfliegen wollte.« Iris wollte eine Reaktion provozieren. »Ich weiß, wer der Mann war.«

»Wirklich?«, sagte er und blinzelte. »Woher weißt du das?« Er tat Iris fast leid, er schien irgendwie so unvorbereitet. In welcher Welt lebte er, der mit einer Person nach der anderen schlief und bei dem nichts irgendeinen Eindruck hinterließ?

»Ich habe es herausgefunden«, sagte sie und ließ ihre Tasche auf ein massives Holzbrett fallen, das wie ein mittelalterlicher Refektoriumstisch entlang der Rückwand des Zimmers verlief. Darauf stand die Büste eines römischen Adeligen mit toten Augen, der auf den Palazzo Vecchio und eine leere Pizzaschachtel blickte. Sie wühlte in ihrer Tasche und warf alles Mögliche heraus.

»Möchtest du einen Kaffee?«, fragte er und rieb sich die Augen. Sie schüttelte vehement den Kopf. Jackson nahm eine Wasserflasche, die hinter dem Refektoriumstisch stand, und ließ sich in einen Stuhl am Fenster fallen.

Sie hob einen Farbkasten hoch, ging mit langen Schritten ans Fenster und hielt ihn ihm unter die Nase. »Sieh mal«, sagte sie. »Ronnie hat sie für ihren kleinen Ausflug gekauft.«

»Okay«, sagte Jackson müde. »Das sind gute Farben.«

»Es sind laut Sophia die besten.« Bildete sie es sich nur ein, oder bewegte er sich bei der Erwähnung von Sophia leicht?

Iris fuhr fort. »Aber einhundertundfünfundvierzig Euro? So

reich war sie dann auch wieder nicht. Wen wollte sie beeindrucken, indem sie sich den größten Farbkasten der teuersten Farben von Zecchi kaufte?«

Jackson zuckte mit der Schulter. Ihm gegenüber stand ein weiterer harter Stuhl, wütend setzte sie sich dorthin, lehnte sich mit den Ellbogen auf den Knien vor. Er betrachtete sie.

»Und mit wem wollte sie über Maler sprechen? Als eine Art von Privatunterricht?«

Ihr wurde zum ersten Mal bewusst, dass sie ihm erzählen müsste, dass Claudio tot war. Iris hielt abrupt inne und sah von ihm weg aus dem Fenster. Irgendetwas passierte im langen, rechteckigen Innenhof der Uffizien, eine Reihe Carabinieri schoben Leute zurück auf die Hauptpiazza und sperrten etwas ab. Der Anblick ließ Iris in ihrem Gedankengang stocken, sie dachte an die Sirenen, die sie den ganzen Tag über gehört hatte. Es waren ungewöhnlich viele, und das Chaos auf den Straßen, durch die sie gegangen war, wurde immer größer. Was tat die Polizei da draußen? Es musste der Regen sein, dachte sie, einen surrealen und schrecklichen Augenblick lang dachte Iris, dass Ronnie in all dem Aufruhr irgendwie entdeckt werden musste, irgendein Erdrutsch oder eine Flutwelle könnte ihre nasse, kalte Leiche ans Licht bringen. Ging sie schon so sicher davon aus, dass Ronnie tot war? Sie starrte, ohne zu blinzeln, aus dem Fenster.

»Ja, und?«, fragte Jackson ungeduldig. »Sie hat auch Massi nach zusätzlichem Unterricht gefragt, oder etwa nicht?« Er runzelte die Stirn.

»Wer war eine zu große Nummer, um zu ihrer Halloweenparty zu kommen?« Jackson sah aus, als behagte ihm das alles nicht. »Abgesehen von dir, meine ich«, sagte Iris und konzentrierte sich resigniert wieder auf ihn, überwältigt von der Hoffnungslosigkeit von all dem. »Sie hat mir nach der Party gesagt, dass sie genug von Jungs habe, sie wären nutzlos. Deswegen hätte sie sich einen Mann gesucht.«

»Einen Mann.« Er schluckte. Ob er sich selbst als Junge oder Mann sah, wusste sie nicht. Also fuhr sie fort, lehnte sich vor, um ihm ins Gesicht zu sehen.

»Mit wem wollte sie an diesem Nachmittag nach Sizilien fliegen?«

»Sizilien?«, fragte Jackson langsam. »Irgendwer wollte nach Sizilien, daran erinnere ich mich.«

»Ich habe die Reisetasche gefunden«, sagte Iris. »Darin lag ihr Flugticket. Sie sollte am Freitagabend wiederkommen, bloß dass sie nie geflogen ist.«

»Sizilien«, sagte Jackson noch einmal, »ich habe gehört … Antonella …«

Iris stürmte weiter vor. »Und wer hätte in unsere Wohnung gehen können und nach dieser Reisetasche suchen? Wer hat versucht, Ronnies Computer zu manipulieren? Wer wusste, dass ich Freitagabend nicht da wäre? Wer hätte an der adleräugigen Badigliani vorbeikommen können? Du hast das jedenfalls nicht geschafft, als du um drei Uhr morgens gegangen bist.«

Jackson sah auf seine Füße und murmelte etwas.

»Was?«, sagte Iris ungeduldig.

»Du hättest mich ruhig bleiben lassen können«, bemerkte er, und als er zu ihr aufsah, hatte er fast einen verletzten Gesichtsausdruck. Sie schluckte hinunter, was sie ihm sagen wollte. Das konnte warten.

»Wer also?«, fragte Iris. In ihrer Tasche klingelte ihr Handy, es war Sandro Cellini.

»Es war Ihr Massi«, sagte Sandro am Telefon, noch bevor Iris etwas sagen konnte. »Ihr Lehrer, sie hatte eine Affäre mit Ihrem Direktor. Paolo Massis Name stand auf der Passagierliste nach Sizilien, er hat nicht eingecheckt, und er hat den Rückflug storniert, am selben Tag, am Dienstag. Aber er hatte den Rückflug auch für Freitag gebucht.«

»Ja«, sagte Iris, »ich bin auch darauf gekommen«, ihr war bewusst, dass er ihr das vielleicht nicht glauben würde, sie sprach mit Sandro und sah Jackson an. »Kann ich Sie zurückrufen?« Sie legte auf.

»Weißt du, woher ich wusste, dass du es nicht warst?«, fragte sie Jackson leise. Vor ein paar Monaten, ein paar Tagen, wäre sie puterrot geworden, hätte mit den Tränen gekämpft, aber ihr Gesicht fühlte sich jetzt so kühl wie Marmor an.

»Ich dachte erst, du könntest es gewesen sein, weil du mir nicht erzählen wolltest, was du am Dienstagnachmittag gemacht hattest. Und gestern warst du so merkwürdig, so wütend. Aber jetzt weiß ich, warum.«

»Ach ja?«, sagte Jackson, jetzt war er an der Reihe, brennende, rote Wangen zu spüren.

Mach weiter, dachte Iris triumphierend und elend gleichzeitig. Schäm dich. »Ich habe mit Sophia gesprochen.«

»Oh«, sagte Jackson tonlos, und in dem Augenblick verlor Iris die Lust an dem Gespräch.

»Es ist egal«, sagte sie, und das war es wirklich. Ronnie war wichtig, dieses ganze Chaos zu entwirren, das war wichtig.

»Also«, sagte sie. »Was weißt du davon?«

Jackson sprach vorsichtig, seine roten Wangen verblassten so schnell, wie sie aufgetaucht waren. »Massi hatte letzte Woche diese Reise nach Sizilien geplant, ich habe gehört, wie er das Antonella erzählt hat«, sagte er. »Er hat ihr erzählt, dass er einen Kunsthändler treffen müsse.«

Iris merkte, dass in irgendeiner versteckten Ecke ihrer Gedanken noch Platz für Antonella war. Aber sie hatte jetzt keine Zeit, darüber nachzudenken.

»Er war es«, sagte sie. »Sandro, der Detektiv, hat die Fluglinie angerufen. Massi hatte dieselben Flüge gebucht.«

»Wow«, sagte Jackson tief beeindruckt. »Du hattest also recht. Wow.« Er stand auf und fuhr mit seiner Hand durch die Haare. »Das ist … Wow. Ich meine, wie passt das zusammen? Ich meine, Massi, warum hat er nicht …?« Er hielt inne. »Ha. Na ja, ich nehme an, dass er es nicht erzählen würde, oder? Wenn sie zum Abflug einfach nicht aufgetaucht ist? Er muss gedacht haben, scheiße.«

Iris sagte nichts, da sie sah, dass Jackson sich ausnahmsweise einmal konzentrierte und sich in Massis Situation versetzte.

Er nickte. »Er muss gedacht haben, dass es niemand zu erfahren braucht. Es bedeutet nicht, dass … Kacke.«

»Also hat er die ganze Zeit geschwiegen«, sagte Iris, »obwohl er wenigstens über das verfügte, was man entscheidende Informationen über ihr Verschwinden nennt.«

Jackson sah verlegen aus. »Ich … na ja, ich kann mir irgendwie vorstellen, wie es lief. Je länger man nichts sagt … ich meine, es geht um seinen Job, seine Frau, oder nicht?«

Er hielt inne und starrte sie an. »Du glaubst, dass er es getan hat? Dass er Ronnie etwas angetan hat?« Er sah ungläubig aus, schüttelte den Kopf. »Massi und Gewalt? Nee.«

Sie runzelte die Stirn, obwohl sie Paolo Massi inzwischen hasste, begriff Iris, dass Jackson recht hatte. »Ich bin mir nicht sicher.« Außerdem war da noch Claudio. Der alte Maler.

»Willst du jetzt diesen Kaffee trinken?«, fragte Jackson. »Es tut mir leid, aber mein Gehirn funktioniert ohne einfach nicht.«

Iris gab nach, obwohl sie wusste, dass sie es nur verschob. »Okay.« Und sie brauchte auch einen Kaffee. Wie viel Uhr war es überhaupt? Wann hatte sie das letzte Mal etwas gegessen? Sie wusste es nicht.

Die Küche war schmal und dunkel, an den Wänden standen teure Holzschränke. Das hier war keine Wohnung, in der man von dem Mieter erwartete, dass er etwas kochte. Sie stand in der Tür, und er gab ihr eine Tasse amerikanischen Kaffee aus einer Filterkaffeemaschine, der bitter und wässrig schmeckte.

»Jackson«, sagte sie schließlich, »dein alter Maler.«

»Ja«, sagte Jackson eifrig. »Claudio, ich meine, wie passt er in all das hinein?«

»Sandro glaubt, dass sie ihn getroffen hat. An dem Morgen.«

»Stimmt«, sagte Jackson zögernd.

»Du mochtest ihn, nicht wahr?«, fragte Iris.

»Mochte?«, wiederholte Jackson.

»Er ist gestorben«, sagte Iris.

Kapitel 21

»Aber bringt uns das weiter?«, fragte Sandro verzweifelt. Er legte auf der glatten, weißen Tischdecke seinen Kopf in die Hände. Luisa wiegelte ab.

»Iss erst mal was«, sagte sie. »Es ist fast drei Uhr, und keiner von uns hat nach dem Frühstück etwas zu sich genommen. Kein Wunder, dass du keinen klaren Gedanken mehr fassen kannst.«

Sie waren im Nello, dem letzten Ort der Welt, an dem man verzweifeln sollte. Sandro konnte gar nicht glauben, dass er das Nello vergessen hatte, eine winzige Trattoria, in die er und Luisa immer gegangen waren, als sie sich gerade erst kennengelernt hatten. Er hatte angenommen, dass sie geschlossen war, er hätte es besser wissen müssen, denn solche Läden machten nie zu.

Luisa hatte zugelassen, dass Sandro das Mädchen, Iris March, anrief, um es ihr zu erzählen, sie musste es wissen, hatte er gesagt. Aber sobald er aufgelegt hatte, hatte Luisa im blassen, klaren Licht des verlassenen Ateliers von Claudio Gentileschi die Führung übernommen.

»Du bist kreidebleich«, sagte sie. »Denk nicht mehr weiter. Ich verbiete dir weiterzuermitteln. Du brauchst was zu essen.«

Offensichtlich hatte Luisa das Nello nicht vergessen, denn nachdem sie das traurige, leere Zimmer sorgfältig hinter sich abgeschlossen hatten, hatte Luisa sie mit einem unerschütterlichen Instinkt um die Ecke geführt, um die Ecke von seinem neuen Büro! Und da war es, nach all den Jahren. Es war fast drei Uhr an einem Sonntag und zwanzig Jahre her, seit sie das letzte Mal hier gewesen waren, aber der alte *padrone* war immer noch der Chef, obwohl seine Augenbrauen etwas wilder, sein Schnurrbart etwas weißer geworden waren, hatte er Luisa begrüßt, als wäre es erst gestern gewesen.

Im Nello bestellte man nicht einmal, das Essen kam einfach. Während sie warteten, rief Luisa im Kaffeehaus an, und natürlich stellte sich heraus, dass sie recht gehabt hatte, dass sie am Dienstag noch die Tische und Sonnenschirme auf der Terrasse stehen gehabt hatten, es war ja ein schöner Tag gewesen. Sandro hörte, wie sie jemanden dazu überredete, ihr den Namen und die Telefonnummer des Kellners zu geben, der auf der Terrasse bedient hatte. Er sah, wie sie ihren kleinen goldenen Drehbleistift aus der Handtasche nahm und den dunkelroten Kalender, den sie, seit er sie kannte, jedes Jahr kaufte, und in dem sie sich alles notierte.

Ohne auch nur eine Pause zu machen, um nach Luft zu schnappen, rief Luisa die neue Nummer an, und Sandro hörte, dass sie genau die richtigen Worte benutzte, um den Kellner davon zu überzeugen, vielleicht noch auf einen Kaffee bei ihnen vorbeizukommen, da er heute nicht arbeitete.

Als sie ihr letztes Ziel erreicht hatte, legte Luisa Stift und Papier zur Seite und strahlte ihn an. Sandro fühlte sich so nutzlos wie wahrscheinlich noch nie in seinem Leben.

»Du hast Hunger«, sagte Luisa. Als hätte der Chefkoch dem ganzen Gespräch zugehört, stand plötzlich Kürbisrisotto auf dem Tisch, außerdem ein Korb mit Brot, Wein und Wasser. Die Welt wurde wieder normal.

Sandros Teller war fast leer, als er endlich wieder Atem holte, Giulietta hatte schon aufgegessen, Luisa ging es langsamer an.

Er suchte in seiner Tasche nach seinem eigenen Notizbuch und einem Bleistiftstummel. »Also, was haben wir jetzt? Sie hatte eine Affäre mit ihrem Lehrer, wollte mit ihm am bewussten Nachmittag nach Sizilien fliegen, während er behauptet, den ganzen Tag in der Galerie gewesen zu sein. Soweit wir wissen, war Claudio der Letzte, der sie gesehen hat.«

»Er hat sie um 11:30 Uhr im Kaffeehaus getroffen«, sagte Luisa. Umständlich schrieb er es auf. »Also müssen wir mit dem Kellner sprechen, der auf der Terrasse gearbeitet hat«, sie sah in ihr Notizbuch, »Beppe. Der gleich hier sein müsste.« Sie stocherte in ihrem Risotto. »Und wir müssen mit der Katzenfrau sprechen. Sie ist selbst wie eine geschlagene Katze abgehauen, wenn du mich fragst, stimmt da was nicht mit der Zeit.«

»Was?«, sagte Sandro.

»Sie hat die Tasche um fünf Uhr abgegeben, aber sie ist immer nur zur Mittagszeit dort. Gegen eins, halb zwei, Veronica Hutton wurde da schon vermisst, stimmt's? Sie war nicht zum Abflug aufgetaucht. Meine Vermutung ist, dass die Tasche zur selben Zeit in die Büsche geworfen worden ist, zu der Veronica Hutton angegriffen oder entführt oder was auch immer wurde. Und die Katzenfrau könnte eine Zeugin sein.«

»Die Katzenfrau und die Carabinieri können sich gegenseitig nicht ausstehen, das ist mal sicher«, sagte Sandro und machte sich Notizen.

Entführt? Sie musste immer noch dort in den Boboli-Gärten sein, dachte er, das bereitete ihm Kopfschmerzen. Die Carabinieri konnten den Ort nicht gründlich durchsucht haben. Veronica Hutton musste irgendwo dort sein. Denn wie zum Teufel sollte der Täter sie um sich schlagend und schreiend dort hinausbringen? Indem er ihr eine Waffe unter einem Regenmantel in den Rücken hielt wie im Film? Könnte Claudio sie beruhigt und sie dazu gebracht haben, mit ihm durch den Ausgang an der Porta Romana zu gehen? Ihm widerstrebte die Vorstellung, dass Claudio irgendetwas mit ihrem Verschwinden zu tun hatte.

Wenn sie immer noch in den Boboli-Gärten war, dann musste sie tot sein. Daran hatte er nicht denken wollen.

Als könne sie Gedanken lesen, fuhr Luisa fort: »Nehmen wir also an, dass er, oder wer auch immer, sie aus den Gärten herausgeschafft hat. Da ist das andere Tor, das ohne Kamera. Wenn man die Gärten kennt, na ja, ich bin mir sicher, da gibt's endlos viele Gänge. Ich kannte mal eine alte Dame, deren Garten hinter einer Hecke an der Porta Romana lag, und wann immer sie Lust auf einen Spaziergang im Park hatte, quetschte sie sich einfach durch.«

Sandro hob den Kopf von der Seite, auf die er gerade schrieb, und bemühte sich, diese Information zu verarbeiten, da sah er, dass Luisa noch einmal Wein ausschenkte. War es nur seine Fantasie oder schob sie das Essen auf ihrem Teller nur hin und her? »Iss auf«, forderte er sie auf, und sie sah ihn ungeduldig an.

»Und was ist mit Claudio?«, fragte sie. »Ich kenne dich, du willst gar nicht mit der Katzenfrau reden, eben weil sie das Ganze gesehen haben und deinen geliebten Claudio beschuldigen könnte.«

Sandro sah zur Seite, weil sie recht hatte. »Wäre ich noch bei der Polizei«, sagte er langsam, »würden wir annehmen, dass der Freund der Täter ist.«

»Und nur die Ehefrau als Alibi hat«, ergänzte Luisa. »Diese Galerie liegt sehr nah an den Boboli-Gärten.«

»Die Assistentin aus der Schule war auch dort«, sagte er widerstrebend. »Antonella Scarpa.«

Luisa strich sich nachdenklich über die Wangen. »Wir haben den Laden gesehen«, sagte sie. »Heute Morgen. Galleria Massi. Er wäre innerhalb von zehn Minuten in den Gärten und wieder heraus gewesen, ohne dass jemand es gemerkt hätte, oder nicht? Du hast noch nicht einmal mit der Frau gesprochen.« Sie wandte sich Giulietta zu. »War da nicht auch ein Geschäft genau gegenüber? Vielleicht haben sie dort gesehen, was vor sich ging?«

»Er hatte sein Alibi sehr schnell parat«, sagte Sandro. »Und ich nehme ihm nichts davon ab, seine Frau, die immer mit dem Mittagessen zu ihm kommt.« Er runzelte die Stirn. »Dabei sollte er doch um zwei Uhr am Flughafen sein.«

»Ja«, sagte Luisa und setzte sich auf. »Das stimmt. Ich wette, sie war nicht da.«

»Ich werde mich bald mit Massi dort treffen«, sagte Sandro nachdenklich. »Ich möchte mir diesen Laden, seine Galerie wirklich gern ansehen.«

Der alte *padrone* stand mit der Rechnung am Tisch.

»*Caffè*?«, fragte er, und als Sandro gerade begeistert zustimmen wollte, hörte man ein Knirschen, und die Restauranttür öffnete sich. Ein schmaler, leicht zwielichtig aussehender Mann trat ein und schaute schüchtern in die dunkle Küche und auf den *padrone*, der über diese Störung außerhalb der Öffnungszeiten wütend wurde.

»Beppe?«, fragte Luisa rasch. Der Kellner aus dem Kaffeehaus.

»Vier Kaffee«, sagte Sandro zögernd, denn er hatte das sichere Gefühl, dass dieser affektierte, dünne, verlegene, kleine Mann ihm schlechte Nachrichten brachte.

Iris hatte erwartet, dass er sich aufregen würde, aber Tränen hatte sie nicht erwartet.

»Ich weiß nicht, warum ich weine«, sagte er verwirrt und

wischte sich mit der Rückseite eines Ärmels über die Augen. »Das ist dumm. Ich kannte den Typen ja kaum.« Iris wusste nicht, was sie sagen sollte. Es war fast, als weine er über sich selbst.

»Ich kann einfach nicht glauben, dass er das getan hat«, fuhr Jackson fort, »einfach so in den Fluss gehen. Er war so ein toller Kerl, er war voller Geschichten, weißt du? Er hat über seine Frau geredet und Scheiße ...« Er schluckte, hielt inne, räusperte sich. »Entschuldige. Ich meine, ich mochte ihn. Wie kann man sich in jemandem so sehr täuschen? Er hatte so ein tolles Leben.«

»Jackson«, sagte Iris sanft. »Du hast ihn nur einmal getroffen.« Er starrte sie an.

»Stimmt schon«, sagte er dumpf. »Ich hatte aber das Gefühl, ihn zu kennen.«

Iris dachte, vielleicht ist das ja typisch Jackson, von einer faszinierenden neuen Person zur nächsten zu springen? Gestern Sophia, heute Iris, es machte sie nicht einmal mehr wütend.

Als sie in sein geknicktes Gesicht sah, wusste Iris nicht recht, was sie sagen sollte, aber sie hatte das Gefühl, etwas sagen zu müssen. »Was, wenn er vielleicht, ich weiß nicht, Ronnie aus Versehen etwas angetan hat? Vielleicht lag es an seiner Krankheit, Sandro hat gesagt, er hatte Alzheimer.«

»Oh«, sagte Jackson und putzte seine Nase mit dem Taschentuch, das sie ihm gegeben hatte. Ihr letztes, Sophia hatte die anderen benutzt.

»Alzheimer«, sagte Jackson und lehnte sich im Stuhl zurück. Sie saßen wieder am Fenster, auch wenn die Piazza unter ihnen jetzt verlassen wirkte. »Ich nehme an, Alzheimer erklärt alles.« Er runzelte die Stirn.

»Ich weiß nichts darüber«, sagte Iris ehrlich. »Es scheint jedenfalls ziemlich schlimm zu sein.«

»Er ist ertrunken?«, fragte Jackson. »Du denkst doch nicht, er könnte sie mitgenommen haben?«

»In den Fluss«, sagte Iris, dabei kehrte diese Vorstellung wieder zurück, Ronnie, die im Fluss treibt, in Ästen gefangen, das Gesicht durch eine Flutwelle nach oben in den Regen gewandt. »Ich weiß nicht.« Sie zwang sich dazu, es durchzudenken. »Hätte man sie nicht inzwischen finden müssen?«

»Massi kannte ihn«, sagte Jackson plötzlich. »Er kannte Claudio, meine ich.« Er runzelte die Stirn. »Oder seine Frau kannte ihn. Wann bin ich zu ihm gegangen, um zu fragen? Äh, gestern Abend?«

»Gestern Abend?« Sie spürte, wie sich ein Erröten ankündigte. Die Wahrheit war, dass sie es vergessen hatte. Sie hatte auf der Piazza Pitti auf Jackson gewartet, der zurückgelaufen war, es hatte wieder angefangen zu regnen. Sie hatte ihm gesagt, er solle zurückgehen und etwas zu Massi sagen.

»Hat er gesagt, er würde es an die Polizei weitergeben?«

»Er hat gesagt, ich solle selbst eine Zeugenaussage machen«, sagte Jackson. »Er sagte, dass es wirklich eine wichtige Information sei, aber er beharrte darauf, dass sie von mir direkt kommen solle.« Er verzog das Gesicht. »Ich nehme an, er hat recht. Ich denke, ich muss schlussendlich doch mit ihnen reden.«

»Wusste er, dass der Mann tot ist?«, fragte sie neugierig.

»Wenn ja, dann hat er es nicht erwähnt«, sagte Jackson und runzelte wieder die Stirn.

»Waren sie immer noch in der Galerie? Als du sie getroffen hast?«

Jackson nickte. »Es war dunkel da drinnen«, sagte er langsam, »aber das Auto stand immer noch auf dem Bürgersteig. Also habe ich geklopft und durch das Fenster gesehen, ganz hinten brannte ein Licht. Sie müssen irgendeine heftige Diskussion geführt haben, denn sie haben mein erstes Klopfen nicht gehört. Massi kam und ließ mich herein, Antonella blieb hinten und stopfte Sachen in Schachteln, da sind eine Art Lagerraum und ein Hof. Die Galerie ist merkwürdig, sie ist so tief wie ein Tunnel. Wir haben nur den Ausstellungsraum gesehen.«

Es schien hundert Jahre her zu sein, dass Massi sie in der ersten Woche in der Galerie herumgeführt und ihnen erzählt hatte, dass sie dort die besten Arbeiten des Kurses ausstellen würden. Es war ein großer Raum mit Deckenstrahlern und dunkelroten Wänden, Massis eigener, massiver Schreibtisch aus dem siebzehnten Jahrhundert stand im Fenster, darauf lagen kunstvoll verstreut Radierungen und schwere Kunstbücher. Sie erinnerte sich, dass sie damals dachte, er müsse dort gerne wie ein Adeliger aus der Renaissance, wie ein Kunstmäzen sitzen.

Jackson sprach weiter. »Er schaltete das Licht an, als er mich sah, sie haben schon ein paar Arbeiten aufgehängt, wusstest du das? Für die Ausstellung.«

»Ich frage mich, ob Antonella Bescheid weiß«, sagte Iris und dachte nicht an die Ausstellung am Ende des Kurses, stattdessen stellte sie sich den Tunnel vor, an dessen Ende Antonella im Schatten stand. »Weißt du, gestern habe ich mich für eine Sekunde gefragt, ob da nicht etwas zwischen ihr und Massi läuft.«

»Antonella?«, Jackson klang ungläubig. »Nie. Mit ihr arbeitet er nur.«

»Sie verbringen viel Zeit zusammen«, sagte Iris. »Sie muss doch Bescheid wissen! Hast du nicht gesagt, dass er ihr erzählte, dass er nach Sizilien fliegt?«

Jackson schüttelte den Kopf. »Ich glaube, das war ihr egal. Ich glaube, das Einzige, was sie interessiert, ist die Kunst und vielleicht das Geschäft. Sie poliert diese verdammte alte Druckerpresse alle fünf Minuten, sie macht Überstunden, um die Buchführung zu erledigen. Ich habe sie beobachtet.«

Irgendetwas an der abwertenden Art, wie er das sagte, ärgerte Iris. Ihr wurde klar, dass sie Antonella mochte oder zumindest einmal gemocht hatte. Was war überhaupt verkehrt daran, Kunst wichtig zu nehmen?

»Ich frage mich, was er ihr erzählt hat, als er dann doch nicht nach Sizilien geflogen ist«, überlegte Iris. »Sie hat uns gegenüber nie etwas von Sizilien erwähnt.« Sie hatte in dem Kurs fast gar nichts gesagt, es ging sie nichts an, warum er eine Woche weg wäre. Oder weshalb er, früher als erwartet, zurückkam. »Sie hat nur gesagt, dass er die Ausstellung vorbereitet.«

»Sie tut, was man ihr sagt«, sagte Jackson. Es klang verächtlich.

»Nicht immer«, sagte Iris wütend, sie dachte an die Bleistiftzeichnung von Ronnie, die Antonella an die Atelierwand geheftet hatte. Dann fiel ihr die offensichtliche Erklärung ein. Sie war eigentlich gar nicht so gut, oder? Was, wenn Antonella Iris' Zeichnung nur aufgehängt hatte, um etwas anzudeuten, um Paolo zu zeigen, dass sie nicht bloß ein Arbeitstier war, sondern eine Frau, und dass sie wusste, was los war.

»Baby«, säuselte Jackson und streckte eine Hand aus.

»Nein«, sagte Iris, stieß seine Hand weg und stand auf. Plötzlich fühlte sie sich von Wut und Enttäuschung so überwältigt, dass sie ihn nicht ansehen konnte, sie ging mit steifen Beinen vom Fenster weg zur Tür. Sie wusste nicht einmal, auf wen sie wütend war: auf Antonella, weil sie schließlich doch eine Idiotin war, auf Massi, Jackson, Sophia oder sogar auf Ronnie. Auf sich selbst.

»Warum machst du nicht etwas Nützliches und sprichst mit den Carabinieri, wie Massi es vorgeschlagen hat?«, fragte sie, während er mit hängenden Schultern am Fenster stand. Iris wusste, dass sie netter sein sollte, aber er nahm in ihrem Kopf zu viel Platz ein, und sie wollte alleine sein. Sie musste Dinge erledigen, na ja, ganz besonders eine Sache, und sie wollte wieder Platz haben, um sie zu tun.

»Wohin gehst du?«, sagte Jackson. »Was habe ich denn jetzt gesagt?«

»Das hier ist ernst«, sagte Iris wütend. »Wenn dein Freund Claudio etwas getan hat, Ronnie etwas angetan hat, dann besteht die Möglichkeit, dass sie sie finden. Die Carabinieri müssen endlich etwas tun, wir können das nicht allein schaffen. Das ist lächerlich.«

»Kannst du nicht mitkommen?«, sagte Jackson.

Der flehende Tonfall machte Iris aggressiv, sie hätte ihm gerne eine Ohrfeige verpasst. Sie griff abrupt nach ihrer Tasche, dabei fiel sie ihr hin. Der Inhalt kippte aus, ein Berg aus Süßigkeitenpapier, Quittungen und Tampax landete auf dem Boden, während sie sich hinkniete, um alles einzusammeln, spürte Iris, wie das Erröten wie ein alter Feind wiederkehrte. Ihr Gesicht brannte. »Verdammt, verdammt, verdammt«, murmelte sie.

Er kniete neben ihr, half ihr. »Es geht schon«, sagte sie, schob alles zusammen und stopfte es in die Tasche, Staub, alte Umschläge, ihren Geldbeutel und … was waren das für kleine Stücke Glas und Müll? Iris setzte sich auf die Füße.

»Hey«, sagte Jackson und sah ehrfürchtig in seine Hand. »Hey, was ist das?«

»Gib es mir«, sagte Iris und dachte, es wäre vielleicht ein Tampon oder etwas dergleichen, und er wollte sie in Verlegenheit bringen, sie griff danach.

»Hey, hey«, sagte Jackson und seine Stimme hatte einen neuen Klang, neugierig, aufgeregt. Er hielt es zwischen Daumen und Zeigefinger. »Sieh mal.«

Es war ein winziges Rechteck aus Plastik, verkratzt und schmutzig, ein Zentimeter auf anderthalb Zentimeter mit einem goldenen Quadrat in der Mitte und einer winzigen Platine.

»Das ist eine, es ist eine …« Jetzt erinnerte sie sich, es war das blaue Glas von Ronnies Handy, die Plastiksplitter, die sie gestern in ihre Tasche gestopft hatte.

»Es ist eine SIM-Karte«, nahm Jackson ihr die Worte aus dem Mund.

Sie hob den Kopf. »Ist das Ronnies SIM-Karte?«, fragte sie ungläubig.

In der folgenden Stille starrten sie den kleinen Gegenstand an, währenddessen schien die kalte Luft draußen von den Sirenen zu vibrieren, und dann war da noch ein anderes Geräusch, näher, dringender. Jemand klopfte unten gegen die Tür. Sie gingen zurück zum Fenster und lehnten sich heraus, sie schauten nach unten.

Ein Mann in einer fluoreszierenden Weste sah hoch und brüllte ihnen etwas auf Italienisch zu. Jackson sah Iris hilflos an.

»Es tut mir leid«, sagte sie auf Italienisch und lehnte sich vor. »Wie bitte?«

»*Diluvio*«, sagte der Mann. »Es kommt ein Hochwasser.«

»Der Arno?«, fragte Iris. »Der Fluss?«

Der Mann zuckte mit den Schultern, sein Gesicht glänzte vor Regen. »Vielleicht«, sagte er. »Vielleicht bald«, und zeigte mit dem Finger auf den Boden. Am Fuß des Gebäudes sprudelte graues Wasser aus einem Gully. »Es ist besser, wenn wir Sie evakuieren«, sagte er. »Es ist nur kurzfristig.«

Jackson hob eine Hand. »Sicher«, sagte er und nickte mit eifriger Höflichkeit. »Fünf Minuten, ja?« Der Mann zuckte mit den Schultern und wandte sich schon ab. Überall auf der

Piazza sah Iris fluoreszierende Westen, die von Tür zu Tür gingen. Am Rivoire, der großen, schicken Kaffeebar an der Ecke, waren die Tische und Stühle verschwunden, Bretter wurden über die verzierte Schwelle gelegt.

Jackson wandte sich wieder Iris zu, alles Jammern war verschwunden, er war aufgeregt wie ein kleiner Junge. »Wenn wir ihre SIM-Karte haben, dann ist das, als hätten wir ihr Telefon gefunden.«

Iris starrte ihn an, ohne zu begreifen.

»Du kannst sie in jedes andere Handy einsetzen«, sagte er, »na ja, nicht in mein iPhone, aber egal«, er mischte sich ein, als er sah, dass sie keine Ahnung von der Technik hatte. »Gib mir dein Handy.«

Iris reichte es ihm, und er öffnete geschickt die Rückseite, nahm den Akku heraus, die SIM-Karte, wickelte sie sorgfältig in eine Quittung von dem Müllhaufen, der immer noch auf dem Boden lag, und gab sie ihr. Er steckte die neue Karte an ihre Stelle und baute das Telefon sorgfältig wieder zusammen, dann starrten sie auf das Display und warteten. Dann war es da, ein Logo baute sich auf, ein Icon. Jackson boxte in die Luft. »Es ist nicht mal gesperrt«, sagte er triumphierend.

Iris starrte auf das winzige Stückchen Ronnie, das sie anstrahlte.

»Sieh mal nach, wen sie am Abend der Party angerufen hat«, sagte sie. Sie wollte eine letzte Bestätigung, dass er es war, nicht Jackson oder irgendein Kaffeebarbesitzer auf der anderen Seite der Stadt, nicht ihre Mutter, obwohl die Chancen dafür sowieso verschwindend gering waren. Sie wollte wissen, mit wem Ronnie gesprochen hatte, als sie so verträumt und glücklich ausgesehen und sich aus dem großen Fenster an der Piazza d'Azeglio gelehnt hatte.

Jackson summte vor sich ihn, seine Finger flogen über die

Tasten. Er war in seinem Element. Anrufliste, stand da, und er gab ihr das Handy zurück.

Sie ging zwei, drei, vier Tage zurück, zum 31. Oktober, Halloween, danach suchte sie nach der richtigen Uhrzeit, auf der linken Seite befand sich ein kleiner Pfeil, der einen Anruf bedeutete. Paolo, stand da. Sie ging zum Adressbuch. Paolo: eine italienische Handynummer.

Ja.

Als Ronnie sich aus dem Fenster gelehnt und mit jemandem telefoniert hatte, der sie den ganzen Abend über zum Lächeln gebracht hatte, die ganze Nacht, den ganzen nächsten Morgen, hatte sie mit Paolo Massi gesprochen.

Aber es war noch nicht zu Ende. Iris blätterte einen Tag weiter, zum 1. November. Neun Uhr zehn: Claudio. Neun Uhr zwanzig: Jackson. Sie hatte Claudio angerufen, um ein Treffen zu vereinbaren, dann Jackson, um ihn zu sich einzuladen, um zu sehen, ob er ihr Geheimnis erriet, um ihn zu necken. Sie tranken ein Glas Champagner, danach schickte sie ihn nach Hause. Um zehn Uhr vierzig hatte sie wieder mit Paolo telefoniert, vielleicht, um in letzter Minute noch etwas zu arrangieren?

Dann kam nichts mehr.

Jackson sah über ihre Schulter. »Versuch es mal bei verpassten Anrufen«, sagte er und lehnte sich über sie. Iris konzentrierte sich und nickte. Draußen rief wieder jemand. »Geh und sieh nach«, sagte sie abwesend. »Sag ihnen, dass wir herauskommen.« Er war weg.

Verpasste Anrufe: Iris. Viele von Iris, sie arbeitete sich zurück, von heute nach gestern, Freitag; Iris, Iris, alles Iris. Alle diese Anrufe, die Iris gemacht hatte, sie erinnerte sich an diese nagende Angst, als sie gehört hatte: Der Teilnehmer ist nicht zu erreichen.

Einer war von einem Mädchen, das sie von der Schule kannten, Joey, von einem englischen Festnetzanschluss aus, einer von Jonathan, dem Jungen, der Iris eine fette Kuh genannt hatte. Bloß zufällige, gelangweilte Anrufe, stellte Iris sich vor, hätte sie geantwortet, hätten sie gesagt: »Hey Ron, was geht? Was machst du so? Ich langweile mich.« Aber trotzdem, nur zwei Anrufe. Iris bedauerte Ronnie plötzlich, die eigentlich doch nicht viele Freunde hatte.

Keiner von ihrer Mutter.

Und keiner von Paolo. Iris blätterte weiter zurück, und da waren sie am 1. November: drei Anrufe, einer nach dem anderen, 12:03, 12:05, 12:06. Dringende Anrufe, die unbeantwortet geblieben waren. Alle vom selben Handy, das Ronnie am Ende der Halloween Party angerufen hatte, bloß dass dieses Mal Paolo sie angerufen hatte, an dem Tag, an dem sie verschwunden war, immer und immer wieder.

»Wir müssen los«, sagte Jackson vom Fenster her und zog sich eine Jacke an. Dann gingen sie.

Kapitel 22

Der Regen trommelte auf das Autodach, Sandro saß darin und lauschte, allein. Er musste allein sein, um die Dinge zu sortieren.

Luisa hatte das gewusst, es war eine ihrer fantastischen Eigenschaften, dass sie Gedanken lesen konnte. »Komm schon, Giuli«, hatte sie forsch zu dem Mädchen gesagt und sie mitgerissen. »Machen wir uns auf den Weg. Lass uns die Katzenfrau besuchen.« Giulietta war alles wieder und wieder durchgegangen, bis Sandro Kopfschmerzen bekam. »War er es?«, fragte sie, nachdem der Kellner gegangen war.

Alles, was Sandro denken konnte, war nein, nein, nein, sein Herz sank wie ein Stein. Aber er hatte keinen Grund, an Beppe DiLietos Worten zu zweifeln.

Sicher, er war ein zweifelhafter Charakter, aber Saisonarbeiter waren das immer, Nomaden, kaum zu gebrauchen. Als Sandro den Mann beim Reden betrachtete, fiel ihm auf, dass DiLietos Augen unterschiedliche Farben hatten, eines war blass graublau, das andere gelblich braun, er erinnerte sich dunkel, dass es eine Katzenrasse mit derselben Kombination gab. Es verlieh ihm ein jenseitiges Aussehen. Seine Hände zitterten etwas, er kämmte ständig seine dünnen Haare über den Kopf, er wirkte ein bisschen tuntig, aber das war egal. Er war anständig, als Luisa angerufen hatte, war er schließlich an seinem freien Tag bis zum Nello gekommen, obwohl jetzt, in der Regenzeit, eine ganze Saison der Arbeitslosigkeit vor dem Mann lag.

Sandro saß im Auto auf der Via Romana vor dem Eingang zum Boboli, er parkte zwischen zwei Müllcontainern gegenüber dem dunklen Schaufenster der Galleria Massi. Durch die graue Wand des strömenden Regens konnte er die düsteren Bäume sehen, er starrte zu ihnen hoch, als wollte er von ihnen eine Antwort erzwingen, aber er erhielt keine.

Es gab eine Zeit, wie zum Beispiel die, als er einen Mörder in einer gottverlassenen Ecke des Stadtrandes zwischen Autobahn, Umspannwerken und Campingplätzen gefunden hatte, da hatte Sandro eine Art von Instinkt für einen furchtbaren Ort. Er war ein rationaler Mann, aber er konnte seinen primitiven Glauben daran, dass Gewalt Spuren hinterließ, als würde die Luft davon schlecht, nicht ablegen. Von diesen grünen Wegen und den alten Bäumen empfing er jedoch keine Botschaft.

Der Regen pochte auf das Autodach, du hast keine Zeit mehr, sagte er ihm, keine Zeit zu verschwenden. Keine Zeit, hier zu sitzen und darauf zu warten, dass dieser ausgeleierte Instinkt wieder anlief und sagte: Hier ist es passiert. Irgendwo auf der anderen Straßenseite ging ein Licht aus.

Warum die Eile? Das Mädchen war inzwischen wahrscheinlich tot, wenn sie nicht schon seit Tagen tot war, hastig unter dem Staub und dem Kies des Hügels über ihm verscharrt. Sie würden sie irgendwann finden. Das war die unausweichliche Realität, der er seit Tagen ausgewichen war, seit er das Foto in der Zeitung gesehen hatte.

Sie hatten es Beppe DiLieto gezeigt, und sein Gesichtsausdruck war vor Selbstvorwürfen ein bisschen in sich zusammengesunken. »Ich weiß«, sagte er, »ich hätte schon früher etwas sagen sollen, nicht wahr?«

Es war unnötig zu fragen, warum er nichts unternommen hatte oder wo er gewesen war, als die Carabinieri Fragen gestellt hatten. Von dem Augenblick an, als Beppe DiLieto dürr wie eine Vogelscheuche seine zitternde Hand gehoben hatte, um Sandros Bestellung von vier Kaffee zu korrigieren, »und ich hätte gern einen Schuss in meinem«, war klar gewesen, dass er ein Trinker war. Für den Winter entlassen und mit einer Schachtel billigem Alkohol nach Hause geschlurft, war er wohl nur noch aufgestanden, um in den Supermarkt zu gehen, wozu sollte er die Zeitung lesen?

Sandro hatte Geduld mit ihm gehabt, er hatte etwas Mitgefühl für einen Mann, der seine besten Jahre schon lange hinter sich hatte. Er hatte ihn seinen Kaffee, der mehr ein Grappa war, trinken lassen und dann noch einen bestellt. Der alte *padrone* hatte Beppe DiLieto misstrauisch angesehen, aber Luisa hatte ihn bittend angelächelt. »Tun Sie uns den Gefallen«, sagte sie, »nur noch fünfzehn Minuten.« Und er hatte nachgegeben, auch wenn die kleine Tasse, die er vor DiLieto abstellte, dabei missbilligend klapperte.

Dann war die zitternde Hand endlich ruhig geworden. Er starrte auf den Kaffeesatz, seine zweifarbigen Augen waren ganz wässrig.

»Ich habe sie bedient, ja, ich habe sie bedient«, begann DiLieto. »Es war ein schöner Tag, ich glaube, ich habe fünf oder sechs Tische auf der Terrasse bedient, als sie ankamen. Er war zuerst da, wissen Sie, sie kam etwa fünf Minuten später. An den anderen Tischen saßen vor allem Amerikaner und ein japanisches Paar.«

Alles Ausländer, dachte Sandro. Kein Italiener würde sich im November draußen hinsetzen, selbst wenn die Sonne schien.

»Ich war überrascht, als er sich hinsetzte«, sagte der Kellner, als hätte er Sandros Gedanken gelesen, »denn es war nicht so warm. Als sie ankam, war mir natürlich klar, warum er draußen saß, denn sie war Engländerin.«

»Was haben Sie über sie gedacht?«, fragte Sandro neugierig.

»Was ich gedacht habe?« DiLieto seufzte. »Ich weiß nicht, ob …« Er legte seine papierne Stirn in Falten, in dem Bemühen, sich an seine Gedanken zu erinnern. Er nickte, und als er wieder sprach, tat er das sehr vorsichtig. »Ich dachte zuerst, dass er ein Großvater sei oder ein entfernter Verwandter, vielleicht sogar ein Vormund. Und dass sie ein ausländisches Mädchen war, das höflich zu einem alten Mann sein musste.«

Verständlich, dachte Sandro, damit kann ich leben. Aber DiLieto fuhr fort.

»Natürlich, nach dem, was später passierte, passte das nicht mehr.«

Jetzt kommt's, dachte Sandro. »Was meinen Sie?«, fragte er langsam. »Meinen Sie den Zeitungsartikel? Dann haben Sie also doch über das Mädchen in der Zeitung gelesen?«

Beppe schüttelte den Kopf. »Eigentlich nicht, ich meine, ich habe vielleicht einen Blick darauf geworfen, aber ich habe das Mädchen nicht wiedererkannt. Nein. Ich meine, nach dem, was später passierte. Was er ihr angetan hat, meine ich …«

»Bitte gehen Sie eins nach dem anderen durch.« Sandro spürte, wie die Hoffnung verschwand. Er gab ihm ein Stichwort: »Sie haben sie bedient.«

Wieder schien DiLieto sich zu bemühen, methodisch heranzugehen. »Er bestellte ein kleines Glas Four Roses.« Er hielt inne. »Und sie ein Glas Champagner.«

»Huch«, sagte Sandro, um halb zwölf morgens? Spontan fügte er hinzu: »Das muss teuer gewesen sein.«

»Wirkte es, als hätte er sie zum Alkohol überredet?«, fragte er.

Langsam dachte DiLieto nach. »Das würde ich nicht sagen«, sagte er. »Sie schien sehr guter Laune zu sein, es machte auf mich den Eindruck, als würden die beiden feiern. Fast wie, na ja, wie junge Paare in den Flitterwochen es tun.« Seine Augen schauten in die Ferne, als versuche er, an eine Gelegenheit zu denken, bei der Alkohol am Morgen unschuldig war.

Iris March hatte gesagt, dass Veronica Hutton schon Champagner getrunken hatte, bevor sie die Wohnung verlassen hatte. Sie musste dann nach dem dritten, vielleicht vierten Glas schon fast betrunken gewesen sein.

»Haben Sie etwas von ihrem Gespräch mitbekommen?«, fragte Sandro.

»Fetzen«, sagte der Kellner, innerlich immer noch weit entfernt. »Wissen Sie, ich musste noch weitere Tische bedienen.«

»Aber Sie haben ein bisschen von dem, was sie gesagt haben, gehört?«

»Ja.« Er zögerte. »Das war, als am letzten Tisch, dem neben ihnen, eine Frau sehr langsam bestellt hat. Da habe ich tatsächlich gehört, was sie gesagt haben. Sie haben über Kunst gesprochen.« Er runzelte die Stirn. »Ja, genau. Sie redeten über Kunst. Sie hat ein Skizzenbuch herausgenommen, um es ihm zu zeigen, das sah alles ganz unschuldig aus.«

Er sprach nachtragend, als empfände er Unschuld als Affront.

»Aber eigentlich war es doch nicht so unschuldig?«, forderte Sandro ihn auf weiterzusprechen. Die Hand auf dem Tisch zitterte wieder, aber Sandro wollte ihm nicht noch einen Drink kaufen, noch nicht.

Der Kellner schien am Tisch ganz zusammengesunken zu sein. Er zuckte mit den Schultern. »Florenz ist voll von alten Männern, die sich an junge Frauen heranmachen, indem sie über Kunst sprechen«, sagte er. »Das wissen Sie. Sie war ganz aufgeregt und hatte schon etwas getrunken.«

»Und er?« Sandro wollte den Mann auf gar keinen Fall mit seinen Fragen beeinflussen. »Hat er sich ihr genähert?«

»Er hatte keine Eile«, sagte Beppe DiLieto in einem illusionslosen Tonfall. »Ich war lange genug da – die Frau am Nebentisch wollte einen Kamillentee, sagte sie, dann war sie sich nicht sicher, ob sie Zitrone dazu wollte, so ein typischer Florentiner Geizhals der Künstlersorte. Dann nahm der Mann sein eigenes Skizzenbuch heraus, zeigte ihr seine Arbeit, erzählte ihr von den Aufträgen, die er bekam.« Er hielt inne. »Ich bin noch ein bisschen in der Nähe geblieben, weil ich dachte, dass sie vielleicht noch etwas wollten.«

»Und Sie wollten sich davon überzeugen, was für eine Art von Mann er war?«

DiLieto zuckte mit den Schultern. »Ich wollte sehen, in welche Richtung es sich entwickelt, ja. Denn zu Anfang wirkte er auf mich nicht wie diese Art von Mann. Das zeigt es nur mal wieder.«

»Sie war … sie ist ein hübsches Mädchen, nicht wahr?«, fragte Luisa leise.

»Ja«, sagte DiLieto, »ich denke, das war sie. Und sie hatte ihre Hand auf seinen Arm gelegt, vielleicht war das der Auslöser.«

»Der Auslöser wofür?« Sandro fragte sich, welche Auswirkung es auf ihn nach einem Glas Whiskey an einem schönen Novembermorgen haben könnte, wenn das Ende des Lebens gerade sichtbar geworden war.

»So läuft es immer«, sagte Beppe. »Man gibt dem Mädchen etwas zu trinken, dann verliert sie ein paar Hemmungen. Sie war sowieso ziemlich aufgeregt.«

Auf dem Weg zu ihrem Geliebten, dachte Sandro. Er weigerte sich, all das zu glauben, er musste objektiver sein. Er drängte weiter.

»Sie hat also ihre Hand auf seinen Arm gelegt. Und was dann?«

»Ich war gerade auf dem Weg, die Bestellungen zu holen«, sagte DiLieto, »da hat er es getan.« Er lehnte sich in seinem Stuhl zurück, in seinem billigen Anzug wirkte er leblos wie eine Bauchrednerpuppe.

Sandro sah, wie Giulietta auf ihrem Stuhl hin und her rutschte, aber sie sagte nichts. Sie waren ausnahmsweise mal ziemlich ruhig, die Frauen.

»Was tat er?« Irgendwie hatte Sandro einen bitteren Geschmack im Mund.

»Er hat sie angefasst«, sagte DiLieto. »Eine Hand an der falschen Stelle. Sie hat ihm vielleicht ein Küsschen auf die Wange gegeben, und er hat es falsch verstanden.«

»Vielleicht?«

»Na ja, ich habe gesehen, wie sie sich vorgelehnt und ihr Gesicht ganz nah an seins gehalten hat, als würde sie ihn küssen, während sie ihre Hand auf seinem Arm hatte. Gerade als ich wieder hineinging.«

Sandro beugte sich vor. »Was genau haben Sie gesehen?« Er klammerte sich nun an Strohhalme. »Es klingt eher, als habe sie sich ihm genähert, nicht umgekehrt.«

DiLieto hatte diesen komischen traurigen, wässrigen Blick. »Ich wollte nicht herumhängen und starren, wir erleben alles Mögliche in der Öffentlichkeit, amerikanische Flitterwöchner sind die schlimmsten. Das geht mich nichts an.« Aus dem Augenwinkel sah Sandro Luisa nicken.

»Vielleicht nicht«, sagte Sandro. Um sie herum war das leere Restaurant leise und dunkel, draußen war unter einem bleiernen Himmel das Sonnenlicht fast verschwunden.

»Und ein Küsschen auf die Wange, also ich kann nicht sagen, dass ich mir dabei irgendetwas gedacht habe. Außer dass ich bei ihm so einen merkwürdigen Gesichtsausdruck sah. Als wäre er total abwesend, als wüsste er nicht mehr, wer sie war oder wer er war. Dann bin ich hineingegangen.«

Er seufzte, zögerte, zwang sich weiterzusprechen. »Aber er musste sie angefasst haben, gerade als ich mich umgedreht hatte, denn das Nächste, was passierte, war ein riesiges Spektakel hinter mir, einer der Stühle kippte um, und die sind aus Gusseisen, die wiegen eine Tonne und sind verdammt schwer wieder aufzustellen. Ich gehe also wieder hinaus, und die Kamillenteefrau steht da und schreit, wie ekelhaft das doch sei, es solle verboten werden, er sei ein dreckiger, alter Mann und solle seine Hände von ihr nehmen.«

Sandros Gehirn versuchte verzweifelt, es zu begreifen, das Worst-Case-Szenario. »Und dann?«

»Dann ist das Mädchen davongelaufen, den Weg zum Weinberg entlang und er hinter ihr her.«

»Aber niemand griff ein? Niemand hielt ihn auf?« Giulietta sagte schließlich etwas, ihr Gesicht war aschfahl, obwohl Sandro nicht wusste, ob vor Entsetzen darüber, was der nette alte Claudio getan hatte oder wegen einer eigenen Erfahrung, an die sie erinnert worden war.

DiLieto drehte sich zu ihr um, sein Gesicht war ganz beschämt. »Es geschah alles so schnell«, sagte er. »Und schon waren sie weg, ich stand da mit meinem Tablett und einem Kamillentee ohne Zitrone, und der Barista schrie mich an, weil sie nicht bezahlt hatten.«

»Was war mit den anderen Gästen?«, fragte Sandro.

»Na ja, die Kamillenteefrau versuchte es natürlich, sie lief hinter ihnen her, sie war der Typ dazu, aber sie waren schon außer Sichtweite, sie hat sie wohl nicht mehr erreicht.«

»Moment mal«, sagte Sandro, »Moment mal, wer war sie? Diese Kamillenteefrau? Wie sah sie aus, woher kam sie?«

Beppe sah verlegen aus. »Ich kann mich nicht so gut daran erinnern, wissen Sie. Wenn ich ehrlich bin, habe ich mir den alten Mann und das Mädchen angesehen, während ich ihre Bestellung aufgenommen habe. Sie trug irgendetwas auf ihrem Kopf, einen Schal oder so was und einen hellen Staubmantel. Der künstlerische Typus, wie ich schon gesagt habe. Ich habe nur einen Eindruck von ihr bekommen.«

»Also eine Italienerin«, sagte Luisa leise. Beppe drehte sich zu ihr um und nickte. Sie sah nachdenklich aus. »Hatten Sie den Eindruck, dass sie einen der beiden kannte, das Mädchen oder den alten Mann? Oder umgekehrt?«

Der Kellner wollte den Kopf schütteln, dann hielt er inne und zuckte mit den Schultern. »Na ja, das Mädchen saß mit dem Rücken zu ihr, aber wissen Sie, ich habe gesehen, wie der alte Mann die Frau eine Sekunde lang verwirrt ansah, als sie bei mir bestellte. Als würde er sie von irgendwoher kennen, wäre sich aber nicht sicher.« Er kratzte sich an der Schläfe. »Und mit diesem Schal, na ja, war sie nicht gut zu erkennen.«

»Sie kam nicht zurück?« Sie müsste auf einem der Videoüberwachungsbänder zu sehen sein, überlegte Sandro, aber viel Hoffnung hatte er nicht. Ihre einzige Augenzeugin.

Beppe schüttelte den Kopf, er war ganz grau im Gesicht. »Und die übrigen Gäste«, er seufzte, »na ja, sie schauten einfach zur Seite, Ausländer in Ferien. Vielleicht dachten sie, dass wir Italiener alle so wären, immer am Schreien und dramatisch. Ich habe die Tische weiter abgeräumt. Ich konnte ja nicht wissen …« Er atmete tief ein. »Aber der Gesichtsausdruck des alten Mannes, als das Mädchen sich vorbeugte und ihn küsste.« Er legte eine Hand auf sein Gesicht, als könnte er den Ausdruck dort finden, und Sandro sah den Tremor. »Er sah schlecht aus.«

»Sie sollten mit dem Trinken langsam machen«, sagte Sandro leise und sah Panik in DiLietos Augen.

Danach schien es sinnlos, den Mann noch weiter zu quälen.

»Haben Sie meine Nummer?«, fragte der Kellner Sandro immer wieder. »Wenn ich noch irgendetwas für Sie tun kann, rufen Sie mich an?« Sandro wusste mit bleierner Gewissheit, dass DiLieto ihn wieder anrufen würde, wahrscheinlich in regelmäßigen Abständen für den Rest seines Lebens, wenn er kein Geld mehr für einen Drink hatte. Er hatte ihn auf den Arm geklopft und ihm zehn Euro gegeben. »Ich würde gern mit dieser Kamillenteefrau sprechen«, sagte er, mehr um den Mann zu beruhigen, als weil er irgendeine Hoffnung hatte, dass er sie für ihn finden könnte. »Wenn Sie sie auf der Straße entdecken sollten, sagen Sie Bescheid.«

»Das werde ich, *maestro*, das werde ich«, sagte DiLieto mit elender Dankbarkeit, und sie ließen ihn gehen. Es war furchtbar leise gewesen, nachdem er gegangen war. Sie hatten das Restaurant verlassen, der Abschied des *padrone* war sehr viel gedämpfter als sein Willkommen. Luisa gab zu viel Trinkgeld, weil sie ein schlechtes Gewissen hatte.

»Also, was jetzt?«, hatte Giulietta auf der Straße im Regen vor dem Nello gesagt. War das hier ein Spiel für sie? Alles, woran Sandro denken konnte, war, dass er Lucia Gentileschi erzählen müsste, was er entdeckt hatte. Dann erinnerte er sich daran, dass er Paolo Massi in seiner Galerie treffen sollte, und plötzlich war er voller Zorn auf diesen Mann, den glatten, gierigen Betrüger.

»Ich sollte besser mit Lucia Gentileschi sprechen«, sagte er und warf Paolo Massi gedanklich aus dem Bild.

»Findest du das vernünftig?«, hatte Luisa gefragt und ihren Kopf wie den eines Vogels geneigt. »Ich meine, was kannst du ihr schon sagen? Was hat Beppe eigentlich gesehen?«

»Es ist offensichtlich etwas passiert, oder nicht? Claudio hat die Kontrolle verloren und ein Mädchen angefasst. Selbst wenn Beppe es nicht gesehen hätte, gab es eine Zeugin, sicher sogar mehrere Zeugen, eine ganze Terrasse voll. Weiß Gott, wer sich noch melden wird, wenn … na ja. Falls es zu einer anderen Art von Ermittlung würde.« Er schreckte davor zurück, das Wort Mord zu benutzen. »Und ich möchte nicht, dass Lucia es auf diesem Weg erfährt.«

Luisa blieb tapfer und stur. »Aber es ist ein großer Sprung vom Grapschen zum, ich weiß nicht, Töten?«

Er legte sein Gesicht in die Hände. »Da gab es dunkle Flecken in Claudios Vergangenheit, in seinem Verstand auch. Wir wissen nicht, was er gedacht haben könnte, wo er meinte, sich zu befinden«, antwortete Sandro.

»Wenn wir sie doch nur finden könnten«, sagte er, »tot oder lebendig.« Er sah auf. »Sie ist irgendwo da draußen.«

»Dann gib dir ein bisschen mehr Zeit«, sagte Luisa sanft. »Mit Lucia zu reden, wird dich nicht zu ihr führen.« Sie lächelte zart. »Und lässt du Massi einfach so davonkommen? Wenn du ihn jetzt nicht unter Druck setzt, dann werde ich das tun. Hätte er sich gemeldet, als sie nicht zu ihrem Rendezvous aufgetaucht ist, anstatt einfach nur zur Ehefrau nach Hause zu fahren und zu schweigen, dann wären wir jetzt in einer ganz anderen Position, oder nicht?«

Sandro sah sie bewundernd an, sie war ein Dauerbrenner, Luisa, sein kleiner, glühender Hochofen von einer Frau, aber sie versprühte Funken. Einen davon spürte er zünden und brennen. »Du hast recht«, sagte er. »Wie immer.«

Also waren sie und Giulietta jetzt auf dem Weg in die Via dei Bardi auf der Suche nach der verrückten alten Katzenfrau, und er saß hier in seinem geparkten Auto und starrte die Boboli-Gärten an, als könnten sie ihm auf all seine Fragen antworten.

Sandro wandte den Blick ab und starrte nun in die dunklen Schaufenster der Galerie, wo Paolo Massi den ganzen Tag gearbeitet hatte. Da im Fenster stand ein Schreibtisch, ein großes, protziges geschnitztes Ding, direkt im Fenster, sodass jeder den großen Mann bei der Arbeit betrachten und er sich im Gegenzug über die Passanten amüsieren konnte.

Luisa hatte recht, er musste Paolo Massi gegenübertreten. Er hatte schon früher Männer wie ihn gesehen, einen schleimigen, kleinen prügelnden Ehemann aus Prato, der ein Alibi für den Moment hatte, als seine Frau die Treppe hinuntergestoßen worden war; einen Geschäftsmann, der einen Auftragskiller engagiert hatte, um seine Frau wegen der Versicherungssumme umzubringen. Er hatte sie beide erwischt, und andere wie sie, denn wenn sich Sandro auf eine Sache verstand, dann darauf, einen Lügner zu entlarven, ihn zu schütteln, bis die Wahrheit herauskam.

Warum hasste er Paolo Massi? Sandro spürte, wie sein Adrenalinspiegel anstieg, während er dem Gefühl nachgab. Massi, der scheinbar so edel gesinnt war und so nobel aussah, der aber unter dieser Fassade nur an Geld interessiert war. Der außerdem auch noch mit seinen Schülerinnen schlief, wie es schien. Aber vor allem ging es ums Geld. Pietro mochte ihn auch nicht, Lucia Gentileschi ebenfalls nicht. Anscheinend war nur Claudio von ihm hereingelegt worden, sie mussten irgendeine Art von Beziehung gehabt haben, egal wie sporadisch, warum sollte Massis Frau sonst zu Lucia gegangen sein, um zu kondolieren? Armer Claudio.

Warum konnte es nicht Massi anstelle von Claudio gewesen sein, der Veronica Hutton belästigte? In seinem Kopf stellte Sandro hypothetische Ereignisketten zusammen: Das Mädchen, das vielleicht von einer anderen Frau erfährt und droht, ihre Affäre publik zu machen, droht, das Geschäft zu ruinieren? Das Geschäft, das er der Guardia unter der Nase weggeschnappt hatte? Aber er war den ganzen Tag in der Galerie gewesen, selbst wenn sie wahrscheinlich auf ihrem Weg in die Boboli-Gärten direkt daran vorbeigekommen war. War sie deswegen durch dieses Tor hineingegangen? Das war eine interessante Idee.

Aber da war die Frau von Massi und ihr Alibi, würde sie für ihn lügen? Da war Antonella Scarpa. Irgendwo in seinem Kopf klingelte es, da war etwas verkehrt, da passte etwas nicht.

Sein Gedankengang wurde unterbrochen, als ein Feuerwehrwagen in der engen Straße so nah an ihm vorbeiraste, dass das ganze Auto wackelte, dann kam noch einer, und es dämmerte Sandro, dass er die verdammten Dinger schon seit Stunden hörte, während sie im Nello saßen, noch weit entfernt, aber jetzt waren sie näher. Der Krach der Feuerwehrsirenen, des Martinshorns. Was war los? Müde öffnete Sandro die Tür und trat auf das Pflaster.

Weiter vorne waren die Feuerwehrwagen in der engen Straßenschlucht der Via Romana stecken geblieben. Hinter den Feuerwehrwagen war ein Auto in der blassblauen Farbe der Polizia Statale stehen geblieben, vorne waren die Feuerwehrautos durch einen Lieferwagen auf dem Pflaster aufgehalten worden, irgendjemand hupte mit nicht nachlassender Aggressivität. Sandro ging die paar Schritte bis zum Polizeiwagen, lehnte sich nach unten und klopfte an das Fenster. Er erkannte den Mann nicht, der ihn vom Beifahrersitz ausdruckslos ansah.

»Was ist los?«, fragte er zurückhaltend.

Der Mann sah von ihm weg durch die Windschutzscheibe, als er registrierte, dass sie nicht weiterfahren konnten, ließ er sich dazu herab, zu antworten. »Es gibt Hochwasser«, sagte er misstrauisch. Sandro beugte seinen Kopf noch tiefer und sah, dass er den Beamten dahinter, den am Steuer, vage wiedererkannte, wie hieß er noch, Roberti? Alberti?

»Commissario Gioberti?«, sagte er versuchsweise, der Mann wandte den Kopf um und nickte ein winziges bisschen.

»Sie sperren die Brücken«, sagte der ältere Beamte kurz. »Ein Teil des Wehrs in Santa Rosa ist weggespült worden. Das Wasser steigt unter den Uffizien, sie versuchen, es wieder rauszupumpen, und der Ruderklub steht unter Wasser.« Er blies stoßartig Luft aus. »Ich hoffe, dass Sie nicht schnell nach Hause müssen, Cellini, weil Sie heute Abend nicht mehr nach Santa Croce kommen, es sei denn, Sie rufen einen Hubschrauber.«

Der Lieferwagen vor ihnen rumpelte vom Pflaster, und die Feuerwehrwagen rollten vor, die zwei Polizisten im Auto wandten ihre Köpfe um, und sein Gespräch war beendet. Sperrung der Brücken? Im Oltrano feststecken, südlich des Flusses? Er versuchte, sich an die Vorstellung zu gewöhnen, und wusste nicht, wo er anfangen sollte. Er rief Luisa an.

Als Iris mit Jackson die Piazza Signoria betrat, sah sie aus wie noch nie: vollkommen verlassen. Auf der anderen Seite war eine provisorische Absperrung vor dem Eingang zur großen Galerie der Uffizien errichtet worden.

»Wir könnten zu dir gehen«, schlug Jackson hoffnungsvoll vor. »Da ist doch wohl keine Überschwemmungsgefahr, oder?«

»O nein«, sagte Iris und schüttelte den Kopf. »Ich muss noch einiges erledigen.« Sie ignorierte ihn und holte ihr Telefon hervor, Ronnies SIM-Karte nahm sie heraus, wickelte sie ein und tauschte sie gegen ihre eigene aus. Umständlich tippte sie eine SMS, während er sie beobachtete, dann steckte sie das Handy wieder ein.

»An wen hast du die geschickt?«, fragte er, sie runzelte die Stirn.

»Das geht dich nichts an«, sagte sie.

»Hör mal, Iris«, sagte Jackson, und jetzt war er weder großspurig noch bettelnd oder wütend, sondern einfach nur verzweifelt. »Sei doch nicht so. Wenn es wegen Sophia ist, das war nichts. Wir hatten nur …«

»Spaß, klar«, sagte Iris, sie war vor allem deswegen wütend, weil er dachte, es würde ihr etwas ausmachen. Er dachte, dass es bei all dem um Sophia ging. »Warum erzählst du nicht Sophia, dass sie nichts war?« Sie verschränkte die Arme vor der Brust. »Hör mal«, sagte sie einlenkend, denn warum sollte sie ihn auf die Idee bringen, dass sie wütend war? Sie war nicht wütend. »Kannst du nicht begreifen, dass es hierbei nicht um dich geht? Wirklich nicht. Wir sitzen in der Tinte, das hier ist einfach zu ernst, als dass wir hier Detektive spielen könnten. Es gibt Dinge, die wir wissen und die die Polizei wissen sollte, so einfach ist das.«

»Sie wirken eigentlich ziemlich beschäftigt«, sagte Jackson und nickte in Richtung eines Carabinierewagens, der unter der Neptunstatue geparkt stand, ein Beamter in einem militärischen Regencape lehnte sich daran und sprach eindringlich in sein Funkgerät.

»Du suchst nach Ausreden«, sagte Iris. Er sah auf seine Füße.

»Okay«, sagte er leise, »ich gehe.« Sie fuhr fort, als hätte er nichts gesagt.

»Ich weiß, dass, egal was ihre Mum denkt, Ronnie wahrscheinlich tot ist«, obwohl sie vorgehabt hatte, es ruhig und hart zu sagen, merkte sie, dass sie das nicht konnte und schlucken musste. »Aber wir müssen sie finden. Ich muss sie finden. Sie ist meine Freundin.«

Jackson sah zu ihr auf, sein Gesichtsausdruck war absolut

widerwillig. »Ich fände es besser, wenn du mit mir kommen würdest«, sagte er trotzig.

»Ich glaube, du solltest vielleicht auch die SIM-Karte mitnehmen«, sagte sie und ignorierte ihn, um in ihrer Tasche zu suchen.

»Himmel, nein«, sagte Jackson erschrocken. »Wie soll ich das denn erklären? Ach, ich habe die einfach am Boden gefunden? Sie werden denken, dass ich etwas damit zu tun habe.« Sie sah ihn geduldig an.

»Jackson«, sagte sie, »komm schon. Du kannst nicht immer davonlaufen. Ich muss meine Angelegenheiten erledigen. Nimm sie mit.« Er nahm sie.

»Schaffst du das allein?«, fragte er und senkte den Kopf. »Ich finde, du solltest nicht alleine gehen.«

Sie hielt die SMS hoch, die sie eben gesendet hatte. »Sandro wird mich dort treffen«, sagte sie. »Er ist ein guter Kerl. Hör mal, notier dir seine Nummer, ja?« Geschlagen ließ er die Schultern sinken, Jackson nahm sein Telefon heraus, das Iris jetzt nicht mehr so magisch erschien, und tippte Sandro Cellinis Nummer ein.

»Du weißt, wo das Revier der Carabinieri ist, oder? An den Boboli-Gärten?«

»In Ordnung«, sagte er, die Hände waren in den Taschen vergraben, den schmutzigen Rucksack hatte er über eine Schulter geworfen, er trug einen schäbigen Regenmantel, und seine Haare klebten vom Regen schon flach an seinem Kopf. Iris hatte fast Mitleid mit ihm. »Ich ruf dich an«, sagte er leise. »Bis später?«

»Vielleicht«, sagte sie, und er seufzte. Als sie sah, wie er davontrottete, ärgerte sie sich über sich selbst, weil sie dachte, wahrscheinlich hasst er mich jetzt. Gebieterische Zicke. Dagegen konnte sie nichts tun.

Jackson drehte sich nicht um, um sie gehen zu sehen. Er wollte, dass sie ihm vertraute. Dadurch fühlte er sich … entschlossener, war das das richtige Wort? Sieh einfach nur nach vorn. Er bog von der dunklen und leeren Piazza Signoria in Richtung Via Por Santa Maria ab, der Hauptverbindung von der Ponte Vecchio zum Dom, um die Brücke zu überqueren.

Aber da befand sich eine Polizeisperre, und auf der anderen Seite war die Via Por Santa Maria so überfüllt, wie die Piazza Signoria verlassen gewesen war. Er erreichte die Absperrung und durfte durchgehen, obwohl er keine Ahnung hatte, wie er weiterkommen sollte. Jackson fragte sich, was zum Teufel überhaupt los war, und er spürte sein Blut in Wallung kommen. Das hier war eine Herausforderung. Jackson arbeitete sich bis zur Ecke vor, dabei entschuldigte er sich ständig für seinen Rucksack, es war inzwischen fast ganz dunkel, und es regnete immer noch. Er musste sich seinen Weg durch die Schirme erkämpfen, und während er entsetzlich langsam vorankam, spürte er, dass die Menge halb aufgeregt, halb frustriert und genervt war. »*Cazzo!*«, hörte er einen italienischen Mann grummeln, als Jackson ihm auf den Fuß trat, ein wütendes Gesicht wandte sich ihm zu.

»Entschuldigung, Entschuldigung«, sagte er. Er schaute nach links, in Richtung der Ponte Vecchio und sah, dass sie leer war, der Durchgang war gesperrt. Das ergab keinen Sinn. Er sah einen Carabiniere aufrecht und in einem Regencape zu Pferd, hoffnungslos dachte er an seine Aufgabe. Sie hatten im Moment wirklich viel zu tun, oder nicht? Gab es auf dieser Seite des Arno noch ein Revier der Carabinieri?

Jemand musste sein amerikanisches Englisch gehört haben, denn an seinem Ellbogen hörte er eine Stimme leise sagen: »Sie haben die Brücken geschlossen.« Er drehte den Kopf um.

»Eine Art Vorsichtsmaßnahme«, sagte Sophia, fünfzehn

Zentimeter von ihm entfernt. Ihr Gesicht sah erschöpft aus, dachte er, als hätte sie geweint, aber sie sah ihn fest an. Das japanische Mädchen – Hiroko? – stand neben ihr. Sie sahen ihn an, ohne zu lächeln, sein Richter samt Geschworenen.

»Aha«, sagte er einfach. »Ich muss zum Revier der Carabinieri oder zu irgendeinem Polizeirevier. Iris und ich haben etwas herausgefunden.«

»Das wird nicht gehen, Jackson«, sagte Hiroko, und er fand, sich verzweifelt an Strohhalme klammernd, dass ihr Tonfall einigermaßen nett klang. »Wir haben im Radio gehört, dass die Uffizien überflutet sind, und wir kamen hierher, um zu sehen, ob wir helfen können.« Die Menge schob sie, aber Hiroko blieb geduldig stehen. »Sieh dich um«, sagte sie. »Wer hätte jetzt schon Zeit, dir zuzuhören?«

»Ich muss zu einem Polizeirevier«, sagte Jackson stur, und zum zweiten Mal an diesem Tag fühlte er sich, als müsse er weinen. Bloß tat er es dieses Mal nicht.

»Lass uns von hier verschwinden«, sagte Sophia, ihre Stimme klang anders als sonst. Erwachsen. »Wir können hier in der Menge sowieso nichts tun. Lasst uns irgendwohin gehen, dann kannst du es uns anstatt den Carabinieri erzählen.«

»Okay«, sagte Jackson und gab nach. »Warum nicht?«

Kapitel 23

Sandro saß immer noch im Dunkeln und überlegte, dass ihm das eine vertraute Situation war. Manchmal allein, manchmal mit Pietro wohnte er praktisch in der warmen Abgeschlossenheit des Dienstwagens, als wäre es ein Zimmer in seinem Gehirn, und dachte nach. Hier war das Mädchen hineingegangen, er hatte sie selbst an Allerheiligen unter seinem Fenster im Büro auf dem Weg dorthin vorbeigehen sehen. Er hatte dagestanden und sich gefragt, ob es nicht ein schrecklicher Fehler gewesen war, für wen hielt er sich eigentlich, sich selbstständig zu machen, sein Leben war vorbei, er sollte sich das besser endlich eingestehen. Da war sie vorbeigelaufen, ihr ganzes Leben lag anscheinend noch vor ihr. Veronica Hutton.

War es ein schrecklicher Fehler? Einen Augenblick lang hatte Sandro furchtbares Verlangen danach, dass Pietro die Autotür öffnen und neben ihm einsteigen würde, als wäre nie etwas geschehen, um dann das zu sagen, was er immer sagte: *Wohin jetzt, capo?* Er erkannte dieses Verlangen, wenn es kam, es war genau das, was er, seit sein Vater seiner Mutter vor fast fünfzig Jahren ins Grab gefolgt war, zu vermeiden suchte. Es war Trauer, und Sandro war allein damit.

Wohin jetzt? Sandro griff nach dem Lenkrad des geparkten Autos, als erwartete er, dass es ihn von alleine irgendwohin bringen würde. Denk nach. Was hatte er prinzipiell während der letzten achtundvierzig Stunden gelernt? Dass er Angst vor dem Tod hatte. Dass Veronica Hutton hier gewesen war.

Es gab unwiderlegbare Beweise dafür, nicht bloß das Wort eines alkoholkranken Kellners, sondern Bilder der Kamera, die über dem Annalena-Tor hing.

Sandro lehnte sich zurück, die Hände lagen immer noch am Steuer, und er blickte seitlich aus dem Autofenster. War es für Veronica Hutton aufregend gewesen, so nah am Arbeitsplatz ihres Geliebten vorbeizugehen? Dachte sie nur an die Zeit, die sie alleine miteinander verbringen würden? Oder plante sie, den alten Maler mit ihrem Charme zum Ausplaudern all seiner Geheimnisse und seiner Geschichte zu bewegen, damit sie Massi ganz beiläufig mit ihrem Insiderwissen beeindrucken könnte?

Noch ein Feuerwehrwagen fuhr vorbei, wurde etwas langsamer, um sich durch die Straße zu schlängeln, dann wieder schneller. Sandro machte sich Sorgen: Wo blieb Massi? Er beschloss, solange er wartete, Luisa zu berichten, was los war.

Die Leitung knackste, während es klingelte. Nicht zum ersten Mal, seit der Regen eingesetzt und er begonnen hatte, die letzten Stunden im Leben Claudio Gentileschis zu ermitteln, hatte Sandro das überwältigende Gefühl, dass eine Katastrophe in der Luft lag. Das Hochwasser kam, es herrschte Chaos, alles brach auseinander. War Claudio Gentileschi ein Betrüger, der junge Frauen belästigte, ein Mörder? Aber Luisa klang fröhlich.

»Es wird uns schon nicht umbringen«, sagte sie schlicht. »Wir können bei Giuli auf dem Boden schlafen, wir können zu meiner Tante Alice in Galluzzo, wir können in ein Hotel gehen, um Himmels willen. Es ist ja wohl kaum Hochsaison. Und überhaupt, du weißt doch, wie sie sind, es ist wahrscheinlich sowieso völlig übertrieben.« Sie schnalzte mit der

Zunge. »Ich meine, wer hat jemals gehört, dass sie alle Brücken sperren?«

Machte ihr das Chaos am Ende Spaß? Es war ihm egal, wenn es so war. »Massi ist noch nicht aufgetaucht«, sagte er. »Vielleicht steckt er auf der anderen Seite fest. Ich werde zu euch kommen.«

»In Ordnung«, sagte Luisa. »Wir sind schon fast bei der Katzenfrau.« Sie atmete tief ein. »Ich hoffe, dass sie zu Hause ist.«

»Du bist doch nicht müde, oder?«, fragte Sandro ängstlich. »Dir geht es doch gut, oder? Bist du trocken?«

»Mir geht es gut«, sagte Luisa. »Ich trage meine Gummistiefel, meinen Regenmantel, ich freue mich darauf, mir diese Fiamma DiTommaso vorzuknöpfen, wenn du es wissen willst. Ich habe dir doch erzählt, dass sie abgehauen ist, als ich im Park mit ihr sprechen wollte?« Es gab eine Pause, und Sandro grummelte. Luisa klang wirklich gut, sie musste sich wahrscheinlich von … allem anderen ablenken. »Giuli passt schon auf mich auf«, sagte sie. »Ich brauche dich nicht.«

»Soll ich dich abholen?«, fragte Sandro hilflos. Luisa lachte. »Wie willst du das denn machen?«, fragte sie. »Wenn sie die Brücken sperren, dann geht das nur zu Fuß. Wir kommen zu dir.«

Als er auflegte, sah er aus dem Augenwinkel, wie das Licht in einem goldenen Schaufenster erlosch, und drehte sich danach um. Gegenüber der Galleria Massi lag ein Geschäft, das geschnitzte und vergoldete Lampen verkaufte, im jetzt dunklen Schaufenster befanden sich eine rote Seidenbettdecke und Schlafzimmerlampen. Während er hinsah, kam eine stämmige Frau heraus und griff nach dem Metallrollladen vor dem Fenster, um abzuschließen. Sie sah resigniert aus, sie musste wohl ums Überleben kämpfen, dachte Sandro, wenn sie den

Laden an einem Novembersonntag öffnen musste. Moment mal, dachte er, hatte Luisa nicht etwas über das Geschäft gegenüber gesagt? Moment mal. Er stieg aus dem Auto.

»Guten Abend«, sagte er, sie sah ihn an, hatte Schlüssel in der Hand und den Rollladen halb geschlossen.

»Ja?«, fragte sie misstrauisch. Sandro dachte kurz über die Ausrede nach, dass er einen Wandleuchter bräuchte, verwarf die Idee dann aber. Er nickte einfach nur über die Straße in Richtung der Galerie. In seiner Tasche piepste dieses dämliche Handy wieder, er ignorierte es. Wie konnte man bloß einen klaren Gedanken fassen, wenn diese verdammten Teile alle fünf Minuten Nachrichten abfeuerten?

»Kennen Sie den Inhaber der Galleria Massi?«, fragte er und deutete auf die andere Straßenseite. »Paolo Massi?«

Sie schnaubte. Sie war kräftig gebaut, ein Ackergaul von einer Frau mit dicken, blond gefärbten Haaren und einem wachsamen Blick, der Sandro gefiel. »Ich kenne ihn«, sagte sie. »Oder ich beobachte ihn jedenfalls dabei, wie er in diesem Laden herumpfuscht, wenn das zählt. Ich nehme an, dass man jemanden auf diese Weise kennenlernen kann.«

»Sie mögen ihn wohl nicht?«, fragte Sandro, und sie betrachtete ihn genauer.

»Nicht besonders«, sagte sie. »Was geht Sie das eigentlich an?«

Er beantwortete ihre Frage kurz, er führe eine private Ermittlung wegen einer Schülerin Massis. Sie nickte. Sie heiße Gabriella, aber er könne sie Gabi nennen, sagte sie. Mit einem Seufzer nahm sie den Schlüssel aus dem Rollladen, ließ ihn oben, öffnete die Ladentür wieder und schaltete das Licht an. »Es ist ja nicht so, dass ich nicht noch anderes zu tun hätte«, sagte sie. »Nach Ihnen.«

Von hier aus konnte man mehr von dem düsteren Innenraum der Galerie gegenüber sehen, stellte er fest, weit hinten im Laden war irgendein Sicherheitslicht an.

»Ich habe ihn einmal darum gebeten, ein paar Broschüren in der Galerie auszulegen«, sagte Gabi empört, »und habe angeboten, dasselbe bei mir zu tun, er hat mich behandelt, als wäre ich eine Pennerin, die die Hand zum Betteln ausstreckt.«

»Ist er jeden Tag dort?« Sie schüttelte den Kopf. »Wann es ihm passt. Er leitet doch auch eine Schule, oder nicht? Er kommt hierher, um den großen Kunsthändler zu spielen, oder wenn er eine Ausstellung mit Schülerarbeiten aufhängen muss, wie letzte Woche.« Sie spähte durch das Fenster. »Zumindest nehme ich an, dass es das war, diese Ausstellung muss schon etwas Besonderes sein. Die ganze Woche herrscht ein einziges Kommen und Gehen.« Sie sah nachdenklich aus. »Gott weiß, wo er all den Müll lagert, den er nicht verkauft. Wahrscheinlich wirft er ihn weg.«

Während sie sprach, standen sie an ihrem Schreibtisch, wie bei Massi stand auch dieser vorne im Laden, direkt hinter der Tür.«

»Sie mögen einen guten Ausblick auf die Straße?«, fragte er.

»Natürlich«, sagte sie. »Wer will sich schon hinten verstecken? Außerdem schreckt es Ladendiebe ab. Selbst er da drüben sieht gern auf die Straße.« Sie nickte zur Galerie hinüber.

»Waren Sie je in seinem Laden?«, fragte Sandro.

»Sie meinen, in seiner Galerie«, verbesserte sie ihn und verzog den Mund. »Ich bin eine Ladenbesitzerin, er ist ein … ein Kunstmäzen.« Sie spitzte die Lippen. »Nur einmal, als ich ihn um diesen Gefallen gebeten habe, er machte deutlich, dass er keine weiteren Besuche haben wollte. Ich fand, dass sie voller Müll war, moderner Kram, Schülerarbeiten, sie waren den Lagerplatz kaum wert. Ich würde gern wissen, wie er seinen Lebensunterhalt verdient.« Sie tippte sich seitlich an die Nase.

»Haben Sie irgendeine Idee?« Es fiel ihm ein, dass Gabi die Frau sein könnte, die ihn bei der Guardia angezeigt hatte, von wegen verlassene Geliebte, eher Geschäftsneid. Heutzutage kam Geld immer vor Sex.

Sie sprach wütend, während sie über die Straße starrte. »Nun, die glänzenden SUVs mit deutschen Nummernschildern fahren wohl kaum mit Schweineköpfen in Formaldehyd und Schülerarbeiten wieder fort. Sie bekommen ihre Ware aus dem Hinterzimmer in wunderschönen, handgemachten Mappen.«

Sandro trat näher ans Fenster, in seinem Kopf keimte eine Idee. Was hatte Antonella Scarpa gesagt, würden sie verkaufen? Renaissancezeichnungen, so was in der Art?

»Was war am Dienstag?«, fragte er angestrengt, er versuchte, das alles zusammenzubringen, wieder auf die Fakten zurückzukommen. »Massi sagte, seine Frau wäre hergekommen, um mit ihm zu Mittag zu essen. Kann das stimmen?«

»Eine Frau?« Gabi schnaubte wieder. »Welche denn?« Sandro zuckte zusammen und sah nur ihren sauertöpfischen, boshaften Gesichtsausdruck.

»Ich mache nur Witze«, sagte Gabi. »Sie ist doch nicht seine Frau, oder? Diese herrische, kleine sardische Frau, die *sarda* mit den kurzen, schwarzen Haaren. Nicht seine Frau, selbst wenn sie sich so benimmt.« Antonella Scarpa, dachte Sandro. Gabi fuhr fort. »Sie ist jedenfalls ziemlich oft hier. Wäre ich seine Frau, na ja, lassen Sie es mich so sagen, ich wäre nicht gern seine Frau.«

»Sie, also die Ehefrau, meine ich, sie war am Dienstag also nicht da, meinen Sie?«

»Hm«, sagte Gabi und runzelte die Stirn. »Dienstag? Ich habe montags geschlossen, daher war ich am Dienstag hier, Allerheiligen hin oder her. Das Merkwürdige ist, ich glaube,

Sie könnten recht haben, die alte Frau Nummer eins war am Dienstag hier.« Sie öffnete die Arme, ihr Gesicht ganz entspannt, während sie nachdachte. Sie lachte. »Ich erinnere mich jetzt, weil es aussah, als wäre sie gekommen, um von Frau Nummer zwei zu übernehmen.«

Antonella Scarpa war am Vormittag ein paar Stunden dort gewesen, Sandro erinnerte sich, dass Massi das gesagt hatte. Er versteckte sich hinter seinen Frauen. Gabi setzte sich an den kleinen Schreibtisch, als ginge sie ihren Arbeitstag noch einmal durch, sie legte ihr Kinn in beide Hände und starrte durch das regennasse Fenster über die graue Straße.

Sandro hielt den Atem an, die stämmige, kleine Frau war plötzlich so konzentriert.

»Er war als Erster hier«, begann sie langsam. »Für ihn war es noch früh, ich erinnere mich, dass ich mich noch gefragt habe, ob heute die Ausstellung eröffnet wird, denn normalerweise begannen die Schülerausstellungen immer samstags. Er hatte einen Kaffee zum Mitnehmen dabei und schloss auf. Er war …« Sie runzelte die Stirn. »Lassen Sie mich nachdenken, er hatte etwas dabei, mehr als das Übliche, er hat oft eine Aktentasche oder so etwas dabei. Am Dienstag hatte er, was war es? Er hatte Schwierigkeiten, die Tür zu öffnen, mit dem Kaffee und all dem. Es war eher eine Art Reisetasche, ein teures Designerding. Er ging direkt nach hinten und ließ sie dort stehen.«

Sandro folgte ihrem Blick, fixierte das Sicherheitslicht, das hinten in der Galerie zu sehen war. Als sich seine Augen an das Licht gewöhnt hatten, sah er, dass es eine Lagerwand und eine Hintertür beleuchtete.

»Dann kam er wieder an seinen Schreibtisch, setzte sich hin und bewegte sich eigentlich nicht mehr.« Sie lächelte vor sich hin. »Manchmal starre ich ihn einfach an und warte darauf, dass er aufgibt und mich ansieht, aber es ist, als existierte ich gar nicht, wissen Sie? Er hat ein bisschen telefoniert und dann Papierkram erledigt.«

»Und Antonella Scarpa? Seine Assistentin? Wann tauchte sie auf?«

Da war etwas mit Antonella, dachte Sandro. Sie war härter als er, viel härter. Eine Arbeiterin, hartnäckig, kratzbürstig. Wie ertrug sie es, Frau Nummer zwei zu sein? Vielleicht sogar Nummer drei, nach Veronica Hutton.

Gabi spitzte die Lippen und sagte: »Sie kam, es muss so gegen zehn gewesen sein. Ich hatte mir selbst gerade um die Ecke einen Kaffee geholt, sie kam an, als ich gerade wieder hineinging.«

»War das der einzige Moment, in dem Sie das Geschäft verlassen haben?«, fragte er.

Gabi sah ihn beleidigt an. »Allerdings«, sagte sie würdevoll. »Ich bringe mir normalerweise ein Brot mit. Heutzutage gibt es keine Mittagspause mehr.«

»Und wann ist die Ehefrau gekommen?«

Sie runzelte wieder die Stirn und konzentrierte sich. »Ungefähr eine Stunde später. Elf, halb zwölf, so um die Zeit.«

»Ziemlich früh fürs Mittagessen«, überlegte Sandro. Und außerdem sowieso ein merkwürdiger Zufall, dass die Frau, die selten in die Galerie kam, aus heiterem Himmel auftauchte.

»Mittagessen? Ich habe nichts von einem Mittagessen gesehen«, sagte Gabi, das Kinn hatte sie immer noch in die Hände gestützt. »Zu der Zeit jedenfalls nicht, es war zu früh fürs Mittagessen.« Sie runzelte die Stirn. »Ich glaube, dass sie etwas später, als ich selbst zu Mittag aß, gegangen ist, gegen halb zwei oder so. Zuerst schickte sie aber Frau Nummer zwei aus dem Laden, ziemlich rasch, und übernahm tatsächlich ihren Platz, krempelte die Ärmel hoch und kümmerte sich um die

Bilder, als wäre sie jetzt seine Assistentin. Alles nur Schau. Er war übrigens nicht überrascht, sie zu sehen.«

»Ach nein?«, sagte Sandro vorsichtig.

Gabi lachte böse auf. »Was auch immer die drei zueinander gesagt haben, sie haben jedenfalls die einzige Kundin verjagt, die seit Monaten die Galerie betreten hat, die Arme rannte wie von der Tarantel gestochen davon.«

»Und Scarpa ist dann gegangen? Die sardische Frau? So gegen«, er bemühte sich, locker zu klingen, »halb zwölf.«

»Ja. So um die Uhrzeit, stimmt. Obwohl ich in dem Moment selbst einen Kunden hatte. Der Dienstag war ein guter Tag, die Sonne treibt die Leute heraus, wissen Sie?« Daraufhin sahen sie beide nach draußen, die Sonne war nur noch eine ferne Erinnerung. Ein Auto fuhr langsam auf den Bürgersteig gegenüber, vorne saßen zwei Personen.

»Sie haben die Galerie also nicht weiter beobachtet?«

»O doch, ich habe sie im Blick behalten«, sagte Gabi. »Wissen Sie, zu dem Zeitpunkt war ich neugierig. Tag für Tag sitze ich hier, und sie bieten nicht oft so eine Show. Die Hälfte der Zeit ist die Galerie geschlossen.«

»Die Sache ist die«, sagte Sandro in dem Bewusstsein, die Sechs-Millionen-Dollar-Frage zu stellen. »Massi behauptet, er wäre den ganzen Tag dort gewesen. Er behauptet, seine Frau könne das bezeugen, sie wäre den ganzen Tag mit ihm dort gewesen.«

Gabi verzog das Gesicht. »Also«, sagte sie zögernd. »Ich muss bestätigen, dass er wirklich den ganzen Tag da gewesen ist, ich kann ihn an diesem Schreibtisch ja sehen. Obwohl sie ein bisschen früher gegangen sind, so gegen vier. Ich habe gesehen, wie sie abgeschlossen und die Rollläden heruntergelassen haben. Man könnte glauben, sie hätten ein paar Leonardos anstelle von ein paar Schülerzeichnungen da drin.«

»Und er hätte nicht, sagen wir mal, eine halbe Stunde verschwinden können, während Sie jemanden bedient haben?«

Das war jetzt langsam zu weit hergeholt, oder nicht? Es war also keine Überraschung, als Gabi den Kopf schüttelte. »Nein«, sagte sie bedauernd. »Tut mir leid, *caro*. Er saß an dem Schreibtisch, als hätte sie ihn dort festgeklebt, sie war irgendwo hinten und tauchte eine Weile nicht auf, als sie wiederkam, ging sie zum Auto und holte eine Tüte mit Broten. Er war die ganze Zeit über da. Er ist nicht mal zum Rauchen in den Hof gegangen. Wenn er unter Druck steht, habe ich ihn das schon tun sehen. Ein paar Minuten, das wäre allenfalls möglich. Aber keine halbe Stunde, nicht einmal zehn Minuten. Nein.«

Auf der anderen Straßenseite stieg ein Paar aus dem Auto, sie hatten darin gesessen, als hätten sie einen Streit unter Liebenden, aber dann sah Sandro, dass es gar kein Paar war, sondern Paolo Massi und Antonella Scarpa. Gabi stand auf und verschränkte die Arme vor der Brust.

»Sieht so aus, als sei Frau Nummer zwei wieder aktuell«, sagte sie.

Die Via dei Bardi, in der Fiamma DiTommaso in der Nummer zwölf wohnen sollte und die normalerweise mit ihren hohen Steinmauern und der tiefen Düsternis still wie ein Grab war, war jetzt laut und chaotisch. Autos standen im Regen, und Leute rauchten wütend auf dem Bürgersteig.

Die beiden Frauen gingen die schmale Straße unterhalb der Gärten der Costa Scarpuccia entlang, die hoch lagen und von einer antiken und gewölbten Mauer gehalten wurden.

»Sie sperren die Brücken«, sagte Giulietta hilfsbereit zu einem Mann, der unter tropfenden Blättern stand, als sie an ihm vorbeigingen. Er machte ein finsteres Gesicht, mehr wegen der Welt im Allgemeinen, dachte Luisa, als wegen Giuli persönlich. Die Welt ist doch gar nicht so schlecht, wollte sie sagen, selbst der Regen auf ihrem Gesicht erschien ihr wie ein Segen, selbst das Chaos und das Hochwasser waren besser als nichts.

Sie kämpften sich auf ihr Ziel zu. Die meisten Leute, die in dieser Straße wohnten, waren reich und die Fassaden gut in Schuss, aber es gab einzelne Stellen, denen man die Armut und Vernachlässigung ansehen konnte. Bleischwarze Pflastersteine, billige und schäbige Fenster, bröckelnde Mauern. Es gab sie überall in der Stadt, mietpreisgebundene Gebäude, in denen die Vermieter versuchten, ihre sturen alten Mieter auszuhungern, indem sie keine Reparaturen oder Modernisierungen ausführen ließen. Manchmal wohnten ganze Familien von Immigranten dort, was sich nur im Sommer zeigte, wenn ihre Erdgeschossfensterläden sich in der brütenden Hitze öffneten, um eine ganze Wand voller Stockbetten preiszugeben, wie bei einem aufgebrochenen Termitenhügel.

Es war keine Überraschung, dass Fiamma DiTommasos Haus zu dieser Sorte gehörte. Es befand sich am Fuß der Costa Scarpuccia, was logisch war, denn Luisa wusste, dass das wilde Dreieck des Gartens, der von der bröckelnden Mauer gehalten wurde, die Heimat einer weiteren Katzenkolonie war. Man konnte die Costa Scarpuccia nicht hochgehen, ohne über einen Napf mit eingetrocknetem Futter zu stolpern.

Es war nicht so, dass Luisa keine Katzen mochte. Sie hatte nichts gegen sie, auch wenn sie sie zum Niesen brachten, sie verstand, dass das wohlgenährte Tier, das sich auf dem Balkon einer alten Dame zusammenrollte, eine Quelle des Trosts im Alter sein konnte. Aber diese Massen wandernder halbwilder Katzen, die durch die Schatten der Boboli-Gärten liefen, die Angst vor menschlichem Kontakt hatten und in allen Tarnfarben wie grau, getigert und braun vorkamen, die waren richtig gruselig und noch dazu unhygienisch.

Doch dann wurde ihr klar, sogar noch bevor Fiamma DiTommaso ihnen schließlich erlaubte, ihre Hütte zu betreten, dass die Frau selbst etwas Katzenhaftes hatte.

Sie klingelten an der Tür, und wie vorherzusehen gewesen war, antwortete niemand. Sie standen schweigend da und betrachteten die Fassade. Im ersten Stock waren die Fensterläden so verzogen, dass sie sich von der Wand wegdrehten, wie trockenes Brot. Dahinter beobachtete sie jemand.

»Bitte, Signora DiTommaso«, rief Luisa. »Entweder Sie sprechen mit uns oder mit der Polizei. Geben Sie uns eine Chance?« Hinter ihr auf dem Pflaster streckte eine Frau den Kopf aus ihrem im Leerlauf laufenden Auto und sah sie neugierig an. Hinter dem Fensterladen bewegte sich das Licht, dann öffnete sich plötzlich die Haustüre.

»Kommen Sie rein«, zischte Fiamma DiTommaso. Selbst im Flur herrschte ein durchdringender Katzengeruch. Luisa nieste.

Es waren zwei Zimmer im ersten Stock, eines hinter dem anderen. Neben einem elektrischen Herd befand sich ein Spülbecken, und in einer Ecke stand ein klobiger Schrank, das war Fiamma DiTommasos ganze Einrichtung. Es waren keine Katzen zu sehen, aber die Decke, die auf das Sofa geworfen worden war, war mit silbrigen Haaren bedeckt.

Fiamma DiTommaso trug trotz der Jahreszeit Sandalen mit dicken Sohlen, in denen dünne, nackte Beine mit Sommersprossen steckten, außerdem eine weite Baumwollhose und ein verwaschenes Sweatshirt. Um ihren Kopf hatte sie einen dünnen Schal gewickelt. DiTommaso war ein Name, der so alt war wie Massi oder Badigliani, aber diese Frau hatte einen völlig anderen Lebensweg eingeschlagen. Sie trug keinen Lippenstift, keine zu den Schuhen passende Handtasche wie die Badigliani, und sie wurde nicht von dieser Gier getrieben wie Massi. Luisa überraschte sich selbst, indem sie die Frau bewunderte.

Es war unmöglich zu sagen, wie alt Fiamma DiTommaso war. Vielleicht fünfzig, vielleicht sechzig, altersmäßig nicht weit von Luisa selbst entfernt.

»Setzen Sie sich«, sagte sie und deutete auf das haarige Sofa. Luisa setzte sich, und noch bevor ihr Po mit der Decke in Kontakt kam, spürte sie, wie ihre Nase und ihr Hals als Reaktion auf die Allergene anschwollen.

Giulietta setzte sich vorsichtig neben sie, sie wirkte noch unsicherer als Luisa. Sie sah sich in der kleinen, elenden Wohnung um, eine der Wände war kahl verputzt, an ein paar Stellen sah man sogar die Backsteine. Luisa wurde bewusst, dass diese Wohnung wahrscheinlich all den elenden, verfluchten Bruchbuden und Prostituiertenwohnungen ähnelte, in denen Giulia ihre frühen Jahre verbracht hatte. Es gab ein paar Zeichen der Gemütlichkeit, ein gerahmtes Foto über der Spüle, eine Kaffeekanne, ein kleiner Buddha vor einem billigen Spiegel.

Fiamma DiTommaso hatte die Arme fest vor ihrer Brust verschränkt, Luisa sah, dass sie unter all der voluminösen Baumwolle dünn war. »Fragen Sie einfach, was Sie fragen wollen«, sagte sie mit rostiger Stimme, als würde sie sie nicht oft benutzen.

Die Wohnung war dunkel, die Fensterläden geschlossen. Eine einzelne Lampe mit einer schwachen Glühbirne war neben dem Sofa angeschaltet. Luisa sprach sanft.

»Es geht um das Mädchen«, sagte sie und war selbst überrascht, dass sie so anfing, aber das stimmte schließlich, oder etwa nicht? »Das Mädchen, das Sie gesehen haben, das Mädchen, das seine Tasche weggeworfen hat.«

»Wer sagt, dass ich sie gesehen habe?«

»Wann haben Sie die Tasche gefunden, Fiamma?«, fragte Luisa.

»Am Abend«, sagte Fiamma DiTommaso ein bisschen zu schnell. »Ich habe sie sofort abgegeben. Ich habe es den Bullen im Revier der Carabinieri gebracht, obwohl mir dafür keiner gedankt hat.«

Bullen, die Frau war eine alte Radikale, das war es. »Wie haben Sie sie gefunden?«, fragte Luisa geduldig.

»Sie lag einfach da«, sagte sie trotzig.

»Es muss dunkel gewesen sein«, sagte Luisa.

»Der Park schließt um vier«, warf Giulietta ein. »Normalerweise sind Sie doch nicht so spät noch da, oder?« Luisa sah sie an, dann sah sie DiTommaso an, da gab es Ähnlichkeiten zwischen den beiden. Eine Sekunde lang schien es Luisa, dass DiTommaso Giulis Mutter hätte sein können, wäre Giulis Mutter nicht tot. Sie ließ Giuli weitermachen. Guter Bulle, böser Bulle, so nannte man das doch?

»Sie haben sie am Mittag gefunden, nicht wahr?«, sagte Giulietta so ruhig, als hätte sie sich das alles schon vorher ausgedacht. Vielleicht hatte sie das ja auch. »Sie nahmen sie mit nach Hause, dachten, dass Sie vielleicht das Geld nehmen könnten, denn Sie sind ja nicht gerade reich, oder? Und schließlich hatten Sie sie nicht gestohlen, was man findet, kann man behalten.«

DiTommaso starrte sie dumpf an und sagte nichts.

»Warum haben Sie sie zurückgebracht?«, fragte Luisa sanft. »Es ist schon in Ordnung, wir sind ja nicht die Polizei. Wir werden es denen auch nicht erzählen, wenn es sich vermeiden lässt. Aber das Mädchen wird vermisst. Wussten Sie das? Wir wissen nicht, ob sie noch lebt oder schon tot ist.« Es entstand eine Stille. »Warum haben Sie sie zurückgebracht?

Haben Sie nachgedacht? War da etwas, was Sie gesehen oder gehört haben?«

»Sie könnten uns helfen, sie zu finden«, sagte Giulietta. »Sie könnten sie retten.«

»Ich habe nichts gesehen«, sagte DiTommaso schließlich. »Ich habe nur etwas gehört, ich habe sie schreien gehört.« Sie schob ihr Kinn trotzig wie ein Kind vor. »Ich habe das Geld nicht genommen. Ich habe alles zurückgebracht. Ich wollte es ihnen erzählen, den Bullen, der Scheißpolizei, aber sie haben mich nur behandelt, als … als wäre ich schmutzig.«

Luisa nickte, sie schämte sich. »Das verstehe ich«, sagte sie. »Sie sind nicht schmutzig. Mir können Sie es doch erzählen, oder nicht?«

Einen Moment lang wusste sie nicht, in welche Richtung es weitergehen würde, dann ließ DiTommaso sich auf das Sofa fallen und machte leise, schnalzende Geräusche. Aus dem Nichts tauchte ein riesiger Kater auf und sprang geräuschlos auf ihre Knie. »In Ordnung«, sagte sie rau. »Ich werde es Ihnen erzählen.«

Kapitel 24

Sandro wusste noch nicht, was er sagen würde. Massi hatte Antonella Scarpa offensichtlich zur Unterstützung mitgebracht. Typisch, dachte Sandro, während sie sich am Schloss zu schaffen machten. Er versteckt sich hinter einer Frau. Ihm fiel auf, dass der Rollladen recht filigran war, war er das, weil der Laden ein Showroom sein sollte?

Massi beschwerte sich über den Verkehr, Sandro behielt die Information, dass die Brücken gesperrt wurden, für sich. Er war endlich aufgetaucht, der große Direttore, Sandros unbestechlicher Detektor für Angst sagte ihm, dass der Mann sehr nervös war: Was hatte sich verändert? Immerhin war er hier auf seinem ureigensten Territorium, es war seine Galerie.

»Es ist nett von Ihnen, dass Sie gekommen sind«, mehr sagte Sandro nicht. »Ich denke nicht, dass es lang dauern wird.« Als er diesen Termin vereinbart hatte, überlegte er, hatte er noch keine Ahnung gehabt, gar keine. Aber jetzt, wo er hier war und die Luft des Ladens riechen konnte, wusste er, dass er irgendeiner Sache auf der Spur war.

Eine Reihe Lichter wurde angeschaltet, sie strahlten von oben die dunklen Wände an, die in einem Dunkelbraun gestrichen waren. Es war sehr kalt. Ihm wurde bewusst, dass sie sich praktisch unter der Erde befanden, direkt im Hügel, das große, kalte Gewicht der Erde und Steine lastete über ihnen.

Um ein bisschen Zeit zu schinden, schritt Sandro die Reihe der gerahmten Arbeiten ab, ein paar Tintenzeichnungen von architektonischen Details, Kohleskizzen, eine paar Ölgemälde, die ihm laienhaft ausgeführt erschienen, aber was wusste er schon? Die Zeichnung eines Mädchens, das auf dem Rücken liegend ein Buch liest, er blieb vor dem Bild stehen.

Er drehte sich um. »Sie kennen einen Mann namens Claudio Gentileschi«, sagte er, es war keine Frage. Unter der schummerigen Beleuchtung starrten sie ihn beide an. Er konzentrierte sich auf Paolo Massi.

»Sie haben ihn vor über zehn Jahren getroffen, bei einem Empfang in der Synagoge, zu dem Sie eingeladen worden waren, weil Ihr Vater als Freund der jüdischen Gemeinde in Florenz galt.«

»Es tut mir leid.« Paolo Massi schien verspätet seine Sprache wiederzufinden. »Vor zehn Jahren? Ich habe keine Ahnung, was das mit, mit Ihren Ermittlungen zu tun hat.«

»Claudio Gentileschi ist am selben Tag gestorben, an dem Veronica Hutton verschwunden ist.«

Das müsste erst einmal reichen. Massi legte den Kopf schief. »Zehn Jahre sind eine lange Zeit«, sagte er mit einem angedeuteten Lächeln. »Aber der Name sagt mir etwas, ja.«

»Gentileschis Witwe hat gesagt, dass Ihre Frau sie besucht hat, um zu kondolieren«, sagte Sandro, »am Freitagabend.«

Massis Lächeln erstarrte ein wenig. »Meine Frau nimmt diese Dinge sehr genau«, sagte er.

»Aber dann gab es da offensichtlich doch eine ständige Verbindung zwischen Ihren Familien?«, setzte Sandro nach.

Massi öffnete den Mund und schloss ihn wieder.

Antonella Scarpa streckte sich, um ihren Mantel an einen Haken neben der Tür zu hängen, und erklärte über ihre Schulter betont beiläufig: »Claudio Gentileschi hat ab und zu mal eine Arbeit über uns verkauft, Paolo. Erinnerst du dich nicht? Er ist ein ziemlich guter Künstler, macht wundervolle Zeichnungen.«

Langsam drehte sich Sandro um und sah sie an, er glaubte ihr kein Wort. Sie steckte ihre Arme in einen ihrer weißen Arbeitskittel, das war ihre Uniform. Sie war vorbereitet.

»Seine eigenen Arbeiten?«

»Was meinen Sie damit?«, sagte Antonella Scarpa, und in diesem Augenblick durchschaute er sie, sie sah ihn streng an, die Hände ballte sie in den Taschen, sie versuchte, ihn zu verwirren.

Sie sind gut, dachte er, ist das die Liebe oder ist es das Geschäft, das sie so gut für ihn lügen lässt? Über ihre Schulter hinweg sah er durch das Fenster und über die dunkle Straße. Gabis Silhouette im Schaufenster ihres eigenen Ladens beobachtete sie.

»Ich meine, Signorina Scarpa«, sagte er und improvisierte, »dass ich Informationen habe, dass Claudio Gentileschi seit zehn Jahren Ihnen nicht nur ab und zu eine wundervolle, eigene Arbeit geliefert hat, wie Sie sich ausdrücken. Er war eine Einmannfirma für qualitativ hochwertige Fälschungen von Zeichnungen, die Sie an Ihre internationalen Kunden verkauft haben. Ihre Deutschen, Ihre Amerikaner, Ihre russischen Milliardäre, deren Eigentum an der Riviera eingerichtet und deren Geld gewaschen werden muss. Der Niedergang des Kommunismus muss Sie wirklich sehr gefreut haben, nicht wahr?«

»Sie reden Unsinn«, sagte Antonella Scarpa ruhig. »Das entspringt doch alles Ihrer Fantasie.«

Sandro hielt ihrem Blick stand. »Sie denken, Sie könnten denen alles aufschwätzen, den ignoranten russischen Bauern, stimmt's? Dann lassen Sie mich Ihnen sagen, wenn die herausfinden, dass sie von Ihnen betrogen wurden, dann werden Sie merken, dass es gewisse Dinge gibt, die diese russischen Bauernoligarchen wirklich gut können.« Er nahm den dünnen Pappordner aus seiner Tasche und zog eine von den Zeichnungen heraus, die er aus Claudios Atelier mitgenommen hatte.

»Sie hatten keine Angst vor der Guardia di Finanza, nicht wahr? Ich wette, Sie waren sehr zufrieden mit sich, als Sie sie verabschiedet haben. Haben Sie jetzt Angst?«

»Sie haben nichts gefunden«, sagte Massi leise. »Es gab keine Beweise für irgendeine Unregelmäßigkeit.« Scarpa sah ihn scharf an, daraufhin schwieg er.

»Er war ein guter Mann«, sagte Sandro, überrascht von der Vehemenz in seiner eigenen Stimme, als er Claudio verteidigte. »Wie haben Sie ihn dazu überredet?«

Paolo Massi sah ihn an, sein Kinn war schlaff und schwach, er mimte nicht mehr den großen Kunstmäzen, den Casanova für jede empfängliche, hübsche Schülerin. Nun, dachte Sandro, dieses Thema haben wir ja noch nicht einmal angesprochen. Die Mädchen. Eins nach dem anderen. Er blieb ruhig. »Ich nehme an, dass Sie den Namen Ihres Vaters genutzt haben, nicht wahr? Die alte Druckerpresse, die während des Krieges gearbeitet hat, die Verbindung zur jüdischen Gemeinde. Dazu vielleicht noch eine Andeutung, dass er seine Frau, die so viel jünger ist, für die Zeit nach seinem Tod absichern sollte?«

Hilflos streckte Massi eine Hand nach der Zeichnung aus, aber Sandro zog sie zurück. »Selbst wenn wir nicht alle Renaissancezeichnungen, die Sie in den letzten paar Jahren verkauft haben, finden können, ein oder zwei sollten genügen, denken Sie nicht?«

Sandro machte weiter. »Sind sie dort hinten?« Es fühlte sich an, als spräche er einen auswendig gelernten Text, es sprudelte alles aus ihm heraus, es waren nichts als Vermutungen, Improvisation, aber noch während er es aussprach, wusste er, dass so alles einen Sinn ergab.

»Heben Sie sie dort hinten auf, die Arbeiten, die Sie aus Claudios Atelier geräumt haben, noch bevor irgendjemand wusste, dass er tot war? Eine Schande, die Investitionen, die Sie über all diese Jahre in ihn getätigt haben, zu verschwenden, und woher sollten Sie Arbeiten dieser Qualität sonst bekommen?« Er hielt die verblasste, bräunliche Zeichnung hoch, Claudios Lebenswerk. »Eine Schande, das zu verschwenden.«

Wie waren sie in Claudios Atelier hineingekommen? Könnte Claudio ihnen von Anfang an einen Schlüssel überlassen haben, der stolze, zurückhaltende Claudio? Hätte das nicht so gewirkt, als hätten sie Macht über ihn?

Während diese unangenehmen Fragen sich stellten, bemerkte er, dass Antonella Scarpa sich zwischen ihn und die Hintertür der Galerie gestellt hatte, unter das Sicherheitslicht, das er von Gabis Laden aus gesehen hatte. Er schaute zurück über die Straße zu seiner einzigen Verbündeten, aber das Geschäft war jetzt dunkel. Gabi war nach Hause gegangen.

»Ich würde gerne mal dort hineinsehen«, sagte er locker. »Wenn es Ihnen nichts ausmacht.«

»Und wenn doch?«, fragte Antonella Scarpa. Er bewunderte sie fast, sie hatte wenigstens Courage. Die kämpferische, kleine *sarda* in ihrem weißen Mantel.

»Nun«, sagte er. »Ich bin mir sicher, die Polizei könnte Sie überreden, oder nicht?«

»Ich glaube, die haben gerade anderes zu tun«, sagte Massi gehässig. Sandro beobachtete, wie er sich aufplusterte wie ein Tier, das versuchte, größer zu wirken, wenn es bedroht wurde.

Als die beiden da reglos in der düsteren Beleuchtung standen und ihm den Weg versperrten, begann Sandro sich unweigerlich zu fragen, was er denn tun würde, falls Luisa und Giuli nicht auftauchten, oder selbst wenn sie auftauchen sollten, ob sie ihnen gewachsen wären. Da klingelte Massis Telefon. Und alles veränderte sich.

»Unmöglich«, sagte Sophia mit großen Augen. »O mein Gott. Jackson, das kann doch nicht sein.«

Zu geknickt, um mehr als ein winziges Zucken der Befriedigung zu empfinden, nickte Jackson einfach nur. Wenigstens war ihre Verblüffung besser als Sophias Blick, den sie unablässig auf ihn gerichtet hatte, als sie zur Kaffeebar gegangen waren, und der ihn mit stummem Vorwurf und schmollender Wut traktiert hatte. Er konnte es ihr noch nicht einmal verdenken. *Entschuldige, Sophia*, er hatte diesen Satz in seinem Kopf ausprobiert, aber er klang zu pathetisch. Also sagte er gar nichts, bis sie aus dem Regen kamen, und dann erzählte er ihnen die ganze Geschichte.

Sie waren in einer Kaffeebar, in der Jackson vorher noch nie gewesen war, ein Laden in einer Seitenstraße, der so lang und schmal wie ein Korridor war, man konnte sich nirgendwo hinsetzen, unter den völlig beschlagenen Spiegeln an einer Wand befand sich eine kleine Holztheke, auf der man seinen Kaffee abstellen konnte. Die Luft war vom Geruch nasser Wolle ganz muffig, aber vor ihnen bahnte sich Hiroko ganz ruhig ihren Weg durch die eng nebeneinanderstehenden Körper und machte Platz für sie. Jackson holte Kaffee, er kämpfte mit dem Italienischen, hier sprach niemand Englisch.

»Also, Jackson«, sagte Hiroko und stellte sich direkt vor ihn. »Du hast mit Iris gesprochen?«

»Sie glaubt, dass Ronnie mit Massi wegfahren wollte«, sagte er. »Eigentlich weiß sie es.«

»Unmöglich«, sagte Sophia mit großen Augen.

Hiroko schwieg und wartete auf seine Beweise.

»Ich mag ihn nicht«, sagte sie ruhig, als er fertig war. »Ich habe ihn noch nie gemocht, von Anfang an nicht, er ist zu künstlich. Und er weiß auch gar nicht so viel über Malerei, er hat zwei der Zeichnungen von Uccello falsch datiert, und über mittelalterliche Techniken weiß er gar nichts, Antonella weiß mehr als er.« Jackson starrte sie an, die ruhige, höfliche, aufmerksame Hiroko hatte das die ganze Zeit über erkannt?

»Aber das ist kein Beweis«, sagte sie geduldig. »Die Zecchifarben, der Flug nach Sizilien ... nun, ich stimme zu, das ist ein Indiz, aber hält das vor Gericht stand?«

Jackson suchte panisch in seiner Tasche, hatte er sie einfach nur dahinein gesteckt? War sie herausgefallen? »Hier«, sagte er schließlich. »Sieh mal.« Sie starrten auf das winzige Plastikrechteck in seiner Hand. »Hat jemand ein Handy dabei?«, fragte er, und Sophia nahm ihres heraus, doch auch sie besaß jetzt ein iPhone, genau wie er. Er sah sie an, sie hat es wegen mir gekauft, wurde ihm bewusst, und sie kosten hier doppelt so viel wie in den USA. Ach Scheiße.

»Damit funktioniert es nicht«, sagte er entschuldigend und nahm sein eigenes heraus, »weißt du, sie sind gesperrt. Beide. Man kommt auf keinen Fall um den Vertrag mit iPhone herum. Dumm, was?« Er versuchte, sie anzulächeln, aber dann senkte er den Kopf, bevor sie ihn düster anschauen könnte. Hiroko legte ihr eigenes Handy auf die Theke, es war ein bescheidenes, verkratztes kleines Teil. »Prima«, sagte er begeistert.

Ruhig schob sie das Rückteil herunter, hielt ihre Hand für die Karte auf, steckte sie über die Kontakte, ersetzte den Akku und schaltete es an. Das Display erstrahlte.

»SMS«, sagte Hiroko und deutete auf ein kleines Icon in der Ecke. »Anrufbeantworter SMS?«

»Ja, okay«, sagte Jackson, es juckte ihn in den Fingern, das

Handy zu schnappen, aber er wollte sich nicht aufdrängen. Hiroko reichte es ihm wortlos. Anrufinformationen, verpasste Anrufe, er scrollte weiter nach unten, und da war es. Er hielt das Display hoch.

»Paolo«, sagte Sophia skeptisch. »Na ja, das ist so ungefähr der dritthäufigste Namen in Italien.«

Hiroko sah sie sanft vorwurfsvoll an. »Du musst die Nummer ja nur anrufen«, schlug sie vor. »Dann wissen wir, ob er es ist.« Jackson gab ihr das Telefon. »Hier«, sagte er. »Du machst das.«

Iris blieb vor dem Mietshaus stehen, sie war nass bis auf die Knochen. Sie hatte den ganzen Weg gehen müssen, weil irgendetwas mit dem Verkehr nicht stimmte, keine Busse, keine Taxis, gar nichts war unterwegs. Sie wusste nicht, ob sie sich überhaupt noch an den Rückweg erinnern würde, aber immerhin war sie hier angekommen.

An der Kreuzung war ein Abflussrohr gebrochen, durch den Rost sprudelte das Wasser wie ein Geysir, um sich dann mit dem Strom zu vereinen, der die Via San Domenico von Fiesole her herabstürzte. Als sie hindurchstapfte, wurde Iris bewusst, dass dies nicht bloß ein weiteres Verkehrschaos war, sondern eine ausgewachsene Naturkatastrophe. Ma könnte es im Fernsehen sehen, ich könnte anrufen, dachte Iris sehnsüchtig. Später werde ich sie anrufen.

Sie sah an der grimmigen Fassade des Gebäudes hinauf, sie hoffte, dass es drinnen wenigstens warm wäre. Sie wollte ihr Unterfangen eigentlich nicht mit der Bitte nach trockenen Kleidern beginnen, aber das wäre jetzt wohl notwendig. Jetzt war es zu spät, es sich anders zu überlegen. Sie klingelte.

Kapitel 25

Giulietta fragte sie immer wieder, wie sie sich fühlte, während sie in der Dunkelheit durch die schmalen Straßen gingen, halb liefen sie. »Bist du in Ordnung, Liebes?«

Sie sah sie ängstlich an. »Mir wird es gut gehen«, sagte Luisa mit tauben Lippen. »Wenn wir ankommen.«

Der Verkehr schien langsam voranzukommen, obwohl immer noch ein heilloses Durcheinander herrschte, am Ende der Via dei Bardi erreichten sie den Fluss. Um zur Via Romana zu gelangen, hätten sie über die Spitze der Costa Scarpuccia gehen können, den steilen Hügel hinauf und dann wieder hinunter zur Via Guicciardini, aber Luisa hatte nur den Kopf geschüttelt, als Giuli dort hinaufgezeigt hatte, sie war auch so schon atemlos genug.

Das hatte nichts mit dem verdammten, dummen Knoten zu tun, sagte sie sich, diese Kurzatmigkeit. Es lag an dem, was sie gerade gehört hatte.

»Wir sollten Sandro anrufen«, hatte Giulietta gesagt, kaum dass sie die Straße wieder betreten hatten.

»Nein«, sagte sie. »Lass uns jetzt dorthin gehen. Es sind zehn Minuten, und ich will ihn dabei sehen.« Sie atmete die wunderbar kühle, feuchte Luft tief ein, ihre Nase juckte immer noch und war voll von dem schrecklichen Katergestank.

Schmutzig war sie allerdings nicht, erinnerte sie sich, Fiamma DiTommaso war nicht schmutzig. Als stolze Hausfrau hätte Luisa das früher sicher anders beurteilt. Fiamma DiTommaso war vielleicht eine wütende, exzentrische alte Frau, aber sie war nicht verrückt. Und sie verfügte über ein exzellentes Gedächtnis.

»Ich habe mich um meinen Kram gekümmert«, sagte sie heftig, packte die Katze und beugte sich auf dem Sofa über sie. »Ich stelle die Näpfe hin, jeden Tag saubere Näpfe. Ich habe am Dienstag nicht aufgesehen, ich stellte sie einfach nur hin und kippte dann das Trockenfutter hinein, als ich rennende, schlitternde Schritte hörte, sie kamen von unten, vom Kaffeehaus. Es hätten Kinder sein können, sie rasen immer herum und erschrecken die Katzen. Bloß dass die Schritte lauter waren, das Atmen schwerer. Sie weinte, und es war nicht das Weinen eines Kindes, aber auch noch nicht ganz das eines Erwachsenen.«

»Neunzehn war sie«, sagte Luisa, sie war sich gar nicht sicher, ob sie es laut gesagt hatte, sie dachte an das Geräusch einer panischen Neunzehnjährigen, die weinte. Jede Tochter schreit nach ihrer Mutter, wenn sie Angst hat. Luisa hatte nach ihrer eigenen ein- oder zweimal gerufen. »Sie war, sie ist neunzehn.« Sie schluckte. »Sie haben nichts gesehen?«

Fiamma DiTommaso zuckte zurück, sie verteidigte sich. »Ich lüge nicht«, sagte sie.

»Ich weiß, dass Sie nicht lügen«, sagte Luisa und sah ihr in die Augen. Die Frau schaute einen Moment misstrauisch zurück, dann schien sie sich zu entspannen.

»Ich habe mich darauf konzentriert, sehr still zu bleiben«, sagte sie. »Ich bin dort nicht immer willkommen, wissen Sie. Die Leute verstehen mich nicht.«

»Nein«, sagte Luisa.

»Ich habe durch die Bäume Schemen gesehen«, sagte Fiamma DiTommaso. »Das Mädchen trug Jeans, ich konnte ihre Beine in engen Jeans sehen. Hinter ihr war ein alter Mann, der blieb für mich aber außer Sichtweite, ich konnte ihn schlurfen hören, als wüsste er nicht, ob er bleiben oder gehen solle. Da war eine Frau in einer Art weißem Mantel, der bis über die Knie reichte.«

»Gut«, sagte Luisa und versuchte, sich so etwas vorzustellen. Eine Italienerin, die im November einen weißen Mantel trägt? Beppe DiLieto hatte etwas von einem Kopftuch erzählt, und einem … hatte er es nicht Staubmantel genannt? Das musste sie sein.

»*Lassen Sie mich in Ruhe*, sagte das Mädchen. *Gehen Sie weg*. Sie schluchzte wie ein Kind.«

Fiamma DiTommaso sah stirnrunzelnd auf den Boden. »Dann war da die Frau. *Schmutziger alter Mann*, sagte sie. *Schmutziger, ekelhafter alter Mann, welche Geschichten hast du ihr erzählt?* Dann sagte das Mädchen wieder: *Lassen Sie mich in Ruhe*, sie weinte, *gehen Sie weg*. Immer und immer wieder, sie war in Panik.«

Fiamma DiTommaso sah von der Katze auf, ihre Augen waren groß und blau, wie die einer Art Cassandra, die für eine Sekunde in die Zukunft gesehen hatte. »Dann sagte der alte Mann: *Sie haben sie gehört, lassen Sie sie in Ruhe*.« Sie hielt inne. »Der arme alte Mann, seine Stimme zitterte, als habe er selbst Angst. *Lassen Sie sie in Ruhe, Sie schrecklicher Mensch*, sagte er. *Was hat sie getan?*«

»Ich verstehe nicht«, Giulietta lehnte sich vor. »Wer hat wen angegriffen?« Sie wandte sich Luisa zu. »Ich dachte, der Kellner hätte gesagt, dass Claudio das Mädchen begrapscht hätte?«

»Es war die Frau«, sagte Luisa ruhig, sie wusste nicht, woher sie das wusste, aber sie wusste es. »Die Frau im weißen Mantel. Sie hat das alles arrangiert. Claudio hätte dieses Kind niemals berührt. Beppe hat es ja auch nicht mit eigenen Augen gesehen, oder?«

Fiamma DiTommaso fuhr fort, als hätten sie nichts gesagt, und streichelte rhythmisch die riesige helle Katze auf ihren Knien. Die begann laut zu schnurren. »Dann klingelte das Telefon von jemandem, und die Frau sagte: *Gib es mir, gib es mir, du kleine Nu…*«, DiTommaso unterbrach sich, biss sich auf die Lippen, um das Wort zu unterdrücken. Sie holte Luft. »Dann kam es zu einem Kampf. Zwischen den Jeans und dem weißen Mantel, ich hörte diese furchtbaren, wütenden Töne und etwas, das peng, peng, peng gegen einen Baumstamm gehauen wurde. Dann flog die Tasche durch die Bäume herüber und landete direkt vor mir.«

»Er war es also nicht«, flüsterte Giulietta ehrfürchtig. »Sandro hatte recht. Ich wusste, es konnte nicht der alte Claudio gewesen sein. Der alte Claudio hätte keiner Fliege etwas zuleide tun können.«

DiTommaso drehte ihren Kopf langsam, um Giulietta anzusehen. »So heißt er?«

Luisa öffnete den Mund, um *hieß* zu sagen, aber sie schloss ihn wieder, Giuli nickte.

»Es schien mir, als hätte die Frau das Mädchen zu diesem Zeitpunkt festgehalten«, sagte Fiamma DiTommaso. »Sonst wäre sie wohl hinter ihrer Tasche hergelaufen. Ihre Beine standen sehr nah nebeneinander, die Frau im langen weißen Mantel und das Mädchen in Jeans, diese Frau muss sehr stark gewesen sein.«

»Oder sehr wütend«, sagte Luisa halb zu sich selbst.

»Sie fing dann an, den alten Mann anzuschreien. Er versuchte wohl zu gehen, vielleicht wollte er Hilfe holen, denn ich glaube nicht, dass er sonst das Mädchen allein gelassen hätte.«

Fiamma DiTommaso war jetzt blass, als würde ihr ihre eigene Mitschuld in der Sache bewusst. Sie fuhr verbissen fort.

»Die ältere Frau sagte: *Wag es nicht, zu gehen. Ich werde allen erzählen, dass du sie angefasst hast, du schmutziger alter Bastard, ich werde es ihnen erzählen, du hast sie doch angefasst, oder nicht? Was wird deine Frau sagen?* Dann schien ihr etwas einzufallen. *Ach, entschuldige, deine Frau ist ja tot, nicht wahr, erinnerst du dich nicht?*«

Sie hielt inne, runzelte die Stirn. »Ich habe das nicht verstanden, denn wenn die eigene Frau tot ist, dann würde man sich doch daran erinnern, oder nicht? Das vergisst man doch nicht.«

Dann hatte Luisa mit einem Herzen so schwer, wie es noch nie war, gesagt: »Ich weiß nicht.«

Wir sind fast da, dachte Luisa, als sie am Fluss ankamen, aber der Anblick des Flusses ließ sie innehalten.

Das Wasser sah in der Dunkelheit schwarz aus, sie hörte es tosen. Mein Gott, dachte sie, es ist so hoch. Am Ufer gegenüber konnte sie unter dem gelblichen Leuchten einer Straßenlaterne sehen, dass die Terrasse des Ruderklubs unter drei Metern schäumendem Wasser stand und dass darüber eine Reihe Feuerwehrwagen unter den großen Arkaden der Uffizien geparkt waren. Etwas näher füllte der dröhnende Strom fast die Bogen der Ponte Vecchio aus, und ein Boot, das unter der Brücke festgemacht gewesen war, war nur noch Brennholz, dort lagen große Äste vom Casentino, Bretter, die von Stegen und Schuppen flussaufwärts stammten, zusammengeschoben wie der Inhalt eines großen Nests; des Nests eines enormen, unordentlichen Vogels.

»Himmel«, sagte Giulietta und packte Luisa fester am Arm. »Lass uns gehen.«

Aber vor ihnen war die Straße von einer großen Menschenmenge am Fuß der Ponte Vecchio fast blockiert, eine Menge aus Schaulustigen und Unschuldigen, die neben dem stehenden Verkehr standen, wogten und tobten gegen eine Sperre, an der zehn oder fünfzehn Polizisten mit verschränkten Armen standen.

»Wie zum Teufel sollen wir da durchkommen?«, fragte Giulietta, und Luisa neben ihr fühlte sich plötzlich so schwach, dass sie sich nur noch hinsetzen konnte, dort an Ort und Stelle, auf das patschnasse Pflaster.

»Luisa«, sagte Giulietta und kniete sich neben sie, Luisa konnte die Panik in ihrer Stimme hören.

Sie nahm ihr Handy heraus und gab es Giulietta. »Sende ihm eine SMS«, sagte sie. »Sende Sandro eine SMS.«

In dem Augenblick, in dem Paolo Massi ans Telefon ging, wusste Sandro, dass er schuldig war.

Als er auf das winzige Display des Gerätes starrte, wurde er blass, es klingelte weiter. Er sah von Antonella Scarpa zu Sandro, dann hielt er den Hörer ans Ohr und sagte: »Veronica?« Seine Stimme klang hohl vor Angst.

Nicht Schock, nicht Zorn über die Schwierigkeiten, die das Mädchen ihnen bereitet hatte, nicht Freude, dass sie immer noch lebte, sondern Angst. Als hätte er ein Gespenst gesehen.

»Veronica?«, sagte er noch einmal, und dieses Mal mit einer furchtbaren, gespielten, fröhlichen Überraschung, die niemanden täuschte.

Sandro griff nach dem Telefon und riss es ihm aus der Hand, bevor er protestieren konnte. »Hallo?«, sagte er scharf in den Hörer. »Signorina Hutton? Hallo? Wer ist da?« Aber die Leitung war tot. Sandro schloss seine Hand fest um das Telefon und hielt es außerhalb von Massis Reichweite. Aus den Augenwinkeln versicherte er sich, dass Antonella Scarpa nach wie vor unter der Lampe, die nach hinten führte, stand. Sie schien dort wie angewurzelt zu sein.

»Sie waren es«, sagte er und schaute Massi an.

Unter den Deckenflutern sah er hohläugig und unrasiert aus, der Mann versuchte zu lachen, Sandro machte einen drohenden Schritt auf ihn zu.

»Lassen Sie mich bloß in Ruhe«, sagte er. Massi trat einen Schritt zurück, sodass er direkt an der Wand neben der Zeichnung des auf dem Rücken liegenden Mädchens stand.

»Ist sie das?«, fragte Sandro, als er sich dem Bilderrahmen näherte. »Wer hat die Zeichnung ausgewählt? Sie sieht wie Veronica Hutton aus.«

Niemand sagte etwas. »Ich weiß nicht, wie Sie es getan haben«, wandte sich Sandro schließlich an Paolo Massi, »aber Sie wissen, dass sie tot ist, nicht wahr? Sie wissen, wo Veronica Hutton sich befindet, denn Sie haben sie dorthin gebracht, und jetzt haben Sie Angst, dass sie sich befreit hat und zurückkehrt, um Sie zu verfolgen.«

»Nein«, sagte Massi, »nein«, er war weiß wie ein Laken, »sie ist nicht tot, ich war es nicht, ich war die ganze Zeit über hier, die ganze Zeit an meinem Schreibtisch, jeder kann Ihnen das bestätigen. Ich war es nicht, sie war es, ich war es nicht ...«

In seiner Tasche piepste Sandros Handy – schon wieder? SMS. Wie konnte er sich die Nachricht jetzt ansehen? Aber es könnte Luisa sein. Sein Magen drehte sich um, er hätte die beiden nie alleine wegschicken sollen. Er war einen Augenblick lang furchtbar unentschieden. Draußen ließen der Regen und der Verkehr nach, als gehörten sie zu einer Welt, in die er vielleicht nie wieder zurückkehren würde.

Sandro griff in seine Jacke, um Massis Telefon in seine Tasche zu stecken, und nahm sein eigenes heraus, langsam und bewusst. Er klickte mit dem Daumen auf die Tastatur und runzelte dann die Stirn. Zwei neue Nachrichten. Die erste Nachricht von vor über einer Stunde, *porca miseria*, von Iris March.

Ich gehe zu Massi, treffen Sie mich dort?

Um Massi zu treffen? War sie in der Schule gewesen? Was hatten sie mit ihr gemacht?

Er hob den Blick vom Display und sah, dass sie immer noch an derselben Stelle standen wie vorher. Antonella Scarpas Gesicht war in einem Ausdruck der völligen Verweigerung erstarrt.

Die zweite SMS von Luisa war vor zwei Minuten angekommen. *Es war die Frau im Kaffeehaus*, stand da. *Die Frau im weißen Mantel. Wir sind unterwegs.*

Da stand sie vor ihm, Antonella Scarpa in ihrer Uniform. Ihrem weißen Arbeitskittel.

»Was war das?«, fragte er Paolo Massi. »Haben Sie gerade gesagt, sie war es?«

Er wandte sich Antonella Scarpa zu.

»Sie haben es für ihn getan, nicht wahr?«

Sie war bleich vor Angst. »Paolo?«, sagte sie, aber Paolo Massi sah ihr nicht in die Augen.

»Die Frau im weißen Mantel.« Sandro deutete auf ihren Kittel. »Sie wurde im Kaffeehaus gesehen. Und Gabi auf der anderen Straßenseite hat gesagt, dass sie gesehen hat, wie Sie gegangen sind, Sie waren diejenige, die ging. Sie sind ungefähr zu der Zeit gegangen, als irgendeine geheimnisvolle Kundin ihren Kopf hereingestreckt hat. Warum ist Signora Massi eigentlich hierhergekommen? Wollte sie ihrem Mann sagen, dass sie von seiner Geliebten erfahren hatte? Wie konnte das passieren? Hat das Hotel wegen des Zimmers angerufen? Oder vielleicht hat sie es die ganze Zeit über gewusst und kam nur, um Ärger zu machen.« Er steckte die Hände in die Taschen. »Ich vermute, dass Veronica Hutton nicht die erste Schülerin war, mit der er geschlafen hat, oder?«

Antonella Scarpas Augen waren dunkle Seen, sie wich nicht von der Stelle.

Sandro fuhr fort: »Und dann stand sie plötzlich leibhaftig da: Veronica Hutton, sie streckte ihren Kopf herein und bekam zu viel mit.«

Antonella Scarpa schüttelte nur den Kopf.

»Das muss der letzte Tropfen gewesen sein, oder? Acht Jahre die zweite Geige hinter der Ehefrau zu spielen, und dann fängt er an, vor Ihrer Nase mit neunzehnjährigen Mädchen zu poppen? Unter Ihrer beider Nasen? Dachten Sie, die kleine Nutte? Sind Sie hinter ihr hergelaufen, sind Sie ihr bis ins Kaffeehaus gefolgt und haben sie mit Claudio Gentileschi reden gesehen, der all Ihre Geheimnisse ausplauderte? War es Geld, oder war es Sex? Oder war es ein bisschen von beidem?«

Antonella Scarpa schien die Fähigkeit zu sprechen verloren zu haben.

»Kommen Sie schon, verteidigen Sie sie«, sagte Sandro und drehte sich zu Paolo Massi um. »Wenn Sie ein echter Mann wären, würde Ihnen doch etwas einfallen. Wo wären Sie denn ohne Ihr kleines Kraftwerk hier? Sie hat mir heute Morgen einen netten Vortrag über Ihr Unternehmen gehalten, sie hat Ihren Ruf wie ein kleiner sardischer Terrier verteidigt. Sie hätte Ihnen ein Alibi für die ganze letzte Woche verschafft, während Sie behaupteten, in Sizilien mit Kunsthändlern zu sprechen.« Er machte eine Atempause. »Es muss sie umgebracht haben, daran zu denken, dass alles den Bach runtergeht, nur weil Sie Ihre Hose nicht anbehalten konnten.«

Aber Massi schüttelte nur dumpf den Kopf. Sandro wandte sich wieder Antonella zu.

»Sie müssen auf dem Film der Überwachungskamera sein«, sagte er ruhig. »Selbst wenn die verrückte alte Katzenfrau als Zeugin zur Identifikation nicht genügt, der Kellner wird ausreichen. Fotos von den Überwachungsvideos werden mir geschickt, wahrscheinlich befinden sie sich bereits auf meinem

Computer und warten auf mich. Sie haben vor den Kellnern und den Gästen eine riesige Szene gemacht und behauptet, Claudio habe Veronica angefasst. Warum haben Sie das getan? Nur, um ihn am Sprechen zu hindern? Nur, um das Mädchen von ihm loszueisen? Sie muss Angst bekommen haben, als sie Sie unter Ihrem Kopftuch erkannte.«

Er holte tief Luft, er durfte jetzt nicht aufhören, er musste es zu Ende bringen.

»Die beiden müssen gedacht haben, dass Sie verrückt sind, kein Wunder, dass sie einfach nur von Ihnen wegwollten. Dann sind Sie natürlich hinter Ihnen hergerannt, Sie mussten es zu Ende bringen. Sie haben einfach die Kontrolle verloren, nicht wahr?« Er sah eine winzige Rötung auf ihren blassen Wangen, war diese Frau der Typ, der die Kontrolle verlor? Man konnte es nie wissen. Er musste weitermachen.

Schließlich fiel das letzte Puzzleteil an seinen Platz, und er konnte sie festnageln. Die Frau in dem weißen Mantel, die ihre Hand Claudio Gentileschi entgegenstreckte.

»Sie sind Claudio an den Fluss gefolgt. Woher wussten Sie, wo er war? Haben Sie ihn manchmal dort in seiner Lieblingsbar getroffen, um übers Geschäft zu reden? Sie wussten, wohin er gehen würde, sind ihm dorthin gefolgt und haben gewartet, bis er aus der Kaffeebar kam. Die Frau im weißen Mantel.« Er musste noch einmal atemlos innehalte. »Ein Zeuge dachte, es wäre eine Krankenschwester. An diesem Nachmittag um halb zwei am Lungarno Santa Rosa. Sie besorgten sich seine Wohnungsschlüssel, weil Sie nicht wollten, dass all diese wunderschönen Arbeiten verschwendet würden, und Sie sagten ihm etwas. Etwas, das ihn ins Wasser gehen ließ.«

Sandro verschränkte die Arme und empfand ein merkwürdiges Mitleid, das ihn beim Gedanken an den armen Claudio fast erstickte. Claudio war verwirrt und fassungslos, hatte zwei

Whiskeys auf nüchternen Magen getrunken. Was hatte Antonella Scarpa in diesem Zustand zu ihm gesagt? Ihr war offenbar etwas Wirkungsvolles eingefallen.

Während Paolo Massi mit einer idiotischen Leere auf dem Gesicht schwieg, hatte Antonella ihre Sprache wiedergefunden.

»Nein!«, sagte sie und warf sich auf Sandro. »Nein, nein, nein, niemals, nein.« Er hob eine Hand und griff ihr Handgelenk, bevor sie ihn berührte. Aber der Gesichtsausdruck, mit dem sie zu ihm aufsah, war nicht der, den er erwartet hatte. Da war keine Andeutung eines Geständnisses, keine Spur von Scham, hatte er sie unterschätzt? Er hatte nicht erwartet, dass sie lügen würde.

»Wo haben Sie sie hingebracht?«, wollte er wissen, obwohl er angesichts Antonella Scarpas Weigerung, sich geschlagen zu geben, spürte, wie sein Mut nachließ. Seine Überzeugung kam ins Wanken, war sie es wirklich gewesen? Beppe DiLietos Kamillentee trinkende, Florentiner Künstlerin? Eine Künstlerin in ihrem weißen Kittel. Er konnte jetzt nicht aufhören, oder?

»Das ist es, was schlussendlich alle Mörder stolpern lässt«, sagte er. »Das Verschwindenlassen der Leiche.« Bei diesen Worten wurde ihr Gesicht im gelben Lichtschein noch etwas blasser.

Er stand direkt vor ihr, als sie ihm den Türrahmen versperrte. »Ich will sehen, was hinter der Tür da ist«, sagte er und nickte über ihre Schulter auf den stumpfen, ochsenblutroten Lack der Tür unter dem Sicherheitslicht. »Öffnen Sie sie.« Sie trat tatsächlich zur Seite.

Hiroko legte auf. »Er ist es«, sagte sie. »Paolo Massi, er ist Ronnies Paolo.« Sie sah nachdenklich aus. »Er klang sehr ängstlich, fand ich.«

»Ängstlich?«, quietschte Sophia, »du meinst …«

»Wenn sein Telefon den Anrufer identifiziert …«, sagte Hiroko und zuckte mit den Schultern, ohne ihren Satz zu beenden. »Er dachte, ich wäre Ronnie.«

Jackson wurde es plötzlich übel. »Iris wollte dorthin gehen«, sagte er.

»Wohin?«, fragte Sophia.

»Sie wollte Massi sehen, sie hat dem Detektiv eine SMS geschickt, er solle sich dort mit ihr treffen.«

»Bei ihm zu Hause?«, fragte Hiroko.

»Ich nehme an«, sagte Jackson. »Ja, zu Hause. Himmel, hast du gedacht, sie … na ja. Ich hoffe, er ist da, also der Detektiv. Ich hoffe, sie ist nicht allein mit Massi, es ist so typisch für Iris, einfach loszugehen, sich hineinzustürzen. Sie hasst Massi wirklich.«

»Wirfst du ihr das vor?«, fragte Hiroko.

»Wohl kaum«, sagte Jackson. Es entstand eine Stille. Ein Fernseher, der über der Theke hing, zeigte die Fassade der Uffizien und einen Feuerwehrmann, der Wasser herauspumpte, das war kaum hundert Meter von ihnen entfernt. Hiroko sah nachdenklich auf ihr Handy. Die Kaffeebar war immer noch voll und heiß wie eine Sauna, Sophia sah ihn widerlich hoffnungsvoll an, und Jackson wollte plötzlich nur noch raus.

»Einige Nachrichten sind auf ihrer Mailbox angekommen«, sagte Hiroko und drückte eine Taste, sie hielt das Handy an ihr Ohr.

»Ja«, sagte Jackson und überlegte, dass er mit ihr hätte gehen sollen. »Ich nehme an, dass es eine Menge Leute sind, die fragen, wo zum Teufel Veronica steckt.«

»Diese hier nicht«, sagte Hiroko und hielt eine Hand hoch, damit er schwieg. Sie legte die Hand über ihr freies Ohr, um zu lauschen. »Empfangen Dienstag, 1. November, zwölf Uhr zwanzig. Diese hier ist von Massi.«

Kapitel 26

Die Wohnung war sogar noch dunkler, als sie es in Erinnerung hatte, obwohl es natürlich das letzte Mal, als sie hier gewesen war, nur ein düsterer Nachmittag gewesen war und jetzt draußen pechschwarze Nacht herrschte. Als sie den riesigen *salotto* betrat, baumelten, glitzerten und klingelten all die Ornamente, Mobiles und Traumfänger, an die sich Iris von ihrem vorherigen Besuch erinnerte, wie lauter fliegende, mechanische Insekten von der Decke.

Anna Massi hatte durch die knacksende Leitung der Gegensprechanlage begeistert geklungen, aufgeregte Ausrufe der Freude getan. »*Prego, prego*«, hatte sie gesagt, sie hatte es gar nicht erst auf Englisch versucht und ihr die Tür geöffnet.

Erst als sie schon zehn Minuten in der Wohnung auf einem Sofa saß, das sie wie Treibsand in seine schwammigen Tiefen zog, wurde Iris zu ihrem Entsetzen klar, dass Paolo Massi gar nicht zu Hause war. Anna Massi hatte die Zeit mit einer höflichen Frage nach der anderen gefüllt, ihr Wein, Kuchen und Tee angeboten und ihre Hand mit ihrer eigenen, kalten gestreichelt. Eine Sekunde lang, als sie sich den Kopf darüber zerbrach, wie viel Zeit sie damit würde verschwenden müssen, sich höflich wieder zu verabschieden, stellte Iris sich vor, Anna Massi einfach alles zu erzählen. Es war schwül in der Wohnung, und Iris begriff nicht, wie die Frau kalte Hände haben konnte, außerdem mochte sie ihr Streicheln nicht.

Sie rutschte verlegen hin und her, und das Sofa sog sie wieder nach unten. Anna Massi erzählte von ihren Pilgerreisen nach Santiago de Compostela und Lourdes. »Wissen Sie, ich habe so viele Wunder gesehen«, und »Ich bin hundert Kilometer zu Fuß bis nach Santiago gegangen«, dabei streckte sie ihre schmalen Hände bescheiden hoch, und Iris überlegte im Hinterkopf, dass sie nicht so zerbrechlich sein konnte, wie sie aussah. Jetzt fragte sie Iris ausgerechnet nach Stonehenge und seiner mystischen Bedeutung. Sie ging zu den Pyramiden über, und dann waren es die Außerirdischen, alles im selben monotonen Tonfall.

»Entschuldigen Sie«, sagte Iris und unterbrach sie. »Aber wann wird Ihr Mann wieder zu Hause sein?«

Anna Massi beendete ihren Satz, als hätte Iris nichts gesagt, aber ihr Gesichtsausdruck veränderte sich leicht, zeigte Unzufriedenheit. Sie lächelte Iris an, aber das Lächeln reichte nicht bis an die Augen.

»Ach, weiß der Himmel«, sagte sie und wedelte vage mit der Hand. »Er arbeitet mit dieser Frau Scarpa, immer ist er am Arbeiten. Sie beschäftigt ihn ständig. Er ist in der Schule oder der Galerie, ich habe es vergessen.« Ihr schmaler Kopf legte sich zur Seite, und sie lächelte traurig. »Er opfert sich für seine Schüler auf, ich hoffe, Sie wissen das zu schätzen. Letzte Woche war er kaum hier, er bereitete alles für Ihre kleine Schülerausstellung vor, es war so viel zu tun, dass ich ihm sogar helfen musste.«

Sie erlaubte sich ein Lächeln. »Er schätzt meine Mithilfe. Er braucht mich, wissen Sie. Er ist hilflos ohne mich.«

Iris sah sie angewidert an.

»Das ist eine echte Ehe«, fuhr sie fort und sah mit einem vagen Lächeln auf den Lippen an Iris vorbei auf das tropfnasse Fenster. »Eine Ehe bedeutet Opfer, Kompromisse, miteinander arbeiten, gemeinsame Interessen.«

Irgendetwas regte sich in Iris, als sie an Ma dachte, mit der sie seit über einem Monat nicht mehr gesprochen hatte. Sie stellte sich vor, wie sie sich über ihr Zeichenbrett beugte, versuchte, in dem schrecklichen Haus warm zu werden, und wie sie nach Aix wanderte, um ihre Aquarelle bei den Galerien anzubieten. Was sich in ihr regte, war Aggression, der Wunsch, dieses furchtbare Zimmer zu zerschlagen und all die hängenden, klimpernden Dinge herunterzureißen. Der Wunsch, dieser Frau einen Stein oder Schlimmeres auf den Kopf zu donnern.

Bevor sie sich stoppen konnte, sagte sie: »Ihr Ehemann hatte eine Affäre mit meiner Freundin Ronnie«, sie sprach sehr deutlich und bewusst auf Englisch. »Ihr heiliger, verdammter Ehemann, und jetzt ist Ronnie tot. Sie ist tot.«

Antonella Scarpa war in eisernes Schweigen versunken, später sollte sich herausstellen, dass sie nur Zeit gewinnen wollte. Sie öffnete die Tür vor ihm, und Sandro ging hinein, obwohl er wusste, dass er, einmal über die Schwelle getreten, sich in einer Position befinden würde, vor der man auf der Polizeischule immer gewarnt hatte. Kein Ausgang, kein Handyempfang, von der Straße aus nicht zu sehen. Aber deswegen war er ja hier, nicht wahr? Er trat in die Grube, die für ihn gegraben worden war, und wusste es.

Sie war hier gewesen. Er wusste es, noch bevor er den Beweis dafür sah, er konnte es in der Luft riechen. Nicht ihr Parfüm oder ihr Schweiß, sondern etwas Grundlegenderes, Erdigeres, Ursprünglicheres wie der Geruch eines Tieres in der Falle. Der elende Geruch von Vernachlässigung, den er auf dem kaputten Spielplatz am Lungarno Santa Rosa bemerkte hatte, wo Claudio in seinen Tod gegangen war, im Glauben, dass er nicht mehr zu leben brauchte.

Es sah eigentlich ganz gewöhnlich aus. Der Raum wurde nach hinten enger, bot kaum Platz für ihn und Antonella Scarpa zusammen. Links war eine Wand voller schmaler Schubladen für Akten, Pläne oder, wie sich herausstellte, für Zeichnungen. Scarpa sagte nichts, während er eine Zeichnung nach der anderen herausnahm. »Claudios Arbeiten?«, fragte er, aber sie schwieg weiter. Sie besteht nur auf ihrem Recht, auch wenn er kein Polizeibeamter mehr war und keinerlei Rechte vorgelesen worden waren. »Wir werden das noch früh genug herausfinden, wissen Sie«, sagte er.

Langsam drehte er sich um, hinter ihm an der Wand gegenüber von den Schubladen in der Ecke des niedrigen Dachgewölbes befand sich ein Schrank, in einer merkwürdigen, keilartigen Form, ein Schlüssel steckte im kleinen Schloss. Er drehte ihn, zog sanft an der Tür und kniete sich hin, um in den engen Raum zu sehen, und da roch er es. Seine rationale Seite sagte ihm, dass es wahrscheinlich nur die Feuchtigkeit des Hügels war, aber der Teil von ihm, der ab und an Gebete murmelte, wusste, dass da noch etwas war. Der geflieste Boden war voller staubiger Fußspuren, winzige, weiße Steinchen lagen verstreut, und im Mauerwerk neben der Tür hing ein einzelnes, langes, hellbraunes Haar, das karamellblond gefärbt war, die Wurzel schimmerte dunkel. Ronnie. Er stand Antonella Scarpa direkt gegenüber und hielt ihr das Haar auf der Hand entgegen.

»Nein«, sagte sie, und ihre Stimme zitterte.

Sie standen jetzt am Ende des Raumes neben einer weiteren Tür, die kalt in seinen Rücken drückte. Er schaute an Antonella Scarpa vorbei in den roten, höhlenartigen Raum der Galerie und sah Paolo Massi, der unentschlossen neben seinem verzierten Schreibtisch stand. »Es ist sinnlos abzuhauen«, rief er den langen Tunnel des Flurs hinunter. »Wohin wollen Sie fliehen?«

Scarpa machte sich nicht einmal die Mühe, sich umzudrehen. »Lassen Sie ihn laufen«, sagte sie leise.

»Er verhält sich nicht so, wie Sie erwartet haben, oder?«, sagte Sandro.

»Ich habe gar nichts erwartet«, sagte sie. »Ich arbeite für ihn.« Sie spuckte die Worte regelrecht aus. »Ich arbeite. Wenn ich gebeten werde, Dinge zu bewegen, dann bewege ich sie, wenn ich gebeten werde, Schüler in eine Töpferei zu bringen, dann bringe ich sie dorthin, wenn ich gebeten werde, Aktmodelle zu engagieren, dann engagiere ich sie. Arbeit. Ich liebe ihn nicht, ich mag ihn nicht einmal.«

»Dann war es also die Arbeit«, sagte Sandro, und er spürte, wie das Gedankengebäude, das er aufgebaut hatte, zu wackeln begann. »Claudio hat ihr alles über seine Fälschertechniken erzählt. Deswegen haben Sie sie umgebracht.« Aber seine ausdruckslose Stimme verriet seinen Zweifel.

»Ich war es nicht«, sagte Antonella.

Er riss seinen Kopf heftig in Richtung von Paolo Massi. »Er hat gesagt ›sie war es‹. Sie wurden gesehen.«

»Sollte mich irgendjemand in der Nähe des Mädchens gesehen haben«, sagte sie langsam und furchtlos, »dann irrt er sich.« Sie hob den Daumen hoch. »Erstens: Ich trage meinen Kittel niemals außerhalb der Galerie oder des Ateliers, wie eine Uniform ziehe ich ihn aus, wenn ich gehe.« Sie zuckte mit den Schultern. »Vielleicht würde jemand, der so tut, als sei er ein Arbeiter, der so wirken möchte, als habe er eine Stelle, anstatt sich in seiner Wohnung zu verstecken oder Schuhe zu kaufen, vielleicht würde so eine Person auf der Straße eine Uniform tragen.«

Er starrte sie an, über wen sprach sie? Sie hob den Zeigefinger neben den Daumen. »Zweitens: Sehen Sie sich Ihre Fotos der Überwachungskameras ruhig an, sehen Sie sich den ganzen Tag an. Ich bin nicht in die Boboli-Gärten gegangen, diese Kamera hat mich garantiert nicht gesehen. Fragen Sie Ihre Zeugin, wenn Ihre Zeugin wirklich existiert. Ich bin in die andere Richtung gegangen, ich bin ins Atelier zurückgekehrt, ich hatte den Studenten gesagt, dass ich von halb eins an dort wäre und dass wir um halb zwei mit der Arbeit beginnen würden.«

»Halb zwei«, wiederholte Sandro dumpf.

»Als Ihre Frau im weißen Mantel am Lungarno Santa Rosa war, war ich mit sieben, nein, acht Schülern im Atelier und machte Vorzeichnungen für die verschiedenen Ansichten der Fassade von Santa Maria del Fiore.«

»Aber er hat gesagt ›sie war es‹«, wiederholte Sandro.

»Eine andere Sie«, sagte Antonella Scarpa und öffnete die letzte Tür hinter ihm, ein Sicherheitslicht schaltete sich blendend weiß in einem winzigen Hof an. Hinten im Hof befand sich ein verrostetes Tor, dahinter verlief ein steiler und überwachsener Pfad, der in die Boboli-Gärten führte. »Ich war es nicht«, sagte sie.

In der Galerie hinter ihnen geschah etwas.

Jackson hielt das Telefon an sein Ohr und beugte sich vor, um trotz des Lärms in der Kaffeebar jedes Wort zu verstehen. Die metallische Stimme wiederholte: *Empfangen Dienstag, 1. November, zwölf Uhr siebenundzwanzig*. Dann kam schweres Atmen. Dann sprach Paolo Massi mit seinem steifen, korrekten Englisch ganz hektisch und durcheinander.

Wo zum Teufel bist du, Ronnie? Wo? Ich habe versucht anzurufen, aber du antwortest nicht, bitte ruf mich zurück. Es tut mir leid, dass ich nicht mit dir sprechen konnte, als du in die Galerie gekommen bist, du hast es ja selbst gesehen, ich weiß nicht, woher sie es weiß, aber sie weiß es. Meine Frau ist im Park. Meine Frau ist gekommen, um mich abzuholen. Ronnie? Ronnie? Ruf mich einfach an, meine Frau hat mich gerade gerufen.

Kapitel 27

Tomi hatte Angst in der Dunkelheit mit dem Getöse und dem Platschen des Wassers unter seinen Füßen, aber er verfügte über Tricks, um seine Angst zu kontrollieren, einer davon waren die zusammengerollten Lupo-Alberto-Comichefte in seiner Tasche, er fühlte ihren tröstenden Druck durch den Stoff an seinem Bein. Er hatte andere Dinge, seine kleine Sammlung von Visitenkarten, er mochte es, sie durchzusehen, die Namen zu wiederholen und sich die Berufe vorzustellen, für die sie standen. Recycling-Verantwortlicher zum Beispiel, Sozialarbeiter, Privatdetektiv. Das beruhigte ihn. Sein Geldbeutel mit den Visitenkarten war in seiner Tasche.

Mamma dachte, er würde in seinem Zimmer vor dem Computer sitzen, das war gut, denn das bedeutete, dass sie ihn nicht rufen und sein Nachdenken nicht unterbrechen würde. »Wo bist du? Es regnet schon wieder.« Sie würde ihn nicht an all das erinnern, vor dem man da draußen Angst haben musste.

Er hatte gedacht, dass er zu Hause sein wollte, aber er stellte fest, dass er nicht zur Ruhe kam, weder mit seinen Comicheften noch beim Modellbau oder seinen Computerspielen. Er hatte gewartet, bis sie sich vor den Fernseher gesetzt hatte, dann hatte er die Haustür ganz, ganz leise geöffnet, er hatte das schon früher gemacht, man musste beide Hände benutzen, eine Hand für die Klinke, eine für den Schlüssel.

Er musste den Hund retten, der Gedanke, dass das Wasser

an der Hütte, in der er eingeschlossen war, zog und zerrte, dass die Hütte vom Ufer losgerissen und den Fluss hinuntergespült würde, bewirkte in seinem Kopf etwas Furchtbares, der Gedanke an den Hund, wie er an der Tür kratzte, während sie durch den Fluss zum Meer trieb.

Tomi war durch den kaputten Drahtzaun geklettert, der die Terrasse des Circolo Rondinella umgab, er war über den Asphalt unter der tropfenden Pergola entlanggegangen und war jetzt bei den kleinen Kabinen ganz hinten angelangt. Er wusste nicht, ob er weitergehen konnte, er hörte unterhalb von sich das Wasser tosen, rauschen, dröhnen. Weiter oben gab es eine Polizeisperre am Lungarno Santa Rosa, um die Leute davon abzuhalten, näher an den Fluss zu gehen, aber sie hatten Tomi, der bereits drinnen war, nicht gesehen. Er war schon im Circolo Rondinella, durch den man zu den kleinen Schuppen kam, das einzige Problem war, dass er nicht wusste, wie er weiterkommen sollte. Tomi hatte nicht daran gedacht, dass das hier keine solide Erde war, er hatte nicht gewusst, dass alles nur von Pfählen und etwas Beton, der auf das abschüssige Ufer gekippt worden war, zusammengehalten wurde, das eine wurde vom anderen gehalten. Er hatte nicht überlegt, was passieren würde, wenn ein Stein oder gar mehrere unten aus einer Mauer entfernt wurden. Vielleicht war es jetzt zu spät, solche Dinge zu bedenken.

Das Wasser war wie ein riesiges Tier, Tomi kniff die Augen zu und bemühte sich, nicht daran zu denken, welches Tier es sein könnte, ein schwarzes, brüllendes Ding, eine fürchterliche, schwarze Schlange, ein Aal mit riesigen Zähnen, der unten an dem zerrte, das alles hielt, was auch immer das war. Er wagte es nicht, auf seinem Weg nach unten über die Brüstung zu sehen. Er machte einen Schritt, dann den nächsten.

Tomi hatte eine Art von schmalem Korridor erreicht, einen hölzernen Steg zwischen den beiden dünnen Kabinenwänden, als es geschah. Die ganze Konstruktion zitterte und knirschte, er sah die senkrechte Linie eines Baucontainers vor sich wackeln und rutschen, wie er es in einer Zimmerecke gesehen hatte, als er mit Mamma in Kalabrien ein kleines Erdbeben erlebt hatte. Tomi griff nach einer Art Zaunpfahl hinter sich, einem Teil der Pergola und hielt sich krampfhaft daran fest.

Sein Handy wurde von Lupo Alberto aus seiner Tasche gedrückt und fiel mit einem Knall auf die Bretter, und er beobachtete, wie es von ihm weg über eine Fläche rutschte, die nicht mehr horizontal war. Er ließ eine Hand am Zaunpfahl hinabgleiten und griff danach, doch dadurch schlingerte der Steg nur noch weiter nach unten auf den Fluss zu.

Vom Tumult aufgeschreckt war Sandro aus dem engen Raum in die dunkle, von oben beleuchtete Galerie zurückgestürzt, wo er Luisa und Giulietta entdeckte, die auf der Straße standen und verhinderten, dass Paolo Massi verschwand. Massi hatte einen Arm zwischen sie gestreckt, während er versuchte, an ihnen vorbei auf die Straße zu gelangen, aber sie hielten stand.

»Warten Sie«, sagte Sandro ruhig. »Ich bin mit Ihnen noch nicht ganz fertig.« Er hob das lange, dunkelblonde Haar hoch. »Erkennen Sie das? Mehr brauchen wir nicht, wissen Sie. Das hier nennt die Polizei einen klaren Beweis.« Paolo Massi hörte auf zu kämpfen, vielleicht wurde ihm klar, wie unwürdig er aussah.

»Ich habe keine Ahnung, wovon Sie reden«, sagte er arrogant.

Sandro hörte Antonella Scarpas Schritte hinter sich.

»Signore Massi«, sagte sie über seine Schulter in einem gefährlich ruhigen Tonfall. »Sagen Sie ihm, dass Sie wissen, dass ich nichts damit zu tun habe.«

Massi versuchte, hochnäsig auf sie herabzusehen, aber sein

Mund verzog sich zu einem dummen, schuldbewussten Grinsen. »Antonella«, sagte er schwach. »Es tut mir leid.«

Scarpa wandte sich Sandro zu, sie hielt sich sehr gerade. »Die Fälschungen, na ja, Sie nennen sie Fälschungen. Sie sind wunderschön. Ich wusste von den Fälschungen, ich kannte Claudio Gentileschi, ich war diejenige, die ihm alle paar Monate sein Geld ins Atelier brachte. Es war ein einträgliches Geschäft, und sollte irgendein Unternehmen in Stuttgart oder Minsk eine schöne Zeichnung besitzen, die zufällig nicht ganz authentisch ist, dann tut das keinem weh.«

»Ist sie die Frau im weißen Mantel?«, unterbrach Luisa, ohne Umstände zu machen, und betrachtete Antonella Scarpa. »Ich dachte, sie wäre größer.«

Langsam öffnete Antonella Scarpa einen Knopf nach dem anderen an ihrem weißen Kittel, dann zog sie ihn aus und hängte ihn an den Haken neben der Tür.

»Erzählen Sie es ihnen«, sagte sie und schaute Paolo Massi an. »Erzählen Sie ihnen, was Ihre schöne, eifersüchtige Frau als Erstes tat, als sie letzten Dienstag in die Galerie kam. Erzählen Sie ihnen, warum Sie mir am nächsten Tag gesagt haben, dass ich an dem Abend nicht mehr wie geplant in der Galerie gebraucht würde. War es, weil Anna, die ergebene Ehefrau, helfen würde?«

Massi sagte nichts. »Das Erste, was sie getan hat, als sie mich am Dienstagmorgen gesehen hat, war, einen weißen Kittel vom Haken zu nehmen«, sagte Antonella. *»Paolo braucht Sie jetzt nicht mehr*, hat sie gesagt, und dann hat sie selbst den Kittel angezogen.«

Antonella Scarpa stand sehr aufrecht und zeigte mit einem Finger auf Massi, spießte ihn förmlich auf. »Lassen Sie Ihre Frau ruhig so tun, als wäre sie überhaupt nicht eifersüchtig. Tun Sie ruhig so, als wäre sie mit höheren Dingen beschäftigt, ihren Exerzitien, ihren Pilgerreisen, ihren Theorien über alte Götter. Nicht mit ihrem lächerlichen Schuhtick, niemand darf den erwähnen, genau wie niemand über ihre lächerlichen Selbstmordversuche sprechen darf oder über diese hysterischen Auseinandersetzungen im Büro, die Sie am Ende jedes Kurses haben.«

Erst jetzt holte sie Luft. Luisa und Giulietta betrachteten sie mit einer Art von Respekt.

»Also ist sie es nicht?«, sagte Giulietta. »Das hätte ich euch auch vorher sagen können, sie ist durch und durch eine Sardin, niemand würde sie eine künstlerische Florentinerin nennen. Der Kellner hat die Frau im Kaffeehaus als solche beschrieben. Hört euch nur den Akzent an!«

Sie hatte recht. Er hatte sich nicht bezüglich des Mantels geirrt, aber die falsche Frau hatte ihn getragen: nicht Antonella Scarpa, sondern Anna Massi. Und da war noch etwas. Sandro hob eine Hand und wandte sich einen Moment Paolo Massi zu.

»Ihre Frau ist am Freitagabend zu Lucia Gentileschi gegangen, nicht wahr? Um zu kondolieren? Oder um herauszufinden, wie viel die Witwe weiß? Lucia hat sie kaum wiedererkannt. Außerdem liegt die Wohnung der Gentileschis direkt um die Ecke der Piazza d'Azeglio, stimmt's? Und am Freitagabend, als Iris March von Ihnen dazu überredet worden war, die Nacht woanders zu verbringen, ist jemand in ihre Wohnung eingebrochen und hat nach etwas gesucht. Vielleicht jemand, der keine Angst vor der alten Contessa hatte, eine Frau aus guter Familie, die einen Besuch abstattet?«

Massi war überrascht und unfähig, etwas zu sagen.

»Eine Schande, dass sie nicht weiß, dass man einen Computer nicht löscht, indem man ihn einfach ausschaltet. Sie hat auch Iris March unterschätzt, sie war clever genug zu erkennen, dass jemand in ihrer Wohnung gewesen war.«

Iris March, dachte er, und in seinem Kopf löste der Name ein kleines Warnsignal aus. Wo bist du hingegangen, Iris March?

Aber Antonella Scarpa sprach schon wieder, als hätte er gar nichts gesagt, sie starrte ihren Arbeitgeber trotzig an, sollte er es nur wagen, ihr zu widersprechen.

»Also hat sie meinen weißen Kittel angezogen und hat zu ihm mit ihrer lächelnden, süßlichen Mine gesagt, dass Alitalia angerufen hätte, um die Buchung der Flüge nach Sizilien von Signore Massi zu bestätigen und um nachzufragen, ob er neben seiner Begleiterin sitzen wolle, deren Ticket ebenfalls mit seiner Kreditkarte bezahlt worden war.« Sie lächelte matt. »Ich nehme an, dass sie wütend war, weil er auch für den Flug des Mädchens bezahlt hatte. Und was passiert dann? Ich hatte jedenfalls genug, war schon an der Tür und wollte gehen, denn Gott weiß, dass ich in der Schule genug zu tun hatte. Dann tauchte sie am Fenster auf. Miss Veronica Hutton.« Sie verschränkte die Arme vor der Brust. »Da lief alles aus dem Ruder, nicht wahr, Paolo?«

Massi war inzwischen auf den Stuhl neben seinem geschnitzten Schreibtisch gesunken, doch niemand ließ die Augen von Antonella Scarpa, um nach ihm zu sehen.

»Warum haben Sie denn niemandem gesagt, dass Sie Veronica Hutton an dem Morgen bei der Galerie gesehen haben?«, fragte Sandro ruhig.

Antonella Scarpa zuckte kaum mit den Schultern. »Loyalität?« Sie verzog das Gesicht. »Dummheit.« Sie runzelte die Stirn. »Aber ich dachte, es wäre bloß ein Zufall. Ich wusste, dass er nicht fähig war, sie umzubringen, sie zu verstecken. Er nicht.«

»Aber seine Frau?«

Antonella Scarpa schaute Sandro an, blass, mit kurzen Haaren wie ein trotziges, zorniges Kind. Sie sprach vorsichtig. »Ich habe sie nicht gehen sehen, mir ist nicht in den Sinn gekommen, dass sie durch den Hinterausgang in die Boboli-Gärten gehen könnte. Aber mir fiel am Donnerstag auf, als sie mir wieder erlaubten, in der Galerie zu helfen, dass das Tor benutzt worden war. Es wird nie benutzt, ich dachte, das Schloss wäre zugerostet, aber als ich am Donnerstag hinten hinaus in den Hof ging, weil es angefangen hatte zu regen und da draußen Verpackungen lagen, die nass wurden, sah ich, dass es offen stand. Damals habe ich mir nichts dabei gedacht.«

Sie machte eine Pause, und als sie weitersprach, war sie wieder sehr heftig. Sandro stellte fest, dass ihm ihre Vehemenz gefiel. »Es war typisch für sie, meinen weißen Kittel anzubehalten. Seht mich an, eine ernst zu nehmende Person. Eine Arbeiterin. Ich soll geldgierig sein? Ich soll eifersüchtig sein? Sie hätten hören sollen, wie sie ihn angegiftet hat, als das Mädchen wieder verschwand, sie hätten festgestellt, dass sie nicht bloß eifersüchtig, sondern verrückt war.«

Antonella Scarpa verzog das Gesicht und zischte wie in einer Parodie über die Frau ihres Arbeitgebers. Sandro konnte sich vorstellen, wie diese Frau sie behandelt haben musste. »*Ist sie das? Das ist sie, stimmt's?* Dann hat sie sich auf ihn gestürzt. Um ehrlich zu sein, es war peinlich. Da bin ich gegangen.«

»Wo war Anna Massi da, erinnern Sie sich?«, fragte er sanft. »War sie noch in der Galerie, als Sie gegangen sind?«

Antonella Scarpas schmales, weißes, ovales Gesicht wandte sich ihm zu, sie sah intelligent und nachdenklich aus. »Drinnen, ja.« Sie nickte. »Paolo sagte, es sei in Ordnung, sie sei in die Boboli-Gärten gegangen. Dann drehte Anna ihm den Rücken zu und marschierte davon. In die Hinterräume der Galerie. In ihrem weißen Kittel.«

Sandro sah sie an. Stolz und einsam sah sie aus, und sie sagte die Wahrheit. Antonella Scarpa hatte nichts mehr zu verlieren. Er stellte ihr eine letzte, vorsichtige Frage.

»Sie kennen Anna Massi schon lange.« Sie nickte knapp. »Und wenn sie, sagen wir mal, gehört hätte, wie Claudio detailliert mit dem Mädchen über die Arbeit sprach, die er für die Familie Massi erledigte, wie hätte sie dann reagiert?«

Antonella Scarpa legte den Kopf schief. »Ja«, sagte sie. »Sie wäre fähig, sie beide umzubringen. Anna Massi ist zu allem fähig.«

In der Dunkelheit, der Nässe, dem Chaos und dem Kreischen der Sirenen überall um ihn herum stand Jackson an der Tür zu Paolo Massis Mietshaus und sah hinauf. Er konnte sich nicht mehr daran erinnern, in welchem Stock sich die Wohnung befand. Im ersten Stock? Im ersten Stock schien Licht zu sein.

Iris war zu vernünftig, um allein hierherzukommen, er hatte gesehen, wie sie diese SMS geschickt hatte. Aber was, wenn Sandro Cellini sie nie bekommen hatte? Was, wenn er auf der anderen Seite des Flusses festsaß, was, wenn er im Verkehrschaos feststeckte?

Jackson drückte noch einmal auf die Klingel von Massis, und dieses Mal länger als normal, so lang, dass man es unmöglich ignorieren könnte.

Er wusste, dass sie hierhergekommen war, er war sich dessen sicher. Jackson hatte das Gefühl, dass sein Gehirn jetzt zum ersten Mal seit Jahren so richtig arbeitete, es könnte am Adrenalin liegen, aber er wusste, es lag an Iris. Weil er jetzt für sie clever sein musste. Sie war ganz sicher hier, einmal, weil er sie in der Via Calzaiuoli in nördliche Richtung hatte gehen sehen, dann, weil es Sonntag war und sie annahm, dass Massi zu Hause war, und schließlich, weil sie den Fluss nicht hätte überqueren können, selbst wenn sie es gewollt hätte.

Aber niemand antwortete.

Anna Massi hatte, als Iris es ausgesprochen hatte, dieses mädchenhafte Lachen gelacht. Sie standen jetzt beide.

»Ach, du dummes Mädchen«, sagte sie. »Hast du gedacht, ich wüsste das nicht?«

Ihr Englisch war gut, ihr Ehemann hatte recht gehabt. Sie wirkte wie eine andere Person, ihre Augen glitzerten. »Glaubst du etwa, sie war die Erste?«

In der dunklen Wohnung hörte Iris die Türklingel schellen, aber sie konnte sich nicht bewegen. »Setz dich«, sagte Anna Massi, und etwas in ihrer Stimme zwang Iris zu gehorchen. Sie setzte sich, Anna Massi setzte sich neben sie.

»Sie war ein dummes Kind. Bildete sich ein, eine Künstlermuse zu sein!«

Sie lachte wieder, aber dieses Mal hörte es sich für Iris anders an. Es war, als hätte das Geräusch etwas in ihrem panisch arbeitenden Gehirn ausgelöst. Sie ist verrückt, dachte sie, dann dachte sie an Giovanna Badigliani, die auf diese wissende Art zu Paolo Massi gesagt hatte: »Ihre Frau sah gut aus.« Sie sagte ihm damit, dass sie wusste, dass seine Frau gestört war, und gleichzeitig, dass sie sie gesehen hatte.

»Sie waren es«, sagte Iris. »Sie waren in der Wohnung. Sie haben den Computer vom Netz genommen.«

Anna Massi hatte ihren Kopf zur Seite gelegt, schwarzäugig und neugierig wie ein Vogel, der einem Wurm nachgeht, und Iris spürte wie gelähmt die kalte Hand der Frau wieder auf ihr Knie kriechen, konnte aber nicht auf sie hinuntersehen.

Das Lachen war atemlos geworden. »Eine Frau muss ihren Mann beschützen«, sagte sie.

Iris legte eine Hand an den Mund. »Was meinen Sie damit?«, flüsterte sie. »Was haben Sie getan?« Es war, als wäre sie in einem Traum und wollte schreien, brachte aber keinen Ton heraus.

Eine neue Note kam in Anna Massis Stimme, eine Art von Gereiztheit. »Sie hätte nicht dort sein dürfen. Sie hätte nicht in die Galerie kommen und mir ihr dummes Gesicht zeigen dürfen.« Sie lachte. »Paolo wollte mich davon abhalten, ihr zu folgen, aber er verstand nicht. Es gibt gewisse Dinge, die kann ich nicht erlauben.«

»Sie meinen, solange Sie es nicht erfahren mussten«, sagte Iris zögernd. »Solange er diskret war …«

Anna Massi sah sie lange nachdenklich an. »Sogar die Frau von Alitalia, die mich anrief, wusste es. Sie hat über mich gelacht, als sie mich fragte, ob sie nebeneinandersitzen wollten. Natürlich musste ich mit ihm sprechen: Ich musste zur Galerie gehen.«

Die Augen weit aufgerissen schwieg Iris. Die Galerie neben den Boboli-Gärten. »Dort war sie und winkte durch das Fenster. Paolo lief hinaus, um sie loszuwerden, aber ich hatte sie schon gesehen. Er hat mir gesagt, dass sie weggegangen sei, in die Boboli-Gärten. Und als ich durch den Hinterausgang der Galerie in den Park kam, da ging sie direkt vor mir den Hügel hinauf. Es war ganz einfach, ich musste ihr nur folgen, als sie im Kaffeehaus ankam, um diesen dummen alten Mann zu treffen, setzte ich mich einfach hinter sie. Sie kannte mich nicht, und er konnte sich nicht daran erinnern, ob er mich kannte oder nicht!«

Sie lachte unangenehm, lehnte sich zu Iris vor, und dann waren Anna Massis verstohlene Hände wieder auf ihr, leicht und kühl, nur noch Haut und Knochen. Iris blieb ganz still. Es war ihr zu spät eingefallen, dass Anna Massi stark war, war sie nicht die hundert Kilometer ihrer Pilgerreise mit einem vierzig Kilo schweren Rucksack gewandert? Jetzt umschlossen die dünnen, kühlen Hände der Frau Iris' Handgelenke in einem so festen Griff, dass es sich unmenschlich anfühlte, wie Draht. Sie wollte schreien: Wo ist sie? Wo ist Ronnie? Aber sie musste warten.

»Alter Mann? Welche Geheimnisse?« Iris begriff nicht. Ihr fiel etwas ein. »Sie traf einen Maler. Claudio irgendwas.«

»Claudio Gentileschi.« Anna Massi machte einen kleinen Schmollmund. »Es war ein Geschäft, das würdest du nicht verstehen. Vielleicht dachte sie, dass er ein echter Maler war und nicht bloß ein billiger, kleiner jüdischer Fälscher.«

Iris' Kopfhaut zog sich bei der hässlichen Beleidigung zusammen. »Was wollten Sie tun?«, flüsterte sie.

Anna Massis Kopf neigte sich ihr wieder zu wie ein Raubvogel. »Ich habe gewartet«, sagte sie. »Ich dachte, ich weiß, was zu tun ist, wenn es so weit ist. Ich hatte Macht über die beiden, als ich sie belauschte, ohne dass sie es wussten. Glaubst du an Schicksal?«

Iris starrte sie an, sie war unfähig zu sprechen. Sie ist wahnsinnig.

»Also ich schon«, Anna Massi brauchte keine Antwort. »Als ich hörte, wie dieser dämliche, senile alte Bock ihr all unsere Geheimnisse erzählte, da musste ich natürlich handeln. Sie war nicht wichtig, sie war nichts, aber wenn es vorbei war, wenn ihre kleine Affäre mit Paolo, ihr kleiner sizilianischer Liebesurlaub vorbei war, denn es geht immer vorbei, dann könnte sie es jemandem erzählen. Das durfte ich nicht zulassen, nicht noch einmal.« Sie richtete sich auf. »Ich wusste, was ich tun musste, um es zu verhindern.«

Sie schaute durch das Fenster in den Nachthimmel, wo Blaulicht in der Dunkelheit auftauchte und verschwand. Dann drehte sie sich wieder um und sah Iris in die Augen, als sie sprach, klang sie triumphierend und überschwänglich, als hätte man ihr noch nie richtig zugehört.

»Es war so leicht! Ich warf ihm einfach vor, dass er sie unsittlich berührt hätte.« Sie lächelte selig, ein breites, fröhliches Lächeln.

»Oh, wie er mich angesehen hat, als ich ihm gesagt habe, er solle seine Hände von ihr nehmen, als hätte er sie tatsächlich berührt, voller Panik, voller Schuldbewusstsein!« Ihr Lachen war jetzt fast heiter. »Anstatt sich zu verteidigen, lief er weg und belastete damit sich selbst, und sie rannte hinter ihm her. Als ich ihm noch sagte – das fiel mir übrigens einfach so ein, wieder mal Schicksal, findest du nicht? –, erinnern Sie sich nicht, dass Ihre Frau tot ist, da hättest du sein Gesicht sehen sollen!« Sie spreizte ihre Finger in einer wegwerfenden Handbewegung. »Was hatte ich schon zu verlieren? Selbst wenn er nicht tat, was ich wollte und einfach verschwand, einfach ging und sich umbrachte, wer würde einem senilen alten Mann schon glauben?«

»Sie haben ihm gesagt, dass seine Frau tot sei?«, flüsterte Iris und versuchte, die beiläufige Grausamkeit dieser Frau zu begreifen. Sie wusste, dass sie nicht weinen durfte.

Anna Massi zuckte mit den Schultern. »Wozu war er noch gut? Jeder wusste, dass er den Verstand verlor, Paolo hatte mir gesagt, dass wir ihn wahrscheinlich nicht mehr lange würden nutzen können. Natürlich wurde mir klar, dass die Polizei glauben würde, wenn er dement war, würde er allen möglichen Blödsinn tun. Er könnte ein Mädchen belästigen, die meisten Männern würden eine kleine Nutte, die sich so anbietet, belästigen, wenn sie die Chance hätten. Keine Ehe ist perfekt, warum sollte seine es sein? Selbst wenn diese alte Närrin geglaubt hat, dass sie alles für ihn war.«

Claudio Gentileschi hatte seine Frau geliebt, daran erinnerte sich Iris. Anna Massi spitzte die Lippen.

»Als ich ihr das *telefonino* wegnahm und es kaputtmachte, bekam er Angst und lief weg.« Iris dachte an die Gewalt, mit der das Handy zerstört worden war. Sie hatte selbst Angst. Wenn sie könnte, würde sie jetzt weglaufen. Sie sah zur Tür.

Anna Massi schien nicht zu bemerken, wohin Iris sah, sie atmete tief ein, seufzte befriedigt. »Mich dann um Paolos kleine Nutte zu kümmern war nicht mehr schwierig. Sie hatte Angst vor mir, weißt du, als ich ihr gesagt habe, wer ich bin. Sie weinte, sie hatte Schuldgefühle. Ich wusste, wie ich mich ungesehen im Park bewegen kann. Ich habe ihr gesagt, dass ich sie wieder in die Galerie bringe, da kam sie mit, es war nur wenig Kraft nötig. Ich brachte sie auf demselben Weg, den ich gegangen war, wieder in die Galerie, wo sie wie ein Kind bestraft werden sollte. Und dann ...« Sie machte die Geste eines Zauberers und ließ Iris' Hand los. »Jetzt ist sie weg. Ich habe sie verschwinden lassen.« Sie stand auf, machte einen oder zwei Schritte auf einen massiven Steinkamin zu.

»Ich bin später wegen Claudio Gentileschi zurückgekehrt. Paolo hat mir von der Kaffeebar erzählt, wo er jeden Tag nach der Arbeit etwas trinkt, bevor er zu seiner Frau geht. Vielleicht wäre er da. Und es war Schicksal: Er war da. Ich sagte ihm noch einmal, warum es sinnlos wäre, nach Hause zu gehen. Ich konnte den Whiskey in seinem Atem riechen.« Sie griff nach etwas auf dem Kaminsims und hielt es hoch. »Er hat mir sogar seine Schlüssel gegeben.«

Iris kämpfte mit den Informationen, sie konnte jetzt nicht innehalten und darüber nachdenken, denn es war nicht Claudio, über den sie mehr erfahren musste. Ihre Handgelenke waren frei, sie sollte jetzt unbedingt losrennen, und sie würde es tun, aber zuerst brauchte sie Gewissheit.

»Wo haben Sie sie hingebracht?«, fragte sie und hörte, dass sie fast klang, als würde sie betteln oder weinen. »Was meinen Sie damit, Sie haben sie wie ein Kind bestraft? Sie war harmlos, Sie hätten auf Ronnie nicht eifersüchtig sein müssen.« Ein Schluchzen stieg in ihrem Hals auf, als sie merkte, was sie angerichtet hatte. Doch es war zu spät.

»Du denkst, ich wäre eifersüchtig?«, sagte Anna Massi mit leisem geflüsterten Zorn und packte sie, zwang sie, sich wieder hinzusetzen, ihr Mund war so nah an Iris, dass Iris ihren Atem riechen konnte, etwas sauer, der chemische Geruch von Wahnsinn, von Medikamenten, von etwas, das tief im Inneren verkehrt lief. »Er kommt immer wieder zurück.«

Über Anna Massis Kopf schaukelte und klingelte ein verspiegelter Traumfänger, und neben ihrem Ellbogen stieg erstickend süß ein grauer Rauchfaden von einem Duftkegel in die Luft. Iris dachte, dass sie nicht wollte, dass das die letzten Dinge waren, die sie sah und roch, sie kniff die Augenlider zusammen.

»Er kommt immer wieder zurück?« Sie presste die Worte hervor. »An diesen schrecklichen Ort? Umso dümmer von ihm.« Als eine von Anna Massis Händen sich auf ihren Hals zu bewegte, merkte sie, dass sie nicht einmal mehr schreien konnte, nach offenen Räumen schreien, nach Hügeln und Bäumen, um aus dieser großen, dunklen, nassen, erstickenden, schicksalschweren Stadt nach Hause zu Ma zu kommen.

Es klingelte wieder an der Tür, ein verzweifelter, lang gezogener Klang. Zu spät, dachte Iris, während das Blut hinter ihren Augenlidern pulsierte.

Sein neu gefundenes Selbstbewusstsein verpuffte, Jackson wollte sich gerade umdrehen und gehen, zum nächsten Polizeirevier vielleicht, da öffnete sich die Tür vor ihm, und ein Mann mittleren Alters kam heraus. Der Mann sah ihn neugierig an, aber er zog die Tür nicht hinter sich zu, sondern ließ sie langsam zuschwingen.

Jackson streckte eine Hand aus, er hielt sie gerade noch rechtzeitig auf. Er war drin.

Kapitel 28

»Also, was haben Sie mit der Leiche gemacht?«

Während Sandro sprach, setzte sich Paolo Massi an den Schreibtisch und bemühte sich um eine gespenstische Imitation von Gelassenheit. Er antwortete nicht, aber Sandro sah, dass er versuchte, seine Position wieder einzunehmen.

Sandro hob das einzelne hellbraune Haar hoch. »Sie war hier, und jetzt ist sie weg.«

Sie starrten einander an, dann begann Massi zu reden. »Das ist kein Beweis«, sagte er mit einer merkwürdig hohen Stimme. »Sie war eine Schülerin, sie war genau wie alle anderen Schüler hier in der Galerie, ein Haar ist kein Beweis. Ich habe mit ihrem Verschwinden nichts zu tun.« Er ratterte seine Verteidigung herunter und endete mit etwas wie seinem üblichen Grinsen, dann schloss er den Mund.

»Ich werde sie finden«, sagte Sandro langsam. »Ich werde sie sicher finden.« Er drehte sich auf dem Absatz um, ging die Reihe von Kunstwerken entlang, sah sie blind an, eine aquarellierte Tintenzeichnung von Santo Spirito, ein trübes, kleines Ölgemälde, dessen Motiv er nicht erkannte. Er konzentrierte sich auf das, was er wusste: Sie hatten sie hier gefangen gehalten.

Er drehte sich um, um sein Publikum im blutroten Zimmer anzusehen, Giulietta und Luisa beobachteten ihn gespannt von der Tür zur Straße aus, Antonella Scarpa stand im Schatten und im Bildmittelpunkt Paolo Massi unter Deckenflutern.

»*Bleib hier*, wird sie gesagt haben, *bleib genau da, wo du bist*, und Sie haben getan, was sie Ihnen gesagt hat. Sind brav an Ihrem schicken Schreibtisch sitzen geblieben, wie Gabi auf der anderen Straßenseite bezeugen kann, bis sie zurückgekommen ist.«

Niemand bewegte sich. Sandro fuhr fort, folgte seinem roten Faden durch die Dunkelheit.

»Sie müssen sie an Ihrem Platz gehört haben, wie sie Veronica aus den Boboli-Gärten hierher gezerrt hat, durch das Tor hier herein. Ihre Frau muss es geschafft haben, sie den ganzen Weg bis hierher im Griff zu halten. Sie ist wohl eine starke Frau, nicht wahr? Nicht nur cleverer als Sie, sondern auch stärker?« Sandro hielt inne und dachte an die zarten Gesichtszüge, die er auf dem Foto auf Massis Schreibtisch gesehen hatte, diese hübschen neurotischen Frauen konnten wie aus Stahl sein.

»Hat sie Sie das Mädchen überhaupt sehen lassen? Oder hat sie sie einfach dort in der Dunkelheit eingesperrt? Hat sie sie gefesselt? Oder haben Sie das gemeinsam gemacht? Sie müssen ihr doch geholfen haben, oder nicht? Haben Sie Angst vor Ihrer Frau?« Dass Paolo Massis Gesicht zuckte, während Sandro sprach, zeigte ihm, dass er richtig lag.

»Ich nehme an, dass sie zu diesem Zeitpunkt schon hätte tot sein können«, fuhr Sandro rücksichtslos fort. »Aber ich vermute, sie hat noch gelebt. Es gibt Schleifspuren, aber sonst nichts, ein Mord hinterlässt immer irgendeine Spur.« Er machte eine Pause, um Paolo Massis Reaktion zu beobachten, die Augen des Mannes waren weit aufgerissen und starr, als wäre ihm die Möglichkeit des Todes gerade erst bewusst geworden.

Sandro fuhr fort. »Wie lange haben Sie sie hierbehalten? Haben Sie sich über das, was sie getan hat, gestritten oder über den nächsten Schritt?« Er hielt inne. »Hat Ihre Frau Ihnen erzählt, was sie gehört hat? Hat sie, als Veronica Hutton außer Sichtweite war, sodass Sie sie nicht gefesselt und geknebelt in diesem Loch sehen mussten, hat sie da gesagt: *Ich kümmere mich um den alten Mann*? Oder irgendetwas in der Art. Denn nun war es zu spät, sie musste ihn zum Schweigen bringen.«

»Ich weiß nicht, was sie getan hat«, sagte Massi blass. »Sie ging fort, sie hat gesagt, sie würde mir etwas zu essen holen. Ich trage keine Verantwortung, ich wusste nicht, wohin sie ging.«

Sandro sah ihn angewidert an. »Sie hat Veronica Hutton in diesem Raum eingesperrt, in diesen Schrank, wo sie hätte ersticken können, und sie ist weggegangen, um Claudio Gentileschi zu suchen und ihn umzubringen. Wie hat sie ihn gefunden? Ich stelle mir vor, dass Sie ihr gesagt haben, wo sie suchen muss. Wollte sie ihn in den Selbstmord treiben oder ihn einfach nur unglaubwürdig machen? Das Ergebnis wäre dasselbe, nicht wahr?«

Er machte eine Pause, um zu beobachten, wie Massi die Fassung verlor. »Hat sie geweint, die kleine Veronica Hutton? Hat sie Sie angebettelt, sie herauszulassen? Oder war sie bereits tot?«

Massis Lippen zitterten. »Nein, nein, sie …« Er stockte, seine Augen standen voller Tränen, flossen über vor Selbstmitleid.

Sandro machte einen Schritt auf ihn zu, mehr nicht. »Sie hatten zu viel Angst vor Ihrer Frau, nicht wahr? Hat sie gesagt, es sei jetzt zu spät, sie gehen zu lassen, Sie sollten doch nur daran denken, was sie alles erzählen könnte? Niemand würde uns verdächtigen, uns gute Bürger, lass den senilen alten Mann die Schuld übernehmen, tot oder lebendig.«

Massi schluckte, und Sandro fuhr fort, das Ende war in Sicht.

»Sie wurde von Gabi auf der anderen Straßenseite gesehen, wie sie im Auto wegfuhr, dann wurde sie gesehen, wie sie mit Claudio am Lungarno Santa Rosa sprach«, er hielt einen Moment inne und dachte an den Jungen mit dem Comicheft, Massi musste ja nicht wissen, welche Art von Zeuge er war, »ein Zeuge hat sie gesehen. Er wird sie identifizieren.« Er holte kaum Luft. »Was hätte Ihr Vater nur gedacht? Einen alten Mann zum Selbstmord zu überreden, um Ihr schäbiges kleines Geschäft zu retten, sich bei Ausländern einzuschmeicheln, Fälschungen zu verkaufen, mit Mädchen zu schlafen, die Ihr Töchter sein könnten?«

Paolo Massi schwieg, obwohl Sandro hörte, wie Antonella Scarpa hinter ihm ein Geräusch der Selbstverachtung machte.

»Ach, tut mir leid, ich vergaß, es ist ja alles die Schuld Ihrer Frau, nicht wahr? Sie hat das alles getan.«

»Sie ...« Paolo Massi erstickte an den Wörtern, er ertrank im Selbstmitleid. »Sie mochte meinen Vater nicht.«

»Das passt«, sagte Sandro und wusste, dass der Mann nun gebrochen war, es war doch nicht so schwierig gewesen. »Aber lassen Sie uns zum Eigentlichen zurückkehren. Ich will wissen, was als Nächstes passiert ist, weil ich Veronica Hutton finden muss, verstehen Sie. Ich muss sie, tot oder lebendig, den Leuten zurückgeben, die sie lieben.« Er spürte Luisas Blick, aber er sah nicht von Massi weg.

»Sie haben dann gemeinsam entschieden, dass Claudio Gentileschi ein sehr praktischer Verdächtiger wäre, wenn Veronicas Leiche schließlich gefunden würde. Besonders, wenn er tot wäre, nichts ist ordentlicher als ein Mörder, der sich selbst aus Reue umbringt. War die kleine Ronnie zu diesem Zeitpunkt schon tot, am Mittwochabend, als Sie Antonella sagten, sie bräuchte nicht in die Galerie zu kommen, da Ihre

Frau helfen würde? War sie tot, als Sie sie von da hinten befreiten und ins Auto schleppten? Oder wagten Sie das nicht? Ich wette, Ihre Frau hätte es gewagt.«

»Nein, sie …« Massi sah mit hängendem Kinn jetzt wie ein Idiot aus, aber sogar ein Idiot wusste, wann er den Mund halten musste.

»Leute sahen Claudio oder dachten, sie hätten ihn gesehen, wie er das Mädchen belästigte, stimmt's? Und er verlor langsam den Verstand, es war also leicht, das zusammenzubringen. Doch dann hatte sie eine noch bessere Idee, stimmt's? Sie hat ihn überredet, dass es besser wäre, wenn er tot wäre, wegen der Schande.«

Luisas Stimme unterbrach ihn klar und fest.

»Sie hat Claudio erzählt, seine Frau wäre tot«, sagte sie. »Fiamma DiTommaso hat es gehört.« Massi drehte sich zu Luisa um, während sie hinzufügte: »Sie hat gehört, wie sie sagte: *Erinnern Sie sich nicht, dass Ihre Frau tot ist?*«

Giulietta neben ihr nickte. Massi drehte sich zu ihnen um, er war zusammengesunken.

Sandro übernahm wieder. »Es war nicht schwierig, oder? Schmutziger alter Mann, du wärst besser tot. Wofür lohnte es sich für ihn, noch zu leben? Es hatte immer nur sie zwei gegeben, ihn und seine Frau.«

Während er diese Worte aussprach, wandte Luisa ihren Kopf nur ein bisschen, um ihn nicht ansehen zu müssen, Kälte kroch in sein Herz. Er zwang sich zu sagen, was er als Nächstes zu sagen hatte.

»Dann streckte Signora Massi ihre Hand nach seinen Schlüsseln aus.« Sandro zog den Schlüsselbund, den ihm Lucia Gentileschi aus Claudios Schreibtisch gegeben hatte, aus der Tasche. »Er hatte ein zweites Schlüsselset zu Hause, wussten Sie das? Seine Frau hat es gefunden und mir gegeben.«

»Warum hat sie nach den Schlüsseln gefragt, Paolo?«, fuhr Sandro fort. »Welchen Vorschlag machte sie Ihnen, als sie, immer noch im weißen Kittel, vom Lungarno Santa Rosa wieder hierher zurückkam? Die Beweise verschwinden zu lassen, den Vorrat an Fälschungen, die noch ein bisschen was wert waren, zu holen, und was dann? Ein paar falsche Spuren legen? Nur um sicherzustellen, dass alles auf Claudio deutete, wenn man die Leiche fand? Deswegen haben Sie wohl diesen Post-it-Zettel im Atelier hinterlassen, nachdem Sie alles andere so ordentlich ausgeräumt hatten? Sehr hilfreich. Was haben Sie sonst noch vorgetäuscht, um die Spuren von sich selbst und Ihrer Frau fortzuführen?«

Sandro hielt den Sicherheitsschlüssel hoch. »Das ist der Haustürschlüssel«, sagte er.

Er zeigte den nächsten Schlüssel. »Das ist der Schlüssel zum Atelier.«

Dann, schließlich, der winzige Schlüssel, der Schlüssel eines Briefkastens, bloß dass das Gebäude, in dem Claudios Atelier sich befand, für Briefkästen zu billig war, die Post lag im Flur auf dem Boden. Er hielt den Schlüssel zwischen Daumen und Zeigefinger direkt unter Massis Nase.

»Und dieser Schlüssel? Ein Vorhängeschloss? Eine Art von Lagerschuppen, ein Laden irgendwo? Ein Nebengebäude, eine Hundehütte, eine *cantina*?«

Giulietta war aufgestanden und streckte eine Hand in die Luft, als wäre sie in der Schule. Sandro hob eine Hand, um ihr zu sagen, warte. »Ich weiß es«, flüsterte sie. »Der Hund, der Junge hat mir erzählt, Claudio hätte einen Hund, er machte sich Sorgen um den Hund. Bloß, dass es keinen Hund gibt, Claudio hatte nie einen Hund.« Sandro nickte immer noch angespannt und ganz auf Paolo Massi konzentriert.

Aber die Antwort kam von Antonella Scarpa.

»Er hat irgendwelchen alten Kram in einer Hütte aufbewahrt«, sagte sie ruhig, alle drehten sich um, sie sah Massi an. »Entflammbares Material, Verdünner für Farben, solche Dinge. Ich kann Sie dorthin führen.«

Iris war fast bewusstlos, als sie das nächste Geräusch hörte. Sie hatte einen Punkt erreicht, an dem sie sich nach dem Ende sehnte, um das Reißen in ihrem Kopf zu beenden. Aber das Geräusch war so laut, dass sie unwillkürlich zusammenzuckte. Sie schaffte es, eine Hand aus der Umklammerung der Frau zu befreien, ihr Ellbogen schoss hoch, und sie donnerte ihn Anna Massi schmerzhaft auf die Nase.

Anna Massi fiel schreiend nach hinten, ein schreckliches Geräusch. Kaum dass der Druck glücklich von ihrer Luftröhre weg war, war Iris auf den Füßen und bellte, sie war sich nicht einmal sicher, ob die Geräusche, die sie machte, Worte waren.

»Iris?« Die Stimme klang gedämpft und panisch, aber sie erkannte sie, sie führte sie durch die Dunkelheit zur Tür.

O Gott, dachte sie. Jackson. Sie stolperte über Fußschemel und Beistelltische, erst als sie die Tür erreichte, wurde ihr bewusst, dass Anna Massi ihr nicht folgte. Sie fummelte an den Ketten und Riegeln, erwartete, dass die Frau sie jeden Augenblick wieder packen würde, aber da war nichts. Die Tür öffnete sich, und da stand er, sie war in ihrem ganzen Leben noch nie so froh gewesen, jemanden zu sehen.

Das Erste, was er tat, war, an ihr vorbeizugreifen und das Licht anzuschalten.

Kapitel 29

Als er aus dem Auto stieg, wurde es Sandro bewusst, dass er die ganze Zeit gewusst hatte, dass er wieder hier landen würde. Er hatte in seinem Auto gesessen und zu den Boboli-Gärten hochgesehen, sie sich als einen Ort vorgestellt, an dem etwas Böses passiert war, doch jetzt erschien es ihm, als wäre es dieser Platz hier gewesen, der ständig diesen Raum in seinen Gedanken beansprucht hatte. Es war dieser schmutzige, vernachlässigte Teil des Flusses gewesen, der in Sumpfland überging, wo Obdachlose in Müll und Unkraut nach Essen suchten, wo die Stadt ihren Unrat in einem Durcheinander baufälliger Schuppen lagerte.

Der Ort, an dem Claudio Gentileschi zum letzten Mal den Himmel gesehen und die dreckige, wunderbare Luft der Stadt geatmet hatte, an einem strahlenden Novembertag, bevor der Regen eingesetzt hatte. Der Lungarno Santa Rosa.

Giulietta und Luisa blieben bei Massi im Wagen, neben ihm auf dem Rücksitz konzentrierte sich Giulietta darauf, Zahlen in ihr Handy einzugeben. Auf der Rückbank direkt am Fenster saß Luisa und zeigte ihm hochgereckte Daumen. Sandro erwiderte die Geste nicht, so sehr widerstrebte es ihm plötzlich, noch einen Schritt auf das Unausweichliche zuzumachen. Er richtete sich auf, Antonella Scarpa stand steif und gehorsam neben ihm.

»Wissen Sie genau, wo es ist?« Er hatte ihr die Frage gestellt, als sie sich durch den Verkehr von der Via Romana zum Lungarno Santa Rosa gekämpft hatten. Sie hätten auch zu Fuß gehen können, aber Sandro wollte, dass alle zusammenblieben, er wollte sie alle im Auge behalten.

»Mehr oder weniger«, sagte Scarpa. »Hinter diesem Tanzlokal, wie auch immer es heißt.«

»Der Circolo Rondinella.«

Er hatte die Vorstellung dieses Ortes wegblinzeln müssen, die Pergola im Regen und das Dixie-Klo, wo ihn jemand beobachtet hatte, ihm wurde übel vor düsteren Vorahnungen.

»Ich könnte Tomi anrufen«, hatte Giulietta sich gemeldet. »Den Jungen mit dem Comicheft.«

»Hast du seine Nummer?« Sandro hatte seinen Blick vom Verkehr abgewandt und nach hinten geschaut, wo sie auf den Rücksitz gequetscht saß. Neben ihr hatten Massis Augen diesen verhangenen Blick, den Sandro schon bei vielen Schuldigen gesehen hatte, sie entfernten sich vom Hier und Jetzt und hofften, es würde alles wieder verschwinden.

Völlige Verleugnung, manchmal funktionierte es. Dann musste Sandro die Furcht unterdrücken, dass Massi und seine Frau clever genug gewesen waren, um alle Beweise zu vernichten und alles Claudio unterzuschieben. Die eigentliche Angst war die, Veronica zu finden, darum ging es hier schließlich. Er war kein Polizist mehr, er verfügte nicht mehr über diesen Apparat, der ihn vor den Toten schützte, vor dem Anfassen, dem Aussehen und dem Geruch des Toten. Keine Latexhandschuhe, keine Tüten für Beweisstücke, kein brüderliches Team, keine jovialen Forensiker mit ihrem Galgenhumor, kein väterlicher, unrasierter Pathologe, der aus seinem Bett gerissen worden war. Sandro war allein.

»Ruf den Jungen an«, hatte er gesagt. Aber der war nicht rangegangen.

Als er im Schutz der großen Mauer von San Frediano stand, Antonella Scarpa neben ihm, bemerkte Sandro, dass durch irgendein Wunder der Regen aufgehört hatte. Die Luft war klar und kalt und ohne das leise Plätschern des Regens, dafür klang das Tosen des Flusses wie Donner.

»Hier«, sagte Antonella Scarpa und blieb stehen. Sogar sie sah nun bedrückt aus. Sie standen vor dem Eisentor des Circolo Rondinella, das Poster, das einen Tanzball ankündigte, war nun kaum mehr als zerfledderter Papierbrei am Drahtzaun.

Sandro zog am Tor, es war verschlossen. Schweigend deutete Antonella Scarpa auf ein klaffendes Loch im Drahtzaun, dann hielt sie es auf, während Sandro hindurchkletterte. Er fühlte sich zu alt für so etwas und spürte, wie die Furcht von ihm Besitz ergriff, aber bevor er den Gedanken noch zu Ende denken konnte, merkte er, wie sich etwas unter seinen Füßen bewegte.

»Bleiben Sie da«, sagte er scharf über seine Schulter zu Antonella Scarpa. »Rufen Sie die Feuerwehr, rufen Sie einen Krankenwagen, aber bewegen Sie sich nicht.« Sie nickte stumm.

»Wo?«, fragte er. Sie zeigte hilflos auf das Ameisennest aus zerbrochenen Zaunlatten und halb kollabierten Gipsplatten hinter dem Klubhaus des Circolo Rondinella. »Irgendwo dort«, sagte sie.

Als er gerade einen Schritt nach vorn machte, durchschnitt ein Geräusch das Rauschen des Wassers unter Sandro, das dünne, hohe Schrillen eines Klingeltones, die Titelmelodie einer alten Zeichentricksendung, die Sandro nicht einordnen konnte.

Er ging auf das Geräusch zu, um die Hütte herum, und da lag es auf einem halb zusammengebrochenen Holzsteg, das Display des Handys leuchtete zu ihm hoch, während es klingelte. »Tiger Man«, sang eine dünne Stimme. Sandro griff danach, und als er sich bewegte, kam etwas aus der Dunkelheit auf ihn zu, packte seinen Arm und hielt sich panisch daran fest.

Sandro rief etwas aus und kämpfte, um sich zu befreien, neben sich sah er das schmerzhaft hagere, nach oben gewandte Gesicht von Tomi, dem Jungen mit dem Comicheft, das Haar klebte ihm am Kopf. Er hielt eine Taschenlampe fest, deren Lichtstrahl jetzt auf sein eigenes Gesicht gerichtet war, und er machte Geräusche.

»Was?«, fragte Sandro und hielt den Jungen fest, sah ihm direkt ins Gesicht. »Was sagst du?«

»Der Hund«, sagte der Junge deutlich, er bäumte sich auf und kämpfte, um dem Blickkontakt zu entgehen. »Der Hund. Helfen Sie ihm, Claudios Hund.«

»Wo ist der Hund?«, fragte Sandro, und der Junge lenkte den Schein der Taschenlampe auf eine ramponierte Tür, die in einem merkwürdigen Winkel am anderen Ende des sich auflösenden Steges stand und mit einem Messingvorhängeschloss abgeschlossen war. Dann klapperte etwas und löste sich unter ihnen, die gesamte Konstruktion schwankte. Sandro hob den Jungen hoch, er wog fast nichts, war nur Haut und Knochen. Er schleppte ihn zurück über die Terrasse und schob ihn durch den Zaun.

»Gib mir deine Taschenlampe«, sagte er und lehnte sich zu ihm vor, er streckte seine Hand durch den Zaun.

»Mein Handy«, sagte der Junge und hielt sich am Zaun fest, aber Sandro war bereits weggegangen.

Es ist in Ordnung, sagte er sich, als er über die kaputten Bretter, die einmal einen Steg gebildet hatten, nach unten ging, es gibt noch andere Hütten, weiter unten, die werden zuerst weggeschwemmt.

Er erreichte das Handy und hob es auf, steckte es in seine Tasche, aber als er sich aufrichtete, fanden seine Füße keinen Halt auf dem zersplitterten Holz, das nach tagelangem Regen ganz glitschig war, und er rutschte aus. Sandro hörte selbst, wie es ihm pfeifend den Atem verschlug, als er nach unten glitt, aber es ging gut, er rutschte nur einen oder anderthalb Meter, dann war er schon an der Tür.

Die Taschenlampe zwischen den Zähnen suchte Sandro in seiner Tasche nach den Schlüsseln, den verdammten Schlüsseln, während er sich mit der anderen Hand an einem Pfosten festhielt, der in diesem in sich zusammenfallenden Müllhaufen vielleicht etwas Solides darstellte. Er war auf den Knien und lehnte sich nach hinten, um die starke Neigung auszugleichen. Der Schlüssel passte.

Sie war ganz hinten, wirkte mehr wie ein Haufen Kleider als wie ein menschliches Wesen, wie ein Sack voller ertrunkener Tiere. Die Fuß- und Handgelenke stachen hervor, sie waren mit Bilderdraht gefesselt. Sandro spürte einen furchtbaren Druck auf seiner Brust und packte sie, zog sie hoch, er schätzte, dass sie doppelt oder dreimal so viel wog wie der Junge. Er warf sie über seinen Körper, er konnte keinen Feuerwehrgriff anwenden. Er hielt sie an sich wie ein großes Kind, dann bewegte er sich.

Mit jedem mühsamen Schritt nach oben auf den weit entfernten gelben Schein der Uferbeleuchtung zu spürte Sandro, wie die gesamte Konstruktion unter ihm vom Gewicht des Wassers zerlegt wurde. Er wusste, dass sie tot war, dass er auch bald tot wäre. Aber er machte weiter, und der Boden unter ihm hielt, dann waren sie am Drahtzaun, er kroch durch den Draht und auf den Bürgersteig, wo er sich gegen die niedrige Mauer lehnte. Sandro brach mit dem Mädchen auf sich zusammen, und er drückte sie an sich, während er schluchzte.

Es war kein Krankenwagen da, keine Feuerwehr, aber Antonella Scarpa. »Niemand antwortet«, sagte sie direkt und starrte zu ihm, zu ihnen hinab. »Holen Sie Luisa«, sagte er, und er senkte sein Gesicht über das des Mädchens, legte seine unrasierte Wange auf ihre kalte, nasse.

Und er bildete sich ein, es wäre Luisa, seine Luisa. Später erschien es Sandro, als wäre ein mysteriöser Austausch geschehen, als seine Frau das Handgelenk des Mädchens umfasste. Luisas schlagendes Herz wärmte den blau geäderten, marmorkalten Arm des Mädchens. Seine Luisa brachte sie zum Leben zurück.

Sie hatte es drei Mal sagen müssen, bevor er aufhörte, den Kopf zu schütteln, und sich erlaubte, ihr zu glauben. »Sie hat einen Puls«, sagte Luisa. Sie saßen da, auf den nassen Steinen des Lungarno Santa Rosa, Sandro und Luisa hielten das kalte Mädchen zwischen sich, bis der Krankenwagen endlich kam.

»Sie kann sich doch nicht in Luft aufgelöst haben«, sagte Jackson, und es stellte sich heraus, dass er recht hatte.

Im nüchternen, grellen Licht des Kronleuchters in der Mitte des Raums zeigte sich der *salotto* der Massis in seiner ganzen Unordnung. Eine Wand stand voller Bücher, die dick mit Staub bedeckt waren, ein Durcheinander von geschmacklos bunten Decken, die bei ihrem Kampf vom Sofa gerissen worden waren, lag auf dem Boden, und all die klimpernden Dinge hingen von der Decke, aber Anna Massi war nicht da.

Iris und Jackson drückten auf Schalter und stolperten durch die Wohnung, bis jede Tür offen stand und in jedem Raum das Deckenlicht leuchtete, aber sie fanden nur heraus, dass Anna Massi weder in ihrer kleinen Nonnenzelle war noch im ordentlichen, anonymen Eheschlafzimmer oder im kleinen, überfüllten Badezimmer.

Erst als sie wieder in den *salotto* zurückkehrten und Iris auffiel, dass das lange Fenster vorher nicht geöffnet gewesen war, und als der Lärm von lauten Stimmen sie darauf aufmerksam machte, dass auf der Straße draußen etwas passiert war, gingen sie nach draußen, um auf dem Balkon nach Anna Massi zu suchen. Und da sie sie dort nicht fanden, schauten sie hinunter auf die Straße, bis ihnen klar wurde, dass die Leute sich dort um etwas versammelt hatten, das auf der Straße lag.

Es war Anna Massi, die sich nicht in Luft aufgelöst hatte, aber irgendwie doch durch die Luft verschwunden war, und zwar ohne Hoffnung auf Rückkehr.

Kapitel 30

Serena Hutton flog schließlich am Mittwoch aus Dubai ein. Iris hatte sonntags gegen zwei Uhr morgens in Sandro Cellinis warmer Küche gesessen und zugehört, wie er sie anrief, dabei hatte sie Kamillentee getrunken und an Ronnie in ihrem Krankenhausbett gedacht. Sie war mit einem Hubschrauber mit Sandro und seiner Frau quer über die Stadt nach Careggi geflogen worden, aber Sandro hatte vorher noch die Zeit gefunden, Iris anzurufen und ihr alles zu erzählen. *Sie lebt geradeso noch. Ich habe deine Veronica gefunden, und sie lebt.*

Ronnie hatte blass und still neben einem Romamädchen gelegen, das Bauchschmerzen hatte und an einer Infusion hing, und um deren Bett ständig ein halbes Dutzend Mitglieder ihrer Großfamilie standen, die die Aufforderungen der Krankenschwestern, dass wenigstens ein paar von ihnen nach Hause gehen sollten, in den Wind schlugen. Ronnie hatte nur Iris.

Als Iris sich dem Bett näherte, hatte sie Angst gehabt, es gab Dinge, über die sie nicht reden wollte. Massi und seine Frau, die Ronnie Stoff in den Mund gestopft, sie in einem dunklen Ort eingesperrt und sich gestritten hatten, was mit ihr geschehen sollte. Fünf Tage im Regen, in der Kälte und der Dunkelheit mit dem Geruch von Chemikalien und Lösungsmitteln und dem schmutzigen Fluss.

Zuerst hatte es so gewirkt, als wäre Ronnie immer noch bewusstlos, ihre Augen hielt sie geschlossen, die Hände lagen sehr gerade und mit den Innenflächen nach oben an ihrer Seite. Sogar in diesem Zustand hatte Iris gespürt, wie sie sich bei ihrem Anblick entspannte, es war immer noch Ronnie. Auf ihrer Wange, die schmutzig und dreckig war, bogen sich ihre Wimpern lächerlich lang, und plötzlich war da ein neues Bild in Iris' Kopf: Ronnie vor dem Spiegel, wie sie sich vorlehnte, um sich die Wimpern zu tuschen. »Ronnie?«, flüsterte sie. Nichts. Sie versuchte es noch einmal. »Ronnie?«

Ronnies Mund bewegte sich, ihre Zunge kam heraus, und sie leckte sich die trockenen Lippen. Dann schien sie zu kämpfen, Iris bekam Panik und sah sich nach einer Krankenschwester um. Sie wollte weglaufen. Die Krämpfe hörten auf, und Ronnie schlug die Augen auf, sie versuchte, sich aufzurichten, schaffte es aber nicht. Iris legte einen Arm um ihre Schulter und steckte den Strohhalm im Wasserglas in Ronnies Mund, bis Ronnie eine Hand hob, um zu sagen, es genüge, und Iris das Glas wieder wegstellte. Ronnie schaute Iris an und seufzte leise, dann ließ sie sich auf die Kissen sinken.

»B-du«, sagte sie schließlich und hob eine Hand, Iris brauchte eine Minute, bis sie begriff, was sie wollte. Sie nahm Ronnies Hand. »Iris.«

»Es ist in Ordnung, Ronnie«, sagte Iris, sie wusste nicht, was sie sonst sagen sollte.

»Ich hätte nicht … hätte nicht …« Ihre Lippen zitterten, und sie riss sich zusammen. »Ich war so dumm, Iris«, sagte sie und betrachtete Iris' Gesicht.

»Nur ein bisschen«, sagte Iris und hielt ihre Hand fester. »Es war nicht deine Schuld.«

Ronnie seufzte wie ein müdes, kleines Kind und ließ die Augen zufallen. Dann waren sie plötzlich wieder offen, vor Panik weit aufgerissen. »O Gott«, sagte sie und kämpfte sich noch einmal auf die Ellbogen, dabei verhedderte sie sich in der Infusion. »Mum ist doch nicht hier, oder?«

Iris lächelte breit. »Ronnie«, sagte sie. »Es ist alles in Ordnung.«

Als Serena Hutton dann mit einem Berg Designerkoffer, rothaarig, mit ihrem scharfkantigen kleinen Gesicht ankam und sich über die Kälte beschwerte, über die Ineffizienz des Flughafens und die miese Qualität italienischer Krankenhäuser, da war fast alles in Ordnung. Sie kam herein, und Iris ging hinaus.

»Es wird schon gehen«, hatte Ronnie gesagt, als Iris ins Krankenhaus gekommen war, um sie zu warnen, dann hatte sie geseufzt: »Ich bin ja an sie gewöhnt.« Iris wurde bewusst, dass sie in Ronnies Stimme früher noch nie Müdigkeit oder Akzeptanz und fast noch nie Dankbarkeit gehört hatte. Sie war ein bisschen verändert, aber das war eigentlich alles. Die Welt drehte sich weiter.

Jackson flog am selben Tag zuerst nach Rom und dann über ganz Europa und den Atlantik zurück in die Neue Welt. Er musste aber erst noch einen Auftrag erledigen. Iris hatte ihm gesagt, dass sie ihn als moralische Unterstützung bis zum Haus begleiten würde. Lucia Gentileschis Haus.

Es war Sandro Cellinis Idee gewesen. Er hatte die beiden am Dienstag in sein Büro bestellt.

Die Stadt war in einer seltsamen Stimmung gewesen, der Himmel hing immer noch tief und grau, der Fluss war immer noch gelb, aber das Hochwasser war drastisch gesunken. Alle möglichen Sorten von Müll waren an den schlammverdreckten Ufern angeschwemmt worden, zerbrochene Bretter, Fahrradräder und dreckige Plastiktüten, und die Händler sprachen auf den Schwellen ihrer Geschäfte leise darüber, wie schlimm es hätte werden können. An der dem Fluss zugewandten Seite der Uffizien stapelten sich immer noch die Sandsäcke.

»Wir beide?«, fragte Iris am Telefon.

»*Sí, Iris*«, hatte er mit erschöpfter Geduld gesagt. »*Tutti e due.*« Er sprach mit ihr jetzt in einer Mischung aus Italienisch und Englisch, es erschien ihr ganz unwirklich, dass sie sich erst seit einer Woche kannten. Sie hörte die Müdigkeit in seiner Stimme, sie wusste, dass zu Hause bei ihm irgendetwas mit seiner Frau war. Es ging ihr nicht gut. »Ich möchte, dass Sie mit ihm gehen«, sagte Sandro. »Denn wenn Sie dabei sind, finde ich, ist er eher ein Mann und nicht so sehr ein Junge.«

Das hatte sie umgehauen. Sandro hatte sie nur zweimal zusammen gesehen und hatte einmal mit Jackson allein gesprochen. Sie begriff langsam, dass er ein aufmerksamer Beobachter war.

»Haben Sie schon mit Ihrer Mutter gesprochen, Iris?«, fragte er direkt, als sie ankamen, und sah sie an. Die drei standen in seinem kleinen Büro in San Frediano, Iris wäre wieder in seine Küche gekommen, aber er hatte rasch Nein gesagt. Nicht zu Hause. Vielleicht lag seine Frau im Bett.

»Noch nicht«, sagte sie etwas trotzig. Würde er es verstehen, wenn sie zu erklären versuchte, wie es zwischen ihr und Ma war? Dass sie vorsichtig sein musste, dass sie nur einander hatten und dass Iris für sie beide unabhängig sein musste. Vielleicht hatte er es schon verstanden, es würde sie nicht überraschen. Sie gab nach. »Ich muss mir zunächst sicher sein, was ich als Nächstes tun werde«, sagte sie schnell zu Sandro. »Das ist alles.«

Er beließ es dabei, Jackson neben ihr hatte zugehört, aber er sagte nichts.

»Jackson«, sagte Sandro mit strenger Freundlichkeit. »Also.«

Sandro hatte Jackson einen gepolsterten Umschlag mit den sechs alten Skizzenbüchern sowie die Adresse von Claudio Gentileschis Witwe gegeben und ihm aufgetragen, zu ihr zu gehen und mit ihr zu sprechen. »Er hat mit dir geredet«, hatte Sandro ruppig gesagt und Jackson auf die Schulter geklopft. »Du mochtest ihn. Es wird ihr etwas bedeuten.«

Als Jackson vor wenigen Stunden mit seinem Reisegepäck in der Piazza d'Azeglio ankam, bereit zu gehen, hatte Jackson sich direkt vor Iris gestellt, seine Arme vor der Brust verschränkt und geradeheraus gesagt: »Komm mit mir. Bitte. Du wirst die Staaten mögen.«

Sie hatte lächelnd den Kopf geschüttelt, weil sie jetzt Bescheid wusste. Sie wusste, was als Nächstes geschehen würde. »Mir gefällt es hier«, sagte sie.

Es war ein kalter, klarer Morgen, und Iris wartete mit Jacksons Taschen auf dem Bürgersteig in der Via dei Pilastri in einem schmalen Streifen Sonnenlicht, der zwischen den Dächern zweier großer Gebäude wie ein Segen herabschien. Wenn er weg war, würde sie Ma anrufen und ihr alles erzählen. Ihr sagen, dass sie sie liebte und dass Antonella Scarpa für sie einen Platz in einem anderen Kurs gefunden hatte und sie hierbleiben würde.

Unter den großen Bäumen auf der Piazza d'Azeglio beobachtete Sandro, ohne dass die beiden jungen Leute es wussten, wie Jackson und Iris aus dem riesigen, hässlichen Haus der Contessa Badigliani traten. Er hätte nicht sagen können, was er dort tat, aber Luisa war im Geschäft, und er konnte in diesem Moment einfach nicht stillsitzen. Sie hatte gesagt, dass sie auf gar keinen Fall nutzlos zu Hause herumsitzen würde, egal, was der Arzt übers Schonen gesagt hatte.

Also stand er da und sah zu, wie die beiden um die Ecke des Platzes gingen, nebeneinander, aber ohne sich zu berühren, und in Richtung der Via dei Pilastri verschwanden. Dann folgte er ihnen unbemerkt.

So etwas tun Privatdetektive, dachte er und veräppelte sich selbst, aber das Gefühl der Unwirklichkeit, mit dem er seine neue Karriere begonnen hatte, war verschwunden. Er hatte einen Auftrag erledigt, lag es daran? Er war zu alt und zu desillusioniert, um so etwas wie professionelle Befriedigung zu empfinden, oder was auch immer Pietro angedeutet hatte.

»Wir würden dich sofort wieder aufnehmen, weißt du«, hatte er noch diesen Morgen am Telefon gesagt, typisch für Pietro, ihm Zeit zu lassen, damit sich erst alles regelt.

»Das würdet ihr nicht«, hatte Sandro gesagt und gelächelt. »Und ich würde nicht kommen. Mir gefällt es so besser.«

»Umso besser«, hatte Pietro erleichtert gesagt. »Wie geht's Luisa?«

Diese Frage war viel schwieriger zu beantworten gewesen.

Maresciallo Falco hatte Sandro keine Zeit gelassen. Der Carabiniere hatte persönlich am Montagnachmittag angerufen und höflich gefragt, ob Sandro Zeit hätte, ihn zu sehen, um ihn in dem Fall auf den neuesten Stand zu bringen. Nach dem Morgen, den er gehabt hatte, von den sechsunddreißig Stunden ohne Schlaf gar nicht zu sprechen, hätte er Nein sagen sollen, aber er hatte Luisa müde geküsst, die die Waschmaschine füllte und sich weigerte zu sprechen, hatte ihr gesagt, er wäre in einer Stunde wieder da, und war am rauschenden Arno entlang in die Boboli-Gärten gegangen. Seine Sinne schienen durch den Schlafmangel geschärft, er sah sich alles, an dem er vorbeiging, an, die Bäume mit dem gelben Laub, die schmutzigen Bürgersteige, die übervollen Mülleimer, als sähe er es zum ersten oder zum letzten Mal.

»Sie sehen fertig aus«, war das Erste gewesen, was Falco gesagt hatte, als Sandro sein Büro betrat. Der Carabiniere saß in seinem Stuhl und wirkte verlegen, was die fröhliche Beleidigung wohl überspielen sollte. Er hatte dann auf einen Stuhl ihm gegenüber gedeutet, und Sandro hatte sich misstrauisch hingesetzt, er wusste nicht, was er zu erwarten hatte. Auf beiden Seiten herrschte eine gewisse Verlegenheit. Falco hatte Sandro unterschätzt und wusste es, Sandro seinerseits merkte, dass er diese ihm ungewohnte Position der hohen moralischen Warte nicht mochte. Sollte Falco sich am Ende gedemütigt fühlen, gäbe es Schwierigkeiten.

Aber dann hatte der Maresciallo angefangen zu reden. Zunächst zögernd, doch schon bald war er mit etwas wie Begeisterung den Fall mit ihm durchgegangen, und es war Sandro langsam klar geworden, dass der Mann ihn tatsächlich für das, was er getan hatte, bewunderte. Er war auf seinem Stuhl hin und her gerutscht, gelobt zu werden, hatte ihn schon immer verlegen gemacht, auch schon bei der Polizei, aber als Falco abrupt aufgehört hatte zu reden, aufgestanden war und ihm steif die Hand entgegengestreckt hatte, hatte Sandro sie genommen.

Natürlich war Sandro dort, um alles, was er über das Verschwinden von Veronica Hutton wusste, den ermittelnden Behörden zu übergeben, und das tat er nun. Er erzählte Falco vom Handel mit Fälschungen der Scuola Massi, aber als es um Claudio Gentileschis Verwicklung ging, zögerte Sandro. War das überhaupt deren Angelegenheit, wo doch Claudios Tod von der Polizia Statale untersucht wurde, nicht von den Carabinieri? Er fühlte sich zerrissen zwischen der alten Loyalität zu seinen früheren Kollegen und zum armen toten Claudio, der sich nicht verteidigen, nicht erklären konnte. Sandros vornehmste Pflicht war es, seine Klientin zu beschützen, Lucia Gentileschi, aber dann waren auch neue Verbindungen zu berücksichtigen. Er musste an seine neue Karriere denken.

Schließlich hatte er tief Luft geholt und seine Position Falco erklärt, der dankenswerterweise mit zwei nach oben gewendeten Händen geantwortet hatte: Er verstand, er würde nicht weiterbohren. Sandro war bewusst, dass diese stille Abmachung ihn mal wieder in die schwächere Position brachte, aber merkwürdigerweise war er so glücklicher. Und Lucia war sicher. Antonella Scarpa würde Claudio nicht belasten, das hatte sie schon zugesichert, obwohl sie ansonsten vollständig sowohl mit der Guardia di Finanza als auch den Carabinieri kooperierte. Er hoffte, dass sie um eine Gefängnisstrafe herumkäme, obwohl er sich vorstellte, dass es nicht viel im Leben gab, das Antonella Scarpa nicht bewältigen würde.

Es war nicht perfekt gelaufen, er hatte sich mehrfach getäuscht, und doch, als es darauf ankam, hatte er richtig gelegen. Manchmal brauchte man nicht mehr, und der Auftrag war erledigt. Obwohl Sandro hoffte, dass es beim nächsten Auftrag nur darum ginge, einen betrügerischen Ehemann zu beobachten, wusste er, dass er es beim nächsten Mal besser machen würde.

Während Iris auf dem sonnigen Bürgersteig darauf wartete, dass der Junge wieder herauskam, hatte sie ihr hübsches Gesicht mit geschlossenen Augen zum Himmel gewandt, um etwas Sonne abzubekommen. Sandro stellte mit Freude fest, dass er sich um Iris March keine Sorgen zu machen brauchte.

Er beobachtete, wie der Junge herauskam, sah, wie sie ein Taxi riefen und wie sie ihm mit den Taschen half, dann beugte sie sich hinab, um ihm einen Abschiedskuss auf die Wange zu geben, und winkte dem abfahrenden Taxi hinterher. Er sah zu, wie sie ihren Mantel um sich schlang und mit ihrem Handy am Ohr in Richtung Fluss ging. Erst dann überquerte Sandro die Straße und klingelte bei Lucia Gentileschi.

Kapitel 31

In dem kleinen sauberen, kahlen Zimmer hielt Sandro Luisas freie Hand, während sie auf der Seite lag, eine schmale Plastikkanüle war an etwas, das man Zugang nannte, auf ihren blassen Unterarm geklebt. Sie hatten Glück, sagte er sich. Das hier war Glück.

Als der ernste Chirurg die Worte in dem kleinen Sprechzimmer das erste Mal ausgesprochen hatte, hatte dieser andere Teil von Sandro gedacht, dass diese Diagnose der Vertrag sei. Er hatte an den erschöpften, bleichen Ausdruck auf Luisas Gesicht gedacht, nachdem sie Veronica Hutton in den Krankenwagen geladen hatten. Ein Leben für ein Leben, hatte er gedacht, bevor seine rationale Seite den Gedanken angewidert verwarf. Ein Leben für ein Leben.

Der erste Glücksfall war, dass es nicht gestreut hatte. Die aufwendigen Untersuchungen und Bluttests hatten definitiv gezeigt, dass es nirgendwohin im Körper gestreut hatte. Nicht in die Lymphknoten, nicht in die Lunge, nirgendwohin. Und es war ein …, der Chirurg hatte gesagt, welche Art von Krebs es gewesen war, er hatte einen Namen, aber Sandro wollte ihn nicht benennen. Er war das Gegenteil von aggressiv, das war wichtig, und er war winzig.

»Sie waren mutig«, sagte der Chirurg zu Luisa. »Sie haben die Brust untersucht, das ist schon mal mutig, und als Sie es entdeckt haben, sind Sie sofort gekommen.«

Natürlich, hatte Sandro ungeduldig gedacht, während er nach Luisas Hand griff, wissen Sie denn nicht, wie sie ist?

Eine komplette Entfernung der Brust war nicht notwendig gewesen, aber Luisa hatte um eine gebeten. Die Chemotherapie war eine Vorsichtsmaßnahme, aber Luisa hatte darauf bestanden. Mutig.

Auf dem Bett wandte sie ihm den Kopf zu und lächelte.

Glück gehabt.

Danksagung

Ich möchte gern Angus MacKinnon danken, ohne dessen beständige Klugheit und Glauben an Sandro Cellini dieses Buch nicht geschrieben worden wäre, und meiner Agentin Victoria Hobbs für ihre weitsichtige und stetige Unterstützung.